U0943006

尤金·奥尼尔在中国

那艳武　著

南開大學出版社
天　津

图书在版编目(CIP)数据

尤金·奥尼尔在中国 / 那艳武著. — 天津 ：南开大学出版社，2024.9. —ISBN 978-7-310-06626-1

Ⅰ. I712.073

中国国家版本馆 CIP 数据核字第 2024G2N846 号

版权所有　侵权必究

尤金·奥尼尔在中国

YOUJIN AONIER ZAI ZHONGGUO

南开大学出版社出版发行

出版人:刘文华

地址:天津市南开区卫津路 94 号　　邮政编码:300071

营销部电话:(022)23508339　营销部传真:(022)23508542

https://nkup.nankai.edu.cn

天津创先河普业印刷有限公司印刷　全国各地新华书店经销

2024 年 9 月第 1 版　　2024 年 9 月第 1 次印刷

230×155 毫米　16 开本　17.25 印张　2 插页　240 千字

定价:88.00 元

如遇图书印装质量问题,请与本社营销部联系调换,电话:(022)23508339

尤金·奥尼尔在中国百年（代序）

曾艳兵

对于现代主义文学而言，1922 年无疑是非常重要的一年。这一年乔伊斯的《尤利西斯》出版，艾略特的长诗《荒原》发表，卡夫卡在这一年创作了他最重要的长篇小说《城堡》。还是 1922 年 1 月，美国现代著名戏剧家尤金·奥尼尔（Eugene O'Neill，1888—1953）创作了他最重要的剧作《毛猿》。该剧在当年公演，引发巨大争议。奥尼尔是美国戏剧的奠基人，20 世纪世界最杰出的剧作家之一。奥尼尔是一位戏剧史上继往开来的人物，他的戏剧创作不仅对美国戏剧的形成和发展具有深远影响，而且对于欧洲戏剧乃至东方戏剧也有着颇为深刻的影响。他的剧作“对中国话剧艺术的发展也起了有益的借鉴作用”。[①]

1922 年，奥尼尔的名字第一次以中文形式出现在中国报刊上。1922 年 5 月，沈雁冰（茅盾）在《小说月报》上发表《美国文坛近状》一文，茅盾写道：“新近作家奥尼尔着实受人欢迎，算得上美国戏剧界的第一人才。”[②]这是中国文坛第一次提及奥尼尔，并作了简要介绍。剧作家洪深的《赵阎王》亦创作于 1922 年，该剧被认为改编自奥尼尔的《琼斯皇》（1920），于 1923 年 2 月在上海公演，洪深执导并主演。奥尼尔及其戏剧从此开始了在中国的百年旅行，迄今为止，已是 102 年了。

“1922 年至今，奥尼尔戏剧传入中国已有近百年历史，奥尼尔

① 龙文佩《奥尼尔在中国》，《复旦学报》1988 年第 4 期，第 31-34 页。

② 沈雁冰：《美国文坛近状》，《小说月报》，第 13 卷第 5 期，1922 年 5 月。

在中国的'潮涨潮落'间接反映了近百年来我国从旧民主主义革命到新民主主义革命再到社会主义革命和建设时期的历史、思想和斗争。经过几代翻译家、研究者的努力，其作品翻译和研究已取得较为丰硕的成果；然而，对于这些成果的梳理、总结和研究却很不充分。由于时间跨度大，资料庞杂，相关研究多停留在阶段性分析层次，结论也难全面客观。"[①]因此，对于奥尼尔在中国的百年，我们应该进行系统深入的梳理、总结、分析和研究。于是，顺乎其然，我们见到了那艳武博士的新著《奥尼尔在中国》。

那艳武是我的博士，2019 年毕业。她在报考我的博士以前已经旁听过我的课，并开始尝试写些有关外国文学与比较文学的文章。2016 年她如愿考取了我的博士研究生，随后就开始考虑博士学位论文的选题。我对博士学位论文的选题基本遵循存在主义的"自由·选择·责任"的原则，就是说，所有博士生都是自由的，尤其是在论文选题上是绝对自由的，因此他可以完全根据自己的意愿选择题目，当然，既然是自己选择的题目，那就有责任完成写作，并且应该很好地、至少应该是良好地完成博士学位论文的写作。不过，这里所说的绝对自由并非是绝对的，比如我的博士就不可能选择东方文学或中国文学的题目，因为这类选题在招生简章中就被排除掉了。只有当学生一时找不到选题时，我才推荐一些题目或作家供其选择；当他们最终的确找不到选题时，我也可以让其做一个有关卡夫卡研究的课题。不过，艳武在选题方面似乎没有什么犹豫，她入学后很快就确定研究西方现代派戏剧，随后就确定了"尤金·奥尼尔在中国"这一选题。看来她对这一选题早已胸有成竹。

奥尼尔开创了美国本土戏剧，他是现代主义文学中举足轻重的剧作家。1936 年，瑞典皇家科学院将该年度的诺贝尔文学奖颁赠给了奥尼尔，"以表彰他的富有生命力的、诚挚的、感情强烈的、烙有原始悲剧概念印记的戏剧作品"。[②]奥尼尔受之无愧，美国自从有了

---

① 见本书第 1-2 页。

② 尤金·奥尼尔《天边外》，荒芜、汪义群等译，漓江出版社，1984 年，第 579 页。

奥尼尔，才开始有了属于自己的真正严肃的戏剧。他在美国戏剧中的地位犹如惠特曼在美国诗歌中的地位，属于真正的开创者。奥尼尔逐步变成独特和尖锐的悲剧作家，早已闻名世界。他提供的生活概念不是苦思冥想的产物，而是经受了某种考验的真正体验和经验。它基于一种极其尖锐的，也可以说是撕裂人心的，对于生活之严峻的认识，同时也着迷于在与社会的斗争中形成的人类命运之美。

奥尼尔一生创作了近 50 部剧作，其创作大体可以分为三个阶段：第一阶段（1913—1920）为习作阶段，其主要成果是航海题材的独幕剧。海洋文化已成为当下热门研究领域。奥尼尔早期六部航海题材的剧作都以虚构的“格兰肯”号的航行为背景，这也是以作者本人的航海经历为基础的。《东航卡迪夫》是这些航海作品中的代表作，该剧主人公扬克在高空作业时不慎摔下来，身负重伤。他躺在床铺上，忍着剧痛，等待死亡。船上没有人关心他，只有一个老伙伴、爱尔兰人德里斯柯尔陪伴在他身旁。该剧表现了人生的悲剧性和死亡的庄严性。第二阶段（1920—1934）为丰收阶段。这一时期奥尼尔的创作以多幕剧为主，戏剧内容更加广泛、题材更加多样，在创作手法上更是大胆实验，采用现实主义、表现主义、象征主义、意识流等多种手法，展示人物的内心世界和精神冲突。奥尼尔此时已成为经典的现代主义剧作家。第三阶段（1935—1943）为奥尼尔的晚期创作。这一时期创作的作品不多，主题依然是揭示人物的内心世界，在日常生活中揭露人物的内心斗争和矛盾。总之，在奥尼尔的剧作中，“人们时刻能感到有一种深层的力量，一种想要表现非理性的思想和情感的探索精神”①。

选择这样一位剧作家作为研究对象，其意义是不言而喻的，况且，奥尼尔对中国现当代戏剧有着重大影响。我自己最早公开发表的一篇学术文章就是关于奥尼尔的。这是一篇名为《尤金·奥尼尔》的译文，发表在《零陵学院学报·外国文学专刊》（1985 年第 1 期）上。该文译自弗莱施曼（Wolfgang Bernard Fleischmann）主编《20

---

① 郑飞《尤金·奥尼尔爱的主题研究》，北京大学出版社，2016 年，第 2 页。

世纪世界文学百科全书》（*Encyclopedia of world literature in the 20th century*，1967）。在汪义群的《奥尼尔研究》中还能查到该文目录。[①]那时候中国尚未加入国际版权法，翻译并发表外文资料无须国外授权。这是现在从知网上能找到的最早有关奥尼尔的第3篇文章。当时奥尼尔是我重点关注和思考的研究对象。以后我因为重点研究西方现代主义文学，也一直关注有关奥尼尔的研究。在我主讲的“西方现代主义文学研究”课程上，也一定会讲到这位著名剧作家。后来主编《西方现代主义文学概论》和《从现代主义到后现代主义》特别邀请到江南大学的武跃速教授撰写了有关奥尼尔的章节。所以，当艳武选择奥尼尔作为她的博士学位论文题目时，我是欣然同意的。

《尤金·奥尼尔在中国》是一个老老实实的比较文学影响研究的题目。从事这一论题的研究最为重要的是资料的完备，以及敏锐地发掘和阐释资料背后的意义和价值的能力。这当然需要善于提出问题并有能力解决问题。这些艳武博士显然是做到了。艳武在综述前人关于奥尼尔的研究成果之后写道：“那么我们的研究呈现怎样的特点？存在哪些问题？我们都译介了什么？为什么译介？我们的批评呈现怎样的特征？我们的译本采取了怎样的翻译策略？我们又缘何要对已有中译本的多部奥尼尔戏剧进行改编呢？改编是奥尼尔戏剧在中国生根、发芽的必由之路吗？对奥尼尔在中国近百年接受史的研究是否已经很充分了呢？”[②]于是，本书集中论述了如下问题：奥尼尔在中国的译介与传播；奥尼尔在中国的研究；奥尼尔戏剧译本研究；奥尼尔戏剧改编研究。从奥尼尔最初在中国的译介、传播到研究改编，奥尼尔逐步完成他进入中国之后的影响，并由此生发出某种“奥尼尔式”的中国戏剧。由此也就自然证明了奥尼尔戏剧的世界性意义。

本书最重要的特点就是专门、系统、全面地论述了“奥尼尔在中国”这一论题。资料翔实丰富是本书的又一重要特征。多年来艳

---

① 汪义群《奥尼尔研究》，上海教育出版社，2006年，第337页。

② 见本书第7-8页。

武一直持续关注并收集有关奥尼尔在中国的资料，她从中国国家图书馆民国期刊阅览室及微缩室等地获取我国早期译介奥尼尔的第一手资料，力求全面客观地介绍和评析奥尼尔在中国的译介及批评情况。本书还集中研究奥尼尔戏剧文本在中国的翻译情况，翻译研究是近年来学术界关注的热点研究领域，因此本书也就具有某种前沿特征。本书对奥尼尔的自传体剧作《进入黑夜的漫长旅程》两个译本的比较分析研究，提供了一个翻译研究的优秀案例。对于奥尼尔戏剧在中国改编演出的研究则更有现实意义。改编总是与中国的社会现实、历史语境密切相关，改编者的身份、策略、宗旨和目的总是隐藏在改编的过程和结果之中，需要研究者细心地观察探析才能窥见其中的规律和奥秘。

奥尼尔是说不尽的。《毛猿》是奥尼尔的代表作，也被公认为表现主义的代表作。围绕《毛猿》美国剧坛曾有过激烈的论争："一种是横加指责，说得一无是处；一种是推崇备至，认为是具有独创性的优秀杰作。两种观点相持不下。"[①]《毛猿》虽然不是最早翻译到中国来的剧作，但一定是对中国新时代戏剧影响最大的剧作之一。《毛猿》与卡夫卡《变形记》如此接近必须在这里说上几句。奥尼尔完成剧本之后立即给肯尼斯·麦克戈文写信："我认为，这出戏就总体来说不宜被归入任何现行的'主义'。"[②]这正如卡夫卡也很难归入任何"主义"一样。《毛猿》中主人公扬克是一艘远洋轮上的司炉工，他身强力壮，精神饱满，认为自己就是世界的动力。但是有一天，上流社会的阔小姐米尔德里德到船舱观光时，在袒胸露背满身煤黑的扬克面前被吓得晕了过去，并大叫"这个肮脏的畜生"。从此扬克内心的平衡、自信及乐观被打破了。他怒不可遏，决心报复，跑到纽约五马路，寻找那些有钱的太太绅士们挑衅。但他没能达到目的，反而被抓进监狱。在监狱中他突然意识到，正是那位小姐的父亲——钢铁托拉斯的总经理那种人，把自己压在下面。出狱后他跑到工

① 汪义群《奥尼尔研究》，上海教育出版社，2006年，第63-64页。

② 郭继德主编《奥尼尔文集》，人民文学出版社，2006年，第6卷第322页。

人组织世界产联的分会，自告奋勇要去炸平一切。不料他反被认作资方的密探，被四脚朝天扔到大街上。扬克走投无路，最后来到动物园，向笼子中的大猩猩倾吐衷肠，并打开铁笼，试图和大猩猩握手，却被猩猩猛力一抱，折断筋骨死在笼子中。佩尔·哈尔斯特龙在《授奖辞》中写道："他陶醉于自己的力量和超人思想。在外表上，他已回复到原始人；他表现得像是一头野兽，因渴望才华而蒙受痛苦。这个剧本描写他由于起来反抗残酷的社会而遭到悲剧性的困窘和毁灭。"①该剧通常被认为，通过主人公扬克的悲剧，揭示了现存资本主义制度的不合理、现代人的异化、人与人之间关系的疏离，以及人找不到自己的归属、无路可走的幻灭感。奥尼尔认为："扬克既是一个个体，又是一个丧失了过去和自然的和谐的人类的代表，当他过去还是动物时，拥有这种和谐，而在精神层面却无法得到……扬克不能前进，于是他试图后退……但是他的后退也没有让他有归属感。"②扬克在动物与人之间既不能进也不能退。该剧的主旨与卡夫卡的《变形记》如果不能说完全相同，至少可以说是大体一致的。但是，奥尼尔剧中的扬克没有变形，他走上的是另一条不归路。扬克在人类中找不到共同体，于是去找大猩猩亲近，但他并没有变成大猩猩，反倒死在大猩猩手里。他在人与动物那里都找不到归属，最后孤独悲惨地死去，这一点与格里高尔·萨姆沙可算是殊途同归。

该剧中的工人都是长臂、小眼、毛茸茸的胸脯，力大无穷，他们都像毛猿。毛猿与现代人其实并没有什么实质上的区别。作为该剧的总体背景，笼子是一个非常重要的象征意象。作者在"舞台提示"中这样写道："我们追求的舞台效果是，被白色钢铁禁锢的、一条船腹中的一种压缩的空间。"③剧终时扬克死在大猩猩的笼子里，这一结局意味深长。剧中船舱、监狱、动物园也是明显的笼子构造，

---

① 尤金·奥尼尔《天边外》，荒芜、汪义群等译，漓江出版社，1984年，第575页。

② 路易斯·谢弗《尤金·奥尼尔传：艺术之子》（下），刘永杰等译，商务印书馆，2018年，第79页。

③ 中国社会科学院外国文学研究所外国文学研究资料丛刊编辑委员会编：《外国现代剧作家论剧作》，中国社会科学出版社，1982年，第250页。

而产联的办公室、纽约大街，则是隐性的笼子，这些地方是扬克的活动场所，同时意味着一种生存空间、一种秩序，它也就是现代人的生活环境。现代人囿于其中，无法找到自己。剧中人物就像卡夫卡笔下的饥饿艺术家，他被关在小小的铁栅笼子里，席地坐在铺在笼子里的干草上。笼子是卡夫卡小说中的著名意象："一只笼子在寻找一只鸟。"与其说一只鸟在寻找笼子，不如说笼子在等待鸟的归来。

奥尼尔是美国戏剧史上的一座丰碑，也是 20 世纪世界文学史上的悲剧大师。他曾经说过："他一直坚持两条目标：他不受舞台传统的羁绊，只为舞台演出而创作剧本，他只为探索人生的困境而从来不只是为了娱乐他人而写作。"①他甚至说，他对于写人与人之间关系的戏剧不感兴趣，"感兴趣的只是人与上帝的关系"，人与灵魂、人与他的自觉不自觉的要求、愿望的关系。他认为现代社会"旧的上帝已经死去，科学和物质主义在提供新的信仰方面也已失败"，戏剧应该挖掘时代的病根，"以便找到生活的意义，安抚对死亡的恐惧"。因此，他的作品不注重再现社会生活，不像近代戏剧那样在剧中探讨具体的社会问题，而是带有浓厚的主观色彩，表现现代人的困惑和心理世界，是"灵魂的戏剧"。他在作品中展示了诸如人生的悲剧性、美和精神价值遭到的破坏、人性完美发展的不可能、人与自己生存条件的疏离、人类内心世界的本能冲突等等现代人类所面临的困境，蕴含着深邃的哲理。奥尼尔运用许多现代手法成功地挖掘了他所认识、体验、理解的人类精神世界。

奥尼尔是一位严肃的戏剧家。他认为戏剧就是生活，生活就是一出悲剧，而现代戏剧就是"灵魂的戏剧"。作为一位现代戏剧作家，奥尼尔首先要做的是揭示人类的这一悲剧命运，正视这一命运，并在与命运的抗争和较量中展示人类精神的崇高与意志的坚定。作为一位爱尔兰裔美国人，奥尼尔出生于旅馆，最后在旅馆逝世，他对于"无所归属"的现代人的精神状态有着独特的体会和表达。"奥尼

① 罗伯特·E·斯皮勒《美国文学的周期》，王长荣译，上海外语教育出版社，1990 年，第 198 页。

尔是终其一生为‘人类精神荒原’寻求‘解救之路’的实践者，终因其历久弥坚的作品走向了世界。”[①]2022 年 7 月 6 日至 9 日，也就是奥尼尔进入中国百年之后，第 11 届尤金·奥尼尔国际研讨会在位于波士顿市中心的萨福克大学举办。尤金·奥尼尔国际研讨会每 3 年举办一次，本次会议的主题为“渴望与归属（Longing and Belonging）”[②]。这是奥尼尔一直关注并倾力表现的主题，人类总在渴望着什么，并且总是寻找归属。渴望归属是当今世界人类最为关切的话题之一。一百年前如此，一百年后的今天更是如此。这也就是奥尼尔在今天的价值和意义所在。

2024 年 3 月 29 日

---

① 见本书第 4 页。

② 许诗焱《空间·跨界·理想——第 11 届尤金·奥尼尔国际研讨会综述》，《当代外国文学》，2023 年第 2 期第 164-168 页。

目　录

绪　论

闻一多先生曾经在《文学的历史动向》中，对近代文明影响最深最大的希腊、中国、印度、以色列“四个文化”的发展历程进行如下论述：“它们同时出发，三个文化都转了手，有的转给近亲，有的转给外人，主人自己却都没落了，那许是因为它们都只勇于‘予’而怯于‘受’。中国是勇于‘予’而不太怯于‘受’的，所以还是自己的文化主人……为文化的主人自己打算，‘取’不比‘予’还重要吗？所以仅仅不怯于‘受’是不够的，要真正勇于‘受’。”[①] 世界文化发展史已经证明，接受外来文化的优秀成果是任何民族文化发展的必备条件。

奥尼尔是对中国影响最深远、最广泛的剧作家之一。不论你怎样拼写 O’Neill（奥尼尔）这个词——用 O（奥）或不用 O（奥），这名字在苏格兰北部的克尔特人使用的盖尔语中都是“斗士”的意思。[②] 奥尼尔是爱尔兰人后裔，他的名字是他伟大人生的写照。奥尼尔笃信，每个人都有自由意志，有权利根据自己的意志进行自由选择。人只要与生活斗、与自己斗、与上帝斗就必然有能力改变一切，也包括改变自己。那么从哪个角度去做奥尼尔呢？

1922 年至今，奥尼尔戏剧传入中国已有近百年历史，奥尼尔在中国的“潮涨潮落”间接反映了近百年来我国从旧民主主义革命到新民主主义革命再到社会主义革命和建设时期的历史、思想和斗争。经过几代翻译家、研究者的努力，其作品翻译和研究已取得较为丰

---

① 孙党伯主编：《闻一多全集》卷 1，生活・读书・新知三联书店，1982 年，第 206 页。

② ［美］克罗斯韦尔・鲍恩：《尤金・奥尼尔传》，陈渊译，浙江文艺出版社，1988 年，第 7页。

硕的成果；然而，对于这些成果的梳理、总结和研究却很不充分。由于时间跨度大，资料庞杂，相关研究多停留在阶段性分析层次，结论也难全面客观。奥尼尔在中国经历了怎样的变形？缘何如此？奥尼尔的《琼斯皇》是不是抨击了使人走向罪恶的西方社会？《毛猿》是不是反映了美国社会中普通工人的境遇？《榆树下的欲望》是否真的鞭挞了资本主义社会中人对金钱的占有欲？《上帝的女儿都有翅膀》是不是表达了作者对黑人的同情？如果答案是肯定的，那为什么又有人说奥尼尔与美国社会的关系最少？① 为什么他的爱妻卡洛塔又告诫传记作家不要用任何政治术语去解释他说的任何话或阐述他的任何作品？② 奥尼尔在中国经历了怎样的创造变型？缘何如此？笔者正是带着这些问题，对一代戏剧大师奥尼尔在中国的接受及变异情况进行深入探讨。

第一节　选题的意义

尤金·奥尼尔（1888—1953）是美国杰出的剧作家，一生赢得四次普利茨奖，并于 1936 年荣获诺贝尔文学奖。出生于演员家庭的他勇敢且坚决地挑战了美国商业剧院的演出传统，并以创作让自己满意的严肃戏剧为己任，最终以现实主义与表现主义相结合的严肃戏剧开创了美国现代戏剧的一代新风，为世界剧坛做出了巨大贡献。奥尼尔百折不回、锲而不舍，经历 20 余部不甚满意的创作之后，于 1918 年发表成名作《天边外》。他打破了美国著名小说家弗朗西斯·斯各特·菲茨杰拉尔德对于美国艺术家的生涯中没有“第二幕”的论断，他如同文艺复兴时代的伟大画家米开朗琪罗，在创作的后期表现出无穷的力度和深度，展露出艺术的天分，使剧作达到一个更高的境界。奥尼尔一生共创作 60 余部剧作，成为迄今为止美国唯

① 查士骥：《剧作家友琴·沃尼尔》，《北新》第 3 卷第 8 号上，1929 年 5 月。

② [美] 克罗斯韦尔·鲍恩：《尤金·奥尼尔传》，陈渊译，浙江文艺出版社，1988 年，第 5 页。

一一位获得诺贝尔文学奖的剧作家，成为美国严肃戏剧奠基人和西方现代戏剧之父。

从呈现内容、艺术手法、蕴含思想及创作意图等方面看，奥尼尔的作品具有世界性特征。作为人类世界的一位匆匆过客，他充分感受了漂泊、流浪、痛苦与孤独；作为一个生命存在体，他深刻体验了人性的美好、丑恶、传奇与复杂。他用他的内心去感知世界，又用他的笔去呈现他的感知。奥尼尔多次强调他的剧本的主人公是在“人”这个字的全面意义上的活人。[①] 奥尼尔具有强烈的人类意识，对人类的生存状态、人类的命运和精神都给予了特别的关注，表现出他对人类及世界的终极关怀。

英国萨塞克斯大学“美国研究”教授马库斯·坎利夫（Marcus Cunliffe）评论说：“他的作品代表了现代美国戏剧的几个主要趋向。其中最引人注目的一个特征，便是有意将单调朴实的现实主义散文同具有大胆创新精神的表现主义技巧结合起来，犹如亨里克·易卜生和伯托特·布莱希特合为一人。”[②] 瑞士文学评论家海因里希·斯特劳门强调说：“人们可能对谁是当今在世的美国最伟大的诗人、小说家或散文家存有争议，但奥尼尔作为美国最伟大的剧作家的地位从未受到过大的挑战。这在当代评论史上是独一无二的。其原因是实质上对他的艺术的任何探讨都能得到最好的结果，都能证实他的剧作的宝贵的见解，独特的题材、思想观点及戏剧风格。”[③]“尤金·奥尼尔是一位以新的、动人的形式，对一种最古老的艺术做出了创造性贡献的人，是在欧洲舞台上享有普遍声誉、受到赞赏的第一位美国作家……”[④] 作为一个爱尔兰裔美国人，奥尼尔出生于旅馆、逝

---

① 尤金·奥尼尔：《美国作家论文学》，刘保瑞等译，生活·读书·新知三联书店，1984年，第242页。

② [美] 克罗斯韦尔·鲍恩：《尤金·奥尼尔传》，陈渊译，浙江文艺出版社，1988年，“译本序言”，第1页。

③ [美] 弗·埃·卡彭特：《尤金·奥尼尔》，赵岑、殷勤译，春风文艺出版社，1990年，“序言”，第1页。

④ [美] 克罗斯韦尔·鲍恩：《尤金·奥尼尔传》，陈渊译，浙江文艺出版社，1988年，“前言”，第1页。

世于旅馆，对于“无所归属”的现代人的精神状态有着独特的体会和表达。奥尼尔是终其一生为“人类精神荒原”寻求“解救之路”的实践者，终因其历久弥坚的作品走向了世界。

奥尼尔处在中西方文化交流的坐标上，① 是对中国影响最深远、最广泛的剧作家之一。黑格尔认为，分立性是不存在的，世界并不是一些各自完全自立的坚固的单元。他把全体想象成一个我们应该称之为有机体的一个复合体系。② 那么，“中国”的奥尼尔什么样？为什么？这无疑是一个很有意义的选题。社会学认为“凡文学事实都必须有创作者、作品和大众这三个方面，于是，产生了一种交流圈，……在这种圈子的各个关节点上都提出不同的问题；创作者提出各种心理、伦理及哲学的阐释问题；作为中介的作品，提出美学、文体、语言、技巧等方面的问题；最后，某种读者集体的存在又提出历史、政治、社会，甚至经济范畴的问题”③。那么，从 1922 到 2018，沧海桑田，近百年中国社会的经济、政治、社会、文化的变迁与进步可以帮我们洞悉“中国的奥尼尔”表象下隐藏的深层原因，而这一切深层原因皆通过读者群体（这里包括译介者、批评者、改编者、创作者）起作用。接受美学认为：“任何文学文本都具有未定性，都不是决定性的或自足性的存在，而是一个多层面的未完成的图式结构。……意义的实现要靠读者通过阅读对之具体化，即以读者的感觉和知觉经验将作品中的空白处填充起来，使作品的未定性得以确定，最终达致文学作品的实现。”④ 接受美学认为“读者”处于能动的地位，可以对文本再创造。对伟大戏剧家奥尼尔的接受不但与我国戏剧“小舞台”的需求密切相连，并且充分反映了我国历史“大舞台”存在和发展的需要。

在长达百余年对奥尼尔的接受过程中，我们一直处于主体地位，

---

① 刘海平：《中美文化在戏剧中交流——奥尼尔与中国》，南京大学出版社，第 1 页。

② ［英］罗素：《西方哲学史》下卷，商务印书馆，2015 年，第 302 页。

③ ［法］罗贝尔·埃斯卡皮：《文学社会学》，于沛选编，浙江人民出版社，1987 年，第 1 页。

④ ［德］姚斯：《接受美学与接受理论》，周宁译，辽宁人民出版社，1987 年，“序言”，第 4-5 页。

根据我们的立场和需要，以我们的视角和眼光有选择地介绍、批评、翻译和改编奥尼尔。这是一部动态的有中国特色的关于奥尼尔的译介史、研究史、接受史。姚斯认为，文学史不应该只对作家和作品作纯客观的分析和描述，而应该研究一部作品在不同的历史时期的接受情况，使文学史成为文学文本的接受史。乐黛云先生在 1987 年中国比较文学学会第二届年会上指出："通过接受研究还可以考察时代变化，或可能改变文学史的写法，新的文学史可以成为一种文学思潮或作品的接受史。"① 钱林森先生认为，只有通过每一个具体国家、每一位具体作家乃至一部部具体作品的过细研究，才能最终使我们的思考和探索确立在比较可靠的科学基点上。外国作家与中国文化的个案考察，有助于中外文学与文化关系的总体研究和深入开掘。② 在今天多元并存的文化态势下，在重构文学史作为一种文学使命的时刻，以"奥尼尔在中国"为选题，描绘、梳理、分析和研究奥尼尔在中国的接受或创新变异史，从文学史书写、中西方文化交流及当代中国戏曲发展等方面都是颇具意义的。同时，对奥尼尔在中国近百年的接受及变异史进行历时考察，也可以总结出一些宝贵的经验教训，为中外文学交流中的相关问题提供参考，从而促进中国文学、文化事业及世界文学、文化事业的进一步发展。

第二节 国内外研究现状

尤金·奥尼尔是美国严肃戏剧的奠基人，20 世纪美国戏剧的典范。由于尤金·奥尼尔的成就与贡献、地位与影响，国内外关于尤金·奥尼尔的研究成果可谓汗牛充栋。笔者主要借助"在中国"这一视角，以接受美学、传播学等理论为指导，以社会学、译介学等相关知识为依托，来研究奥尼尔。因此，文献综述在宏观描述关于

① 肖明:《中国比较文学学会第二届年会暨学术讨论会综述》,《文学评论》1987 年第 6 期。

② 张弘:《跨越太平洋的雨虹：美国作家与中国文化》，宁夏人民出版社，2002 年，"前言"，第 5 页。

奥尼尔的研究情况的前提下，将以相同或相近的论题为核心，对国内外相关研究成果进行梳理及评述。

一、国内研究现状

西方强势民族文学、文化和思想的巨大冲击，刺激了20世纪初中国的先进知识分子并促成他们对世界的新观念及民族认同，并在这一世界观下思考中华民族的出路。肇始于晚清的美国文学译介到了20世纪20年代有了进一步发展。当时，不少文人发现，年轻的美国文学与我国的新文学运动有很多相通之处，他们认为，在各民族的现代文学中，除了苏联之外，只有美国是可以十足地被称为“现代”的。当时的美国为20世纪还可以发展出一个独立的民族文学提供了很好的样板。这对于我们当时这个割断了一切以往的传统、正在独立发展中的新文学，是一个很大的激励。我国对奥尼尔的关注就始于这一时期。1922年5月，沈雁冰在自己主编的《小说月报》的《海外文坛消息专栏》上发表《美国文坛近状》一文，文中写道：“新作家奥尼尔（Eugene O’Neill）着实受人欢迎，算得上是美国戏剧界的第一人才。”[①] 沈文对奥尼尔的简洁介绍，可谓点睛之笔，奠定了国人认识奥尼尔的基础。1930年，奥尼尔剧作的第一个中译本——《加力比斯之月》由古有成翻译、经商务印书馆出版，内含《月夜》《航路上》《归不得》《战线内》《油》《一条索》《划十字处》等7部海洋题材的独幕剧。迄今为止，据不完全统计，我国已涌现出古有成、钱歌川、洪深、顾仲彝、荒芜、赵如琳、马彦祥、王实味、袁昌英、王思曾、龙文佩、汪义群、刘海平、郭继德、梅绍武、申慧辉、李汉昭、乔志高、陈成等近60位译者，共翻译奥尼尔50余部剧作。其中《琼斯皇》《天边外》《榆树下的欲望》《进入黑夜的漫长旅程》等都有多个复译本出现，让奥尼尔在辞世后再次荣获普列茨奖的《进入黑夜的漫长旅程》在我国有6个译本。翻译既是奥尼尔接受史的重要组成部分，同时又构成国内奥尼尔研究的

① 沈雁冰：《美国文坛近状》，《小说月报》第13卷第5期，1922年5月。

基础，译著的大量涌现使中国读者对于奥尼尔的作品有了更为直接的感知，同时也给批评家提供了研究和分析的具体材料。

登录中国知网，以尤金·奥尼尔进行主题检索，可检索到期刊论文一千余篇，涵盖《琼斯皇》《榆树下的欲望》《毛猿》《大神布朗》《送冰人来了》《进入黑夜的漫长旅程》等奥尼尔的多部中晚期作品，研究以“悲剧性”“表现主义”“神秘主义”“意象”等文本特征为基点，涉及“人性”“伦理”“社会”“心理”“生态”“女性”等多方面的探讨，可谓“千树万树梨花开”。笔者从中国国家图书馆学位论文阅览室，以尤金·奥尼尔进行主题检索，共可检索得学位论文 60 篇。在中国家图书馆及中国知网输入“尤金·奥尼尔”，共检索到博士学位论文 15 篇：1. 吴宗会《异化与本真：尤金·奥尼尔戏剧荒诞特征研究》(2013)；2. 甲鲁海《尤金·奥尼尔欲望悲剧研究》(2013)；3. 梁春蓉《奥尼尔表现主义戏剧研究》(2012)；4. 张生珍《尤金·奥尼尔戏剧生态意识研究》(2009)；5. 卫岭《尤金·奥尼尔的创伤记忆与悲剧创作》(2008)；6. 许诗焱《尤金·奥尼尔戏剧理论与实践研究》(2008)；7. 尹迪《论尤金·奥尼尔戏剧的自传性特征》(2007)；8. 时晓英《尤金·奥尼尔的不同形象——传记评论书信中塑造的剧作家》(2007)；9. 杨挺《奥尼尔表现主义戏剧观比较研究》(2007)；10. 刘永杰《爱与死亡：尤金·奥尼尔的性别理论研究》(2007)；11. 陈立华《用戏剧感知生命——曹禺前期剧作与奥尼尔剧作比较研究》(2006)；12. 朱雪峰《再现奥尼尔》(2005)；13. 迟晓红《尤金·奥尼尔的悲剧想象》(2004)；14. 郭勤《依存与超越——尤金·奥尼尔隐秘世界后的广袤天空》(2004)；15. 沈建青《尤金·奥尼尔女性形象研究》(1994)。以上博士学位论文从传记、创伤记忆、性别理论、生态理论、欲望悲剧、女性形象等维度对奥尼尔及其作品进行深度研究，取得很多有建树的成果。此外，还有很多成果包含在早期的期刊和近年的论文集中。奥尼尔和他的剧作，通过几代人的不断阅读、阐释和研究，越发表现出其旺盛的生命力，体现了经典的魅力。

那么，我们的研究呈现怎样的特点？存在哪些问题？我们都译介了什么？为什么译介？我们的批评呈现怎样的特征？我们的译本采取了怎样的翻译策略？我们又缘何要对已有中译本的多部奥尼尔戏剧进行改编呢？改编是奥尼尔戏剧在中国生根、发芽的必由之路吗？对奥尼尔在中国近百年接受史的研究是否已经很充分了呢？下面分三个层次论述：

（一）关于奥尼尔与中国文化之关系的研究

在奥尼尔与中国文化关系方面，最受国内学者关注的是奥尼尔和我国道教的关系。首先需要提及的是，1988 年由南京大学出版社出版的我国奥尼尔研究专家刘海平先生的专著《中美文化在戏剧中交流——奥尼尔与中国》（南京大学出版社，1988）堪称杰作，该著作从中西方文化交流的角度深入考察了奥尼尔对东方的道家思想的接受及其剧作对中国现代戏剧的深远影响，较之奥尼尔与中国的某位剧作家的关系类论文视角更为广阔，论述更为全面。刘海平写道："当奥尼尔进入后期创作时，'道'对他说来，已不仅是他反复琢磨过了的哲学思想，而且是身体力行过了的实在经验。道家思想悄悄地潜入了他作品的主题、结构、人物和风格之中，在一定意义上决定了他对创作题材的取舍。"① 关于奥尼尔与道家思想的关系，钱林森先生论述道："怀有老庄情结的尤金·奥尼尔，不仅将道家学说当作一种学术和思想加以关注，更视为一种生活方式和人生态度加以崇奉。"②

另外，相关期刊论文主要有欧阳基《美国剧作家尤金·奥尼尔和老子的哲学思想》（《外国文学研究》，1986 年第 3 期），郭继德《奥尼尔的戏剧创作与中国哲学思想》（《山东外语教学》，1994 年第 2 期），崔益华《美国戏剧家尤金·奥尼尔与东方思想关系散论》[《东南大学学报》（哲学社会科学版），2001 年第 S1 期]，朱新福《尤金·奥尼尔作品中的东方宗教思想》[《苏州大学学报》（哲学社会科

① 刘海平：《中美文化在戏剧中交流——奥尼尔与中国》，南京大学出版社，1988 年，第 20 页。

② 张弘：《 跨越太平洋的雨虹：美国作家与中国文化》，宁夏人民出版社，2002 年，"前言"，第 10 页。

学版），2002 年第 4 期]，龚丽英《蝴蝶翩翩梦寰宇——谈老庄思想与几位英美作家的心灵契合》（《天津大学学报》，2008 年第 3 期），涂沙丽、陈立华《东方道家思想与尤金·奥尼尔》（《安徽文学》，2009 年第 4 期），李顺春《尤金·奥尼尔戏剧创作的道家世界》[《苏州大学学报》（哲学社会科学版），2009 年第 5 期]，廖敏《文化身份的焦虑——尤金·奥尼尔道家情结解读》（《天府新论》，2011 年第 2 期），等等。以上文章看法较为一致，认为我国道家思想曾深深地影响了奥尼尔，并且这种影响在其作品中有所反映。如欧阳基写道“奥尼尔深深地为东方特别是老子的道教思想所吸引，从而使老子的哲学思想成为他写作剧本的源泉”①，郭继德写道“这看出老子思想的影响在他脑海里是多么根深蒂固……奥尼尔的不少作品中反映出了‘无为’、‘出世’、寻找‘世外桃源’等思想倾向”②。

然而也有少数学者持反对意见，认为我国的道家思想并没有对奥尼尔产生深远影响，更谈不上是其创作源泉。如蒋虹丁《奥尼尔的创作源泉究竟是什么——与欧阳基先生商榷》（《外国文学评论》，1989 年第 2 期），孙立盎《形似而神非——奥尼尔与老庄》（《当代戏剧》，2017 年第 1 期），等等。两种相左意见的存在很大程度上是由奥尼尔极为复杂的思想本身决定的。

（二）关于奥尼尔与中国剧作家之关系的研究

对于奥尼尔与中国剧作家之关系，相关硕博论文主要有：陈立华《用戏剧感知生命——曹禺前期剧作与奥尼尔剧作比较研究》（2005）、陈玉梅《影响、接受与本土化》（2002）、甘滢《洪深与尤金·奥尼尔：影响与创造》（2002）、张璇《来自灵魂的呼叫与现实的忧患——尤金·奥尼尔和曹禺戏剧艺术的比较》（2011）、宋颖颖《论尤金——奥尼尔对中国现当代话剧的影响》（2012）和孙昊《尤金·奥尼尔对余上沅戏剧的影响研究》（2015）等，其中，陈立华《用

---

① 欧阳基：《美国剧作家尤金·奥尼尔和老子的哲学思想》，《外国文学研究》1986 年第 3 期，第 108 页。

② 郭继德：《奥尼尔的戏剧创作与中国哲学思想》，《山东外语教学》1994 年第 2 期，第 36 页。

戏剧感知生命——曹禺前期剧作与奥尼尔剧作比较研究》为博士学位论文，其余五篇均为硕士学位论文。陈立华运用平行研究及影响研究两种方法，从剧作文本的独特性和差异性入手，在文化全球化的整体背景下，重新审视曹禺和奥尼尔的关系。文章对中西方文化之间的渗透及影响、对异质文化相互影响的原因及规律等进行探究。张璇《来自灵魂的呼叫与现实的忧患——尤金·奥尼尔和曹禺戏剧艺术的比较》从不同文化背景出发，分析了奥尼尔戏剧与曹禺戏剧的深层关联和艺术特色。陈玉梅《影响、接受与本土化》探讨的也是曹禺先生受奥尼尔影响情况。甘滢《洪深与尤金·奥尼尔：影响与创造》以影响研究与平行研究相结合的方法，以奥尼尔对洪深所产生的影响为基点，探讨洪深与奥尼尔之间的关系。以上四篇硕博论文重点讨论了奥尼尔与曹禺、洪深的关系，从主题、技巧、风格等方面探讨了奥尼尔对曹禺和洪深的影响。

以上成果虽然多从奥尼尔与中国戏剧家的关系入手，但实质上则是奥尼尔对中国戏剧家的影响研究。另外，孙昊《尤金·奥尼尔对余上沅戏剧的影响研究》与宋颖颖《论尤金·奥尼尔对中国现当代话剧的影响》也属于此类研究。由此可见，针对奥尼尔对我国剧作家创作的影响研究成果较为丰富，尤其是在奥尼尔与曹禺的关系研究方面，已有颇具理论深度的博士学位论文，再论述的空间不是很大。

（三）关于奥尼尔在中国其他相关情况的研究

下面再看一下从“中国”这一背景对奥尼尔进行研究的相关成果，除影响研究外，相关的译介研究、译本研究、改编研究等在我国或虽已开始、尚待深入，或涉及较少。

1. 译介与批评研究

笔者共查到有关期刊文章 10 篇，硕士学位论文 3 篇，相关专著 2 部。首先，期刊论文包括王元化《奥尼尔于三十年代在中国风行》（《文艺理论研究》，1997 年第 1 期），龙文佩《奥尼尔在中国》[《复旦学报》（社会科学版），1988 年第 4 期]，汪义群《由“奥尼尔热”引发的思考》（《戏剧艺术》，1988 年第 4 期），侯靖靖《17 年间（1949—

1966）奥尼尔戏剧在中国译界的“缺席”研究》[《东华大学学报》，（社会科学版），2009 年第 3 期]，吕艺红《1988 年，奥尼尔热在中国》（《外国文学研究》，1989 年第 1 期），陈立华《历史与时代的选择，审美与文化的共鸣——探索尤金·奥尼尔在中国的接受与传播》（《英美文学研究论丛》，2007 年第 2 期），郭继德《奥尼尔戏剧在中国的接受与影响》（《山东外语教学》，2012 年第 3 期），张春蕾《尤金·奥尼尔 90 年中国行程回眸》（《南京晓庄学院学报》、2013 年第 1 期），郝纯、王占斌《尤金·奥尼尔剧作在中国的早期译介》（《时代教育》，2014 年第 3 期），刘库《论奥尼尔戏剧在中国的文本传播》（《湖北社会科学》，2014 年第 10 期）。其中，王元化《奥尼尔于三十年代在中国风行》只是一篇约 200 字的短文，作者简述了“奥尼尔风行”的说法后，表明了其对奥尼尔的消极态度，原因可能与他本人对现代化的表现手法比较陌生有关。余下的 8 篇文章与本论文选题相关，为本论文写作提供了基础。如吕艺红《1988 年，奥尼尔热在中国》、侯靖靖《17 年间（1949—1966）奥尼尔戏剧在中国译界的“缺席”研究》等文对笔者搜索早期文献，思考第一章译介研究的结构有很大帮助；龙文佩《奥尼尔在中国》、汪义群《由奥尼尔热引发的思考》、陈立华《历史与时代的选择，审美与文化的共鸣——探索尤金·奥尼尔在中国的接受与传播》、郭继德《奥尼尔戏剧在中国的接受与影响》、张春蕾《尤金·奥尼尔 90 年中国行程回眸》、刘库《论奥尼尔戏剧在中国的文本传播》等文不乏真知灼见，对笔者从整体上把握奥尼尔、思考论文构架有诸多启发。遗憾的是，由于期刊论文篇幅所限，以上文章或进行共时研究，只就一年或一段时期的译介情况进行梳理；或对译介和批评进行历时研究，只做浅尝辄止的概述。

其次，相关硕士学位论文有肖伟华《尤金·奥尼尔的译介与中国戏剧的现代化》（2010）、杨松《文化操纵视角下对尤金·奥尼尔戏剧作品在中国译介情况研究》（2013）和郝纯《尤金·奥尼尔戏剧在中国的译介及影响》（2014）。以上三篇论文对于“译介研究”都有所涉及，但由于篇幅所限未能详细论述。其中，肖伟华《尤金·奥尼尔的译介与中国戏剧的现代化》只涉及20世纪40年代以前的部分，而杨松《文化操纵视角下对尤金·奥尼尔戏剧作品在中国译介情况研究》、郝纯《尤金·奥尼尔戏剧在中国的译介及影响》两篇论文分别只用了一章篇幅来论述奥尼尔的译介情况。因此，译介研究是非常不充分的，且并未涉及批评研究。

最后，相关研究专著中，刘海平先生的《中美文化在戏剧中交流——奥尼尔与中国》（南京大学出版社，1988）重点是就奥尼尔与中国文化的关系进行深入、系统的研究，为了论述方便，该书包含了部分奥尼尔的译介及批评研究。遗憾的是，该著作成书时间较早，没有也不可能包括近30年奥尼尔在中国的任何内容。况且，该专著注重的是对奥尼尔与中国双方相互关系的探讨，并非对奥尼尔戏剧在中国的接受做全面研究，因而论述很难详尽展开，该书并未涉及奥尼尔在中国的译本（指翻译实践）研究和改编研究。另外，汪义群《奥尼尔研究》（上海外语教育出版社，2006）第九章《奥尼尔与中国》也涉及了部分与本选题相关的内容。需要特别指出的是：第一，以上两部专著所包含的部分与本选题有关的内容为笔者的构思提供了很多可资借鉴的资料，所引部分均已标出。第二，以上专著等为笔者查找奥尼尔在中国的第一手资料提供了巨大帮助，假如没有前辈的研究基础，笔者面临的困难是难以想象的。

2. 译本及改编研究

关于奥尼尔在中国的翻译实践及改编研究，笔者尚未检索到相关的博士学位论文或专著。硕士学位论文中，只有杨松《文化操纵视角下对尤金·奥尼尔戏剧作品在中国译介情况研究》的最后一章涉及了译本研究，文中对《天边外》两版中译本进行了对比分析。另外，就检索到的期刊论文看，也不过寥寥三四篇。相对于奥尼尔在我国的翻译及改编盛况来讲，现有研究成果是十分贫乏的。

综上所述，国内学者对奥尼尔与中国文化的关系、奥尼尔对中国剧作家的影响等问题较为热衷，已取得颇多成果，继续研究的空间较为狭窄。然而，国内尚无针对奥尼尔在中国的译介特点及成因进行全面分析，针对奥尼尔在中国的批评、翻译（译本分析）及改编等问题进行专门研究的博士学位论文或专著。鉴于此，笔者拟从“译介”“批评”“翻译”及“改编”四个方面展开对奥尼尔在中国的研究。钱林森先生曾反复强调，世间任何一项学术研究，任何一门知识的探究，都不可能是一次性的，不可能一人一次可以穷尽的。[①]笔者仅以此论文为奥尼尔诞辰130周年纪念献礼。

二、国外研究现状

尤金·奥尼尔研究在西方已逐渐发展成一种专门性学问。很多国家都定期召开奥尼尔学术研讨会，编辑并发行与奥尼尔相关的研究刊物。20世纪80年代以来，每逢奥尼尔的忌日，波士顿的谢尔顿楼里的学生都会举行纪念活动，奥尼尔住过的四楼被命名为“作家楼道”，由立志成为作家的学生申请居住。每年春天，他们把自己写的小说、诗歌和短文编辑成册，并以“尤金的遗产”命名，迄今为止，一直薪火相传。[②]有关奥尼尔的研究专著，一般来讲可以分成两类：第一类是研究者或文学评论家对他的剧作所进行的研究和评论；第二类是剧评家在奥尼尔的剧作上演之后，针对演出所作的评论。前者往往以学术专著的形式单独出版或以期刊论文的形式发表在学术刊物上，后者常常登载在报纸杂志上，如《纽约时报》《新闻周刊》《时代》等。

从20世纪20年代到30年代末，正值奥尼尔创作的旺盛期，相关评论常见于报纸杂志。其中，比较著名的剧作评论家有约瑟夫·伍德·克鲁齐、布鲁克斯·阿特金森、乔治·简·内森等。这些剧作评论家不但有深厚的文学修养与敏锐的鉴赏能力，而且对于舞台演出，包括导演、表演、舞台美术等都十分精通。他们撰写的评论常常鞭辟入里，对观众的欣赏和审美起到重要的引导作用。索弗斯·温泽尔的《奥尼尔批评研究》（*O'Neill: A Critical Study*, 1934）

---

① 张弘：《跨越太平洋的雨虹：美国作家与中国文化》，宁夏人民出版社，2002年，“前言”，第25页。

② 沈建青：《奥尼尔在波士顿的最后岁月——纪念尤金奥尼尔逝世60周年》，载樊延明《美国文学研究》第7集，浙江大学出版社，2012年，第61页。

问世后，奥尼尔作为美国重要剧作家及世界著名剧作家的地位也开始确立。但是，由于当时奥尼尔的自传体力作《进入黑夜的漫长旅程》尚未出版，所以对奥尼尔的研究还有待 60 年代和 70 年代进一步深入。

20 世纪下半叶奥尼尔研究最有影响的著作是 1972 年牛津大学出版社出版的《勾画时代的轮廓：奥尼尔剧作论》（*Contour in Time: The Plays of Eugene O'Neill*）。从奥尼尔创作的初始期到成熟期，作者特拉维斯·博加德几乎都作了详尽且全面的评介，该书直到今天仍然是奥尼尔批评中的重要著作。

在诸多的奥尼尔研究中还有一种著作，以研究奥尼尔戏剧创作技巧为目的，其中包括 E. 托恩奎斯特的《心灵的戏剧：奥尼尔对超自然主义技巧的运用》（*A Drama of Soul: O'Neill's Studies in Supernaturalistic Technique*, 1969）、迈克尔·曼海姆的《奥尼尔的家庭式语言》（*Eugene O'Neill's New language of Kinship*）、柯特·埃森的《内在的对峙力量》（*The Inner Strength of Opposites*, 1995）等。①

然而，奥尼尔在国外并非一开始就得到公众的认可，他的很多作品都曾存在争议，他本人也曾遭受诸多非议。如依阿华州立大学多兰斯·S. 怀特教授认为奥尼尔一家遭受了天谴，他写道："是什么样懦弱的一个家庭啊！""父亲也罢，儿子也罢，谁都不愿遵守对社会的义务，控制一下他们酗酒的嗜好。"② 再如有关评论家说："奥尼尔的创作水平不断地在杰出和平庸之间起伏，其幅度之大几乎超过任何一个现代剧作家。人们在奥尼尔的作品和神话中所能找到的挫折和失望往往多于财富。也许这就是他时而受到崇拜，时而遭受批判的主要原因。"③ 这在一定程度上也反映了奥尼尔的复杂性与深刻性。整体观之，国外奥尼尔研究主要包括社会学研究、剧作研究、比较研究及演出研究等。其中，比较研究包含与本选题相关内

---

① 参见汪义群：《奥尼尔研究》，上海外语教育出版社，2006 年，第 259 页。

② 克罗斯韦尔·鲍恩：《尤金·奥尼尔传》，陈渊译，浙江文艺出版社，1988 年，第 9 页。

③ [美] 凯瑟琳·休斯 《奥尼尔的影响还将继续增长》，龙文佩译，载《尤金·奥尼尔评论集》，上海外语教育出版社，1988 年，第 167 页。

容，分类评述如下：

（一）奥尼尔在欧洲、苏联和爱尔兰

凯瑟琳·休斯认为，欧洲有关奥尼尔的评论是有启发意义的。之所以得出这个结论，他给出了两点原因：第一，欧洲人了解奥尼尔的创作经历、独特的戏剧理念及戏剧使命。第二，这些评价前后具有一致性，至少和他在美国时起时落的声誉相比是相对一致的。凯瑟琳·休斯赞同乔治·琼·内森的说法，认为在法国、意大利、希腊、澳大利亚、苏联、北欧各国和中国对奥尼尔的评论是异常良好的论断。[①] 文章介绍了苏联卡米尔尼剧院上演奥尼尔戏剧并获成功的情况，认为泰洛夫在《毛猿》《上帝的女儿都有翅膀》和《榆树下的欲望》等作品里找到了劳工和种族问题的主题，而这些主题虽不是以马克思主义观点写出的，但接近苏联政府的态度。[②] 该文章分析奥尼尔戏剧在苏联的影响时已经考虑了苏联的社会政治因素。

另外，爱德华·萧纳西的《奥尼尔在爱尔兰》（*O'Neill in Ireland: The Critical Reception*, 1988）一书由两大部分组成。第一部分以奥尼尔与爱尔兰之间的关联为重点研究对象，第二部分主要介绍爱尔兰观众和研究者们对奥尼尔的评价。书中，作者对爱尔兰批评家、学者和戏剧工作者有关奥尼尔的论述进行了较为系统的整理和归纳。并且，该书提供了1922—1987年间奥尼尔作品在爱尔兰的演出史。[③]《奥尼尔在爱尔兰》这一研究成果已经受到国际奥尼尔研究者的认可。《奥尼尔在爱尔兰》为本论文的架构提供了诸多启示。

（二）奥尼尔在中国

关于奥尼尔在中国的影响情况，国外奥尼尔研究更多地关注奥尼尔与道家思想的关系，世界笔会副主席、当代美国戏剧泰斗阿瑟·密勒先生给予奥尼尔很高的评价："事实上，他博览群书，熟谙中国哲学和德国哲学，并开始认真研究古希腊，他是一位卓尔不群

① [美] 凯瑟琳·休斯 《奥尼尔的影响还将继续增长》，龙文佩译，载《尤金·奥尼尔评论集》，上海外语教育出版社，1988年，第168页。

② 同上。

③ 汪义群：《奥尼尔研究》，上海外语教育出版社，2006年，第272-273页。

的作家。"[①] 詹姆斯·罗宾森的《奥尼尔与东方思想》则对奥尼尔受东方思想影响的系统研究。作者指出，奥尼尔曾广泛涉猎中国古代哲学，对庄子的道学有浓厚兴趣，他不但看了一般性的译著介绍，还看了老庄的"真经"译本。该书第 23 页还详细描述了奥尼尔接受林语堂赠书的情景。

日本学者饭冢容的文章《奥尼尔·洪深·曹禺——奥尼尔戏剧在中国的影响》认为，建立现代文学较晚的中国也译介吸收奥尼尔的作品是特别值得注意的现象，文章还指出了洪深和曹禺两位剧作家把奥尼尔的剧作内容和技巧融化在自己的创作中的情况。值得一提的是，文章认为，洪深出色地把《琼斯皇》搬到了中国社会，在技巧上吸取了奥尼尔的新手法，并且获得了较之《琼斯皇》更为紧凑严肃的主题。[②] 笔者认为，此评价是比较公允的。

国外相关研究情况不仅表明具体某一国家的政治、社会、历史及文化因素是制约奥尼尔在该国家接受情况的主要原因；还显示出因我国处在与欧美完全异质的社会历史与文化语境中，奥尼尔在中国的接受情况在国际学界更具有不容忽视的地位。国外相关研究成果虽然也给笔者带来诸多启发，但是由于地域限制，国外学者很难对奥尼尔在中国的创新变异史进行全面、深刻、系统的研究。

第三节　研究目的、研究方法、主要创新点

一、研究目的

本书力求从接受美学的角度更为全面地解读奥尼尔戏剧在中国的接受及变异，并对"中国的奥尼尔"的形成原因进行探究，以期勾画出奥尼尔及其戏剧在我国接受的整体轮廓。

① 阿瑟·密勒：《强烈渴望伟大》，《纽约时报》1988 年 11 月 6 日第 1 版。

② 龙文佩：《尤金·奥尼尔评论集》，上海外语教育出版社，1987 年，第 308 页。

本书在前人研究的基础上，以跨文化、全局性的眼光，对奥尼尔在中国长达97年的接受史进行研究。首先，本书系统梳理奥尼尔戏剧在中国的译介史，并从中国特殊的政治、社会、历史语境出发对译介特点及其成因进行分析，期望洞察背后的深层原因，进而促进中西文化交流。其次，从整体上对奥尼尔在中国的批评情况进行研究，期望总结特点、找出问题，以启发我国今后的奥尼尔研究。再次，从戏剧翻译理论与翻译实践角度对奥尼尔的自传体力作《进入黑夜的漫长旅程》的不同译本进行对比分析，重点探讨奥尼尔戏剧文本特点及应采取的翻译策略，以促进国内奥尼尔戏剧译本研究事业的发展。最后，结合我国具体的社会、历史语境，对奥尼尔在中国的多部改编剧——《还乡》《大地之爱》《榆树孤宅》等进行研究，以期洞察改编变形背后的文化因子。

二、研究方法

（一）文献考证：尤金·奥尼尔在我国有着悠久的译介史、批评史，尤金·奥尼尔戏剧也曾被多次重译和改编。要展开研究，首先就要竭尽所能地占有第一手资料；在运用已有资料时，还要注意对资料的真伪进行考证。

（二）对比分析：以巴斯奈特戏剧翻译理论为指导，对《进入黑夜的漫长旅程》的不同译本进行对比分析，以期探究奥尼尔戏剧翻译可采取的策略。

（三）文化解读：文学与文化之间存在密切关联，文学研究重在文学，而要从根本上解释文学现象，则必须回归到传统文化这片沃土。尤金·奥尼尔身为美国人、爱尔兰人后裔，他身上独特的文化因子渗透到戏剧创作中。尤金·奥尼尔及其剧作研究离不开文化阐释，同时奥尼尔在中国的“变异”也离不开文化阐释。

（四）在本书写作过程中，还运用比较文学中的接受研究、比较研究等研究策略及文本细读和图表统计等方法。

三、主要创新点

（一）对奥尼尔在中国的接受，目前国内学术界还没有专门、系统、全面的研究，目前还只停留在阶段性、个别性的零散研究。这对于一位对中国现当代话剧的形成及发展有着深远影响的剧作家来说是不应该存在的现象。对奥尼尔在中国的接受及变异做更为系统的研究是必要且亟须的。

（二）本研究主要从中国国家图书馆民国期刊阅览室及微缩室等地获取我国早期译介奥尼尔的第一手资料，力求全面客观地对奥尼尔在中国的译介及批评情况进行分析、研究和总结，弥补之前存在的不足。

（三）国内对奥尼尔戏剧文本的翻译研究还呈荒芜之状，本书第三章从戏剧翻译理论与实践角度对奥尼尔的自传体力作《进入黑夜的漫长旅程》在中国的两个译本进行对比分析，探讨奥尼尔戏剧的语言特征及有效的翻译策略。

（四）本书从具体的中国社会、历史语境出发，从改编者的身份及其所采取的策略出发，对奥尼尔戏剧在中国的多个改编版本进行研究，以探究奥尼尔戏剧与中国之龃龉背后的深层原因。

第一章　奥尼尔在中国的译介

1888 年 10 月 16 日，尤金·奥尼尔（Eugene O'Neill）诞生在美国纽约城区一家不起眼的旅舍里。奥尼尔的祖父原是爱尔兰居民，后因饥荒移民到美国；奥尼尔的父亲詹姆斯是一位演员，因饰演《基督山伯爵》而成名。从奥尼尔的出生地和家庭背景看，他后来成为戏剧家，好似是命中注定的。19 世纪后期，美国戏剧已经逐步走向商业化，为了在竞争中处于不败之地，许多大型剧团被建立。这一趋势持续恶化，到 20 世纪伊始，各种各样以消遣为目的的庸俗剧充斥市场，充斥着暴力暗杀、谈情说爱的情节剧屡见不鲜，宏大的戏剧宣传泛滥成灾，企图吸引观众，而真正思考生命真谛、关注人类灵魂的严肃戏剧则无人过问。作为美国著名的文学史家，威拉德·索尔伯（Willard Thorp）认为，自 1776 年美利坚合众国成立至 20 世纪初期的百余年中，真正能够引起戏剧史学家关注的剧本不超过 6 个。[①]奥尼尔决定把戏剧创作当作终生的追求时，面对的恰恰是这样一种情况。奥尼尔认为，那些为赚钱而创作的戏剧恰似一种毒品，消耗人的体力，麻醉人的精神，污染人的心灵。因而，奥尼尔立志以撰写令自己满意的严肃戏剧为己任。当时，美国出现了和商业化演出相抗衡的小剧场运动，普罗文斯顿剧社（Provincetown Plares，1915）和华盛顿广场剧团（Washington Square Players，1914）等比较出名，奥尼尔正是从小剧场起步的。奥尼尔的创作基本可分为三个阶段：第一阶段（1913—1920）作品主要有《东航卡迪夫》《加勒比斯之月》等；第二阶段（1920—1938）作品主要有《天边外》《安

---

① 汪义群：《奥尼尔研究》，上海外语教育出版社，2006 年，第 67-68 页。

娜·克利斯蒂》《大神布朗》《悲悼》《无穷的岁月》等；第三阶段作品主要有《送冰的人来了》《进入黑夜的漫长旅程》等。他一生共获得了四次普利茨奖，并且在1936年荣获诺贝尔文学奖。纵观奥尼尔的一生，可谓跌宕起伏、充满波澜；他的作品兼收并蓄、博大精深。总体来看可概括为如下三个特征：真实性、丰富性、深刻性。

真实性。真实性主要指奥尼尔的戏剧观及在其戏剧观影响下的戏剧题材。奥尼尔从小随着父母亲走南闯北、居无定所、颠沛流离。七岁的时候，他被送进一所天主教学校上学；1902年，他又转到贝茨预科学校求学；1906年，他考入普林斯顿大学读书。不久之后，他退学跟随一个探险队去洪都拉斯淘金。"我袋子里的全部猎获物只是一条蜥蜴——而不是金子……"奥尼尔曾笑着说。"但是那一次探险，使他对丛林获得了真情实感，并在他的记忆中储藏起来，这使得他在后来写作《琼斯皇》（*The Emperor Jones*）舞台说明时，能够再现热带的背景：'森林是把世界分割开来的一堵黑暗的墙。'"[①] 奥尼尔还曾经在一艘开往布宜诺斯艾利斯的航船上做过水手。他做的是日常零散工作，负责擦洗地板、攀登帆索、铰接缆绳和登高瞭望等，奥尼尔还同其他海员以及在海滨垮掉的一些人交上了朋友。弗兰克·贝斯特写道："奥尼尔常到那些叫花子和海员们去的地方了解真情。"[②]这段时期，奥尼尔直接体验并了解到水手们的悲苦与艰辛，后来他把早年的这些观感都巧妙地运用到了独幕剧中。学校教育对奥尼尔的戏剧创作所起的作用是极为有限的，他创作的灵感和题材更多地来源于生活本身。他认为，戏剧就是生活——生活的实质及对生活的解读。[③] 奥尼尔对于他爸爸演的基督山伯爵没有什么好感，他认为那是典型的惊险剧，脱离生活，华而不实，看久了会生厌。[④] 奥尼尔认为，如果他有"勇气"不理睬舆论界，以及舆论界

---

① [美] 克罗斯韦尔·鲍恩：《尤金·奥尼尔传》，陈渊译，浙江文艺出版社，1988年，第31页。

② 同上。

③ [美] 卡吉尔编：《奥尼尔与他的剧作》，纽约大学出版社，1961年，第107页。

④ 荒芜：《奥尼尔及其代表作》，载《奥尼尔剧作选》，上海文艺出版社，1982年，第1页。

的各种指责，只追求他的理想，并且为之而奋斗，那么他一定能够获得名副其实的真实性及呈现这种真实性的技巧。奥尼尔热爱生活，他在生活里看见种种矛盾，就在创作的时候把他感觉到的东西写下来。对奥尼尔来说，甚至在丑之中也存在美，他并非因为生活之美才钟爱生活。在奥尼尔看来，美不过是包裹在生活表面的一层外衣，他所钟爱的并不是那层华丽外衣，他关注的是脱掉外衣之后的裸露的生活本身。奥尼尔认为，一位真正的现实主义的剧作家关注的应该是人物的灵魂，是让人物成为这个人而非其他人的那种特质。《进入黑夜的漫长旅程》正是奥尼尔倾注了泪和血，把自己的家庭当作原型创作的一部自传体大戏。奥尼尔在创作该剧时身体状况不佳，晚上还经常失眠。但是，他还是坚持撰写这部与他的青年时代及他的家庭有关的作品。那些往事如同幽灵一般纠缠着奥尼尔，使他非写不可。似乎唯有把内心的感触倾吐出来，他才能够得到安宁。奥尼尔认为，所谓真实，既是环境的真实，也是人物性格、心理的真实，还应包括作者自身情感的真实表达。他作品的真实性早已无可附加。G. J. 内森认为，奥尼尔同他大多数同时代的美国剧作家的区别正在于，奥尼尔是用生活的语言来想象戏剧，而后者用戏剧的语言来描绘生活。

更难能可贵的是，奥尼尔在与水手们一起艰难度日的日子里，切身感受到了隐藏在美国金碧辉煌之假象下的真实。奥尼尔对那些从事人类最古老职业的妓女也表示理解和同情，奥尼尔认为，她们之所以成为妓女，是因为她们根本没有其他选择，是因为她们被“命运”操控。奥尼尔凭借他的艺术天分，努力在处于社会边缘的那群可怜人的生活里挖掘能够使人具有“崇高感”的悲剧因子。奥尼尔早年穷困潦倒的经历对他的影响很大，使他对生活有了更深刻的认识。奥尼尔的悲剧力求真实地描绘丑陋畸形的人生百态，蕴含着对病态的社会人生的无限愤激之情，带有一种能够使人的心灵得到净化的崇高情调和无与伦比的审美境界。奥尼尔冷峻而严肃地直视生活、拥抱生活、体验生活。奥尼尔笔下的生活总是那样逼真、赤裸、沉重，他扎根于现实人生，以深刻的洞察力和极强的同情心真实地呈现社会人生，呈现生活在社会下层的小人物的不幸与痛苦，以诗人般的热诚描绘生命的活力和人格的尊严。

丰富性。这里的丰富性主要指奥尼尔戏剧包含的传承古今的美学思想及创作技巧。奥尼尔认为，在戏剧艺术中，希腊悲剧是很难超越的典范，希腊悲剧中那种宗教式的崇高，是现代社会生活所需要的。奥尼尔对包括希腊悲剧在内的各个历史阶段的戏剧知识都有所了解，这在很大程度上影响了他的剧本创作。奥尼尔不但研究了起始于希腊悲剧的西方戏剧传统，还勇于实践探索。从创作《琼斯皇》起，奥尼尔就开始对象征主义技巧和表现主义手法等进行大胆尝试，取得了显著成就。奥尼尔在创作手法上十分灵活，各种写作技巧，不论是自然主义的还是象征主义的，只要适用于他正在写作的剧本，他都会进行尝试。① 在《琼斯皇》等表现主义代表作中，奥尼尔关注人物心灵，描绘人物内心深处的真情实感。在其他多部作品中，他也都程度不同地使用了象征主义技巧。

奥尼尔总是那样活跃，那样不肯停歇，人们简直无法预测他下一步会干什么，能走多远。奥尼尔对新领域、新形式的实践与探究是没有止境的。当时有人认为，过早地对他一生的功绩进行总结的想法是愚蠢的。奥尼尔相信方法为内容服务。他在思考《奇异的插曲》时，把小说技巧与戏剧技巧融合到一起，运用意识流的手法，注意描写主人公的内心世界，这类剧被称作“内省戏剧”，这是当时美国戏剧界的一次革命，也是奥尼尔所取得的又一重大成就。②

奥尼尔还运用了内心冲突外化、分割区演、独白和旁白等很多独具魅力的形式。他说，“我竭力使自己成为一座熔炉”，“如果我有足够火力的话，就把他们熔化到我自己的技巧中去”。③在尝试诸多艺术风格时，奥尼尔还大胆使用了很多创造性的、非写实的表现手法。比如，面具是古代西方的一种戏剧技巧，曾被运用在公元前五世纪的希腊悲剧里。奥尼尔在《大神布朗》里多次使用这一技巧，

---

① 参见荒芜：《话说奥尼尔的〈琼斯皇〉》，《戏剧论丛》1981 年第 4 期。
② 参见廖可兑：《谈尤金·奥尼尔的〈奇异的插曲〉》，《剧坛》1982 年第 2 期。
③ [美] A·H·奎因：《美国戏剧史：从内战到现在》第 2 卷，1988 年，第 199 页。

并赋予了面具新的功能，把它当作呈现人物心理、揭示人的本质的工具，有效呈现人的内心冲突和双重人格。

劳逊认为，在奥尼尔的早期剧作中，显示出了理性的广度、情绪的深度、诗意的浓度及技巧和结构的优美。[①] 劳逊认为，奥尼尔剧作是美国现代戏剧的代表，研究奥尼尔，自然能收获一些现代美国戏剧较有代表性的创作手法。郭继德写道："他善于捕捉时代气息，有超前意识，他这批剧作中的思想观念和写作技巧之新颖，半个世纪之后仍不显得过时和落后。"[②] 郭继德认为，奥尼尔在创作《天边外》等剧作时，打破了之前创作《归途迢迢》时的那种现实主义的羁绊，现代主义特征越发明显，戏剧手法更加灵活多变。汪义群则写道："他不满足于传统的风格和手法，积极对各种新的技巧进行了多方面的探索和实验。"[③] 汪义群认为，当时美国的严肃戏剧，是沿着两条平行的线索发展的，一条就是以奥尼尔为代表的实验戏剧，它偏重心理分析，在表现形式与创作手法上做了许多有意义的探索与尝试。奥尼尔的创作给我们一个重要启示，即他在艺术上勇于探索、不断进取的精神。奥尼尔是最长于风格变化的剧作家。经过不懈努力，奥尼尔终于创造出了一批精神分析悲剧、表现主义悲剧。奥尼尔纯熟的创作技巧，尤其是心理戏剧冲突和毁灭性的悲剧结局，为后人提供了学习的典范。

深刻性。这里的深刻性主要指奥尼尔作品所反映的主题思想的深度。夏茵英指出："西方作家把握世界的视角大大地改变了。作家的视点转换了，从民族的阶级的转向了整个人类。"[④]第一次世界大战让人们亲眼目睹了战争的残酷，使人们丢掉幻想，直面现实。统治西方几百年的理性遭到质疑，从前爱与和谐的两大主题也受到严峻的挑战。现代化的科技和丰富的物质生活不但没能帮助人们实现

---

① 参见闻起：《奥尼尔和他的〈安娜·桂丝蒂〉》，《剧本》1981 年第 3 期。

② 郭继德：《对西方现代人生的多角度探索——论奥尼尔的悲剧创作》，《文史哲》1990 年第 4 期，第 78 页。

③ 汪义群：《当代美国戏剧》，上海外语教育出版社，2006 年，第 60-61 页。

④ 夏茵英：《20 世纪西方文学的人类意识》，《外国文学研究》1999 年第 2 期，第 122 页。

美国梦，反而让人们感受了更多的压抑与痛苦。作家深深陷入对人与自然、社会及自身之关系的全方位思考中，而不再局限于一个群体。他们所关注的不再只是自己生活的国度，而是整个世界。文学作品中的批判意识日益增强，全球意识、人类意识替代了之前的阶级意识。奥尼尔就生活在这样一个环境里，他经历过两次世界大战和一次波及全世界的经济危机。奥尼尔是人生意义的执拗探寻者，他的创作态度是十分严肃的，作品主题不但具有明显的人类意识并且是异常深刻的。正是因为极具深刻性，奥尼尔的作品刚刚演出时，才会经常遭人误解，引发争议。例如《文学时报》的增刊曾宣称："奥尼尔的世界是一个残忍的兽性世界，到处是狡猾似狐的野兽和被压碎的虫豸。他的戏剧充满着毫无约束的情感与肤浅的观点"[①] 这些争论一定程度上反映了奥尼尔作品的复杂性。

乔治·简·内森认为，奥尼尔的著作的数量之多及作品的丰富内涵是美国任何其他作家不能够比拟的。奥尼尔的真实、丰富、深刻决定了其作品的世界性。他的作品具有真实性，但从一开始就突破了时空所限。查士骥曾道："奥尼尔从来就不曾注意交代社会背景，他的剧作几乎与美国没有任何关联。"[②] 他的丰富的美学思想及创作技巧植根于古希腊以来的人类优秀文化的土壤，也注定要为世界范围内的戏剧家学习、继承。他被尊为美国戏剧之父，是美国戏剧史上的一座丰碑，但是民族的，也是世界的。无论在美国本土，还是在整个世界范围内，他都具有深刻的意义和极其广泛的影响。奥尼尔是直接向他在全世界的读者抒发情感的，从而也引发了全世界对于奥尼尔的关注、译介和研究。没有哪位作家能够纯粹客观地对生活进行观察。复杂多变的社会现实，在剧作家脑海里引起太多反应——或许接纳，或许抗拒，喜欢的或厌恶的，启发他们思考或者能够引导他得出结论的，一切都由他们的出身及成长经历等所形成的意识或思想的控制。奥尼尔在中国已有百余年的历史，东西方社

① 参见［美］弗·埃·卡彭特：《尤金·奥尼尔》，春风文艺出版社，1990 年，第 177 页。
② 查士骥：《剧作家友琴·沃尼尔》，《北新》第 3 卷第 8 号，1929 年 5 月。

会在哲学、伦理、社会意识形态、戏剧发展情况及政治对戏剧的诉求等方面存在巨大差异。蕴含诸多西方元素、执着于灵与肉的诉说的奥尼尔，很多时候就好似一支绝美的带刺玫瑰——奥尼尔的真实很容易地让读者与之产生共鸣，奥尼尔的丰富也必然地引发剧作家对其创作手法的借鉴，然而，奥尼尔的深刻或裸露有时又着实令国人望而却步。“文学翻译首先是一种文化选择行为，必然受到译入语文化中文学体制、文学观念、意识形态及经济等因素的制约。时代不同，文化语境不同，文学翻译选择也有不同的价值取向。”[①] 我们在吸收西方文化时，并非机械地挪用西方式的进程、内容、理念，而是要服务于中国内部社会政治变革及其审美形态变化的要求，做出独特选择与化用。

第一节　20世纪20—40年代

晚清已经开始的美国文学译介到了20年代有了进一步发展。我国学者对奥尼尔的早期译介正始于这一时期，当时的中译名有阿尼尔、欧尼尔、沃尼尔、奥尼儿、奥尼尔等。鉴于20年代还没有奥尼尔作品的译本，只有几篇具有发起意义的介绍性文章，与30年代奥尼尔译介的全盛期有所差别，并且1937年以后，抗日战争爆发，我国社会环境发生很大变化。因此，笔者将把1922—1929年、1930—1937年、1938—1949年的译介内容按预备期、高潮期、延续期进行分期梳理，以便呈现民国中后期奥尼尔译介的全貌。并基于我国特殊的社会现实，对译介情况背后的深层原因进行探究和挖掘。

一、译介情况及特点

（一）预备期——新文化运动中前期（1922—1929）

沈雁冰作为中国翻译界的前辈之一，为输入西方文学做了大量

① 查明建、谢天振：《中国二十世纪外国文学翻译史》，湖北教育出版社，2007年，第19页。

工作。1921 年，他对《小说月报》原有结构进行调整，创设“海外文坛消息”栏目。1922 年 5 月，沈雁冰在发表在该栏目的文章中写道：“一般欧洲人的见解，都以为美国没有艺术，只有金钱；凡是美国人见了这话没有不生气的。……在美国纯文艺杂志 *Dial* 的记者看来，美国并非完全没有艺术，乃是缺乏了创造新艺术的精神。”① 紧接着沈雁冰介绍了鲁易斯（Sinclair Lewis）的 *Main Street* 等将来很可能不可限量的具有一定创新精神的四位文坛新秀的四部作品。最后，沈雁冰介绍道，新作家奥尼尔（Eugene O’Neill）非常受欢迎，可以看作美国戏剧界最杰出的人才。沈文对美国文艺界关于“美国没有艺术”这一提法所持意见的描述，可以帮助时人大体了解美国当时的文学艺术情况。当时美国文学家中比较出名的很多，可是要把“创新精神”一词作为标准去衡量当时的美国文人，“便知入选者，不过寥寥数人而已”。在此种状况下，他对奥尼尔的介绍则更加引人瞩目。沈文对奥尼尔的介绍虽然笔墨不多，却表明了奥尼尔在美国社会的地位，容易引起当时国人的注意。到 1928 年奥尼尔访华之前，有两篇相关文章，分别是胡逸云《介绍奥尼尔及其著作》（《世界日报》周刊之六，1924 年 8 月）和余上沅的《今日之美国编剧家阿尼尔》（《戏剧论集》，1927 年 7 月）。余上沅论述道：“有了惠特曼，美国才真正有了诗；有了阿尼尔，美国才真正有了戏剧。”② 当时奥尼尔在美国已两次获得美国最高文学奖——普利茨奖，此种评价并不为过，文中还介绍了奥尼尔早期和中期的部分作品。

奥尼尔对中国有着很深的情愫。1928 年，由于对古老东方文明的憧憬，奥尼尔悄悄地走访了中国。据萧乾介绍，奥尼尔曾经扮作僧人，来过我国上海一次。到沪后不长时间他就生病了。奥尼尔曾经想象中国是一个富有特殊韵味的东方古国，可是当时上海的街道及车辆等都几乎和美国一样熙熙攘攘。他感到十分失望，然后恼火地离开了上海。当时的奥尼尔身材修长，他的手臂同水手一样，胳

① 沈雁冰：《美国文坛近状》，《小说月报》第 13 卷第 5 期，1922 年 5 月。

② 余上沅：《今日之美国编剧家阿尼儿》，《戏剧论集》，北新书局，1927 年，第 51-58 页。

膊长长的，手掌也较粗大，一撮小髯上面是一双炯炯放光、带点愠怒的眼睛。走在人群里，他很容易让人感到不可一世。但这与他在文学上的成就无关。[①]

奥尼尔的中国行一定程度上扩大了他在中国的影响。首先，一直对文学戏剧较为痴迷的张嘉铸在 1926 年留美归国后一直住在上海，奥尼尔在沪期间，曾经多次亲去旅馆拜访奥尼尔本人，随后在 1929 年 1 月《新月》第 1 卷第 11 号发表了一篇长达 14 页的题为《沃尼尔》的文章。张文主要是他对奥尼尔的一些印象及译自克拉克（Clark）的有关奥尼尔的生平情况的文字。另外，关于这次访游，查士骥认为友琴 • 沃尼尔的神秘行迹颇有些使人莫名其妙，觉得应该看一下美国本国人对于这位大作家的意见，故翻译了美国当时新近的文艺评论家——灰布而士（T. K. Whipples）教授刊载在 *Spokesmen* 上的一篇关于奥尼尔的文章，并发表在 1929 年 5 月 1 日《北新》第 3 卷第 8 号上，题为剧作家《友琴 • 沃尼尔》。此外，1929 年还有载于《戏剧》1 卷 2 期的胡春冰《英美剧坛的今朝》、载于《戏剧》1 卷第 4 期的寒光译《美国戏剧家概论》、载于《戏剧》1 卷第 5 期的胡春冰《欧尼尔与〈奇异的插曲〉》。

纵观 20 年代奥尼尔在中国的译介情况，尚无奥尼尔剧作的译作出现，共有约 8 篇相关译介文章，或是译介者基于自身对奥尼尔的认知所写的介绍性文章。整体观之，这一时期的译介主要包括作家生平经历、作品简介及创作手法介绍等，一般是直接从英文原文翻译而来。

1. 涉及了作者体态特征、苦难生平，且包括了其作品与作家亲身经历的密切关系。如张嘉铸介绍道："奥尼尔身材细长柔弱，他的态度总是有点怕羞的样子，只有他感兴趣，觉得有意思的时候，他才会说得兴高采烈，否则就闭口不言。……在 1912 年 12 月，奥尼尔生病之前，从未有过安定的一日，家中不常住，16 年来，不在学校里，便是随着父母游行，不是航行于大海之上，便是在南美北美，

① 萧乾：《奥尼尔及其〈白朗大神〉》，《大公报》（天津）1935 年 9 月 2 日第 3 版。

东做工，西做工。……他的传记需同他的作品同时研究，沃尼尔这人，先有生活，然后再创作。并不像许多的作家把自己的经验引为对作品的模仿。”[①]

2. 介绍创作手法及风格的丰富与灵活。如张嘉铸写道：“他还在成长，从他最近的作品中，我们看不出他剧作的派路……，真是自强不息的奇才，谁也不能说，他下次要写什么。”[②] 查士骥介绍道：“他自始便是表现很简洁。描写全无复杂之处。描写大都是单调的，其简单有时常使人感到若有所失。但他的大胆的，且明确的笔法，则恰如用粗线来画的草原一般，表现得很是恰当。”[③]

3. 对于作品的深刻性及反传统性，如认为奥尼尔的悲剧是绝望的悲剧，不给主人公以丝毫的慰藉，……奥尼尔的悲剧主人公都是“进至而内的败北者”。[④]

4. 涉及了奥尼尔与当时风行中国的易卜生之间的关系。奥尼尔对于易卜生的感动，一定程度上拉近了中国文人和他的距离。[⑤]

《新月》编者在“编者按”中写道：“沃尼尔是美国现代最伟大的戏剧家，……下期本刊也许再登一篇关于奥尼尔的文字。”[⑥] 可见，该期刊已经强烈意识到刊登奥尼尔的必要性。20 年代较为全面客观的介绍使国人对奥尼尔有了最初的把握，对其作品的真实性、丰富性、深刻性及伟大性有所了解，这在一定程度上刺激了国人的好奇心，为 30 年代对奥尼尔译介的全面深入打下了基础。

（二）第一次高潮——新文化运动后期（1930—1937）

20 世纪 30 年代，奥尼尔在中国的译介出现第一次高潮，与 20 年代无作品翻译出版的情况不同，从 1930 到 1937 年，几乎每年都有奥尼尔的作品经翻译出版，涵盖了奥尼尔早期的 17 部作品。在古有成、钱歌川、洪深、顾仲彝等近 20 位译者的努力下，奥尼尔译介

---

① 张嘉铸：《沃尼尔》，《新月》第 1 卷第 11 号，1929 年 1 月。

② 同上。

③ 查士骥：《剧作家友琴·沃尼尔》，《北新》第 3 卷第 8 号上，1929 年 5 月。

④ 同上。

⑤ 张嘉铸：《沃尼尔》，《新月》第 1 卷第 11 号，1929 年 1 月。

⑥ 同上。

到 30 年代达到了顶峰。同时，伴随多部翻译作品的发表，也迎来了包括“译后记”等在内的相关译介文章的大量涌现。

在我国最早翻译奥尼尔作品的是古有成，他在 1928 年翻译完成的《加力比斯之月》，包含奥尼尔早期以海上生活为题材的七个独幕剧，于 1930 年 12 月由上海商务印书馆出版。

1931 年 1 月，古有成于 1928 年翻译完成的《天边外》也由商务印书馆出版。需要指出的是，在翻译过程中，古有成本人曾与奥尼尔有过书信往来。这一点，1929 年张嘉铸在文章中有所提及：“不过日前我遇到沃尼尔，谈及他的作品，他说，‘在北京有人写信给他，把他的《天际线的后面》已经译出来了。’”[①] 从所谈及的书籍和时间来判断，奥尼尔所说的写信人就是古有成。看来，古有成的译著被收入当时的《世界文学名著丛书》亦绝非偶然。

1931 年，曾载于《现代文学评论》第 2 卷第 1、2 期上的由钱歌川翻译的《卡利浦之月》由中华书局出版。刘海平先生描写道：“该书扉页是这位美国剧作家的木刻像，那俊俏、沉思、忧郁的容貌是最早给中国读者留下的深刻印象。”[②] 同年，赵如琳翻译的《捕鲸》先载于北新书局的《独幕剧集》，随后又收入《当代独幕剧选》，于 1931 年由广州泰山书局出版；洪深、顾仲彝翻译的《琼斯皇》载于 1934 年 3 月 1 日《文学》第 2 卷第 3 号；随后，《人生与文学》第 1 卷第 2 期登载了怀斯翻译的《天长日久》。1934 年 7 月，《文艺月刊》第 6 卷第 1 期登载了马彦祥翻译的《卡利比之月》，1934 年 10 月 1 日《现代》第 5 卷第 6 号登载了《袁昌英》翻译的《绳子》。1936 年中华书局出版了王实味翻译的《奇异的插曲》，1937 年启明书店出版了唐长孺翻译的《明月之夜》。[③]

除了前文提到的古有成的两篇“译后记”外，译介文章中较为重要的还有载于 1931 年中华书局出版的《卡利浦之月》的钱歌川的

---

① 张嘉铸：《沃尼尔》，《新月》第 1 卷第 11 号，1929 年 1 月。

② 刘海平：《中美文化在戏剧中交流——奥尼尔与中国》，南京大学出版社，1988 年，第 84 页。

③ 参见汪义群：《奥尼尔研究》，上海外语教育出版社，2006 年，第 328 页。

《奥尼尔评传》、载于1932年《青年界》2卷1期的黄英的《奥尼尔的戏剧》、载于1933年《现代出版家》第10期的洪深的《欧尼尔与洪深》、载于1934年《文学》第2卷3号的洪深的《奥尼尔年谱》、载于1935年9月2日《大公报》的萧乾的《奥尼尔及其白朗大神》、载于1935年《人生与文学》第1卷第5期的巩思文的《奥尼尔及其戏剧》等。此外，1932年，现代书局还出版了戏剧家马彦祥的专著《戏剧讲座》。该书介绍了世界"近代剧的代表作家及其作品"，包括易卜生、梅特林克、萧伯纳、奥尼尔等剧作家。马彦祥认为，美国的剧作家中，没人能和奥尼尔相提并论，奥尼尔以他犀利新颖的创作手法征服了整个欧洲的剧坛。奥尼尔绝对是当时唯一的一个世界范围内的戏剧天才。

30年代是我国奥尼尔译介的第一次高潮，译介特点如下：

1. 作品翻译：首先，这一时期翻译并出版了多部奥尼尔的作品。古有成在"译后记"中写道："他的作品，经验的成分多于想象的成分，而这个经验又大部分是艰难困苦的。所以为帮助读者了解他的作品起见，且把他的生涯经过略说一说。"[①] 读者可以参考译后记阅读译作，直接对作家进行感知，不再停留在看别人对奥尼尔的评论上。其次，值得注意的是，还出现了《还乡》（马彦祥改译，载于1932年《新月》3卷10期）和《天边外》（顾仲彝改译，载于1932年《新月》4卷4期）两个改译本。

2. 译介文章：从译介文章来看，译介内容比20年代更为全面、系统、深入，译介水平不断提高，逐渐向译介和评论相结合的方向发展。在作品主题方面，古有成作为奥尼尔作品的第一个翻译者，他认为文学艺术的使命是真实地描写人生，对奥尼尔有着深刻的理解。他写道："作者创作时的态度，我相信是无所容心的，所以要是有人读了本书，便说著者是悲观者是改造者，或其他什么，那简直是我玷污了我们的作者。"[②] 巩思文评论道："每个戏剧批评者总会

① 参见古有成：《加力比斯之月》，商务印书馆，1930年，"译后记"，第1页。

② 同上。

看出一些乖戾的行为和污秽的意见。不清楚奥尼尔的人，总以为他是一个愤世嫉俗的人，……。其实他不是这样的用意。”[①] 在风格手法方面，巩思文写道：“论写剧的方法和态度，作者都能别具风格，自成一家。奥尼尔的生活经验是丰富的。……1913 年—1919 年是写实主义剧本，这一期的剧本当然比不上二期的表现主义剧本。”[②] 他对奥尼尔的风格手法，包括表现主义手法给予了极大的肯定，在大家对于奥尼尔早期创作的海上生活戏剧的现实主义风格甚为迷恋的语境下，也可谓真知灼见。萧乾介绍道，把握高而斯兹或者萧伯纳并不困难。奥尼尔所有剧作都是极富个性的，让人难以模仿和猜测，主题也很难把握。百老汇没有他的影子。奥尼尔根本不在意当下流行哪种题材，哪种风格，他潜心创造自己的艺术，所有剧作都具有奥尼尔特点。萧乾认为，最具有奥尼尔味的作品首推《白朗大神》。[③]

（三）延续期——抗日战争和解放战争时期（1937—1949）

1938 年到 1949 年新中国成立前，就美国戏剧在中国而言，奥尼尔仍是热点。首先，战火硝烟中，有 5 部奥尼尔作品翻译出版。1938 年由独立书局出版的王思曾翻译的《红粉飘零》，1939 年《光明书局》出版的《世界名剧精选》选入了范方翻译的《早点前》，这两本剧作都是新译本。1948 年正中书局出版了朱梅隽翻译的《梅农世家》，开明书局出版了聂淼翻译的《安娜·桂丝蒂》，1949 年晨光出版公司出版了荒芜翻译的《悲悼》。[④] 其中，荒芜的《悲悼》是 1948 年朱梅隽《梅农世家》的复译本，原《梅农世家》包含的《归》《追》《鬼》三部曲在新译本中被命名为《归家》《猎》和《崇》，该剧在后来又多次再版。1945 年初，中美双方确定“美国文学丛书”系列书目，奥尼尔的《悲悼》三部曲被选入其中。这一时期，奥尼尔的多部作品被重新翻译，甚至《悲悼》这种较长篇幅的作品也出现了两种译本。这种现象一定程度上可以表明奥尼尔在中国受欢迎的程度。

① 巩思文：《奥尼尔及其戏剧》，《人生与文学》，第 1 卷第 5 期，1935 年 1 月。

② 同上。

③ 萧乾：《奥尼尔及其〈白朗大神〉》，《大公报》（天津）1935 年 9 月 2 日，第 3 版。

④ 参见汪义群：《奥尼尔研究》，上海外语教育出版社，2006 年，第 328 页。

上海剧艺社于1938年11月上演了《早点前》；重庆在1941年12月演出了李庆华据《天边外》改编的《遥望》；上海多次上映好莱坞著名女演员嘉宝主演的《红粉飘零》；这些演出都颇为成功。

其次，约16篇相关评论文章出现，如曹泰来在1937年《国闻周报》第14卷第3期上的文章《奥尼尔的戏剧》、俞志远在1937《文学》第8卷第2号上的文章《奥尼尔的生涯及其作品》、赵家璧在1937年《文学》第8卷第3号上的文章《友琴·奥尼尔》、赵家璧在1938年《戏剧杂志》第1卷第3期上的文章《〈早年前〉的作者奥尼尔》、巩思文在1939年商务印书馆《现代英美戏剧家》上的文章《奥尼尔》、王卫在1942年《话剧界》上的文章《戏剧家奥尼尔》、R·华思在《戏剧时代》第1卷第4、5期上的文章《现代美国剧作家及其作品》、顾仲彝在《文艺春秋》第4卷第2期的文章《奥尼尔和他的〈冰人〉》等。其中多数仍属于对作者生平及以往作品的介绍，这里最值一提的是顾仲彝的《奥尼尔和他的〈冰人〉》。奥尼尔的《送冰人来了》在纽约的首演是在1946年10月9日下午五时半开始，演出结束已是晚上11点多钟。不到三个月，顾仲彝就发表了《奥尼尔和他的〈冰人〉》，可谓相当迅速，在战火纷飞中，人们保持着对奥尼尔的渴求。中西方文学戏剧的交融，不但受到外来因素的影响，更取决于主体文化精神、文学审美能力等的发展状况。那么，到底是什么原因使我们早在20年代初期就发起了对奥尼尔的译介并最终形成30年代的译介高峰呢？为什么在战火纷飞中，国人依旧不忘译介奥尼尔呢？

二、译介状况评析

（一）戏剧走到时代前沿

当我国封建社会走向没落和腐朽时，曾经辉煌灿烂的中国传统戏剧也日趋暗淡。到清朝末期，杂剧、传奇等艺术形式已经过时，当时以京剧为主的戏剧缺乏文学性和思想性。当时我国不但没有卓越的剧作家，而且也没有能够被称为文学名著的剧本。戏剧沦为供人消遣的玩物，戏剧艺术日益僵化。同时，从社会政治语境来看，民国时期，我国正处于转型期，建构民族国家的任务迫在眉睫，戏剧因为能够有效地向民众宣传进步思想，变得越来越重要。

梁启超认为，路易十四时期的法国与当时中国社会的情形非常相似，正是因为一个叫福禄特尔的文人，创作了很多小说戏剧，才把当时全法国的群众从睡梦中惊醒。[①] 他从资产阶级启蒙主义出发，强调戏剧的社会价值。陈独秀指出："戏园者，实普天下人之大学堂也；优伶者，实普天下人之大学教师也。"[②] 陈独秀也认为戏剧是进行社会改革的最有效的文学形式。戏剧在当时被看作能够推动社会前进的轮子，梁、陈等人在戏剧与社会、戏剧的美学价值等问题上的观点代表了一批进步文人的思想，他们试图借助西方的新思潮、新观念对腐朽的封建制度进行批判。

（二）戏剧翻译势在必行

伊文·佐哈认为，一定时期文化内形成翻译高峰，需具备以下条件：一，某一民族或国家的文学正值初创伊始或过渡期；二，该国家或民族的文学处于"从属""羸弱"等状态。[③] 文学是一种与时代同时出现的秩序，唯有通过对译介活动发生时的社会语境进行全面研究，才能够洞悉奥尼尔译介活动背后的影响因子。

19 世纪末至 20 世纪初，中国的封建制度日渐瓦解，新的社会形态尚未形成，处于过渡期和危机期。由于受到西方文学思潮的冲击，传统文学岌岌可危，无论在内容、形式还是思想上，都难见创新。以先进知识分子为代表的爱国人士要求变革的呼声日益高涨，"启蒙"和"变革"成为当时社会的两大旗帜。从某种程度上说，半殖民地国家多元分散的权力结构，使社会出现了巨大的权力真空或者缝隙，这在客观上促进了东西方文化交流。20 世纪初期，《新小说》（1902）、《小说月报》（1910）等文学刊物大量涌现，当时这些刊物刊载的翻译文本数量占到了整体的一半。

---

① 陈白尘、董建主编：《中国现代戏剧史稿（1899—1949）》，中国戏剧出版社，2008 年，第 6 页。

② 陈独秀：《论戏曲》，《安徽俗话报》1904 年第 11 期。

③ 参见谢天振：《译介学》，外语教育出版社，1999 年，第 99 页。

陈白尘指出，从1919年到1937年之前，“这个时期的思想与主义是整个20世纪最为多元，最为芜杂纷繁的”[①]。当时，各种意识形态并行，各种期刊杂志在外国文学译介上呈现出不同的价值取向，真可谓百家争鸣、百花齐放。为传播自己所属集团的文艺思想及诗学主张，不同流派的译者纷纷译介自己认同的外国文学作品。在翻译文学日益兴盛的大背景下，作为一种极富影响力的艺术形式，戏剧因为过去一直处于“从属”状态，更需要积极地借鉴他国优秀成果。

陈白尘指出，“当中国进入资产阶级民主革命的历史新时期时，爱国主义和民主主义成为时代主旋律时，对戏剧进行改革的要求也越来越强烈地暴露出来”[②]。当时的“爱美剧”活动即是针对文明新戏衰败时期戏剧商业化的倾向发动的，使新兴话剧的创作水平有所提升。1907年，春阳社和春柳社两个剧团分别在上海和东京上演新戏，标志着我国新兴话剧的诞生。新兴话剧第一个剧本为《黑奴吁天录》。文人对话剧的关注，使话剧在中国产生很大影响。1917年，很多文人志士以《新青年》为阵地发起对我国传统京剧的批判。1918年，胡适号召我国所有西方文学研究者开一个会，一起确定一些必须翻译的外国名著，比如50篇散文、100部长篇小说、300种戏剧、500篇短篇小说，编成第一部《西洋文学丛书》；五年内翻译完成，然后定第二部。[③] 钱玄同认为，假如我国要有真正的戏剧，就应该是同西方一样的戏，而并非传统的“脸谱”戏。只有清除语不像语、人不像人的旧戏，才能拥有我们自己的真正戏剧。[④] 钱玄同的主张最为激烈，他认为京剧不但缺乏思想，而且行文也欠流畅，应该把京剧全部推翻，创立“西洋派的戏”。周作人、傅斯年等遥相呼应，也认为戏剧应全盘欧化。欧阳予倩指出，中国旧剧，非不可存，只

---

① 王宏志：《重释“信达雅”—二十世纪中国翻译研究》，东方出版中心，1999年，第40页。

② 陈白尘、董健主编：《中国现代戏剧史稿（1899—1949）》，中国戏剧出版社，2008年，第8页。

③ 胡适：《建设的文学革命论》，《新青年》第4卷第4号，1918年7月。

④ 钱玄同：《随感录》，《新青年》第5卷第1号，1918年9月。

是陋习太多，必须清除干净。应该多翻译外国戏剧以供参考，然后再模仿着进行创作。他认为，“不必故为艰深；贵能以浅显之文字，发挥优美之理想”。① 在这一背景下，翻译外国戏剧势在必行。这一时期，有大量外国戏剧作品被翻译到我国。仅20年代的中国剧坛，就总共翻译出版了二百多部西洋剧作。翻译被赋予挑战原有文化体系、协助建设新体系的功能，直到抗战爆发。

（三）奥尼尔迎合了我国戏剧改革之时代诉求

乐黛云指出：“受是基于接受者主体结构的主动行为。”② 为了满足中国传统戏剧向现代性转变的要求，众多译介者必然会到世界文坛寻找与我国主体要求相符合的杰出剧作家。中国传统戏剧要向现代性变革，在戏剧价值观上，自然表现为改变在封建社会后期戏剧被看作有闲阶级玩物的落后状况，而成为一门真正的艺术。在戏剧的创作技巧上，则主要应该向西方学习，用更适合呈现日常生活的写实手法代替旧戏中的程式化手段。20世纪20到40年代，之所以出现奥尼尔译介的第一次高峰，主要是因为奥尼尔作品的真实性和技巧的丰富性在方法论层面满足了中国戏剧改革的内在需要。

1. 声望使然

奥尼尔是美国严肃戏剧的奠基人，对于奥尼尔的贡献和影响，查士骥介绍道：“一、在今日的美国作家中，没有一个人能和沃尼尔一样拥有那么多同情者，一方面是因为沃尼尔是美国戏曲之父，一方面是因为他的作品给美国人不少的共鸣。……他对于美国现代戏剧界作有不少的贡献，予以不小的影响，他是有非常之力的，但尚未被充分利用。”③

张嘉铸介绍道：“一、天边外排演后，奥尼尔获得领袖剧作家地位。二、沃尼尔两次获得了Pulitzer Prize，一次美国美术科学社的金奖。在欧洲各国，他的名声早已传播了，在日本表演过他两部戏。”④

---

① 欧阳予倩：《予之戏剧改良观》，《新青年》第5卷第4号，1918年5月。

② 肖明：《中国比较文学学会第二届年会暨学术讨论会综述》，《文学评论》1987年第6期。

③ 查士骥：《剧作家友琴・沃尼尔》，《北新》第3卷8号上，1929年5月。

④ 参见张嘉铸：《沃尼尔》，《新月》第1卷11号，1929年1月。

古有成惋惜地指出“他的声名已洋溢国外”，但我国还总事事落后，不仅文坛上无人谈论奥尼尔，且舞台上也没有上演奥尼尔的戏剧。应该说，奥尼尔的声望和影响使国人根本无法忽视他的存在，对他的关注和译介是必然的。

2. 现实主义元素迎合了国人的审美需求

首先，奥尼尔的苦难经历及其与作品的密切关联某种程度上拉近了他与国人的距离。奥尼尔的美学观点一方面受到了欧洲和美国现实主义传统的影响，另一方面受到了各种现代派理论的熏陶。他的剧作具有现实主义元素，奥尼尔在自己最好的剧作里，竭力以他心理的和道德的观点真实地反映现代社会生活中最本质的矛盾和冲突。我国奥尼尔研究专家刘海平认为，正是奥尼尔本人的经历及其作品中对下层人物的描述唤起了中国读者的共鸣。他认为：“奥尼尔出生于‘戏子’家庭及其饱尝世态炎凉的人生经历，剧作中一系列挣扎在社会底层的小人物形象，他们身处社会边缘，可怜至极，毫无地位或前途。……如《毛猿》中那位‘上不着天，下不着地’的司炉工等都会令中国译介者和中国读者、观众产生好感和认同感。”[①] 20 世纪 20 年代，查士骥写道：“他所写的世界是被限制着的。他所喜欢的世界，是农民，水手，火夫，卖淫妇及黑人等的不幸的生活，这是因为他的居住处在海岸，在不毛的农业地带。沃尼尔作品中的人物，在物质上及精神上都是十分不幸的，有时也有把生命也加以否定的人。他们如生于贫瘠的气候不良的土地上的树木一样。……在他的作品中，有现实社会给他的作品的两个影响，即不公正和饥饿的表现，而尤以饥饿表现得最好。换言之，最能给他带来艺术冲动的是饥饿，在他的作品中，饥饿被最积极地描写和证实。……沃尼尔的悲剧是被解释为拒绝了食物的人的叫喊的……作家是用一种形式来把他的作品和环境相结合的，而尤以沃尼尔为最明显。他的世界观和他作为一个作家的生活中的苦难是密不可分

① 刘海平：《中美文化在戏剧中交流——奥尼尔与中国》，南京大学出版社，1988 年，第 111 页。

的。……奥尼尔的悲剧世界只限于‘挫折的悲剧’。这样的定义是他的人生观的必然归结。……所有读奥尼尔作品的人，一定是非得处于十分简单化，十分贫苦的世界中不可的。这世界的广度是十分狭隘的，物质是十分贫弱的。这世界不仅是衰瘦了的骷髅，也是不可避免地成为一种大的破坏力牺牲品的人。”[①] 30 年代，巩思文写道：“他的成功却在表现鲜活真实的人生。美国观点比较肤浅，他们所希望的大都是些华美甜蜜的假玩意；奥尼尔却一字一句，都充满着生命的气息。美国许多剧本虽然有心，但是贫血。打血的工作，只有奥尼尔能够胜任。……奥尼尔的作品，无论好坏，甚至坏一些的作品都能使人感觉出他的力量和勇气。”[②] 萧乾也交代了奥尼尔有一对戏子父母，在他出生后的最初七年便像个小戏子被父母带着南北奔波，过着十足的戏子流浪生涯等，并认为奥尼尔成为剧作家是必然的。[③] 40 年代，顾仲彝写道：“奥尼尔的一生做过很多事情。他当过新闻记者，水手，浪游过东西方许多码头。……奥尼尔的教育非常零散，没有系统。他最初有一位英国家庭教师教他，后来进过许多学校，不过他受益最多的教育是听他父亲背诵莎士比亚的戏剧和不断上剧院去看戏。父亲要他从政，他不愿意，搭了一条挪威船去航海，在路上整整六十天。他上岸加入一家打包公司，不幸打包公司着火，他于是上了一只英国船，船上吃的东西虽多，但糟透了，奥尼尔常常饿肚子。……他航海归来，在新伦敦当记者。早上四点报馆工作完毕，他便上脚踏车骑三英里回家睡觉。于是他害慢性肋膜炎，也就是初步的肺病。”[④] 奥尼尔剧作与现实苦难的关联可见一斑，某种程度上说，奥尼尔戏剧的内容决定了他的读者群体。奥尼尔顺应时代的潮流，扎根于真实的社会人生，尽力描写现实人生，描写那些被放逐的灵魂。因此，奥尼尔自然而然地变成了现代戏剧的首创者，同时也迎合了国人的品位。

① 查士骥：《剧作家友琴·沃尼尔》，《北新》第 3 卷第 8 号上，1929 年 5 月。
② 巩思文：《奥尼尔及其戏剧》，《人生与文学》第 1 卷第 5 期，1935 年 1 月。
③ 萧乾：《奥尼尔及其〈白朗大神〉》，《大公报》（天津）1935 年 9 月 2 日第 3 版。
④ 顾仲彝：《奥尼尔和他的〈冰人〉》，《文艺春秋》第 4 卷第 2 期，1947 年 7 月。

其次，奥尼尔与易卜生关系密切，部分作品内容可用于社会批判。19 世纪 50 年代后，世界文学就进入了以易卜生、奥尼尔等为代表的“戏剧时代”。他们的创作不仅使戏剧变成本国最为重要的艺术形式，并且还引发了世界范围内的“近代戏剧”浪潮。

在学习易卜生现实主义戏剧之后又被卷入新的戏剧变革和生活变革的历史大潮时，中国文化选择了接受奥尼尔。奥尼尔与易卜生之间的联系较为密切。奥尼尔阅读过他能找到的任何作品，希腊的、伊丽莎白女王时代作家的——实际上是所有的古典文艺作品——同时，自然也囊括了所有现代剧作家的戏剧，比如萧伯纳、斯特林堡和易卜生等。奥尼尔比较喜欢阅读易卜生的作品，奥尼尔与易卜生的关系也自然引起了国人的注意。张嘉铸在《沃尼尔》中写道：“当他预备写戏的时候，关于剧院的情事，他早已懂得许多，第一是同他父亲在剧院里经过的经验，不过他所知道的各派戏剧的知识，反足以增加他对于陈调的憎恶。沃尼尔早先的剧本，已有一种反对美国过去戏剧的微式。易卜生的戏，他看了十分感动。”①

当社会动荡不安、诸多问题亟待解决、民不聊生时，能够直面社会的问题剧就会因为它的特殊功用而受到改革者的青睐。顾名思义，问题剧是“以社会上各种问题为题材的戏剧”，社会问题剧曾是中国戏剧界极为重要的命题。“五四”运动前后，中国的仁人志士高声疾呼，中国戏剧界需要向易卜生学习，需要创作易卜生式的反映社会现实的问题剧，从而起到批判现实、唤醒民众、挽救民族于水火的作用。虽然有些先驱者对易卜生在创作后期表现出的现代主义特征了如指掌，但是他们还是视而不见，只译介易卜生富有现实主义色彩的作品，以便为我所用。从某种程度上说，奥尼尔与易卜生的关系也拉近了国人与他的距离。田本相曾指出：“作为美国现代戏剧之父的奥尼尔，在戏剧观念上与易卜生保持着一定程度的亲近。……中国的引进者把奥尼尔的戏剧，尤其是早期戏剧归入现实

---

① 参见张嘉铸：《沃尼尔》，《新月》第 1 卷第 11 号，1929 年 1 月。

主义戏剧类型。”[①] 国人在译介奥尼尔时，也同样选取奥尼尔作品中的现实主义元素，挖掘其作品的社会批判意义。

关于美国，奥尼尔觉得，如果一个人赢得整个世界而失去自己的灵魂的话，那对他没有任何好处。[②] 在奥尼尔眼中，美国不但没有取得任何成功，而且简直失败透顶、糟糕至极。尽管美国在物质上相对富足，但是人们在对物质的追逐中往往忘掉了自己的灵魂，失去了生命的本真，所以美国的所谓发展只是空中楼阁。诸如此类的引文，因为表达了剧作家对“美国”或“资本主义制度”的不满，经常为国人引用。

社会问题剧从多侧面，包括恋爱、伦理、道德、妇女、家庭、婚姻、军阀混战、社会腐败等反映现实生活。几乎一切与百姓生活有关的社会问题都会受到戏剧家的关注。马彦祥改编的奥尼尔的《还乡》正是把原来故事的航海背景改为了“军阀混战”，主要内容也变成了几个大兵因军阀混战而归家无望的故事，正是为了表达人们对军阀混战的憎恶。

黄英原名钱杏邨（阿英），在20世纪20年代末期曾倡导无产阶级革命文学，是这一时期颇有影响的无产阶级文学批评家。他也十分注意对奥尼尔戏剧中水手们的悲惨生活进行介绍，并倾向于从社会批判的角度解读奥尼尔，对于由舞台剧改编成电影的安娜·克里斯蒂，黄英认为，该电影的上演，至少能够使一般的观众获得一种与之前不同的认知，在任何国度里，都存在两个国家，“天堂”和“地狱”，我们应该关心和敬佩的是生活在“地狱”里的民众。黄英写道：“没有别的什么，只有悲惨的生命，……全是些不幸的哀叫，……这一部电影，是在表现着另一种空气，我们在一般的美国电影中所不能看到的空气。”[③]很多评论家认为，在奥尼尔作品中存在的真实性是其最大魅力所在。诚然，这篇文章中也包含文化误读的成分，如黄英从社会批判的角度解读《安娜·克里斯蒂》，对奥尼尔未指出“走

① 田本相：《中国现代比较戏剧史》，文化艺术出版社，1993年，第393页。

② 参见龙文佩：《奥尼尔的悲剧观念》，《剧本》1982年第9期。

③ 黄英：《奥尼尔的戏剧》，《青年界》第2卷第1期，1932年3月。

向光明”之路的批评等。

3. 丰富的创作手法迎合了戏剧改革的需要

胡适认为，西方的戏剧体裁、方法等发展较为完善，在作品结构及修辞上都超过了我国的“脸谱”戏，必须抓紧翻译外国戏剧名篇，以供国人学习和参考。时人认为，传统戏剧的“唱念做打”等都是戏剧史上留下的毫无价值的“遗骸物”，中国传统戏剧要进步，必须学习欧美较为先进的话剧艺术形式。

在创作手法方面，奥尼尔几乎得到了所有译介者的认同。巩思文写道：“论写剧的方法和态度，作者都能别具风格，自成一家。”①闻起认为，在如何认识和掌握戏剧技巧方面，奥尼尔的剧作对我们是借鉴意义的。②钱歌川写道：“在表现他自己的思想上，奥尼尔确是很具有天才的。各种戏曲的形式，他都能自由地驱使，没有什么言语不成为他表白自己的利器。天分这样高的戏曲家，实在少有；有时用纯客观的立场来描写人生，有时又试用他纯主观的立场来表现人生；有时流连于现实之中，有时又飘忽于神秘之境；有时一人独白，有时多人对话。其技巧与表现之微妙入神，属于奥尼尔独自的世界。”③奥尼尔的风格十分独特，读者可以跟随他去世界各地遨游，可以遇见很多挣扎着却充满激情的朋友。在奥尼尔笔下，生命与死亡似乎没有明确的界限，奥尼尔灵活多变的创作手法强烈地吸引着我国当时的戏剧改革家们，为我国的戏剧改革提供了参照。

4. 现代性元素为兼收并蓄的时代所包容

1921年3月，民众戏剧社在上海成立，主要倡导者之一就是著名文学家沈雁冰同志。他写道：“既要借鉴西洋，就必须穷本溯源。”④他认为，翻译外国文学，必须从古希腊、古罗马时期的作品译起，并一直翻译到19世纪末，方可以取其精华，为我所用，唯有如此，

① 巩思文：《奥尼尔及其戏剧》，《人生与文学》1卷5期，1935年1月。

② 参见闻起：《奥尼尔和他的〈安娜·桂丝蒂〉》，《剧本》1981年第3期。

③ 刘海平：《中美文化在戏剧中交流——奥尼尔与中国》，南京大学出版社，1988年，第98页。

④ 茅盾：《我走过的道路》（上），转引田本相《中国现代比较戏剧史》，文化艺术出版社，1993年，第119页。

才能够建立起我们的新文学，绝不能浅尝辄止。那么，沈雁冰率先向国人介绍奥尼尔就是情理之中的事了。

从译介的内容来讲，这一时期的译介非常客观。如对于奥尼尔戏剧的现实主义色彩，查士骥介绍道："他虽然也非没有完全地表现出了现实之作物，但那是初期作品中的极少数的，例如在 *Anna Christic* 和 *The moon the Caribees* 中可看到的，但以后便很难看到了。"[①]对于奥尼尔的个人主义思想，对于他对人的精神的关注当时的文章也均作了较为客观的介绍，一定程度上体现了接受主体的豁达与包容。如查士骥介绍道："他所描写的人物虽是相互有关系的，但都是个人的，也有在社会担任着相当的职务的，但也仅止于非人格的职务的表演。"[②] 古有成写道："一个艺术家或文学家最高的使命，我以为是真实地去描写人生，像他那般视察地去描写人生，什么批评，什么改造都不是他所关心的事；固然他的效力有时也许是批评人生，改造人生的。"[③] 巩思文写道："他所攻击的是时代病，他所描写的却是和他有切实关系的人生。他最喜欢的不在攻击社会，却在忠于人类，追求人类真正美满和谐的生活。"[④] 对奥尼尔来说，"艺术是唯一主要的东西"，奥尼尔所说过的任何一句话或者创作的任何一部剧作都与政治无关，任何时候，都不可以用政治术语进行解读。古有成、巩思文等对于奥尼尔作品主题的认识，已经超越了简单的介绍，具备了研究的深度。对于奥尼尔作品中对人的关注——这一现代性命题的论断是极其难能可贵的。这种较为客观全面的译介有利于国内文化戏剧界进一步了解、把握奥尼尔。

20 世纪 20 到 30 年代，在戏剧作用不断彰显、改革势在必行的情况下，奥尼尔以他独特的艺术魅力走进了我们的视野。从 1919 到 1924 年，全国共发表翻译外国剧本 80 余部，共出版外国戏剧集 70

---

① 查士骥：《剧作家友琴・沃尼尔》，《北新》第 3 卷第 8 号上，1929 年 5 月。

② 同上。

③ [美] 尤金・奥尼尔：《加力比斯之月》，古有成译，商务印书馆，1930 年，"译后记"，第 6 页。

④ 巩思文：《奥尼尔及其戏剧》，《人生与文学》第 1 卷第 5 期，1935 年 1 月。

多本，其中西方现代戏剧所占比例很大。进入30年代，奥尼尔的译介已发展成为外国戏剧译介的主流。奥尼尔被评论界认为是无畏地挣脱刻板传统的写实主义剧作家，他不故步自封，不模仿别人，所有剧本都有他独特的风格。当时，戏剧界很多专业人士都认为，没有上等的剧本已经严重制约了建设新剧运动，学习奥尼尔就是最有效的解决方法。中国戏剧家最需要学习的就是奥尼尔不拘一格、勇于创新的精神。

作为西方的舶来品，中国现代话剧在产生及发展伊始，即不断地找寻西方戏剧理论及创作模式，以博大的胸襟容纳各种世界新思潮。奥尼尔作为当时正冉冉升起的一颗璀璨的戏剧明星，自然会走进中国文人及戏剧学者的视野。奥尼尔的声望让我们无法忽略，他的经历让我们深切同情，他作品的内容让我们深感亲近，他的技巧让我们觉得更应为我所用，他的现代性元素一定程度上亦为兼收并蓄的时代所接纳。不同民族的艺术毕竟存在可称之为艺术的共同特点，在那个开放包容的时代，并不乏译介者的真知灼见，如古有成、巩思文、萧乾等人的论述皆智慧之光闪烁。

第二节　20世纪50—70年代

发生学认为，无论文学活动的主体还是文学活动的整个过程都是属于某一时代、某一民族及某一社会的。一定时代、民族或社会所特有的政治经济、生产关系、价值观念、伦理道德、社会心理、文化趣味等则一定会以某种形式影响文学对社会人生的表达，给文学打上时代、民族和社会的烙印。在我国特殊的时代语境下，几乎所有文学艺术的价值都体现在它与人民及时代的密切关联上。我国现代戏剧诞生于戊戌变法时期，“五四”运动时期得到进一步发展，它的发展历程是伴随时代进步一起发生的，与民族解放、反帝反封建斗争等紧密联系在一起。本节将对20世纪50—70年代零星的译介情况进行梳理，并结合当时的社会语境就新中国成立初期奥尼尔译介停滞状况进行评析。

一、译介情况及特点

首先，这一时期对奥尼尔作品的翻译十分少见，近 30 年里，中国大陆几乎没有翻译任何一部奥尼尔的相关作品。其次，译介文章只有陈大卫发表在 1967 年第 6 期《现代戏剧》上的《奥尼尔〈琼斯皇〉的两个中国翻版》。这段时期，不仅奥尼尔译介文章及作品翻译罕见，并且奥尼尔被当作反面教材遭受辱骂也是常有的事。在这一时期，奥尼尔被批为“腐化分子”，他的剧作也被认为是“消极颓废的”和“悖逆人性的”。[①] 另外，1961 年出版的《辞海》（试行本）中，关于奥尼尔大致叙述如下，美国杰出剧作家，创作成果丰硕，优秀剧作有《琼斯皇》《毛猿》《天边外》等，作品对美国资产阶级社会中的如金钱、谋杀、种族等各种问题进行了无情的鞭挞和揭露，但是剧作中蕴含着消极无望的悲观思想，属于颓废派作家。[②]

二、译介状况评析

1949 年新中国成立后，马克思主义思想日益得到强化并居于主导地位。在外国文学译介领域，翻译家本人及出版社的权限有所下降，不能如从前一样，决定翻译什么或出版什么。新中国成立后，党和政府高度重视翻译工作。第一，1949 年 11 月 13 日成立的上海翻译工作者协会成为新中国成立后第一个翻译工作者组织。随后，《人民日报》在 1950 年 3 月下旬连续刊发了 3 篇关于翻译研究的文章，均以“用严肃的态度对待翻译工作”为标题，对全国翻译工作进行规范和指导。鉴于以往翻译中存在的称谓名词翻译混乱的现象，在郭沫若先生倡导和努力下，组织并成立了“学术名词统一工作委员会”。第二，出于对翻译工作进行有效管理的目的，1951 年首届“全国翻译工作会议”胜利召开。第三，1954 年 8 月 19 日举办了第

① 刘海平：《尤金·欧尼尔在中国》，《苏州大学学报》（哲学社会科学版）1983 年第 3 期，第 83 页。

② 参见舒新城：《辞海》（试行本），中华书局，1961 年，第 35 页。

一届全国文学翻译工作会议。茅盾还特别肯定了外国文学翻译在中外文化交流中的特殊意义及作用。不仅如此，茅盾指出了外国文学翻译中尚待解决的诸多问题，如缺乏组织纪律性、翻译质量不过关等。加强翻译工作的组织性同时，一些翻译杂志先后创办发行，国家将一些与外国文学有关的出版社进行了合并，加强了对外国文学翻译出版等事宜的管理。第四，毛泽东同志审阅修改的《人民日报》社论《正确地使用祖国的语言，为语言的纯洁和健康而斗争》等对翻译语言的正确化、规范化具有历史性的指导意义。

党和国家对翻译工作的重视在很大程度上规范了原来翻译界"良莠不齐""杂乱无章"的混沌局面，为新中国成立初期及后来我国在翻译事业上取得的成绩打下了坚实基础。但在当时的时代背景下，"政治标准第一，艺术标准第二"的号召及要求逐渐成为文学艺术生产活动的指导思想，这种情况在一定程度上束缚了文学翻译的内容。

在国际关系发生剧烈变化的情况下，中外文化交流日益表现出政治意识形态化特征。1949—1966年间，外国文学翻译受限于意识形态的形势已经发展到了十分极端的程度。"政治意识形态是决定文学翻译选择的第一标准，成为这一时期文学翻译的显著特征。"[①] 外国文学翻译完全成为一种手段，为政治意识形态的巩固服务。

1953年，在中国文学艺术工作者会议上，"社会主义现实主义"被确定为指导文学创作及文学批评的首要原则。可以说，与当时的意识形态相适应的只有社会主义现实主义的文艺观。文学艺术的主要参照不是西方资本主义文化，而是以苏联为主导的社会主义文化。美国文学的翻译数量与俄苏文学相比，难望其项背，对奥尼尔的译介出现了近30年的沉寂。

这一时期，戏剧的启蒙意识和现代性日渐削弱，"真实性"与"人的戏剧"受到贬斥。董建指出："戏剧若失去了启蒙理性和现代精神

① 查明建、谢天振：《中国20世纪外国文学翻译史》上卷，湖北教育出版社，2007年，第562页。

的内涵，只有两种可能：沦为政治工具，或者低级玩物。”[①] 这时期翻译的美国戏剧主要是具有“进步意义”的当代戏剧，如莉莲·赫尔曼（Lilian Hellman，1905—1984）的以反法西斯为题材的剧作《守望莱茵河》（冯亦代译，新群出版社 1944 年初版，1950 年重版）和《彻骨寒风》（金易译，新文艺出版社，1958）。[②] 然而，奥尼尔的中后期剧作现代性特征日益增强。首先，这一阶段的创作不再局限于反映海洋生活，而是向更深更广的方面探索。奥尼尔笔下几乎都是生活在社会底层的小人物，从来就没有英雄。就人物对象而言，古典戏剧与现代戏剧的明显区别正是以大人物为写作对象还是以普通人为写作对象。其次，就创作技巧和手法来说，奥尼尔这一阶段的作品几乎包含了写实主义、表现主义、意识流等现代戏剧的一切风格和流派。最后，就作品主题来说，奥尼尔主要想反映现代人孤独无助及被抛弃的精神状态——物质高度丰富，精神无比贫瘠。这一现代人可悲可怜的境遇及人生在世的荒诞感在他后期的作品《送冰人来了》等剧中得到更加完美的体现。“现代性”此消彼长，奥尼尔既然不符合我国这一时期主流意识形态的要求，经历沉寂期则是必然的。

曾经热衷于译介奥尼尔的顾仲彝先生在这一时期没有译介奥尼尔，而是与杨小石合译了左派剧作家克利福德·奥德茨的《等待老左》。1950 年，曹禺在载于《文艺报》第 3 期的文章《我对今后创作的初步认识》里，把他过去的剧作基本否定，后来又修改了《雷雨》等剧。顾仲彝、曹禺是众多奥尼尔研究者的代表，他们的选择一定程度上可以反映奥尼尔遭漠视或冷落的程度。

---

① 董健、胡星亮主编：《中国当代戏剧史搞稿（1949—2000）》，中国戏剧出版社，2008 年，第 7 页。

② 查明建、谢天振：《中国 20 世纪外国文学翻译史》上卷，湖北教育出版社，2007 年，第 641 页。

第三节　20世纪80年代—21世纪初

发生学认为，作为一种社会意识，文学之产生及发展都会受到社会语境的制约。1976年，“四人帮”集团被粉碎。1978年，十一届三中全会胜利召开，“思想解放”的闸门得以打开。在文学艺术领域，启蒙理性和现代意识逐渐复苏并迅猛发展。70年代末的中国开始经历一个文化转型期，引发了文化界对“人”的本质问题的再思考。只要一种文化领域的发展处于停滞不前的状态，就会产生内部与外部环境的对抗与角逐，然后之前的平衡被打破，部分的或全部的变革得以最终实现。发轫于 70 年代末的外国文学翻译潮流正是这种反思所引发的。本节，笔者将对奥尼尔在这一时期的译介情况进行描述并就其原因进行探究。

一、译介情况及特点

（一）80年代——第二次高潮

我国奥尼尔译介的第二次高潮起始于1979年。谢榕津指出，自从尤金·奥尼尔开创了美国现代戏剧，奠定美国戏剧在世界上的地位后，经过了第二次世界大战，又先后出现了田纳西·威廉斯、爱德华·阿尔比等著名戏剧家。① 如果说，20世纪20年代初，是沈雁冰（茅盾）在《小说月报》的《美国文坛现状》中对奥尼尔的介绍把奥尼尔首次带进了国人的视野，那么，谢榕津《美国剧坛一瞥——现代戏剧家：尤金·奥尼尔、田纳西·威廉斯、阿瑟·米勒》等文章则一起预示着奥尼尔将再次走入国人的视野，预示着奥尼尔在中国译介的第二次高潮的到来。

1. 作品翻译：奥尼尔剧作新译本的大量涌现，是这一时期奥尼尔译介的一个显著特点。首先，为补偿之前近30年时间里奥尼尔译

① 参见谢榕津：《美国剧坛一瞥》，《剧本》1979年第2期。

介的“停滞”，解决这一“空白”，由龙文佩负责的复旦大学外国文学研究室在1980年《外国文学》第1期推出《奥尼尔专辑》，不仅集中登载《奥尼尔小传》《奥尼尔创作年表》《奥尼尔戏剧理论选》，还同时刊载了龙文佩翻译的《东航卡迪夫》，刘宪之翻译的《琼斯皇》等多个剧本。1981年，北京外国语学院编的《外国文学》第4期刊载了李品伟翻译的《榆树下的欲望》，同年《外国戏剧》第2期刊载了汪义群翻译的《榆树下的欲望》，《小剧本》第3期刊载了范方翻译的《早点前》。1982年，《外国文艺》第1期刊载了鹿金翻译的《大神布朗》，《现代美国文学研究》第2期刊载了欧阳基翻译的《进入黑夜的漫长旅程》。1983年，《美国文学丛刊》第1期刊载了张廷深翻译的《日长路远夜深沉》，《现代美国文学研究》第1期刊载了樾畲翻译的《早餐之前》和《梦孩子》，《现代美国文学研究》第2期刊载了郭继德翻译的《诗人的气质》。四年后，《当代外国文学》第2期刊载了刘海平翻译的《休伊》和《马可百万》。

除了上述载于期刊杂志上的剧作翻译外，多家出版社还出版了奥尼尔文集，集中收录了部分奥尼尔的优秀作品。1982年8月，荒芜翻译的收录了《天边外》《毛猿人》《悲悼》的《奥尼尔剧作选》，由上海文艺出版社出版，该书是我国40年代之后出版的第一部奥尼尔作品选集。1983年，湖南人民出版社出版了欧阳基、蒋虹丁等翻译的《漫长的旅程·榆树下的恋情》。1984年，漓江出版社出版了《天边外——奥尼尔剧作选》（包括荒芜翻译的《天边外》，汪义群先生翻译的《上帝的女儿都有翅膀》《榆树下的欲望》《进入黑夜的漫长岁月》，茅百玉翻译的《琼斯皇》，沈培锠翻译的《啊，荒野》）。1988年，奥尼尔诞辰一百周年之际，中国戏剧出版社出版了龙文佩选编的《外国当代剧作选》，收录了奥尼尔的作品。① 一系列奥尼尔剧作的出版，为奥尼尔在中国的进一步传播和接受奠定了基础。

2. 传记翻译及戏剧理论翻译：80年代奥尼尔译介的另一突出特征是出现了国外奥尼尔研究专著和传记的相关翻译章节或译本。

① 参见汪义群：《奥尼尔研究》，上海外语教育出版社，2006年，第329页。

1988年7月，浙江文艺出版社出版了陈渊翻译的美国克罗斯韦尔·鲍恩著的《尤金·奥尼尔传》。1946年，克罗斯韦尔·鲍恩采访过奥尼尔并认识了他们一家。在接下来的十年里，他对这位誉满全球的剧作家进行了追踪研究，并完成了这部内容极为丰富、资料最为翔实的传记。“该书不但具有描述人物事迹等一般传记特征，而且具有‘美国戏剧史述’和‘奥尼尔剧作背景以及剧作特征研究’的学术色彩。”[①] 将奥尼尔的传记与他的作品相融合是该书的一大特色，使读者能够对奥尼尔每部剧作的写作缘由和主题思想有更为深入的理解。这种写法对于把生活搬上舞台、以传记作家著称的奥尼尔来说再适合不过了。译者陈渊写道：“克罗斯韦尔·鲍恩的《奥尼尔传》带我走进了尤金·奥尼尔的内心世界。每当夜幕降临，我便挑灯阅读，品味其中的苦、辣、甜、酸。有时遇到秋雨拍窗，心潮起伏犹如恼人的夜空，甚至弄得时近破晓不能成眠。这部书使我看到了他所生活的社会，也理解了他的成功与失败以及他的内心矛盾。”[②] 相对于散落在译介文章或译本序言里的简短介绍来说，作家传记具有系统、全面的特点，该书的翻译出版为国人的奥尼尔研究提供了宝贵的参考资料。另外，1984年生活·读书·新知三联书店出版的刘保端等翻译的《美国作家论文学》(现代外国文艺理论译丛)收入了四篇奥尼尔本人讨论戏剧理论的文章，分别为刘保端翻译的“论悲剧”及吕国军翻译的《斯特林堡和我们的戏剧》《戏剧及其手段》《给室内剧院的信》。在《论悲剧》中，我们看到奥尼尔对于悲剧的认识，在奥尼尔眼中，悲剧的功能和古希腊时期一样，能够使人变得崇高，让人们越来越能感受到生活的意义，人们可以对事物产生较高的精神感受，突破日常生活的羁绊与约束。[③]这大概是最早的关于奥尼尔本人讨论戏剧理论篇章的翻译，对于国人了解这位伟

---

①［美］克罗斯韦尔·鲍恩：《尤金·奥尼尔传》，陈渊译，浙江文艺出版社，1988年，第2页。

②［美］克罗斯韦尔·鲍恩：《尤金·奥尼尔传》，陈渊译，浙江文艺出版社，1988年，第476页。

③［美］尤金·奥尼尔等：《美国作家论文学》，刘保端等译，生活·读书·新知三联书店，1984年，第247页。

大戏剧家的悲剧观、创作手法及其在世界戏剧史上的意义颇为重要。

3. 译介文章：直接翻译自英文原文的文章主要有载于《外国文学》（复旦大学）1980 年第 1 期，由裴粹民翻译的《奥尼尔戏剧理论选择》、孙建翻译的《关于奥尼尔的评论选择》和刘宪之翻译的《奥尼尔小传》；载于《外国戏剧》1981 年第 2 期，由聂文杞翻译的《美国最优秀的剧作家尤金·奥尼尔》；载于《外国文学专刊》1985 年第 1 期，由曾艳兵翻译的《尤金·奥尼尔》；载于《上海戏剧》1985 年 4 月，由王延龄节译的《访尤金·奥尼尔的故居》；载于《徐州师范学院学报（哲学社会科学版）》1986 年 6 月，由李长忠翻译的《本世纪美国著名剧作家尤金·奥尼尔》；载于《云南师范大学》1987 年第 1 期，由叶木翻译的《奥尼尔·洪深·曹禺——奥尼尔在中国的影响》等。其中，聂文杞的译文选自《美国大百科全书》（1978），原文作者是路易·西弗尔，该文章介绍了奥尼尔的成就、生平、剧作。李长忠翻译的《本世纪美国著名剧作家尤金·奥尼尔》译自《现代美国文学简介》，原文作者是伊丽莎白·布兹。该文章分为生平、写作风格、主要作品三部分，较之早期的同类文章相比，该文章也对奥尼尔晚期作品《卖冰的人来了》《长夜漫漫路迢迢》等进行了介绍。值得一提的是，该文章还有一段摘译自《新标准百科全书》的附言，对奥尼尔的三次婚姻情况进行了介绍。叶木翻译的《奥尼尔·洪深·曹禺——奥尼尔在中国的影响》则是译自日本学者的一篇研究论文。

曾艳兵先生《尤金·奥尼尔》是这一时期较为全面客观地译介奥尼尔的一篇文章。文章在简单介绍奥尼尔的生平后，又概述了《东航卡迪夫》《给私生子的月亮》《休吉》等十余部作品。文章认为，在奥尼尔看来，美国文化中的清教徒思想是引起人们痛苦的心理冲突的元素。虽然奥尼尔总是把物质利益和理想主义作为矛盾双方，但他决不着意于宣传社会革命。① 诚然，奥尼尔从来不关心人与人之间的关系，也不会关心什么社会改革，奥尼尔只关心人与上帝的

① 参见曾艳兵：《尤金·奥尼尔》，《外国文学专刊》1985 年第 1 期。

关系。更难能可贵的是，关于《绳》的主题，曾艳兵先生写道："这个剧本是他早期剧作中肯定与否定的特点的混合，表现为'没有希望的希望'。"[①] "没有希望的希望"正是奥尼尔剧作当中蕴含的一种生命态度，这种思想在《榆树下的欲望》《送冰的人来了》等多部剧作中均有体现。遗憾的是，实际上"没有希望的希望"这一主题在奥尼尔译介及研究中却常常被社会批判所遮蔽。笔者在拙文《吴兴国〈等待果陀〉与奥尼尔〈送冰的人来了〉之比较》(《当代戏剧》，2018 年第 4 期）中，从"绝望中寻找希望"切入，对两部剧作的主题的关联性进行阐释，希望为奥尼尔的研究提供一种新思路。

除上述直接译自英文原文的文章外，这段时期的介绍性文章还有 1979 年第 4 期《戏剧学习》刊登的赵澧《尤金·奥尼尔》和谢榕津《美国成立尤金·奥尼尔戏剧委员会》，后者介绍了奥尼尔戏剧委员会的成立时间、委员会主席及活动计划等；1979 年 6 月《安徽戏剧》刊载了林之鹤《奥尼尔——美国剧坛上的拓荒者》；1980 年第 1 期《春风译丛》刊载了荒芜翻译的《毛猿》和他的《关于奥尼尔的剧作》；1985 年第 1 期《外国戏剧》刊载了曹禺《我所知道的奥尼尔——为〈奥尼尔剧作选〉写的序》；1989 年第 3 期《浙江学刊》刊载了陈瘦竹《奥尼尔晚期悲剧的特色及其贡献》；1987 年 7 月《当代外国文学》刊载了刘海平《奥尼尔和他的独幕剧创作》；1987 年第 2 期《华南师范大学学报（社会科学版）》刊载了蒙景光《奥尼尔和表现主义戏剧》等。

另外，值得专门提及的是，1988 年是尤金·奥尼尔诞辰 100 周年，我国学者李航在《美出版界纪念奥尼尔诞辰 100 周年》一文中介绍了美国的相关情况："首先，耶鲁大学出版发行了《尤金·奥尼尔书信选》，内含颇具代表性的 560 封书信，厚达 600 多页。信件表明，奥尼尔本人对剧本的上演情况颇为不满，认为演出某种程度上损害了作品。其次，认为由美国文库出版的奥尼尔之《剧作全集》可以告慰奥尼尔在天之灵。最后，保尔·格雷在 1988 年《时代》周

① 参见曾艳兵：《尤金·奥尼尔》，《外国文学专刊》1985 年第 1 期。

刊发表文章认为，美国文库《剧作全集》可以就剧作家本人对演出有过高期望值提供解释。”[①] 1988 年，纪念奥尼尔的热潮同样席卷中国，仅这一年里就召开了三次相关重要会议：“全国外国文学研究生奥尼尔学术讨论会”（1988 年 5 月 5 日到 7 日，主办单位为天津电视台和南开大学）、“奥尼尔百年诞辰纪念国际学术会议”（6 月 6 日到 9 日，主办单位为南京大学、江苏省文化厅和南京电视台）、“奥尼尔学术研讨会”（12 月 17 日到 19 日，主办单位为中国戏剧家协会、中央戏剧学院和山东大学）。在一年时间内，以同一位外国戏剧家为中心有三次全国性或国际性学术会议举办，这在国内和国外都是极为罕见的，可谓 80 年代奥尼尔译介高潮的一道风景。

从这一时期的译介内容来看，主要有以下几方面特点：

1. 多数译介者把奥尼尔当作“批判现实主义作家”进行译介，肯定其作品蕴含的社会批判意义。如赵澧认为，在进步思想影响下，奥尼尔的早期创作继承了批判现实主义文学传统，反映出美国普通人民的生活和斗争，充满了丰富的活力和浓厚的诗意。“一战”后，美国由债务国变成债权国，但是表面的繁荣是以对落后国家的掠夺和对国内劳动人民的剥削为代价的。奥尼尔戏剧以其独特的创作手法描绘了两次世界大战之间美国社会和人民思想的发展变化。[②] 再如，林之鹤认为，奥尼尔是美国戏剧的创立者，是批判现实主义戏剧家。[③]首先，这一时期的译介者仍旧注重对奥尼尔的苦难人生及其作品对小人物的关注等方面的介绍。如赵澧再次介绍了奥尼尔的生平、作品主题及思想。生平部分再次描述了奥尼尔去洪都拉斯勘探金矿一无所得，到他父亲剧团当演员、监督员，又跑去当船员，做记者等苦难经历，并强调他接触到多丰富多样的生活和人物，为他后来的创作积累了一定的素材。[④] 关于作品中的人物，荒芜指出：“奥尼尔的世界是悲剧性的，他的主角多半都是被剥夺了继承权的

① 参见李航：《美出版界纪念奥尼尔诞辰 100 周年》，《世界文学》1989 年第 3 期。

② 参见赵澧：《尤金·奥尼尔》，《戏剧学习》1979 年第 4 期。

③ 参见林之鹤：《奥尼尔——美国剧坛上的拓荒者》，《安徽戏剧》1979 年第 3 期。

④ 参见赵澧：《尤金·奥尼尔》，《戏剧学习》1979 年第 4 期。

人，不幸的农民、工人、卑微的烧火工人、黑人、妓女，看起来不怎么起眼，但是它富有生命力和戏剧性。”文章还从现实意义的角度重点分析了《天边外》《安娜·克里斯蒂》《上帝的女儿都有翅膀》《琼斯皇》《毛猿》等几部作品。关于《安娜·克里斯蒂》，荒芜写道："安娜想重新做人，这种新生含有象征意义，写得非常感人，富有诗意。”关于《琼斯皇》，荒芜写道：“不但如实地揭示了这个黑人罪犯的内心世界，并且表达了他的善良天性和反抗命运的绝望心情，引起观众的深厚同情。”[①] 林之鹤认为，奥尼尔对劳动人民很关心，对黑人的遭遇表示了深厚同情。他的剧作触及了种族歧视等重大主题，几乎对社会、政治等一切重要问题都加以讨论。[②] 这一时期，译介者更加着力于挖掘奥尼尔剧作的现实主义元素，译介者更强调奥尼尔现实主义作家的身份。

其次，这一时期的译介文章具有鲜明的意识形态色彩，更加注重挖掘奥尼尔作品对资本主义社会的批判性。关于《天边外》，赵澧认为，罗伯特的悲剧是因为他的梦想在残酷的现实面前碰了壁，安德鲁的失败是由于他放弃了一个农民所应从事的劳动去搞商业性投机。剧本触及且批判了美国资本主义发展过程中的现实问题，因而具有了一定社会意义。《安娜·克里斯蒂》是对资本主义社会中私人占有欲的深刻而有力的揭露。《送冰人来了》反映了第二次世界大战爆发前夕，奥尼尔对美国资本主义社会的悲观和绝望。[③] 荒芜写道：“《毛猿》写于1921年，上距第一个社会主义国家的建立，不过四年。当时，社会主义国家是个新鲜事物。究竟怎样建设社会主义，特别是在生产力相当落后的国家建设社会主义，更是一个新的课题。很值得注意的是剧本中勒昂这个角色。他所宣传的那一套，我们是很耳熟的，但是美国工人们却报之以嘘声。今天，扮演勒昂角色的仍然大有人在，这个人物还有很大的现实意义。”[④] 总体来看，这段时

① 参见荒芜：《关于奥尼尔的剧作》，《春风译丛》1980年第1期。

② 参见林之鹤：《奥尼尔——美国剧坛上的拓荒者》，《安徽戏剧》1979年第3期。

③ 参见赵澧：《尤金·奥尼尔》，《戏剧学习》1979年第4期。

④ 参见荒芜：《关于奥尼尔的剧作》，《春风译丛》1980年第1期。

期的译介，重点强调了奥尼尔及其剧作的现实主义元素，强调奥尼尔现实主义剧作家的形象，集中介绍奥尼尔的早期剧作，注重挖掘作品中的批判现实主义成分。

2. 对揭示人性弱点的部分现代主义元素进行批判。赵澧认为，奥尼尔的《毛猿》具有更深刻的社会内容，通过一个普通工人在资本主义社会中的种种不幸，奥尼尔企图揭示现代人的生存处境问题。《安娜·克里斯蒂》带有宿命论的色彩，但并不像后来一些作品那样充满悲观消极的情调，是奥尼尔现实主义剧作的代表之一。《奇异的间隙》的缺点在于缺乏严肃的社会内容，过分渲染情欲，美化尼娜对情欲满足的追求。[①] 使奥尼尔的剧作始终葆有活力和生气的，绝不是他想要表达的这些腐朽没落的思想，而是其中反映的美国社会和普通美国人民，以及他们的生活和抗争、希望和追求。[②] 赵澧还认为，奥尼尔所受的叔本华、尼采的悲观主义和弗洛伊德、荣格的心理分析的影响日益加深，在创作后期表现出显著的悲观色彩，作品清晰反映出他们的迷惘而混乱的心情。把奥尼尔剧作中的“消极”成分当成反面材料进行批判，是这一时期我国奥尼尔译介中一道特殊的风景。

3. 译介文章带有更为明显的研究特点，包含了译介者的理解和思考。如荒芜《关于奥尼尔的剧作》本身就是一篇颇具建树的科研论文。文章认为，认真研究一下《天边外》或《榆树下的欲望》中各个人物关系，我们就会看见奥尼尔的世界是生机勃勃的，不断发展的。奥尼尔戏剧中的人物从来不是社会有机体的组成部分，而是游离在外的部分。[③] 荒芜对于奥尼尔的认知和解读极为深刻。在奥尼尔看来，现实主义这个词在戏台上被滥用了。所谓现实主义的戏只触及事物表面，真正现实主义的戏写的是人物的灵魂。[④] 荒芜、欧阳基等对奥尼尔的译介早已超越文字的转换或对作者生平的粗浅

---

① 参见荒芜：《关于奥尼尔的剧作》，《春风译丛》1980 年第 1 期。

② 参见赵澧：《尤金·奥尼尔》，《戏剧学习》1979 年第 4 期。

③ 参见荒芜：《关于奥尼尔的剧作》，《春风译丛》1980 年第 1 期。

④ 参见荒芜：《话说奥尼尔的〈琼斯皇〉》，《戏剧论丛》1981 年第 4 期。

介绍，他们似乎在和奥尼尔进行穿越时空的对话，他们高屋建瓴、几近极致的理解一定程度上促进了奥尼尔在中国的传播。

（二）90年代以后——平稳发展

1. 作品翻译

1995年，生活·读书·新知三联书店出版了精装的《奥尼尔集1932—1943》，包括龙文佩、王德明翻译的《送冰的人来了》，申慧辉翻译的《休吉》和《明天》等。进入21世纪以来，首先需要提及的是，2006年，人民文学出版社出版了郭继德编的《奥尼尔文集》。该书共六卷，一至五卷是戏剧，包括44部作品的译本，基本按原著出版顺序排列；第六卷是诗选及文论。编者郭继德撰写了长达万余字的"序言"，对奥尼尔的生平尤其是几次大的思想变化及其对创作的影响等方面进行了较为详尽的叙述，对读者的阅读具有指导作用。该译著选集的出版具有划时代的意义，标志着奥尼尔译介在中国已经达到较为成熟的阶段。2007年人民文学出版社出版了欧阳基编著的《奥尼尔剧作选》，内含《安娜·克里斯蒂》《琼斯皇》《榆树下的欲望》《奇异的插曲》《悲悼三部曲》和《诗人的气质》等作品。

除此之外，针对奥尼尔单个作品的新译本仍旧不断涌现，且主要集中在奥尼尔的晚期作品上，如又新增了《进入黑夜的漫长旅程》（*Long day's Journey into Night*）的四个译本。2005年东方出版社出版了徐钺翻译的《长昼的安魂曲》，2013年北京理工大学出版社出版了陈成翻译的《进入黑夜的漫长旅程》，作为一本献给孩子的诺贝尔经典文学名著，该书被列入《青少年诺贝尔文库》。2015北京理工大学出版了王朝晖、梁金柱合译的《进入黑夜的漫长旅程》。2017年，四川文艺出版社出版了乔志高翻译的《长夜漫漫路迢迢》。2002年，哈尔滨出版社出版了李汉昭翻译的奥尼尔的绝世之作《一只狗的遗嘱》。2012年，武汉出版社出版了陈书凯翻译的《一只狗的遗嘱》。2017年，中国文联出版社出版了尤金·奥尼尔等著、李阳翻译的《全世界只有你最温暖》，该书包含37个让人心动不已的有关狗和人类的故事，其中第一篇即是奥尼尔的《一只狗的遗嘱》。

2. 奥尼尔传记的翻译

1990 年，春风文艺出版社出版了由赵岑、殷勤翻译的美国作家弗・埃・卡彭特著的《尤金・奥尼尔》，这是一本有关奥尼尔生平和剧作的传记类专著，该书也注意到了奥尼尔的生活经历与创作的密切关联，但此书并没有把奥尼尔人生经历与创作完全放到一起叙述。该书共八章，可分为三部分：第一部分（第一、二章）集中论述奥尼尔生平和剧作的关联，他对个人生活的探索与人类普遍问题的关系。“他的整个一生似乎就是一个不断‘探索’的舞台。奥尼尔不断地探索他的个人生活问题、他的家庭问题、他的时代问题（探索他所称之为‘当今的苦难问题’）。这种个人生活的探索似乎也就是对人类任何时间、任何地点的‘长途旅行’的普遍问题的探索。他的生活悲剧不仅与他的悲剧剧作相联系，并且与传统的人类悲剧相融合。”① 进而指出他的悲剧创作具有自传体模式。第二部分（第三至七章）是该书中心部分，集中评述奥尼尔最优秀的二十部剧作。第三部分（第八章）可以看成对该书的总结，指出奥尼尔的伟大性及局限性。该书虽然未使奥尼尔的人生与戏剧创作紧密相融，但“总—分—总”的结构清晰明确，不失为一部好作品，亦是国人研究奥尼尔不可多得的资料。

2013 年，时代文艺出版社出版了刘德环的《尤金・奥尼尔传》。这部传记共十章，体例上亦有所创新，突破了一般的作家评介、小传及作家轶事的传统写法，与之前的两本传记相似，该书把奥尼尔一家人的故事及奥尼尔本人的经历、感触等与奥尼尔的剧作放到一起叙述，浑然天成。2018 年 4 月，南京大学出版社出版了罗伯特・M. 道林著、许诗焱翻译的《尤金・奥尼尔：四幕人生》。该书作者倾其一生研究奥尼尔，曾由于其卓越的奥尼尔研究成就，荣获美国国家人文基金会奖及古根海姆奖等。《尤金・奥尼尔传：艺术之子》（上、下）不仅是奥尼尔传记中最翔实的，同时也是文学传记当中最令人

① [美] 弗・埃・卡彭特：《尤金・奥尼尔》，赵岑、殷勤译，春风文艺出版社，1990 年，“序言”，第 2 页。

心驰神往的。该传记中译本的出版，为我国的奥尼尔研究提供了宝贵的资料，有利于进一步推动奥尼尔在我国的传播。

3. 研究专著的翻译

1993 年，上海译文出版社出版了陈良廷、鹿金翻译的美国弗吉尼亚·弗洛伊德著的《尤金·奥尼尔的剧本——一种新的评价》。这应该是我国第一本翻译出版的西方奥尼尔研究专著，该书是一本引导性论著，全书包括对奥尼尔完成的五十部剧本的说明分析。该专著描述了奥尼尔的成长经历，且加入了著者对奥尼尔的札记和笔记本做的详细研究心得等，对这位剧作家提出了一番全面的新估价，对他的现存作品做了一番更透彻的新颖诠释。[①] 该书对奥尼尔四本笔记里记下的剧作构想按年代排列，分为四个时期。作者在每一部分的“导言”中都交代了有关作者生平、活动和态度等方面的材料，以便读者了解该部分剧作的自传性特点。每一篇独立的文章都包括该剧的剧情梗概，以便读者能想象出舞台上的情景，还包括有关该剧出处、风格和优点等方面的评介。在每一部分的最后，还附有一张剧作家在那一时期在笔记本里亲笔记下的剧作构想表。著者把剧作家的笔记本、初稿和原稿连同剧作家本人一起进行研究。该书所显示的是奥尼尔的一生和他的作品都是从同一块料子裁剪而成的。[②]另外，1993 年，北京师范大学出版社出版的由斯比勒著、汤潮翻译的《美国文学的循环》，也对奥尼尔进行了重点介绍。

1997 年，辽宁教育出版社出版了郑柏铭翻译的詹姆斯·罗宾森著的《尤金·奥尼尔和东方思想》。该书站在宗教、哲学的高度，从东西方文化差异，从戏剧理论及对戏剧的认知差异等角度切入，讨论国人对奥尼尔的误读，有深度地分析了奥尼尔和东方思想的关联，为奥尼尔研究提供了一个新视角。1999 年，大众文艺出版社出版了刘海平、徐锡祥主编的《奥尼尔论戏剧》，该专著为国人了解、研究

---

① [美] 弗吉尼亚·弗洛伊德：《尤金·奥尼尔的剧本——一种新的评价》，陈良廷、鹿金译，上海译文出版社，1993 年，“前言”，第 II，XII 页。

② [美] 弗吉尼亚·弗洛伊德：《尤金·奥尼尔的剧本——一种新的评价》，陈良廷、鹿金译，译文出版社，1993 年，“前言”，第 II，XII 页。

奥尼尔提供了弥足珍贵的理论资料。

4. 译介文章

由于之前较为充分的译介，这一时期，译介文章不再多见。偶有几篇，概述如下：1990 年第 8 期《文化译丛》刊载了尹兴的文章《奥尼尔作品集问世》，文章介绍道，为表示对奥尼尔的追思与缅怀，在纪念这位伟大的剧作家百年诞辰之际，美国有两部关于奥尼尔的书籍出版，分别为《奥尼尔戏剧作品全集》和《奥尼尔书信集》。需要特别指出的是，特拉维斯和杰克逊选编这部《奥尼尔书信集》的目的在于告诉人们，奥尼尔在不断地打破常规、攀登现代戏剧创作巅峰的过程中，曾经对自己的创作表现出越发浓重的不满情绪。通过这部书信集，我们还可以了解到，奥尼尔有时言语较为刻薄，刚直不阿，并不在意剧场和社会媒体对自己的评价，也绝不会为讨好媒体而创作。另外，《奥尼尔戏剧作品全集》向读者交代了奥尼尔的写作技巧及主题思想，读者可以通过阅读序文，了解奥尼尔剧作潜在的模糊的意义。该书共 3203 页，是当时最权威、最系统的一部奥尼尔戏剧集，[①] 该书可以帮助国人了解国外奥尼尔全集出版情况。随后，1991 年《文化译丛》第 2 期刊载了晓风与晓燕翻译的由彼得•哈伊写的《美国最伟大的戏剧家尤金•奥尼尔》。

2000 年 12 月，《外国文学动态》刊载了李晋《奥尼尔传记的新版本》。文章介绍道，曾于 1962 年出版过三卷本尤金•奥尼尔传记的阿瑟•盖博同夫人巴巴拉•盖博近日再次出版了《奥尼尔：与基督山伯爵的生活》（重写版）第一卷。之所以重写传记，盖博作如下说明，他们之前写传记时年纪尚小，经验不足，对奥尼尔酗酒等缺少深刻的分析力，而现在掌握了更多资料，例如奥尼尔写给当时年仅 20 岁的比阿特丽丝•艾什的大约 60 封情书。最为关键的是，随着社会文化环境之变化，奥尼尔的剧本不断得到新的阐释。[②] 该文还介绍了 2000 年 6 月 4 日《纽约书评》刊载的由马各特•皮特斯撰

① 尹兴：《奥尼尔作品集问世》，《文化译丛》1990 年第 8 期，第 43 页。

② 参见李晋：《奥尼尔传记的新版本》，《外国文学动态》2000 年第 6 期。

写的有关书评，认为该书评是负面的。

5. 文学史中的奥尼尔

在国内出版的相关文学史中，也表现出对奥尼尔的重视。由高等教育出版社 1999 年出版的郑克鲁《外国文学史》、由吉林人民出版社 2001 出版的吴元迈《外国文学史话》及高等教育出版社 2002 年出版的陈建华《插图本外国文学史》，都对奥尼尔进行了专节介绍。文学史在一定程度上代表着学术界公论，受众面极广，多部文学史对奥尼尔的专门介绍，一定程度上也代表着真实、丰富、深刻甚至充满矛盾的奥尼尔在中国的译介几经风雨、几经变形之后已经进入到平稳发展时期。

二、译介状况评析

（一）改革开放后开明的外交政策及文艺方针

1976 年粉碎“四人帮”以后，从 70 年代末到 80 年代初，随着我国对外开放政策的逐步推行，中国文化和文学领域对外国文学的态度发生了很大转变。《世界文学》杂志在 1977 年 10 月正式复刊，这是新时期恢复译介外国文学的标志。

再者，1979 年元旦，中美正式建交。美国文学的译介也随之复苏。刚开始，只恢复了对美国经典文学的译介，不久之后，随着外国文学译介活动全面展开，也加快了对现代派文学的译介步伐。

1982 年 11 月 2 日至 7 日，全国美国文学研究会理事会议在济南召开，会议认真研究讨论了在我国社会主义精神文明建设中，美国文学研究所占有的地位。参会学者一致认为，必须以马列主义、毛泽东思想为指导，进行科学的、实事求是的分析研究，取其精华，去其糟粕，既不能不加区别、全盘肯定，又不可以主观臆断、一概否定。另外，在介绍翻译作品的同时要加强研究工作，会议决定成立《美国文学丛刊》编委会。

改革开放后积极的外交政策及对美国文学的正确认识，使奥尼尔在中国的第二次译介高潮的到来成为可能。

（二）文学翻译再度占据中心位置

这次高潮背后的真正动力仍然是自身变革的需要。卢卡契认为，假如一个国家的文学自身存在危机，一般情况下，它都会竭力找寻一种方法加以解决。冷战时期两大阵营的长期对垒结束后，中国人民再次开始理性思考。诸多学者文人也摆脱了之前意识形态的羁绊，开始再次放眼世界。当他们看到西方较为先进的发展局面时，一种非常强烈的“民族落后意识”成为知识分子进行社会改革和批判的现实前提。这样，向世界各国学习再次成为促进社会改革和进步的主要方式。

（三）奥尼尔暗合了“重回文学性”的时代诉求

1. 新时期以后，文化界陷入对社会、历史及文化等问题的深入思考之中，其中也包括了对人生、人性等问题的思考。[①] 这与“只为艺术执笔，不为贪欲辱身”的奥尼尔再度契合。奥尼尔虽然早年研读过马克思主义，并且与美国左翼作家里德和高尔德是挚友，但他并不赞同艺术应该表现一种政治观点的主张。新时期从“政治性”向“文学性”的回归，再次把奥尼尔带回国人的视野，迎来了奥尼尔在中国译介的第二次高潮。

首先，不但有单部作品译著的连续出版，而且在 1982 年、1983 年、1984 年和 1988 年，上海文艺出版社、湖南人民出版社、漓江出版社和中国戏剧出版社还相继出版了四部相关作品选集。其次，不但有奥尼尔戏剧理论的篇章译介，浙江文艺出版社还出版了我国第一部奥尼尔传记译著。最后，不但有大量译介文章出现，并且多数具有研究的深度。如荒芜认为，奥尼尔的伟大之处，不在于他的表现主义，而在于他的强烈感情，正是这种感情使他能够超越同时代作家，使我们知道他不是一个旁观者，而是与我们抱有同感，一起感动。[②]

从客体方面来说，奥尼尔依旧从作品所蕴含的现实主义元素和

---

① 董健、胡星亮主编：《中国当代戏剧史稿（1949—2000）》，中国戏剧出版社，2008 年，第 13 页。

② 参见荒芜：《话说奥尼尔的〈琼斯皇〉》，《戏剧论丛》1981 年第 4 期。

丰富的创作技巧两方面满足了译介主体的需求，但又有所区别。首先，从社会环境来看，与20世纪20到40年代不同的是，独立主权的社会主义国家毕竟已经建立，以马克思主义为指导的思想意识形态也早已确立。“文艺为人民服务，为社会主义服务”的文艺方针使得这一时期的译介文章自然会带有一定的意识形态色彩。80年代初，我国思想文化领域仍旧为左倾思想所制约。当时，西方现代派文学方面的翻译家出于自身安全的考虑还有所顾忌，如查明建指出，第一，尽可能不和那个时期的政治意识形态产生冲撞，以保证自身的安全。第二，尽可能想各种办法来缩短文学作品赏析上存在的审美距离，以便成功地让西方现当代文学走进读者的视野。翻译家大多运用了一种方法，就是突出作品的社会意义，突出所翻译剧作对“行将没落”的资本主义的鞭挞与揭露，强调剧作的现实意义。[①] 实际上，曹禺在借鉴奥尼尔戏剧中的表现主义技巧时，确实遵循了现实主义塑造人物性格的原则。从民族发展的角度及意识形态的影响来看，这一时期，译介文章对“批判现实主义元素”的强调及对“颓废没落的现代主义元素”的抨击都是情理之中的事。荒芜、赵澧、欧阳基等文的意识形态色彩可能出于主流意识形态或集体无意识的影响，但也绝不排除避免与极“左”意识相冲突的可能。其实，在人类发展史上，大自然与命运都只是人的社会关系在内外两个方面的伸延而已。某种程度上说，政治对人的影响是无处不在的。

其次，奥尼尔丰富的创作技巧再一次迎合了戏剧改革的需要。纵然部分读者依旧对奥尼尔的现代戏剧感到陌生，如王元化先生就不十分喜爱奥尼尔。但多数译介者对奥尼尔丰富的创作技巧持肯定态度。当时很多学者认为，奥尼尔在《大神布朗》《无穷的岁月》《琼斯皇》等剧作里运用了一些“创新技巧”。表现主义、象征主义、荒诞剧等现代戏剧手法在呈现人物内心世界方面都以它们独特的作用赋予了剧作以某种真实性。我们也应该学习西方戏剧的创作艺

---

① 参见查明建、谢天振：《中国20世纪外国文学翻译史》下卷，湖北教育出版社，2007年，第768页。

术，从而丰富和完善我们现实主义戏剧的技巧。在西方现代戏剧的接受上，我们应采取更为包容开放的态度。

再次，这一时期的译介依旧注意强调奥尼尔的声望。关于奥尼尔的声望，赵澧介绍道，奥尼尔是著名的美国现代派戏剧家，在美国戏剧史上颇具声望。1926 年耶鲁大学授予他博士学位时指出，他获得这一荣誉，是“由于他在赋予最古老的艺术之以新颖动人的形式”上做出了创造性贡献。[①] 与此同时，在西方，英国国家剧院在 1971 年排练并演出了《进入黑夜的漫长旅程》。并且，父亲蒂隆由在世界剧坛享有盛名的劳伦斯·奥利维扮演。之后，1973 年美国广播公司在电视上播放了该场演出，让这部家庭悲剧进一步走入成千上万的美国家庭。奥尼尔的地位和声誉，在他辞世 20 年后，再一次如日中天。剧作家在西方的复兴，也自然引起了译介者对他的注意，促进其在中国的传播。这一时期，对奥尼尔地位及贡献的不断强调，很多时候也是奥尼尔译介者在“乍暖还寒”的环境中所采取的一种策略。奥尼尔的声望可以使奥尼尔在英语戏剧系统和世界戏剧系统中的地位更加突出，换句话说，既然奥尼尔在世界剧坛上都是“经典”作家，那么自然在中国戏剧领域中也应该被当作“经典”作家来译介和学习。

从 90 年代到 21 世纪初，不但有奥尼尔作品、研究专著翻译出版，人民文学出版社还出版了含 44 部戏剧及文论和诗歌的大型六卷本《奥尼尔文集》。奥尼尔在中国的译介表现出平稳发展之势。

---

① 赵澧：《尤金·奥尼尔》，《戏剧学习》1979 年第 4 期。

第二章　奥尼尔在中国的研究

伴随着两次大规模的译介高潮，中国的奥尼尔研究也取得了丰硕成果。中国学者对于奥尼尔的研究起步于 20 世纪 20 年代后期，据掌握的资料看，应该以 1927 年 7 月余上沅在《戏剧论集》上发表的文章《今日之美国编剧家阿尼尔》为标志。在此之前，除了沈雁冰（茅盾）的《美国文坛近状》外，唯一的一篇评论文章是 1924 年 8 月 24 日胡逸云在《世界日报》上发表的《介绍奥尼尔及其著作》。该文章篇幅较短，只做了简单介绍，不包含深刻的分析，基本不具有研究性质。20 年代，继余上沅之后，还有 1929 年胡春冰在《戏剧》第 1 卷第 5 期上发表的《欧尼尔与〈奇异的插曲〉》一文，从突破传统束缚的角度对奥尼尔的创作进行了较为深入的分析。

进入 30 年代，关于奥尼尔的评论文章逐渐增多，研究渐趋深入。主要有载于《卡利浦之月》（中华书局，1931）的钱歌川《奥尼尔评传》、黄英《奥尼尔的戏剧》（《青年界》，1932 年 3 月）、袁昌英《庄士皇帝与赵阎王》（《独立评论》，1932 年 11 月）、萧乾《奥尼尔及其〈白朗大神〉》（《大公报》，1935 年 9 月）、巩思文《奥尼尔及其戏剧》（《人生与文学》，1935 年 10 月）、柳无忌《二十世纪的灵魂——评欧尼尔新作〈无穷的岁月〉》（《文艺》，1936 年 7 月）及萧乾《论奥尼尔》（《国闻周报》，1936 年 11 月）等。30 年代，我国的奥尼尔研究已经具有一定水平，不乏真知灼见，即便今日看来，也仍然具有重要意义。如萧乾在论述其象征手法时写道“他把现实和象征，生命和死亡打成一片。他企图用生命诠释生命，一个神秘的表现。”[①] 巩思文写道：“他眼里有个广大的世界；两耳听到人类心里细微的战抖。因此，他和其他的只读书，学些戏剧技巧或常识，便写戏剧的人，就不相同。平常戏剧的写作者，往往先想剧本的写法，然后再想人生，他们的成功多在进场、退场、灯光、布景上面着想；但把人生弄得无精打采，好像木偶般的东西。奥尼尔和他们不同，他的成功却在表现鲜活真实的人生。……他最喜欢的不在攻击社会，却在忠于人类，追求人类真正美满和谐的生活。”[②]

40 年代相关文章较少，经过 50、60 年代的沉寂期，进入 80 年代，伴随第二次译介高潮的出现，我国奥尼尔研究达到高峰。尤其是 1988 年奥尼尔百年诞辰之际，奥尼尔国际学术会议在南京隆重召开，进一步把中国奥尼尔研究推向了“显学”之位。1988 年，中国戏剧出版社出版了由曹禺等著的《奥尼尔戏剧研究论文集》，该书就“美国戏剧之父”奥尼尔的戏剧创作源流、表现手法、风格特点及哲学思想等进行了论述。90 年代以后，奥尼尔研究在我国一直呈平稳发展的态势。据相关统计，“我国是除美国以外对奥尼尔研究投入和收获最多的国家”[③]。从研究主体来看，有来自翻译界的资深翻译家，有来自戏剧界的编剧、导演，有来自教育界的教师、学者，还有一些具备一定文化素质的读者及观众。研究成果大多以论文（包括具有研究特点的译后记）的形式呈现，主要发表在全国各种文艺期刊上，还有部分刊登在论文集和报纸里。

这些颇具价值的研究论文，大体可以分为三大类：一是有关奥尼尔的生平思想研究；二是对剧作家的戏剧创作研究；三是奥尼尔与中外作家、剧作家的比较研究。其中，前二者研究论述较为深刻，已形成一定规模。第三方面研究论文篇目有限，有待进一步深入。从美国本土来看，除以上几方面之外，每当奥尼尔作品上演之后，报纸杂志上都会登载大量剧评家撰写的剧评，国内则很少见。由于

---

① 萧乾：《奥尼尔及其『白朗大神』》，《大公报》（天津）1935 年 9 月 2 日，第 3 版。

② 巩思文：《奥尼尔及其戏剧》，《人生与文学》1935 年 1 卷 5 期。

③ 康建兵：《近 20 年国内尤金·奥尼尔研究述评》，《山东艺术学院学报》2008 年第 4 期，第 41 页。

语言文化的差异，奥尼尔戏剧在中国上演时大多已经过中国化处理，仅有的几篇剧评会在本书第四章将有所涉及，在此不再赘述。就研究方法来看，大多数研究者不为传统所束缚，从多种视角出发，采用多种批评方法，对奥尼尔进行了较为深刻、有效的评价。

第一节 奥尼尔生平思想研究

对奥尼尔的总体评价，中国文学艺术界基本上有两种说法，总体来看，肯定远远多于否定。多年来（不包含特殊时期），中国文学、戏剧界基本采纳美国及世界戏剧体系的说法，承认奥尼尔是世界级戏剧大师的地位；但是在具体分析层面，则表现出我国自己的研究风格。他们对奥尼尔早期、晚期蕴含现实主义元素的作品更为青睐，对剧作家丰富、灵活的创作技巧较为赞赏；但对于作品中所蕴含的关于人性的"赤裸描写"等现代元素则进行批判。随着研究的逐渐深入，我国的奥尼尔生平思想研究逐渐拨开迷雾，对其有了更为客观、公正的认识和评价。

一、对奥尼尔的评价

（一）国外对奥尼尔的评价

美国文学艺术界对奥尼尔评价很高。1923 年，一位爱尔兰评论家在《都柏林杂志》上称赞奥尼尔道："尤金·奥尼尔是战后戏剧界的巨星。他超过萧伯纳、辛格以及所有欧洲大陆的剧作家，是颗冉冉升起的明星。"① 美国戏剧史家巴纳德·海威特骄傲地指出："随着尤金·奥尼尔的闻名于世，美国戏剧进入了成熟的时代。美国人再也不必向国外去寻求当代最优秀的作品了。本国的作品完全可以和欧洲所提供的最好作品媲美。"② 1953 年 12 月 13 日，奥尼尔逝

---

①［美］弗·埃·卡彭特：《尤金·奥尼尔》，赵岑、殷勤译，春风文艺出版社，1990 年，第 41-42 页。

② Barnard Hewitt，*The Theatre U. S. A. 1668-1937*，New York，1959，p.33.

世，《纽约时报》评论家布鲁克斯·阿特金森悲痛地说："一颗文学巨星陨落了。一代巨人，我们最伟大的剧作家离开了我们，这是我们戏剧界的巨大损失。"① 一位美国文艺批评家甚至认为"在奥尼尔之前，美国只有剧场，在奥尼尔之后，美国才有了戏剧"。②

然而，奥尼尔并非一开始就得到公众的认可，评论界对他的很多作品都曾存在争议。如汪义群写道："像《榆树下的欲望》《毛猿》《奇异的插曲》《月照不幸人》等都先后遭到过禁演，并且《送冰人来了》《月照不幸人》等首演均遭惨败，十几年后再次上演才获得成功。"③ 奥尼尔本人对这种非议等却不予计较，早期译介者巩思文曾写道："奥尼尔的剧本虽然有时得不到良好的排演和高明的批评，但他对于职业化或近似职业化的世界，却也不必埋怨。"④ 这种争议出现的主要原因大概是伟大剧作家奥尼尔的思想、技巧及笔下的真实都是超前的，尚无法为当时的美国社会语境所完全接受，人们对其的理解和欣赏需要时间。但无论如何，奥尼尔作为一代戏剧大师的地位及个人对美国戏剧乃至世界戏剧做出的贡献，是不可否认的。

（二）国内对奥尼尔的评价

中国文艺界对奥尼尔的评价，虽有争议之声，但整体上与美国及世界对奥尼尔的评价保持一致，肯定多于否定。他被尊为"美国最负盛名的剧作家""美国戏剧之父"等。

巩思文写道："我们只要谈到美国的戏剧，马上就想起奥尼尔来。他在美国舞台上所处的地位，几乎类似于希腊的伊士奇，英国的莎士比亚，挪威的易卜生，爱尔兰的辛基。没有伊士奇，希腊戏剧当时的根基便不稳定""没有莎士比亚，易卜生，辛基的作品，便无英国、挪威和爱尔兰戏剧的创立。同样，奥尼尔在美国舞台上的地位，我们虽然不敢断定后无来者，却敢说是前无古人。""我们可以说，

---

① ［美］弗·埃·卡彭特：《尤金·奥尼尔》，赵岑、殷勤译，春风文艺出版社，1990年，第1页。

② Louis Sheaffer，*O'Neill，Son and Playwright*，Boston：Little，Brown，1968，p481.

③ 参见汪义群：《奥尼尔研究》，上海外语教育出版社，2006年，第63-64页。

④ 巩思文：《奥尼尔及其戏剧》，《人生与文学》1935年1卷5期。

无论在戏剧的产量方面，形式方面，和内容方面，奥尼尔都有极大的贡献。别人不敢说的，他却敢说；陈腐的材料或技巧，只要到他的手里，便能返老还童。诚然，奥尼尔已经是美国最大的戏剧家。他的荣誉早已传到国外：他的戏剧在欧洲的英国，德国，俄国，丹麦，挪威，捷克斯拉夫等国，和亚洲的中国，日本等地已经得到观众和读者的称赞。和他同时代的戏剧家受他影响很大。"①

萧乾写道："由于黄金堆积，生性洒脱，美国在许多事上都比在欧洲大陆来得肤浅些。……年年这富有国度里的出版家把千万金元倾入印书业中，但金钱的数目也难使这些名字驰远渡过重洋。其中有一个作者，一个年纪青青，不懂规矩的美国作者，竟一气跨过大西洋，傲慢地步入伦敦城，傲慢地闯进大陆剧场。一向鄙视美国的不列颠人竟也承认这人的著作是安格罗·撒克逊文艺的光荣了。""这人后来还跨过太平洋。他的《琼斯皇》（洪深译，载《文学》翻译专号）和《天际线外》都曾在中国公演过。如果一个人还记得美国也有戏剧，那占九成是尤金·奥尼尔。""奥尼尔之所以重要，不仅仅因为他一生写了不下五十个剧本，获得一九三六年诺贝尔文学奖和三次普利茨戏剧金奖，更重要的是因为他把美国戏剧创作这门艺术提高到前所未有的、世界优秀文学的水平。""他的深湛思想、诗意语言和新颖的艺术技巧对当代剧作家起过很大影响。"② 欧阳基写道："他不仅在美国文学史上占有崇高的地位，而且在20世纪西方剧坛上也是极为重要的人物。他在西方剧坛上的地位，与爱尔兰小说家詹姆斯·乔伊斯在小说界、英国诗人托马斯·艾略特在诗坛上的地位并列。"③ 王铁铸写道："在本世纪20年代，在美国戏剧界出现了一位著名的戏剧作家，他像一颗耀眼的明星，一旦闪现出来，就彻底改变了美国戏剧的面貌。"④

---

① 参见巩思文：《奥尼尔及其戏剧》，《人生与文学》1935年1卷5期。

② 参见萧乾：《奥尼尔及其〈白朗大神〉》，《大公报》（天津）1935年9月2日第1版。

③ 尤金·奥尼尔：《进入黑夜的漫长旅程》，欧阳基译，《现代美国文学研究》1982年第2期，"译后记"，第214-215页。

④ 王铁铸：《悲剧：奥尼尔的三位一体》，《辽宁大学学报》1993年第3期，第9页。

然而，也存在一些负面评价。如黄英批评道："他的戏剧，我依然是不能绝对满意的，因为在他的戏剧里所反映的，只是水手们的悲苦的生活，只是忠实而同情地表现了他们的生活，他只看到了他们的生活的悲惨，他没有看到这一些人们的走向光明的生长。"[①] 林之鹤认为，奥尼尔作品还存在一些局限和不足。尽管他强烈感受到资本主义黑暗和资产阶级意识的堕落，但因为没有看到人民群众的巨大力量，所以未能指出资本主义制度腐朽的本质和必然灭亡的趋势，作品中蕴含着悲观主义色彩。[②]

这样的指责大多是由于两国社会文化状态不对等，我国一直处于抗战或社会主义建设的紧迫时期，戏剧为抗战服务、为社会主义建设服务，对于赤裸裸地描写人类真实的奥尼尔不能很快接受是可以理解的。另外，在新中国成立初期，对西方现代派文学普遍采取否定态度之时，奥尼尔自然也难逃厄运。随着我国改革开放和现代化建设的开展，随着文学领域向"文学性"的回归，对奥尼尔也必然会越来越包容。

二、奥尼尔生平研究

（一）创伤记忆

我国中、早期的评论文章几乎每篇都包含了对奥尼尔当水手、记者、在下等旅馆流浪等经历的介绍，相关具体内容，第一章已经有所交代，此处不再赘言。我国奥尼尔研究界不但对于奥尼尔的苦难经历一直较为关注，并且我国研究者更注意剧作家本人的"创伤记忆"对其创作的影响。他的世界观和他作为一个作家的生活中的苦难是密不可分的。……奥尼尔的悲剧世界只限于'挫折的悲剧'。这样的定义是他的人生观的必然归结。"[③] 如黄英评论道："出现在奥尼尔的作品里的，没有别的什么，只有悲惨的生命，……全是些不幸的哀叫，主人公扬克对于死是认为一点稀奇都没有，他觉得在

---

① 黄英：《奥尼尔的戏剧》，《青年界》1932 年 2 卷 1 期。

② 参见林之鹤：《奥尼尔——美国剧坛上的拓荒者》，《安徽戏剧》1979 年 6 月。

③ 查士骥：《剧作家友琴・沃尼尔》，《北新》1929 年第 3 卷第 8 号上。

那样的生活下，就是丧失了生命，也没有什么可悲。这是奥尼尔笔下的水手们共通的认识和一贯的心情。……这就是水手们的生活，每年有成千上万的死在海上的水手们的生活，他们的生活是完全的被蹂躏的地狱的生活，这种生活使他们日陷于悲观，颓废；终至于尽可能的任性享乐，慢性地去摧残自己的生命。”“我们所能看到的，自始至终，是水手们的生活写实，……他们的相打，咒骂，愤慨，和解，一切都表现着人类的原始状态；我们也能看到这些悲惨的生命，是怎样的在和波涛抗争，怎样的在暗淡的光线底下生活；以及不同于上流社会的那样的直率而粗暴的恋爱形态。”[①] 荒芜认为，奥尼尔剧作的主角多是被剥夺了继承权的人，总是活动在贫瘠的农场、单调的大海和贫民窟的背景上，像在贫瘠土壤上和恶劣气候中挣扎着生长起来的小树。[②] 以上是早期奥尼尔研究者对奥尼尔作品与奥尼尔苦难经历之关系的评述，这些叙述生动、具体地反映了奥尼尔剧作与其创伤记忆的密切关联，但理论深度略有不足。

卫岭的博士学位论文《尤金·奥尼尔的创伤记忆与悲剧创作》也是从奥尼尔的人生苦难出发，探讨剧作家本人的创伤记忆和其剧作的深层关联。卫岭指出：“不但创伤记忆与奥尼尔的创作始终相随相伴，并且，不同阶段烙有各自鲜明的特点，经历了内心与家人激烈冲突的早期阶段，仍然激烈但渴望和解的中期阶段，再到终于实现了和解而求得了心灵平静的晚期阶段。”卫岭在讨论创伤记忆对奥尼尔影响的程度、影响的深潜性与明确性之后认为：“创伤记忆始终是奥尼尔的最基本的创作动力之一。”[③] 在卫岭看来，就奥尼尔来说，唯有成功的外部研究，唯有通过他的自传研究出发去走近他，方能够真正理解奥尼尔的剧作的。作者所采取的外部研究视角，就是试图找寻一种进入奥尼尔的方式，事实上，外部研究确实是一种必要的并且重要的方式。另外，王铁铸认为，他的悲剧作品是他个

---

① 黄英：《奥尼尔的戏剧》，《青年界》1932 年 2 卷 1 期。

② 参见荒芜：《关于奥尼尔的剧作》，《春风译丛》1980 年第 1 期。

③ 卫岭：《尤金·奥尼尔的创伤记忆与悲剧创作》，博士学位论文，苏州大学，2008 年，第 I，II 页。

人悲剧经历、悲剧思想、悲剧创作的三位一体的充分表现。① 笔者认为，卫岭等学者的论述是富有见地的，在奥尼尔作品中，创伤记忆的痕迹确实较重，甚至构成了奥尼尔剧作的底色。

（二）爱尔兰裔身份研究

对于奥尼尔之爱尔兰裔身份的研究，在我国起步较早。张嘉铸写道："他是一个诗人，一个人性的观察者，生命，他看来是悲惨的戏剧，但是种美的冒险。他是一个艺术家，在作艺术时是最强硬毫不退让的理想家。沃尼尔的性格，我们可以说，好像英国的辛格，喜欢有棱角的东西。"② 查士骥在《剧作家友琴·沃尼尔》曾写道："在现代的美国作家中，沃尼尔和美国人的生活的关系最少。E. Robinson 的从不讲到美国人的生活，也是很有名的，但沃尼尔比他的程度更深。他的作品中批评到美国社会的，只有 Marco Millions 一篇。他的题材，差不多完全没有美国的色彩。且他并不着重社会的背景。所以读了他的作品后第一所起的疑问，便是他的环境问题。在他的环境和作品之间，是有怎样的关系呢？他是怎样地受着现实世界的影响的呢？"③ 奥尼尔生活在美国，他的剧作却基本不具有美国色彩，似乎让人匪夷所思。古有成在《加力比斯之月》译后记中写道："他的父亲，詹姆士奥尼尔生长于爱尔兰后移居美国，在美成为有名的戏子兼剧院经理。他的母亲爱儿拉坤兰（Ella Quinlan）生于美，但是父母都是爱尔兰人。所以本书著者在血统上爱尔兰的成分还是多于美国的。"④ 应该说，早期研究者已经注意到奥尼尔的爱尔兰裔身份，留意到他体态、性格等方面的爱尔兰特征。

但是，这一特征在后来的研究过程中却一直遭到忽视，直到近些年才引起部分学者的关注。郭继德《爱尔兰文化与美国文化的冲突和融合——论诗人的气质》是新时期以来较早就奥尼尔之爱尔兰身份进行研究的文章。文章指出："奥尼尔受爱尔兰传统的影响有三

---

① 参见王铁铸：《悲剧：奥尼尔的三位一体》，《辽宁大学学报》1993 年第 3 期。

② 参见张嘉铸：《沃尼尔》，《新月》1929 年第 1 卷第 11 号。

③ 参见查士骥：《剧作家友琴·沃尼尔》，《北新》1929 年第 3 卷第 8 号上。

④ 古有成：《加力比斯之月》，商务印书馆，1930 年 5 月，"译后记"，第 2 页。

层意思：1. 影响了奥尼尔人格的形成，他的气质证明了他是一个真正的爱尔兰人。2. 由于对母亲‘堕落’的失望，使他放弃了年轻时代对天主教的信仰，他感到内疚和痛苦，一生都在寻觅新的‘上帝’，他的许多作品都探讨了这一寻觅的历程。3. 他的爱尔兰家庭受到势利的新英格兰富人的冷落与拒绝，促使他跟受歧视的下层人为伍，成为‘血缘兄弟’他的这些终身朋友成为他剧作中经常出现的重要角色。”[①] 另外，郭继德还强调，爱尔兰文化对奥尼尔有巨大的影响，这种影响一直存在，奥尼尔最喜欢在剧作中探讨的主题之一就是爱尔兰文化与美国文化的冲突与融合。郭继德的论述言简意赅，笔墨不多，但从遗传因素、宗教信仰及社会生活等三方面概括出爱尔兰文化对奥尼尔的影响是贯穿始终的。

康建兵的文章《尤金·奥尼尔戏剧中的爱尔兰情节》（《中南大学学报》，2011 年第 5 期）也是从爱尔兰裔身份角度研究奥尼尔的文章。康建兵论述道：“尤金·奥尼尔不仅对他的爱尔兰血统极为重视，更在戏剧中将爱尔兰民族独特的忧郁与叛逆气质、迷恋与诅咒的天主教信仰和漂泊爱尔兰人寻求精神家园的艰辛历程表现得淋漓尽致。奥尼尔戏剧蕴含的浓厚而独特的爱尔兰情节，展现了一位真正爱尔兰之子的心路历程和艺术人生。”“即便奥尼尔既不属于以叶芝、辛格和奥凯西等为首的爱尔兰文艺复兴运动阵营，也不属于以王尔德、贝克特或乔伊斯等为代表的爱尔兰侨民作家队伍，但他是一个真正独特的爱尔兰之子，他的戏剧呈现的浓厚的爱尔兰情结和爱尔兰味，无疑是爱尔兰民族的种族记忆培植在他体内的文艺缪斯和创作素材。”[②] 该文章不但从奥尼尔的家庭生活、成长经历等出发分析了奥尼尔缘何会深受爱尔兰民族性的影响，奥尼尔缘何会和爱尔兰民族紧密联系在一起，还指出奥尼尔的诸多戏剧可称为爱尔兰剧。

---

① 郭继德：《爱尔兰文化与美国文化的冲突和融合——论诗人的气质》，载廖可兑《尤金·奥尼尔戏剧研究论文集》，外语教学与研究出版社，1999 年，第 208-219 页。

② 康建兵：《尤金·奥尼尔戏剧中的爱尔兰情节》，《中南大学学报》（社会科学版）2011 年第 5 期，第 214 页。

另外，笔者拙文《一个有关迁徙与流浪的故事——再谈奥尼尔〈毛猿〉》（《出版广角》，2017 年第 4 期）大概也算是一篇少有的从剧作家的爱尔兰身份的角度专门针对一部剧作进行分析的文章。笔者论述道："以上的解读都有其道理，但却忽略了尤金·奥尼尔是爱尔兰后裔这一最具影响的事实。"① "基于作者的血统、经历及其戏剧必须植根于生活的创作理念，笔者认为，从移民的角度阐释《毛猿》可能会更接近作者的初衷。"② 文章在文本细读的基础上，指出《毛猿》讲述了一个有关迁徙与流浪的故事，反映了流浪者渴望归家的主题。

从专著方面看，廖可兑《尤金·奥尼尔剧作研究》（上海戏剧出版社，1999）对于奥尼尔的爱尔兰裔身份也有所提及，他指出，奥尼尔是爱尔兰移民的后代，奥尼尔的父亲詹姆斯·奥尼尔 8 岁时去了美国。汪义群先生《奥尼尔研究》（上海外语教育出版社，2006）在第一章奥尼尔生平中有所涉及，但只有几行文字。内容如下："尤金·奥尼尔的祖先是爱尔兰人，他父亲詹姆斯·奥尼尔生于爱尔兰基尔肯尼郡的托马斯城。尤金的祖父是在 1854 年前后带领全家乘坐一艘轮船的下等舱，渡海来到美洲这个'新大陆'的。那时，爱尔兰正经历了 19 世纪中叶的马铃薯严重匮乏的饥荒年代，他们的背井离乡显然是为贫困所迫。"③

可见，就研究专著来看，相关成果亦不多见。据掌握的资料，卫岭《奥尼尔戏剧的文化叙事》（江苏大学出版社，2017）对奥尼尔之爱尔兰裔身份设专章进行了介绍，该书第一章即为"尤金·奥尼尔的爱尔兰之魂"，较为详细地从爱尔兰家庭影响、爱尔兰美国移民史、爱尔兰民族性格和集体无意识、爱尔兰民族文化艺术的影响等四部分对奥尼尔的爱尔兰裔身份进行了研究。

卫岭论述道："爱尔兰移民在宗教信仰、民族习性和价值观等方

---

① 那艳武：《一个有关迁徙与流浪的故事——再谈奥尼尔〈毛猿〉》，《出版广角》2017 年 9 月上，第 92 页。

② 同上。

③ 汪义群：《奥尼尔研究》，上海外语教育出版社，2006 年，第 1 页。

面同美国本土特别是新英格兰人发生激烈冲突，并且常处于被欺压的一方。如同犹太人或吉卜赛人，爱尔兰后裔总有流浪异乡的漂泊感和对精神家园的渴求，民族的固有生命力和原始冲动又始终潜藏心底，并通过语言、宗教、哲学，特别是文学艺术形式呈现出来。奥尼尔终生对爱尔兰血统念念不忘……，这一切促使他在创作中传达出对归家主题的偏爱和对精神家园的追寻。”“这一背景对于他的一生，以及其悲剧创作产生了极为重要的影响。奥尼尔的爱尔兰情结对其个性生成和戏剧创作，即对他的为人和创作等方面产生了巨大影响，这种影响又通过戏剧艺术的形式鲜明地呈现出来。”“正是这种灵与肉的双重流浪体验和以爱尔兰背景寻求民族认同的心理诉求，促使奥尼尔将自己的故事和体验，将自己民族的故事写入戏剧，从而创作了一系列寻找家园和精神归属的戏剧。”[①] 该专著设专章对奥尼尔爱尔兰裔之身份进行论述，论点鲜明、论据充分，为从此角度进行奥尼尔研究提供了宝贵的背景资料。

三、奥尼尔思想研究

（一）哲学：针对奥尼尔的思想研究，国内相关论述较少。夏茵英指出："奥尼尔的人生观经历了一个从不可知主义，发展为勇于反叛社会，积极有为，努力抗争的乐观主义，再到抗争失败，趋向存在主义的过程。这是他人生观变化发展的主线，融于其间的还有古希腊的命运观念、叔本华的悲观主义、空想社会主义、无政府主义、弗洛伊德主义等各种意识。”[②] 奥尼尔曾受到过多种社会思潮的影响，他的思想甚为复杂，充满矛盾。夏茵英对奥尼尔的思想进行了较为全面的论述，文章颇有见地。相关学者还有徐良等。另外，陈立华指出："正是由于尼采的影响，奥尼尔的悲剧充满着形而上的快感，放射出理想主义的光芒，有了一种尼采似的悲观主义的力量。”[③]

---

① 卫岭：《奥尼尔戏剧的文化叙事》，江苏大学出版社，2017 年，第 32 页。

② 夏茵英：《奥尼尔人生哲学之探索》，《外国文学研究》1987 年第 3 期，第 76 页。

③ 陈立华：《何以解忧？唯有梦想！——尼采与奥尼尔悲剧思想探析》，《英美文学论丛》2002 年第 2 期，第 207 页。

陈立华认为，奥尼尔虽然受过多种思想影响，但影响他最多的是尼采悲剧哲学思想。相关文章还有王晓妍《论尤金·奥尼尔戏剧创作思想的哲学基础》等。

关于人道主义，夏茵英认为，文学终归是为人、为人生的。20世纪的西方文学虽然流派众多，各领风骚，但总体倾向鲜明，这就是它们共同的人类意识。[①] 文章从20世纪西方文学的整体出发，充分论述了其共同特点是人类意识的高扬，该文章有助于我们基于20世纪西方文学的背景更好地理解及把握奥尼尔戏剧中的人类意识。夏茵英还另有文章对奥尼尔的人本主义思想进行了强调："奥尼尔注重的是人，他研究社会，探讨人生的出发点和最终目的都是人。奥尼尔思想中一直含有不可知主义、命定因素，但这不妨碍他坚持以人为本。"[②] 另外，杨捷写道："奥尼尔悲剧不重在从政治、经济方面去具体展示资本主义制度下人们的悲惨命运，而是着重在对人类自身灵魂的剖析中，表现人类悲剧命运的精神根源。……这就决定了奥尼尔能从人本主义、生命哲学、精神分析学说等的多视角、多层次地去关注人类的生存状态和精神状态，解密人类悲剧命运的精神根源。"[③] 奥尼尔所具有的正是人类意识，正因为此，通常看不出其作品与周围环境的关系。相关论文还有欧阳基《悲天悯人的美国剧作家——奥尼尔》(《外国文学研究》，1988年第4期)等。

（二）宗教：谈及奥尼尔的宗教思想，首先要提及的就是汪义群先生，他较早地从个人、家庭等方面对奥尼尔的宗教信仰进行了较为全面的论述。汪义群写道："奥尼尔出生在一个天主教徒的家庭，幼年在天主教教会学校读书。家庭和社会都给予他宗教的教育和熏陶，使他从小就具有浓厚的宗教意识。在学校里，他参加了各种宗教的集会和礼仪，并对天主教教义抱有巨大的热情。在十二岁那年，他第一次接受了圣餐礼，并参加了庄严的宣誓仪式，这意味着他与

① 参见夏茵英：《20世纪西方文学的人类意识》，《外国文学研究》1999年第2期。

② 夏茵英：《奥尼尔人生哲学之探索》，《外国文学研究》1987年第3期，第80页。

③ 杨捷：《"人"的符号学意义——尤金·奥尼尔悲剧创作的人本主题》，《四川外语学院学报》2005年第5期，第34页。

宗教结下了不解之缘，他皈依上帝的虔诚的心情已成为他思想中的一个主导因素。……终于，彻底决裂的日子到了。那是1903年的夏天，奥尼尔的母亲终于受不了精神上的折磨，企图跳河自尽。这件事给了奥尼尔极大的打击，使生活中的一切变得毫无意义！宗教对他失去了吸引力，他终于与它离异了。”①奥尼尔的宗教思想在该著作当中是极其重要的一部分内容，汪义群从奥尼尔本人的人生经历、家庭变故等方面，对奥尼尔的宗教观进行了较为详尽的求索与剖析。正如刘海平所说：“汪义群对此进行了较为全面的评述，从其个人、家庭入手，进入奥尼尔痛苦、冲突的内心世界。”②

整体来看，我国关于奥尼尔的生平和思想的评论和研究，经过了一个从描述性表层介绍到理论性深层探究的发展过程。最初的一些文章只交代奥尼尔的生平、经历以及剧作家与某些思想家的表层关系，在中国读者对奥尼尔知之不多的情况下，这个阶段是必然存在的。随着时间推移，我国学者逐渐开始对剧作家的生平与其剧作的关系进行探讨，对剧作家的思想进行研究。从20世纪80年代起，很多文章转向对剧作家进行专题研究，从不同层面及角度对一些问题展开探讨，拓宽了研究领域及范围，加深了对奥尼尔生平、思想的阐释和解读。

第二节　奥尼尔创作研究

在国外，对奥尼尔的创作研究非常流行，不仅涉及剧作研究和戏剧理论研究等方面，并且成果颇具系统性和说服力。约翰·拉雷的《奥尼尔的剧作》（*The Plays of Eugene O'Neill*，1965）就没有停留于简单地就单部剧作展开讨论，也没有按照作品发表时间顺序对作品进行逐一评论，而是从整体上对剧作形式等问题提出思考。类

① 汪义群：《奥尼尔创作论》，中国戏剧出版社，1983年，第17页。

② 刘海平：《中美文化在戏剧中交流——奥尼尔与中国》，南京大学出版社，1988年，第291页。

似的成果还有很多，如奥斯卡·卡吉尔（Oscar Cargill）等人合著的《奥尼尔及其剧作》（*O'Neill and His Plays*，1961）及特拉维斯·博加德（Travis Bogard）的《勾画时代的轮廓：奥尼尔剧作论》（*Contour in time：The plays of Eugene O'Neill*，1972）等。戏剧理论研究方面的成果则主要有多丽斯·阿历克山德（Doris Alexander）的《尤金·奥尼尔的创造性奋斗》等。

在国内，相关研究也主要体现在两个方面：一是对他的戏剧理论和创作理念的研究；二是针对他具体作品的研究。

一、戏剧理论研究

奥尼尔之所以能够成为一代戏剧大师，与他独特的戏剧理论是分不开的。汪义群的《奥尼尔创作论》是围绕奥尼尔的创作特点进行研究的一部专著，重点论述了奥尼尔有关戏剧创作的独特观点，囊括了其关于创作内容、创作方法及主题思想等多方面的理论主张，为我国戏剧界认识、理解、研究奥尼尔的创作提供了珍贵的资料，同时也为我们研究美国当代戏剧提供了依据。

（一）内容：奥尼尔是一位忠于现实，致力于反映现实的剧作家。“但他对‘现实’的理解又是广义的。所谓写真实，在他看来既是人物性格的真实，也是环境的真实，也包括作者自我感情的真实流露。”[①] 汪义群认为，在奥尼尔看来，艺术无定则，天底下任何形式的任何事物，只要适合或经过加工以后适合他的目的，他都会写。并且，艺术家在创作中应是完全自由的，应该充分发挥自己的创作个性。汪义群进行了如下论述：“在当时的美国舞台上，流行着一种专门以悬念、惊讶、突变等手法制造离奇情节的戏。许多剧作家往往将这些技巧性的东西抬到不适当的高度，忽视了戏剧深入日常事务中去反映人生的作用。人们甚至提出 36 种戏剧情境，似乎只要掌握这 36 种情境，剧作家便可像拼七巧板一样，将各种情境东拼西凑，写出精彩动人的作品。奥尼尔十分反对这种片面强调技巧、过

① 汪义群：《奥尼尔创作论》，中国戏剧出版社，1983 年，第 17 页。

分追求情节的离奇和夸张的做法。他对当时舞台上广为运用的诸如密室设计、隔墙窃听、私拆秘信、酒中放毒等陈腐方法不屑一顾，认为这些东西实在是微不足道的雕虫小技，只有真实地反映人生，反映最普通最平凡的生活才是艺术的正路。”[①] 张岩指出：“奥尼尔的悲剧传达出深邃的美学意蕴则是建立在其悲剧真实性基础之上的。”[②] 刘砚冰写道：“奥尼尔自觉或不自觉地创作的一系列自传性现代心理悲剧，并非只像《美国大百科全书》中所说的那样，是为了自我挽救；而是从自己的生活和感受出发，力图通过对人的内心世界的挖掘，从精神上深入认识错综复杂的现代社会生活，为全人类寻找一条通向崇高生活的解放之路。”[③] 相对来说，汪义群先生较早地注意到奥尼尔的“内容真实观”，并对奥尼尔“技巧服务于内容”的戏剧思想进行了论证。

（二）技巧：可以说，奥尼尔继承了西方戏剧传统，而又没有拘泥于传统。他认为虽然不能为传统所束缚，但懂得相关的规则是必要的。汪义群认为，奥尼尔的戏剧理论是对传统戏剧的继承和发扬。《奥尼尔创作论》原是汪义群的硕士学位论文，他写作的目的是为我国的戏剧创作提供借鉴的对象，这反映了汪义群作为学者的责任感和使命感，同时也反映了他的胆识和眼光。形式服务于内容，这是奥尼尔一贯遵循的创作原则。他对传统戏剧的突破，固然大量地体现在具体表现手法的创新上，但他最根本的突破还是在于将戏剧作为探索人类心灵的武器，作为剖析人的内心世界的解剖刀。作者的这种努力是始终一致的，他一直在探索，在寻找一种表达方式，来满足自己表现深刻人生的愿望。在这探索中他走过弯路，遇到过挫折，但是在他的技巧和题材的多样性中却隐藏着某种统一的东西，那就是对心理刻画的兴趣。[④] 汪义群等学者的论述不无道理，奥尼

---

① 汪义群：《当代美国戏剧》，上海外语教育出版社，1992 年，第 58 页。

② 张岩：《试论尤金·奥尼尔悲剧的美学意蕴》，《山东师范大学学报》（人文社会科学版）2003 年第 5 期，第 76 页。

③ 刘砚冰：《论尤金·奥尼尔的现代心理悲剧》，《河南师范大学学报》（哲学社会科学版）1992 年第 3 期。

④ 汪义群：《当代美国戏剧》，上海外语教育出版社，1992 年，第 60–61 页。

尔的反传统正是建立在对传统的继承之上的，奥尼尔对心灵真实的热衷与文学向内转的历史发展潮流是一致的。

（三）主题：汪义群论述道：“奥尼尔的创作态度跟英国批判现实主义作家萨克雷很有几分相似之处。萨克雷在他的《书信集》中曾解释为什么他的《名利场》专写阴暗的一面。他说，因为他觉得这个社会缺少光明，尽管人们不愿意承认这一点，但这却是事实。……奥尼尔也是如此，他不是不爱欢乐，不是天生的愤世嫉俗，而是因为他目睹的现实丑恶多于美好，不幸多于幸福。……忠实于生活的本质，敢于正视惨淡的人生，这正是奥尼尔悲观主义的精神实质所在，也是他的可贵之处。”[①] 奥尼尔总是设法以人物的命运攫住观众，唤起人们的情感共鸣，从不依靠情节的跌宕起伏来吸引人们的注意力。奥尼尔不但反对以情节的曲折离奇取胜，而且在作品中并不刻意追求矛盾冲突的表面性和激烈性。他不愿意在作品中安插一个伊牙戈式拨弄是非的小人从中捣乱，挑起不和，从而激化矛盾。他剧中人的悲惨命运，不是某个坏人一手造成的，也不仅仅是两种社会势力斗争、冲突的结果。[②] 汪义群认为，奥尼尔没有像狄德罗所说的那样，在写剧本时尽量使人物的利益相互对立，使一个人为了达到自己的目的不择手段，他也没有像美国编剧理论家汉密尔顿所说的那样，将善恶作为激烈的戏剧冲突，来满足观众支持一方唾弃另一方的心理需求。另外，王建业指出：“一般来讲，宿命论是一个哲学范畴：认为意志的一切活动都是由一定原因引起的，而这些原因决定着意志的活动，使得人没有别的可供选择的行为方式。”“奥尼尔虽属于现代派作家，他赋予宿命论以新的内容，这就是人的命运由其自身的性格和社会环境决定，要想摆脱命运的束缚需要付出巨大的代价。”“随着生活阅历的丰富、世界观、人生观的日益成熟，他自己没有被世俗的命运吞没，也没有让自己的人物因循命定的世界。他相信，人人都有自由意志，有自由选择的权利。……

① 汪义群：《奥尼尔创作论》，中国戏剧出版社，1983 年，第 7-8 页。

② 汪义群：《当代美国戏剧》，上海外语教育出版社，1992 年，第 59 页。

人只要与上帝斗、与自己斗、与生活斗就必然能改变一切，包括改变自己。”[①] 奥尼尔从来没有安于命运的安排，他的一生是执着进取、不断求索的一生，从这个意义上来讲，王建业的论断是有道理的。孙苗飞在文章《论尤金·奥尼尔的戏剧创作艺术》中转述奥尼尔的观点：“我总是意识到在命运的后面有种力量，那是上帝，是我们过去的生命……我意识到人在其光荣而自毁的斗争中有一种永久的悲剧，人进行这种斗争是为了迫使这种力量去表现自己，而不是像动物传达微不足道的声音。”“奥尼尔的悲剧意识始终是支配他创作的动机。奥尼尔关心的是人与上帝的关系也就是人和不可知的命运的关系。”[②] 郑家建也曾指出：“奥尼尔在刚刚开始创作的时候，就确立了自己的创作理念，即对隐藏在生活背后的不可捉摸的驱使力量的探究、揭示和表现。”[③] 在奥尼尔剧作中，人物无法摆脱不可知的命运悲剧，但奥尼尔所弘扬的正是人在命运悲剧面前所显示出的斗争精神，在无望中寻找希望。

二、剧作研究

对奥尼尔剧作的研究，主要集中在《天边外》《琼斯皇》《榆树下的欲望》《毛猿》《进入黑夜的漫长旅程》《大神布朗》《马可百万》《奇异的插曲》《拉萨路笑了》《悲悼》《啊荒野》《送冰人来了》《月照不幸人》等十余部作品上，其他作品则较少提及，对于前期失败的作品更是几乎没有研究。例如奥尼尔第一部作品《以妻易妻》（*a wife for a wife*）国内外至今没有出版，也没有排演出来。针对该作品，只有巩思文介绍道：“他曾把两个剧本送给纽约剧院的经理。过了两年，没有排演的消息，他才写信要回稿本。后来，他知道经理不曾读那剧稿；因为经理相信，演员的儿子不会写出好的剧本。”[④]

---

① 王建业：《明智的选择——奥尼尔及其人物的宿命论和自由意志》，《戏剧文学》2007 年第 5 期，第 70 页。

② 孙苗飞：《论尤金·奥尼尔的戏剧创作艺术》，《名作欣赏》2007 年第 10 期，第 105 页。

③ 郑家建：《西方现代性的痛苦与智慧——论奥尼尔后期戏剧的思想和艺术》，《文艺理论研究》2004 年第 1 期，第 47 页。

④ 巩思文：《奥尼尔及其戏剧》，《人生与文学》1935 年 1 卷 5 期。

至于该剧作为什么没有出版，该剧作与之后剧作有何关联等问题则没有进行研究。

（一）《天边外》 该剧既是奥尼尔的成名作，也是其第一次获得普利茨奖的作品，创作于 1918 年，1920 年首演。登录中国知网，直接以“天边外”为篇名关键词进行搜索，可检索到以“天边外”为题名关键词的文章 10 余篇，加之未被知网收录的早年期刊报纸当中的文章，共计 20 余篇。此外，研究奥尼尔的文章几乎都把这部作品作为主要分析对象之一，如龙文佩《漫谈奥尼尔对戏剧艺术形式的开拓》（《戏剧艺术》，1988 年第 4 期）、岳小燕《奥尼尔剧作的精神魅力》（《广西师院学报》，1991 年第 1 期）、张昀韬《古希腊悲剧命运观的现代诠释——试论奥尼尔戏剧的古希腊精神》（《云梦学刊》，2001 年第 3 期）、郭洪涛《论尤金·奥尼尔悲剧中的欲望女性》[《同济大学学报》（社会科学版），2004 年第 3 期]等。由此观之，相关研究已十分可观，观点见仁见智。整理和爬梳已经取得的成果是十分有意义的，这恰恰是我们进一步探索和研究的基础和起点。

据掌握的资料，单篇研究《天边外》的评论文章出现在 20 世纪 80 年代，主要有廖可兑《谈尤金·奥尼尔的〈天边外〉》（《剧坛》，1981 年第 1 期）、艾湫《奥尼尔和他的〈天边外〉》（《当代戏剧》，1985 年第 5 期）、蔡先保《评奥尼尔的〈天边外〉》（《湖北师范学院学报》，1986 年第 1 期）、曹冬雁《残忍的现实与高级的乐观——谈〈天边外〉的悲剧性》（《戏剧文学》，1988 年第 11 期）等。

80 年代，文艺评论界的整体气氛依旧相对保守，也许正因为此，几篇文章基本上也都从社会批判的角度出发对《天边外》进行研究。如廖可兑认为，奥尼尔的写作目的是通过美国资本主义社会的个别现象反映一般生活，从而使其作品具有普遍意义。[1] 他认为《天边外》是奥尼尔的代表作品之一，是该剧最先确立奥尼尔在美国戏剧界的重要地位。艾湫指出：“奥尼尔十分鲜明地揭示了人们在资本主义制度下走投无路的困境，从而使《天边外》具有了深刻的社会意

① 参见廖可兑：《谈尤金·奥尼尔的〈天边外〉》，《剧坛》1981 年第 1 期。

义。"[①] 蔡先保认为，该剧"反映了美国现代社会中，处于社会下层的人民在物资畸形发达的情况下，深受压迫因而仇视物质文明的精神危机。""悲剧中，尽管作者没有找出真正的社会病根，但是，剧本通过梅约农庄——美国现代社会的一角，把潜藏在人物命运背后的深刻的社会内容形象地揭示出来，是足以引起人们深思的。"[②] 曹冬雁对于故事主人公的苦难作分析如下："这种痛苦和冲突虽然具有普遍意义和永恒性，但它们在美国社会、在奥尼尔的生命历程中找到了自己的具体形式，是资本主义社会尤其是美国社会人的命运、人与人之间及人与现实之间关系的真实写照。"[③] 从这些早期的评论文字中，我们大体可以感觉得到当时的文学批评存在一定的局限性。奥尼尔通常被看作"由于社会和阶级的局限"，"没能挖到，也不可能挖到人生悲剧真正的社会病根"[④]。人们倾向于从剧本的思想内容入手，认为这是一部"生活在实利主义社会中的理想主义者的悲剧"，从而片面强调《天边外》的社会批判功能，它在美学等其他领域的特点很多时候都被忽略了。相比之下，1981 年，廖可兑先生的《谈尤金·奥尼尔的〈天边外〉》不失为一篇好文章。首先，对于奥尼尔对西方戏剧传统的继承，廖先生认为，亚里士多德曾经提出的悲剧布局应该是"有头、有身、有尾"的要求，在《天边外》中得到了体现。悲剧的主人公罗伯特在整个戏剧情节的发展中占有重要地位，奥尼尔是怀着同情心来塑造人物性格的。在第三幕中，罗伯特的言行使人深受感动，他的艺术形象也由此得到了升华。就像古希腊悲剧中的英雄同命运抗争一样，罗伯特是在同他的生活环境作搏斗。[⑤] 其次，关于奥尼尔对传统的突破，廖先生认为，奥尼尔是向易卜生学习的，在《天边外》里也打下了易卜生之戏剧艺术传统的烙印，但是易卜生并没有妨碍奥尼尔发挥他的创作才能。另外，

---

① 艾湫：《奥尼尔和他的〈天边外〉》，《当代戏剧》1985 年第 5 期，第 59 页。

② 蔡先保：《评奥尼尔的〈天边外〉》，《湖北师范学院学报》1986 年第 1 期，第 74 页。

③ 曹冬雁：《残忍的现实与高级的乐观——谈〈天边外〉的悲剧性》，《戏剧文学》1988 年第 11 期，第 57 页。

④ 蔡先保：《评奥尼尔的〈天边外〉》，《湖北师范学院学报》1986 年第 1 期，第 74 页。

⑤ 参见廖可兑：《谈尤金·奥尼尔的〈天边外〉》，《剧坛》1981 年第 1 期。

《天边外》的幕与场的分法是完全适合创作内容的要求的。同时，《天边外》的语言是非常精彩的，富有表现力，符合人物性格的要求，有耐人寻味的潜台词和近乎诗的表现形式。最后，奥尼尔是戏剧家，也是诗人。《天边外》里包含许多抒情成分，抒情成分和戏剧成分完美地结合在一起，使得悲剧从内容到形式都十分完美。[①] 廖可兑并没有完全局限于对《天边外》进行社会批判层面的分析，而是从美学层面对该作品进行了讨论，并从戏剧史的角度指出了奥尼尔对西方悲剧传统的传承和超越。

90 年代，相关文章主要有：从郁《尤金·奥尼尔剧中场景的象征作用》（《当代戏剧》，1992 年第 5 期）、郭张娜《从〈天边外〉一剧看尤金·奥尼尔的对比艺术》（《陕西师范大学学报》，1997 年 S1 期）、许朝增《奥尼尔的一座丰碑——评话剧〈天边外〉》（《戏剧文学》，1997 年第 6 期）、岳小燕《奥尼尔剧作的精神魅力》（《广西师院学报》，1991 年第 1 期）等。此外，还有收藏在论文集中的廖可兑《天边外》等。

随着思想文化领域观念的开放，关于该剧的研究虽然某种程度上仍旧习惯于从社会批判的层面进行解读，但已经开始逐步转向对作品艺术层面的探讨。在这方面，许朝增的文章很有代表性。许朝增写道："由于作家世界观的局限，他对美国现实生活的认识也有一定的局限性，应该说，他看到美国资本主义制度下人们的生活的不合理性，但他却难以看出人们可以左右自己的命运。"[②] 同时，该文章还对该剧的场景设置进行了讨论，该剧之所以取得较好的艺术效果是基于以下三点："其一，室内布景设在同一地点，作者通过室内细节的变化，揭示出一个家庭的由盛而衰的变化。也间接寓意罗伯特的梦想在现实的单调的农庄生活中的毁灭。其二，剧作家通过每一幕分二场，一场外景，一场内景，不仅起到对比作用，而且产生了强烈的象征隐喻艺术效果。其三，外景一些景物描写象征了剧中

① 参见廖可兑：《谈尤金·奥尼尔的〈天边外〉》，《剧坛》1981 年第 1 期。

② 许朝增：《奥尼尔的一座丰碑——评话剧〈天边外〉》，《戏剧文学》1997 年第 6 期，第 66 页。

人物的性格和命运。”[①] 该文章已经注意到奥尼尔剧作的美学特色。

郭张娜从“对比艺术”角度对《天边外》进行论述。郭张娜指出：“正是尤金·奥尼尔在《天边外》一剧中成功地运用了对比的手法，将人物置身于相同的布景（内景与外景）和不同的季节之中，通过布景和季节的变化体现了人物的不同性格和命运的变化，使此剧的悲剧味更浓。对比艺术手法的运用，使《天边外》一剧无论是在人物的塑造上还是结构上都向前迈进了一步，它标志着作者的创作走向成熟，《天边外》一剧荣获美国普利策戏剧奖是当之无愧的。”[②] 这两篇文章都对《天边外》的艺术成就进行了探索性研究。

丛郁写道：“奥尼尔在《天边外》中利用‘天边’这一外景向读者与观众充分渲染了这种气氛，他为主人公罗伯特设计了总共十二次遥望，或指向‘天边’的形体动作。”“‘天边’作为剧中场景的一部分纵贯全剧。在整个剧情与人物性格发展中所起到的异乎寻常的象征作用，远远超过了其他形式的象征作用。”[③] 丛郁在文本细读的基础上，对于《天边外》中“天边”这一意象的象征手法运用进行了较为详尽且具有说服力的论述。

21 世纪以来，人们对《天边外》的关注有增无减，但已经完全不再局限于社会批判的角度，而是从美学、原型批评、弗洛伊德理论、女性主义批评等角度进行论述。相关成果主要有：孙太《诗情画意——奥尼尔戏剧中的诗意》(《山东师大外国语学院学报》，2001 年第 1 期)、刘向红《〈天边外〉的原型解读》[《吉首大学学报》(社会科学版)，2010 年第 5 期]、李伦《〈天边外〉：灵魂的解脱和梦想的破灭》(《戏剧文学》，2010 年第 8 期)、刘爱玲《〈天边外〉的三重人格结构学说解读》(《长春教育学院学报》，2014 年第 3 期）等。其中，刘向红《〈天边外〉的原型解读》指出：“故事场景及时间的

---

① 许朝增：《奥尼尔的一座丰碑——评话剧〈天边外〉》，《戏剧文学》1997 年第 6 期，第 66 页。

② 郭张娜：《从〈天边外〉一剧看尤金·奥尼尔的对比艺术》，《陕西师范大学学报》1997 年 S1 期，第 39 页。

③ 丛郁：《尤金·奥尼尔剧中场景的象征作用》，《当代戏剧》1992 年第 5 期，第 60 页。

选择与故事情节的发展编织得非常巧妙，暗含了悲剧原型的意象。”“作品中蕴涵的场景原型、人物原型和梦想原型有着强烈的象征意义和深刻的内涵，他们激活了人们记忆中的意象和联想，产生了与众不同的感染力，其所包含的情感以及命运的力量是震撼人心的。”① 文章从弗莱原型批评的视角对《天边外》从场景原型、人物原型、梦想原型三方面进行了解读，该文章不但独辟蹊径地选取了原型批评的视角、密切结合文本进行分析，而且文笔优美。

刘爱玲写道：“三个主人公人生的错位，无非都是因为他们人格发展得不健全，本我、自我、超我没有发挥其应有的作用，无论在什么样的社会中，只有人的三重人格达到适度的平衡，人的身心才能健康发展，人生会避免悲剧。”② 文章对罗伯特、安朱和露丝等三位主人公的行为和心理进行解读，论述了引起其悲剧人生的内在根源。埃德蒙·威尔逊（Emdund Wilson）曾指出，弗洛伊德主义是那个时代对文学理论发生作用的三大力量之一。③ 奥尼尔在 1929 年写过的一封信中承认对弗洛伊德学派很感兴趣，还曾读过荣格的《无意识心理》。④ 因此，从弗洛伊德理论出发对《天边外》进行解读是不无道理的。这方面的成果还有于元元、胡敏《奥尼尔“心理命运”视角下的现实生活》[《安徽大学学报》（哲学社会科学版），2009 年第 1 期]。

李伦则从异化的角度讨论了悲剧原因。他写道：“现代自我充满了内在的矛盾性与不确定性，不了解什么是值得追求的善和有意义的人生，不知道什么能给自己带来幸福。对于善的不确定性最终带来的是分裂的自我和不可调和的内在冲突，造成了现代人的道德悲

① 刘向红：《〈天边外〉的原型解读》，《吉首大学学报（社会科学版）》2010 年第 5 期，第 141 页。

② 刘爱玲：《〈天边外〉的三重人格结构学说解读》，《长春教育学院学报》2014 年第 3 期，第 44 页。

③ [美] 罗伯特·斯比勒：《美国文学的循环》，汤潮译，北京师范大学出版社，1993 年，第 205 页。

④ 詹姆斯·罗宾森：《尤金·奥尼尔和东方思想》，郑柏铭译，辽宁教育出版社，1997 年，第 65 页。

剧：梦想破灭，灵魂得到解脱。”[①]

除专门对该剧作进行论述的文章外，这时期在内容中包含该作品的文章主要有：孙宜学《论尤金·奥尼尔剧作的悲剧主题》（《艺术百家》，2001 年第 3 期）、张昀韬《古希腊悲剧命运观的现代阐释——试论奥尼尔戏剧的古希腊精神》（《云梦学刊》，2001 年第 3 期）、郑闽江《奥尼尔戏剧的宗教文化意识》（《西安外国语学院学报》，2001 年第 2 期）、郭洪涛《论尤金·奥尼尔悲剧中的欲望女性》（《同济大学学报》，2004 年第 3 期）、卫岭《奥尼尔剧作的大海意象》（《文艺争鸣》，2010 年第 10 期）等。纵向观之，我国对于《天边外》的研究经历了社会批判、技巧探索、心理解析等阶段。《天边外》诞生已百年，“天外”到底是哪里？我们不得而知，但我们对《天边外》的研究会持续向前是确定无疑的。

（二）《琼斯皇》 该剧创作于 1920 年，是奥尼尔成功运用表现主义手法进行创作的代表性作品，和同年上演的《天边外》一起确立了奥尼尔在美国剧坛的声望。该剧最早在 1934 年被洪深和顾仲彝翻译到中国，针对该剧的第一篇研究论文应该是袁昌英《庄士皇帝与赵阎王》（《独立评论》，1932 年 11 月），详细分析见本章第三节“比较研究”。

从掌握的资料看，除上述文章外，我国较早研究《琼斯皇》的论文还有荒芜的《话说奥尼尔的〈琼斯皇〉》（《戏剧论丛》，1981 年第 4 期）。文章介绍了《琼斯皇》在奥尼尔个人创作历程及美国戏剧史上的地位，认为 1920 年 11 月 3 日这部戏在纽约剧作家剧院的上演意义重大。荒芜对奥尼尔的勇气极为赞赏，并从社会批判角度高度赞扬了奥尼尔：“1. 美国已经有了他自己的成熟的剧作家奥尼尔；2. 美国戏剧创作已经进入成年期。它在纽约连演了二百〇四场，在外地巡回演出达两年之久，最后到英国伦敦公演。1933 年这个戏还被改编为歌剧和电影，分别由著名歌唱家劳伦斯·提比特和著名黑人演员保罗·罗伯逊主演。”“早在六十年前，在种族歧视特别严重

---

① 李伦：《〈天边外〉：灵魂的解脱和梦想的破灭》，《戏剧文学》2010 年第 8 期，第 74 页。

的美国，一个作家写黑人题材，那可需要胆识和卓见。因为在那个时候，被认为劣等民族的黑人是不许登上大雅之堂的。把黑人当作正面人物写，很容易受到种族主义者的攻击。一九二四年作者另一个剧本，涉及种族通婚的《上帝的孩子们都生了翅膀》，就在好几个地区里遭到禁演，便是一例。奥尼尔对于选材问题从来反对人云亦云。他认为他的戏应该独具一格，与别人的有所不同。那就是说，如实地表现生活，揭露社会上的虚伪、邪恶与残暴，宁可表现生活中最吓人的、最丑恶的事物。”“奥尼尔毕竟是个大剧作家。早在二十年之初，他就在美国资本主义社会中，牢牢抓住了最本质的东西，美国的现代悲剧，揭露了那个社会中不可救药的绝症，写出了一系列发人深省的作品。他在他的作品中提出来的一些问题，今天看来，仍然有助于深刻理解当前美国以至一切资本主义国家的社会矛盾，如人生的悲剧、人的生存价值、人性和基本自由的横遭摧残等问题。”[①] 该文章写于 1981 年，比较注重挖掘作品的社会意义。难能可贵的是，正如廖可兑一样，荒芜的文章并没有局限于作品的社会意义，而对于作品的艺术成就也给予了肯定。荒芜认为，《琼斯皇》在题材的选择、主题思想的发掘、人物和语言的创造等方面都有突破，受到美国观众群体的热烈欢迎。[②] 同类文章还有李万钧、陈雷《奥尼尔和他的〈琼斯皇〉》（《福建戏剧》，1983 第 5 期）等。

20 世纪 80 年代，我国学者对《琼斯皇》的艺术成就有着更多关注，如孙葳《灵魂的戏剧——从〈琼斯皇〉看表现主义戏剧特征》（《名作欣赏》，1985 第 3 期）、刘浩《简介奥尼尔和他的剧本〈琼斯皇〉》[《西南师范大学学报》（哲学社会科学版），1988 年第 5 期]等。其中，刘浩首先对表现主义运动做了简单介绍，然后通过对《琼斯皇》中心理分析手法的全面剖析，指出与其他很多表现主义者比，奥尼尔有着更为独特的人生观及艺术观。文章指出：“奥尼尔在他自己最好的剧本里都企图以其道德与心理分析的观点客观地反映当代

① 荒芜：《话说奥尼尔的〈琼斯皇〉》，《戏剧论丛》1981 年第 4 期，第 61 页。

② 参见荒芜：《话说奥尼尔的〈琼斯皇〉》，《戏剧论丛》1981 年第 4 期。

处于这个变更无序的社会中的人与人之间和人与社会之间最本质的冲突。”“我们更不能因为奥尼尔在作品中没有为我们提供解决这一问题的答案而责难他。人类历史上从古至今，还没有一位思想家、哲学家、文学家或其他什么伟人为我们提供过关于什么是人类文明发展的最佳方式这一根本问题的最完善的正确答案。这是根本不可能的，因为自然界的演变和人类社会的向前发展是无穷尽的，新的现象和问题随时都会出现，人类总是在不断地追求和认识新出现的现象、解决问题的方法手段和答案。”[①] 在这里，刘文对从社会批判角度对奥尼尔的指责如“没能挖出病根”“没能指明出路”等进行了有力的反驳。

90年代，相关成果较少，主要以吕长发《尤金·奥尼尔的〈琼斯皇〉》[《河南大学学报》(社会科学版)，1991年第5期] 为代表。文章指出：“《琼斯皇》八场剧中，第一场和第八场是现实主义的，中间的六场是表现主义的，是琼斯的独白，和从恐惧、绝望的琼斯的头脑或内心世界幻化出的各种景象。”“奥尼尔正是用表现主义的手法，深刻地刻画了逃跑中的琼斯在丛林里的内心感受及其变化，把他的内心世界‘真实’地表现在观众面前。”[②] 吕文从表现主义者否认客观真实、只承认主观真实的角度出发，密切结合文本，对于奥尼尔在《琼斯皇》中表现主义手法的成功运用进行了较为详尽的论述。

进入21世纪以来，对《琼斯皇》的解读呈现出一片生机。敬琴《外化的恐惧与隐含的焦虑——评尤金·奥尼尔的〈琼斯皇〉》[《西南农业大学学报》(社会科学版)，2013年第6期]、许诗焱《面向剧场：奥尼尔20世纪20年代戏剧表现手段研究》(《外国文学研究》，2002年第3期）等继续从表现主义角度进行研究，敬文通过对琼斯皇呈现在外的恐惧状态的描述来揭示其内心深处隐含的焦

① 刘浩：《简介奥尼尔和他的剧本〈琼斯皇〉》，《西南师范大学学报》(哲学社会科学版) 1988年第5期，第102页。

② 吕长发：《尤金·奥尼尔的〈琼斯皇〉》，《河南大学学报》(社会科学版) 1991年第5期，第72页。

虑，讨论了琼斯皇精神崩溃的内在原因。

缪启昆则从琼斯皇这一人物形象的两重性入手，对奥尼尔的戏剧观进行探讨。缪启昆指出："他认为悲剧的崇高，来自于人对冥冥中存在着的一股神秘的超自然力的不断探索和力图控制它的激情，而这样的努力最终都是注定要失败的。人有知其不可而为之的英雄气概，所以是值得歌颂的。""悲剧的崇高美与人物的身份、地位、性格均无直接关系，生活本身的悲剧性决定了人的悲剧的崇高美，美存在于一切之中，哪怕是在最污秽的地方。美丑交织，丑中显美才是生活的本来面目。""他要给观众留下的恰恰不是这些表面的东西，而是直揭生活本质的深层次的思考和感悟。"① 缪启昆认为，简单地把琼斯皇看成一个暴君，认为作品只是讲述了一个黑人统治者与同类相残的故事是不对的。关于奥尼尔的真实观，他的理解极为深刻。

此外，还有学者从文化批评和心理分析角度对该作进行研究，如：陈国峰《琼斯皇，你能逃到哪里去？——对奥尼尔〈琼斯皇〉的新解析》(《北京大学学报》，2002 年第 S1 期）及宋淑芳《"他者"黑人——奥尼尔笔下黑人形象的文化与心理阐释》[《河南师范大学学报》(哲学社会科学版)，2009 年第 5 期] 等。陈国峰指出："琼斯皇不是死于恐惧，不是死于精神错乱，不是死于负罪感，也不是死于黑人造出来的银子弹，而是死于文化的迷乱，死于宗教的矛盾。这才是琼斯皇悲剧具有超越性和普适性的社会意义，那就是当我们不能将自己的人格和社会文化整合为一个有机整体时，当我们在文化上迷惘摇摆或者无所皈依时，我们就将成为一个被放逐者，一个绝对孤独的心灵的流浪者，我们将在黑暗的森林中徘徊、迷狂和恐惧。"② 宋淑芳论述道："文化的无根状态是造成黑人悲剧的根本原因。民族自卑感使黑人无法认同和接受本民族的文化，当他们转而

---

① 缪启昆：《琼斯皇形象的复杂性与奥尼尔的悲剧观》，《延安大学学报》(社会科学版) 2002 年第 4 期，第 96 页。

② 陈国峰：《琼斯皇，你能逃到哪里去？——对奥尼尔〈琼斯皇〉的新解析》，《北京大学学报》2002 年第 S1 期，第 129 页。

认同白人文化时，他们也不被白人文化所接受。这使他们既成了白人的‘他者’，也成了黑人的‘他者’，唯独不是他们自己。这才是奥尼尔笔下的黑人悲剧的真正症结。”① 以上两篇文章，尽管一篇从对集体无意识论的否定出发，一篇从拉康镜像理论出发，但两篇文章的论点最终都落到了文化上，认为《琼斯皇》的悲剧根源于作为黑人在文化上无所皈依，灵魂处于被放逐的状态。

（三）《毛猿》该剧创作于1921年，荒芜《毛猿——关于古代和现代生活的八场喜剧》（《春风译丛》，1980年第1期）是其在我国最早的译本。相对于《天边外》和《琼斯皇》来讲，《毛猿》译介到我国的时间较晚，关于该剧的研究起步也较晚。

人们对这部剧的评论也始于对其社会意义的挖掘。80年代的相关文章有：吴彤《读奥尼尔的〈毛猿〉》（《河北戏剧》，1982年第4期）、张建力《穷情写物因物喻志——由〈毛猿〉中的一个戏剧动作谈起》（《文艺评论》，1983年第2期）、叶舟《试论奥尼尔及其〈毛猿〉》（《地方戏剧》，1985年第2期）、廖可兑《论〈毛猿〉》（《外国文学研究》，1986年第3期）、陈琳《奥尼尔、〈毛猿〉及其结构》（《剧本》，1986年第3期）等。

90年代，奥尼尔研究相对处于低谷，同之前的两部剧作一样，《毛猿》的研究也较为冷清。从知网检索的结果看，整个90年代，以“毛猿”为篇名进行检索，检索结果为零。只有一些与奥尼尔相关的文章里涉及了该剧作，如杨彦恒写道：“《毛猿》中的扬克遭受了现代人遭受的各种折磨，但他从不向那些欲摧毁他的力量低头。他的结局具有极大的悲剧意义。因为他最后尽管死在了动物园大猩猩的手里，但他从未向生活妥协过。他从不像乞丐一样从生活中乞讨一小块容身的位置，从而获得一种归属感和苟生。他鲁莽，无知，但却不懈地探索人在社会整体中的意义。”杨文认为，虽然扬克直到最终也没能找到答案，但作为一个生命意义的执着探索者，他仍然

① 宋淑芳：《‘他者’黑人——奥尼尔笔下黑人形象的文化与心理阐释》，《河南师范大学学报》（哲学社会科学版）2009年第5期，第173页。

值得称颂。此外，廖可兑的《毛猿》是这时期收藏在论文集中的部分成果代表。廖可兑先生从表现主义的创作特点出发，结合文本，探讨了该作品的社会意义及奥尼尔的悲剧观。他写道："表现主义戏剧对资本主义社会问题的揭露也能帮助人们了解这个社会的实际情况，从而打破他们对这个社会所抱有的种种不切实际的幻想。"① 廖文认为《毛猿》在某些方面受到了高尔基的伟大的无产阶级革命戏剧《底层》的影响，在该剧中，美国资产阶级不仅遭受工人群体的强烈反对，并且还蒙受米尔德里德那般的百万富豪之女的冷眼。

21 世纪以来，人们从拉康镜像理论、福柯社会学理论、存在主义哲学、象征主义及爱尔兰裔身份等多角度展开对《毛猿》的研究，取得可喜成绩。主要成果有吾文泉《〈毛猿〉："镜像"中的自我认同与异化》（《戏剧文学》，2003 年第 6 期）、刘慧敏《〈毛猿〉的福柯式解读——在扬克疯癫背后》（《国外文学》，2008 年第 4 期）、夏雪《〈毛猿〉的存在主义解读》（《社会科学论坛》，2009 年第 5 期）、龚梅和李跃《从〈毛猿〉管窥奥尼尔的精神世界》（《外国文学研究》，2009 年第 5 期）等。其中，刘慧敏指出："通过扬克，奥尼尔传达了他对深陷物欲横流的工业社会中的普通劳动者的关注和思考。扬克是工业文明、钢铁机器的受害者，在他那看似疯癫的言行背后却隐藏着一个有一定思想维度的下层人。"② 刘文从福柯社会学理论出发，通过对"水""监狱"等意象的分析，洞察了《毛猿》与福柯"疯癫"理论的切合点，赋予了社会批评以新的深度。夏雪的则以萨特存在主义哲学的自由观为出发点，分析了扬克的生存境况，通过展示个人面对自由时所持怀的态度，指出扬克的悲剧是人与自我斗争的悲剧，并且这种悲剧性是伴随人的存在而来，也正因为此，《毛猿》所表现的"力量"将永远使我们感到震撼。

近年来，随着人们对奥尼尔爱尔兰裔身份的关注，也有学者从这一维度对《毛猿》进行解读。有学者从移民性的角度，通过对"爱

---

① 廖可兑《毛猿》，载《尤金·奥尼尔剧作研究》，中国美术学院出版社，1999 年，第 66 页。

② 刘慧敏：《〈毛猿〉的福柯式解读——在扬克疯癫背后》，《国外文学》2008 年第 4 期，第 110 页。

尔兰群体主人公”“环境”“主题”的分析指出，“基于尤金·奥尼尔是一个阴郁的爱尔兰人的事实，从‘迁徙’的维度来解读《毛猿》是不无道理的。作品中充斥着贫穷、酗酒和暴力。老爱尔兰人派迪及以爱尔兰人为原型的扬克，他们对于现实的不满，对于认同和回归的渴求，一切皆由‘迁徙’而起，因为迁徙所以漂泊，又因为漂泊所以渴望归属”[①]，“该作品超越了爱尔兰移民的局限，被赋予了表现全人类生存境遇的高度”[②]，“基于作者的血统、经历及其戏剧必须植根于生活的创作理念，笔者认为，从移民的角度阐释《毛猿》可能会更接近作者的初衷”[③]。《毛猿》这部表现主义戏剧，其价值已远远超出了对资本主义的批判这一层面，各种解读都有其道理。《毛猿》是说不尽的，因为他是你，是我，是我们当中的每一个人。

（四）《榆树下的欲望》 据掌握的资料看，《榆树下的欲望》是奥尼尔在中国最受关注、被评论最多的剧作之一。我国对《榆树下的欲望》一剧的研究也起于对其社会学意义的挖掘。赵澧认为，该剧的悲剧力量在于作者把戏剧冲突集中在老卡博和伊本父子围绕对田庄的占有和对爱碧的占有所进行的紧张的斗争上，认为该剧对资本主义社会中私人占有欲的进行了深刻而有力的揭露。[④] 基于此，赵澧指出，《榆树下的欲望》是奥尼尔的又一部现实主义杰作，是奥尼尔悲剧创作的最高成就。袁鹤年认为，奥尼尔对现代资本主义社会对人性的各种病态影响进行了剖析，病态的社会带来变态的人性，信仰的缺失导致精神的空虚。[⑤] 袁鹤年并没有局限于分析该剧的社会批判性，他认为奥尼尔现代悲剧思想不同于古希腊悲剧思想。古希腊悲剧的英雄多是一些尊贵的人物，由于自身的弱点，抵抗不了命运的摆布而失败。奥尼尔的现代悲剧英雄不是因命运而失败，而

---

① 那艳武：《一个有关迁徙与流浪的故事——再谈奥尼尔〈毛猿〉》，《出版广角》2017 年 9 月上，第 93 页。

② 同上，第 94 页。

③ 那艳武：《一个有关迁徙与流浪的故事——再谈奥尼尔〈毛猿〉》，《出版广角》2017 年 9 月上，第 92 页。

④ 参见赵澧：《尤金·奥尼尔》，《戏剧学习》1979 年第 4 期。

⑤ 参见袁鹤年：《〈榆树下的欲望〉和奥尼尔的悲剧思想》，《外国文学》1981 年第 4 期。

是人本身所具有的内在品质导致悲剧。[①] 其论述是有道理的，奥尼尔悲剧正是由人类自身的弱点决定的。

进入 90 年代，《榆树下的欲望》受到了更多关注。有文章继续沿着“批判社会”的角度展开研究，如管舒的《评尤金·奥尼尔的〈榆树下的欲望〉》(《青岛海洋大学学报》，1994 年 5 月)；还有文章基于《榆树下的欲望》对奥尼尔的悲剧观进行讨论，如邵锦娣《从〈榆树下的欲望〉中的自然主义看奥尼尔的悲剧意识》(《求是学刊》，1990 年第 6 期)、谢劲秋《不朽的灵魂——从〈榆树下的欲望〉看奥尼尔悲剧的主题》(《安徽师大学报，1998 年第 1 期》) 等。其中，邵锦娣从自然主义角度探讨了奥尼尔的悲剧意识。文章指出：“《榆树下的欲望》虽以古典神话为悲剧结构，并表现复仇、乱伦、杀婴、欲望等传统题材，但它的人物是外界条件和内在本质的牺牲品，他们的遭遇有浓厚的自然主义悲剧性。”[②] 邵锦娣认为，《榆树下的欲望》绝非简单的命运悲剧，它反映了自然主义多元决定论。

21 世纪以来，人们从心理学、伦理学、象征主义、生态主义、后现代及认知语言学等新批评角度多侧面、多层次地展开对《榆树下的欲望》的研究，相关成果主要有：陈立华《从〈榆树下的欲望〉看奥尼尔对人性的剖析》(《外国文学研究》，2000 年第 2 期)、韩杨《析〈榆树下的欲望〉视奥尼尔的悲观主义》[《内蒙古农业大学学报》(社会科学版)，2003 年第 4 期]、叶青《奥尼尔〈榆树下的欲望〉象征艺术手法探究》[《南京师大学报》(社会科学版)，2003 年第 6 期]、凌晨《石墙内外——析尤金·奥尼尔〈榆树下的欲望〉的悲剧主题》(《安徽农业大学学报》，2004 年第 5 期)、郭洪涛《从〈榆树下的欲望〉看奥尼尔的悲剧思想》[《山东师范大学学报》(人文社会科学版)，2004 年第 3 期]、朱翠芳《〈榆树下的欲望〉：极致的悲剧》(《四川戏剧》，2009 年第 3 期)、刘永杰《〈榆树下的欲望〉的精神生态探析》(《西安外国语大学学报》，2009 年第 4 期)、陈红琳《认

---

① 参见袁鹤年：《〈榆树下的欲望〉和奥尼尔的悲剧思想》，《外国文学》1981 年第 4 期。

② 邵锦娣：《从〈榆树下的欲望〉中的自然主义看奥尼尔的悲剧意识》，《求是学刊》1990 年第 6 期，第 77 页。

知语言学视角下〈榆树下的欲望〉的主题及意象分析》(《戏剧文学》，2010年第6期)、张媛《从〈榆树下的欲望〉探讨尤金·奥尼尔对女性的人文关怀》[《江苏科技大学学报》(社会科学版)，2014年第3期]、马风华《〈榆树下的欲望〉的后人道主义解读》(《四川戏剧》，2014年第9期）等。其中，心理学批评方面，陈立华以弗洛伊德精神分析批评为视角，从人性中强烈的对物质的占有欲、特殊环境中泛滥的情欲以及人性的对立与升华三个方面展开论述，并认为："奥尼尔在《榆树下的欲望》这出悲剧中，又一次淋漓尽致地剖析了人性的缺陷，指出摧毁人自我的，正是人性中贪婪与淫荡的本性；而拯救人类自我的，也只能是人性的升华与灵魂的净化。"①

新批评方面，朱翠芳认为形象大于思维，故而抽丝剥茧地厘清人物之间的各种复杂关系、揭示作品所蕴含的世界最为重要。朱文分析道："伊本和爱碧为追求物欲—情欲而乱伦，爱碧为追求爱情而杀子，伊本为了孩子而报案，凯勃特一味追求灵魂的超越世俗，都成了异己的力量，造成自己和他人的悲剧。它们没有高下之分，既矛盾对立，又相互补充，既折射了人的精神危机，又提供了化解精神危机的多种途径。""人的精神需要多方面的滋养，它们之间也需要互相补充，互相调和，才能在灵魂的激荡和平静中获得丰盈的人生历程。"②

象征主义批评应以叶青为代表。叶青指出："由于置身于欧美文坛从现实主义向现代主义的过渡，奥尼尔在现实主义的基础上，使用了大量象征主义的意象，使剧本充满了神秘主义气氛。借助这种有机的结合，剧作家深刻地刻画出人类的精神世界，既揭示了人类面临的迷惘、困惑和无助，又在探讨可行的精神出路。而从美学角度看，只有悲剧色彩才是人生真正有价值的成分，是生活意义所在，

---

① 陈立华：《从〈榆树下的欲望〉看奥尼尔对人性的剖析》，《外国文学研究》2000年第2期，第75页。

② 朱翠芳：《〈榆树下的欲望〉：极致的悲剧》，《四川戏剧》2009年第3期，第78页。

也是人类所能够寄托的唯一出路。”① 该文章把《榆树下的欲望》置于西方戏剧发展史的长河中，从奥尼尔对传统戏剧艺术的继承和突破的维度探讨了该剧的象征艺术及效果。

《榆树下的欲望》这样一部集现实主义与现代主义于一身、集世俗与崇高于一体的剧作，正反映了作者探究人类幸福之路的欲望，也正因为此，它被誉为“美国第一部悲剧”。

（五）《奇异的插曲》 该剧创作于 1927 年，1936 年由王实味翻译到中国。我国对该剧的研究初期主要集中在社会批判层面和作品艺术特色的分析上。相关文章主要有廖可兑的《谈尤金·奥尼尔的〈奇异的插曲〉》(《剧坛》，1982 年第 2 期）和杨永丽《〈奇异的插曲〉的戏剧特色与主题意义》(《当代外国文学》，1988 年第 2 期）等。

其中，廖文论述如下：“通过宁娜的生活经历，奥尼尔着重反映了资产阶级的个人情欲和占有欲的疯狂性。弗洛伊德心理学说对于作者的思想影响在这里也得到证明。”“《奇异的插曲》反映了多方面的社会生活问题，可惜奥尼尔过分强调了个人情欲的表现，这就冲淡了剧本的现实主义的思想内容和社会意义。”② 廖文认为，奥尼尔在剧中过多的情欲描写弱化了原本可以更为鲜明的社会意义。身处资本主义社会中的奥尼尔不可能找到解决问题的途径，在奥尼尔看来，美国的物质生产获得高速发展的同时，伦理道德及社会风尚却存在严重危机。但是，奥尼尔没有、也不可能找到怎样才能克服这种危机的答案。

廖文进一步指出：“就创作方法而言，《奇异的插曲》是以一种新的戏剧艺术形式出现的。它被称作‘内省戏剧’，因为它采用意识流的手法，着重揭示剧中人物的内心世界。”③ 廖可兑不愧为资深的戏剧工作者及中国奥尼尔研究工作的开拓者，他所论述的正是该作品最为突出的艺术特征。廖文对奥尼尔在这一剧作中的艺术成就给

① 叶青：《奥尼尔〈榆树下的欲望〉象征艺术手法探究》，《南京师大学报》(社会科学版）2003 年第 6 期，第 124 页。

② 廖可兑：《谈尤金·奥尼尔的〈奇异的插曲〉》，《剧坛》1982 年第 2 期，第 46 页。

③ 同上。

予了高度赞扬："奥尼尔是卓越的实验戏剧家，他却大胆地运用它来写《奇异的插曲》，把小说技巧与戏剧技巧结合起来，使剧本创作及其演出都获得了成功。这是美国戏剧界的一件大事，也是奥尼尔在突破戏剧创作传统的前进道路上取得的又一重要成就。"①

21世纪以来，对于该剧的研究主要集中在奥尼尔的女性观的论述上，学者们从女性主义批评维度展开论述，这可能与作品讲述了一个女人（尼娜）和五个男人（父亲、丈夫、情人、朋友、儿子）的故事有关。但极为有趣的是，从研究成果来看，存在着两种截然相反的观点：第一种认为奥尼尔没能脱离男权话语，以男权视角塑造女性，甚至有"厌女"倾向；第二种则认为奥尼尔与易卜生有相通之处，在剧中表现了对女性的关怀与同情。

持第一种观点的文章主要有：邹惠玲《〈奇异的插曲〉的男性视角评析》（《外国文学研究》，2004年第3期）、夏雪《尼娜：男性世界中的囚鸟——对〈奇异的插曲〉的女性主义解读》（《社会科学论坛》，2015年第2期）等。持第二种观点的文章主要有：张生珍《从两个悲剧女性看尤金·奥尼尔的妇女观》（《山东社会科学》，2006年第11期）、甲鲁海《奥尼尔〈奇异的插曲〉与〈悲悼〉中的女性观》[《山东大学学报》（哲学社会科学版），2009年第2期]、郭继德《对清教主义桎梏的大胆突破——评奥尼尔的悲剧〈奇异的插曲〉》（《戏剧》，2003年第3期）等。两种论点各有道理，这也正反映了奥尼尔的深奥与丰富。笔者认为，若说奥尼尔是以男性视角塑造女性的，那么也是以"把生活搬上舞台"为己任的奥尼尔把男权社会里女性痛苦而真实的生活搬上了舞台。爱人——戈登战死疆场，丈夫——萨姆患有遗传性精神病无法生养，情人——雷达尔犹豫不决，挚友兼叔叔——马斯登的恋母情结及儿子小戈登对于亲生父亲雷达尔的愤怒等，一切的一切使女主人公——尼娜苦不堪言。该剧中，女性的自然属性被剧作家真实地描绘出来：尼娜不止一次地怀念与情人雷达尔约会的快乐场景，不止一次地以自己把四个男人玩弄于股掌

① 廖可兑：《谈尤金·奥尼尔的〈奇异的插曲〉》，《剧坛》1982年第2期，第46页。

之间感到快活。同时，她又是一位光辉四射的女性，自始至终，尼娜从未消极，从未向命运屈服，大胆抗争，一直抗争。该剧充满了男权社会里被压迫女性的呐喊与斗争。

（六）《悲悼》该剧创作于 1931 年，我国对于《悲悼》的研究包括社会批判、心理学、生态伦理学等方面，相对前面几部作品来说，成果并不丰富。曹禺曾经写道："我年轻时读这出戏，觉得奥尼尔很懂戏，岁数大一点就不喜欢这个剧本了，但这并不是说这出戏没有价值。"① 具体因为什么，曹禺没有提及。

从社会批判层面来说，此剧被认为写出了在私欲充斥的社会里，人们失去了理性，任凭贪婪之怪兽吞噬生命。② 心理学方面文章主要有：董荣月的《〈悲悼〉原型的分析心理学研究》（《解放军外国语学院学报》，2010 年第 1 期）、邓世还《尤金·奥尼尔的〈悲悼〉三部曲》（《外国文学研究》，1987 年第 2 期）等。其中，董文从荣格心理学理论出发，对剧中人物和人物之间的感情纠葛进行了分析。董荣月指出："奥尼尔的这部心理悲剧，则是通过对人格面具、阿尼玛、阿尼姆斯和阴影等原型意象有意识或无意识地运用和阐释，不仅使《悲悼》一剧有了现实意义，而且还具有了超时代性，在观众心理中所引发的恐惧感比古典悲剧更残酷、更绝望，也更具有震撼力。"③ 生态学方面文章主要有：张生珍《〈悲悼〉的生态理念探析》（《山东社会科学》，2008 年第 9 期）、刘永杰《〈悲悼〉中"海岛"意象的生态伦理意蕴》[《郑州大学学报》（哲学社会科学版），2014 年第 3 期] 等。两篇文章都对剧中蕴含的生态伦理思想进行了挖掘。其中，刘文从生态伦理的角度，对剧中"海岛"这一意象进行了分析。文章认为，"海岛"代表着人与自然等价的道德标准，对于解决

① 曹禺：《和剧作家们谈读书和写作——在中青年话剧作者读书会上的讲话》，《剧本》，1982 年第 10 期，第 7 页。

② 参见田桂荃：《奥尼尔的悲悼给人们的警示》，《艺圃》1996 年第 4 期。

③ 董荣月：《悲悼》原型的分析心理学研究》，《解放军外国语学院学报》2010 年第 1 期，第 83 页。

人类困境和找回迷途中的人性具有重要的理论及实践价值。[①]

（七）《安娜·克里斯蒂》《上帝的女儿都有翅膀》《马可百万》《大神布朗》《拉萨路笑了》《啊 荒野》《安娜·克里斯蒂》创作于1920年，国内单篇的评论文章较少。我国早期对该剧的研究也始于它的社会学意义，如闻起写道："他最有价值的那部分作品，应当说还是基本上属于现实主义的范畴，反映出战后时期美国社会生活中深刻的矛盾冲突和存在于那时美国人民中的社会心理和思想情绪。这使得他的有些剧作，成为易卜生式的那样一种社会问题剧。如在《琼斯皇》中的黑人命运问题；《毛猿》及其他几部作品中的水手生活的问题；《安娜·桂丝蒂》等剧中的妇女地位问题以及娼妓问题，等等。"[②]廖可兑指出："《安娜·桂丝蒂》是一部现实主义戏剧，……安娜和马沙的会见与交谈，有力地反映了美国到处有娼妓的这个社会问题的严重性。人生如雾海行舟，到处都是艰难险阻，前途渺茫，捉摸不定，谁也掌握不了自己的命运。这是奥尼尔对美国资本主义社会生活。"[③] 荒芜《海上生明月 天涯共此时——谈奥尼尔的〈安娜·克里斯蒂〉》（《人民戏剧》，1982年第7期）密切结合文本，难能可贵的是，荒芜先生还把几次修改稿和最后的定稿进行了比较。文章对于安娜这一形象的塑造给予了高度肯定和赞扬。荒芜写道："首先，她一直在孤军奋战，从未向万恶的环境屈服过。她的出走，她的沉沦，都是她反抗的手段。尤其难能可贵的是，她那憎恨罪恶社会以及仇视压迫者的无畏精神。"[④] 这一点和后来部分学者认为奥尼尔有"厌女"倾向大为不同。在奥尼尔笔下的女性表面上看，她们并不幸福，但她们从未向不幸低头，从未自轻自贱，从未放弃对生活的希望。近些年来对该剧的关注不多，赵亚珉论述道："人对环境、生活的强大势力从无能为力到冲突，从冲突到和解的悲剧过程，而

---

① 参见刘永杰：《〈悲悼〉中'海岛'意象的生态伦理意蕴》，《郑州大学学报》（哲学社会科学版）2014年第3期，第117页。

② 闻起：《奥尼尔和他的〈安娜·桂丝蒂〉》，《剧本》1981年第3期，第94页。

③ 参见廖可兑：《谈尤金·奥尼尔的〈安娜·桂丝蒂〉》，《剧坛》1982年第4期，第27页。

④ 荒芜：《海上生明月 天涯共此时——谈奥尼尔的〈安娜·克里斯蒂〉》，《人民戏剧》1982年第7期，第16页。

这种和解是被迫的。在奥尼尔看来，生活的悲苦意义在于这种被迫的和解，表现了人在环境的压迫和自身弱点两种力量的夹击下是无法主宰自己的命运的。”① 文章认为老克里斯对大海的妥协正说明，人在自然力和命运面前的无奈。

《上帝的女儿都有翅膀》创作于1923年，在我国所受关注较少，主要是围绕种族歧视这一社会学角度展开论述。如张金玲《上帝的儿女都有翅膀——关于奥尼尔的同名剧作》[《青岛师范大学学报》（哲学社会科学版），2001年第2期]、宋淑芳《“他者”黑人——奥尼尔笔下黑人形象的文化与心理阐释》[《河南师范大学学报》（哲学社会科学版），2009年第5期] 等。其中，宋文从荣格的集体无意识角度切入，认为剧中人格“本我”被过分压抑，民族集体无意识遭到忽视等是悲剧产生的原因，文章进而指出，黑人应站在其民族文化立场上确认个体的民族归属问题，在与社会同步发展过程中要保持本民族的文化特点，并把这个问题上升到了具有普遍文化及哲理意义的当代社会命题的高度。② 该剧中的问题确实具有普世的意义，对于我们这个多民族国家怎样保持各民族的文化特色亦不无启迪。

《大神布朗》创作于1925年，剧中面具的运用尤其受到评论界的关注。萧乾指出：“规律捣毁者的他，有时却又使用起为业内人士所弃的‘古迹’来。在《白朗大神》（*The Great God Brown*）里，他重用之前采用过的旁白，而且，竟还戴起富有原始意味的面具来。”“奥尼尔写过好几篇象征的作品，其中最成功最奥尼尔的，首推这部《白朗大神》。”③ 廖可兑《论〈大神布朗〉——为第六届全国奥尼尔研讨会作》[《河北师院学报》（社会科学版），1995年第4期] 对该剧中的面具场景进行了详细分析并指出：“《大神布朗》，作为假面戏

① 赵亚珉：《〈安娜·克里斯蒂〉中海的象征看尤金·奥尼尔的悲剧人生观》，《南京师范大学文学院学报》2008年第3期，第138页。

② 参见宋淑芳：《‘他者’黑人——奥尼尔笔下黑人形象的文化与心理阐释》，《河南师范大学学报》（哲学社会科学版）2009年第5期。

③ 萧乾：《奥尼尔及其〈白朗大神〉》，《大公报》（天津）1935年9月2日第1版。

剧，象征主义的艺术色彩甚浓，无论是生活内容或人物性格，就不是那么单纯具体了。对于这一点，我们必须加以严重注意，并通过努力钻研，以求对整个剧本有个切合实际的理解。”[①] 不仅如此，廖文还对《大神布朗》的艺术特色进行了较为全面的分析，指出面具功能的局限性。卫岭则从传记研究的角度指出：“这部剧作也是奥尼尔对家庭及兄弟关系的曲折表现，面具下描写的是复杂而真实的人生经历与人性故事，反映了剧作家思想情感的曲折多变及其自我拯救的不懈努力，并借助于面具艺术升华了对于人生的思考。”[②]奥尼尔以传记作家著称，在成长过程中多方面受其兄长的影响也是事实，故而这一论述不无道理。

《马可百万》在国内单篇论述的文章极少。据笔者掌握的资料看，廖可兑《论奥尼尔的〈马可百万〉》（《外国文学研究》，1987 年第 4 期）一文对该剧作给予了充分肯定，行文如下：“剧本里既有历史事实，也有虚构；既充满尖锐的生活讽刺，也富有高度的悲剧抒情，其创作内容和表现形式的复杂性，在奥尼尔的其他剧作中是不多见的。”[③] 廖文讨论了文章的社会意义，认为马可是西方文明中拜金者的典型。同时，文章还讨论了剧中的中国元素。

关于《拉萨路笑了》，从知网检索结果看，卫岭《创伤记忆的思想与艺术升华——简析奥尼尔的〈拉萨路笑了〉》[《苏州大学学报》（哲学社会科学版），2009 年第 4 期] 较有代表性。卫文以传记研究的方法对该剧进行阐释：“它是作家创伤记忆的一个片段。神话人物和家庭人物融合在一起，家庭真实写照、家庭生活的变形以及与现实相反的种种幻想交替出现，反映了剧作家特定时期的复杂心理。”[④] 文章认为，人生经历的创伤最终转化为一种创作资源，奥尼尔正是书写了自己的体验和思考，《拉萨路笑了》是剧作家本人的创

① 廖可兑：《论〈大神布朗〉——为第六届全国奥尼尔研讨会作》（《河北师院学报》（社会科学版）1995 年第 4 期，第 65 页。

② 卫岭：《〈大神布朗〉中“面具”下的创伤记忆》，外国文学研究 2009 年 12 月，第 127 页。

③ 廖可兑：《论奥尼尔的〈马可百万〉》，《外国文学研究》1987 年第 4 期，第 40 页。

④ 卫岭：《创伤记忆的思想与艺术升华——简析奥尼尔的〈拉萨路笑了〉》，《苏州大学学报》（哲学社会科学版）2009 年第 4 期，第 82 页。

伤体验和艺术的又一次升华。[1] 卫岭曾经撰写过题为《尤金·奥尼尔的创伤记忆与悲剧创作》的博士学位论文，对奥尼尔人生中的苦难与创伤有着较深入的研究，其对该作的论述也有着较强的说服力。

《啊，荒野!》创作于 1933 年，被公认为奥尼尔唯一的一部喜剧。廖可兑不愧为奥尼尔研究专家，他的《论〈啊，荒野!〉——为第七届全国尤金·奥尼尔学术研讨会作》(《戏剧》，1997 年第 3 期)是少有的单篇论述该作的文章。廖文对于一些评论家认为悲剧家奥尼尔缺乏幽默感、不善于创造喜剧情景这一点表示赞同，认为该剧振奋人心的喧闹场面较少。同时，廖文认为奥尼尔在《啊，荒野!》中表达了所有的青少年都该享受到父母之爱和天伦之乐这一思想。[2] 对于认为家庭是悲剧之根源的奥尼尔来说，这一思想是完全合乎道理的。

(八)《送冰人来了》 该剧创作于 1939 年，在 1946 年首次上演，但并不成功，很多人认为它篇幅过长，让人生厌。这可能和刚刚经历了战争的人们不喜欢剧中沉重的悲观主义有关，尽管奥尼尔已经为此让该剧的上演时间延迟了七年。关于该剧，早在 1947 年，顾仲彝就在载于《文艺春秋》第 4 卷第 2 期的《奥尼尔和他的冰人》中有所提及。内容如下:“美国第一位大戏剧家奥尼尔在加利福尼亚省蛰眠了十二个年头,直到今年春天才回到纽约的物质文明社会里来。他的瘦削而惨白的脸表明他的病体还未完全恢复健康。在这十二年中他的消息一点也没有，竟有人以为他死了，或是失踪到野蛮人里去了。他这次带来了一皮箱的新剧本——新的创作——其中有两本预备在今年和明春上演。……他在纽约不跟文艺家在一起，他常到第六街和第四街的酒吧间去消磨他的时间，跟一班走江湖的下等人在一起。这批人物他在《冰人》一剧内第一次运用到戏里去。《冰人》这剧本在一九三九年已经写好，不过在战争时期他认为严肃的戏是

---

① 卫岭:《创伤记忆的思想与艺术升华——简析奥尼尔的〈拉萨路笑了〉》,《苏州大学学报》(哲学社会科学版) 2009 年第 4 期，第 84 页。

② 参见廖可兑《论〈啊，荒野!〉——为第七届全国尤金·奥尼尔学术研讨会作》,《戏剧》1997 年第 3 期。

人们不喜欢看的。所以一直没拿出来。"[①] 但是，在1956年再度上演时，此剧却一举成为人们注意的中心，其深度和广度才被人们所觉察。相对于《进入黑夜的漫长旅程》来讲，该剧在我国的研究成果并不丰富。在1947年顾仲彝的《奥尼尔和他的冰人》之后，直到21世纪初才出现几篇单篇论述该剧作的文章。这一方面与该剧在中国的译本出现较晚有关，另一方面可能与该剧充满虚无色彩有关。

21世纪以来，成果主要有：扬捷《对悲剧人生的人文关怀——奥尼尔〈送冰的人来了〉的现代解读》[《西南民族学院学报》(哲学社会科学版)，2002年第6期]、曹萍《尤金·奥尼尔的〈送冰的人来了〉——一部充满狂欢精神和多重复调的戏剧》[《安徽大学学报(哲学社会科学版)》，2008 年第 4 期]、周海燕《是生存还是死亡？——解读尤金·奥尼尔的〈送冰的人来了〉的象征意义》(《戏剧文学》，2010年第7期)、笔者《电影〈送冰的人来了〉和〈冰人〉的后现代维度》(《赤峰学院学报》，2018 年第 1 期) 等。人们开始尝试从心理学、象征主义、巴赫金狂欢化诗学及现代、后现代等维度对该剧进行研究。

其中，曹萍指出："尤金·奥尼尔的戏剧《送冰的人来了》充满了嬉笑怒骂的喜剧色彩，表现出一种巴赫金所称颂的狂欢精神。狂欢使人们暂时摆脱了无所不在的秩序和外部世界的价值取向，在白日梦中顽强地生存下去。"[②] 曹文角度新颖，从这样一部充满沉重的、虚无主义的悲剧当中解析出充满喜剧色彩的"狂欢"元素，有助于读者更为全面地理解该剧。周海燕则认为，剧中人们面对种种价值判断而无从选择的状态不仅是剧本中人物的矛盾，也是我们这些活在真实世界的一些人的两难处境。[③] 从比较文学的角度出发，有学者论述道："吴兴国和奥尼尔亦存在很多相通之处。一个学有所

① 顾仲彝：《奥尼尔和他的冰人》，《文艺春秋》1947年第4卷第2期。

② 曹萍：《尤金·奥尼尔的〈送冰的人来了〉——一部充满狂欢精神和多重复调的戏剧》，《安徽大学学报》(哲学社会科学版) 2008年第4期，第99页。

③ 参见周海燕：《是生存还是死亡？——解读尤金·奥尼尔的〈送冰的人来了〉的象征意义》，《戏剧文学》2010年第7期。

成时，京剧在台湾已沦为边缘艺术；一个决定从事戏剧创作时，戏剧在美国却呈一片荒芜之状。一个勇敢地以探索京剧发展之路为己任，创立台湾当代传奇剧场；一个坚定地把生活搬上舞台，成为美国严肃戏剧的奠基人。一个八年磨一剑，成功地把《等待果陀》搬上中国舞台；一个十年隐居后终带着《送冰的人来了》重返纽约。他们均以戏剧改革为己任，艰难地在争议之声、无望之境里传奇地终创造了希望。他们的汗水、智慧、尝试及探索最终为世界戏剧艺术的繁荣做出了不可磨灭的贡献，也必将会成为世界戏剧艺术史上的不朽篇章。”[①] 关于作品主题，该学者写道：“吴兴国《等待果陀》与奥尼尔《送冰的人来了》看似风马牛不相及的两部剧实则存在诸多关联。奥尼尔的《送冰的人来了》创作于 1939 年，与贝克特创作于 1953 年的《等待戈多》所处时代背景大体相同，与吴兴国《等待果陀》的主旨立意十分相似。无论是等待‘果陀’还是等待‘希基’，都让我们不觉中想起一次次把滚落下来的石头重新推向山顶的西叙福斯。在绝望中找寻希望，是芸芸众生对生命意义的求索，同时也是伟大英雄的赞歌。”[②] 他强调：“吴兴国《等待果陀》与奥尼尔《送冰的人来了》之间潜在的关联既反映了吴兴国与奥尼尔、贝克特之间的相通之处，同时也是吴兴国《等待果陀》之创作成功的最有力证明。”[③] 笔者拙文《电影〈长日入夜行〉和〈冰人〉的后现代维度》则从后现代视角对两部戏剧电影进行了讨论，指出奥尼尔虽为美国现代戏剧之父，但其剧作充满了后现代元素。整体来看，虽然此剧研究成果不多，但各有见地，为以后的研究奠定了基础。

（九）《月照不幸人》 该剧创作于 1943 年，相对于以上两部晚期作品，在国内受关注不多。偶有几篇单篇论述的文章，主要是围绕剧中的女性进行讨论。如沈建青《夹缝中求生存：谈〈月照不幸人〉里的乔西》（《外国文学研究》，2004 年第 3 期），孙银娣《奥尼尔〈月

① 那艳武、迟红：《穿越时空的灵魂对白——论吴兴国《等待果陀》与奥尼尔《送冰的人来了》之相通性》，《当代戏剧》2018 年 4 月，第 17 页。

② 同上，第 15 页。

③ 同上。

照不幸人〉中的女性形象剖析》[《河南师范大学学报》(哲学社会科学版),2005年第6期]等。其中,沈建青以女主人公——乔茜的艺术形象为研究对象,文章讨论指出:"虽然剧作家在她的形象塑造上存在着一定的局限,但通过表现乔茜在角色扮演中所经历的痛苦和辛酸,该剧无疑构成了对社会性别角色规定的质疑,而女主人公面对不幸的勇气和力量更为我们提供了积极的现实意义。"[①]沈建青曾以同样的视角对奥尼尔其他剧作的女主人公进行分析,如文章《疯癫中的挣扎和抵抗:谈〈长日入夜行〉里的玛丽》(《外国文学研究》,2003年第5期)等,肯定奥尼尔对女性主人公塑造的积极意义是其一贯观点。

三、奥尼尔创作研究特点

第一,对于奥尼尔戏剧观和戏剧理论的研究,已取得较大成绩,但还应进一步加强。应把奥尼尔还原到西方戏剧发展史当中去,结合不同时代剧作家的创作实践,对奥尼尔的诗学思想进行大胆探索,以观照我国现阶段的戏剧发展现实。

第二,相对来说,蕴含现实主义元素较多、可以用来抨击资本主义制度的作品,如《天边外》《榆树下的欲望》《长日入夜行》等剧作的研究较为丰富。几乎每一部都有多篇研究论文,并从社会学、生态学、传记研究、心理学研究、女性主义批评、象征主义、意象学及哲学、宗教等多角度展开讨论,既有理论深度,也有数量优势。周珉佳曾写道:"在20世纪,戏剧的标签是'政治化',它服务于政治斗争宣传政治;而21世纪,戏剧的标签应改为'新政治化',区别在于戏剧不仅要反映社会政治问题,同时要表现在政治化过程中人民面临的问题,呈现他们的思想、情感等多方面的需求。"[②]尽管奥尼尔曾经声明,他不想表现任何特定的时代或社会背景,对他来

---

① 沈建青:《夹缝中求生存:谈〈月照不幸人〉里的乔西》,《外国文学研究》2004年第3期,第100页。

② 周珉佳:《中国当代小剧场话剧的文学性与剧场性》,博士学位论文,吉林大学,2015年,第132页。

说，时代除了用作一种假托以外，和全剧毫无关系。虽然如此，从社会学角度揭示他的剧作对于资本主义社会的批判意义在我国却曾一度盛行。仅 2006 年人民文学出版社出版的《奥尼尔文集》就包含了奥尼尔 44 部剧作，而我们的研究却只局限于其十余部作品上，确切地说基本就集中在几部较为著名的作品上，其他的只是偶有涉及而已。因此，奥尼尔剧作的研究广度有待进一步拓展。

第三，相对国外来说，中国文学艺术界对奥尼尔的剧作研究更多地局限于对单个剧本进行分析，对奥尼尔剧作之间的关联及原因缺乏系统性研究，对奥尼尔所有剧作（包含失败作品）的整体性研究尚未出现。

第三节　比较研究

曾艳兵先生的《东方后现代》匠心独运，在中西文化演变史的宏阔背景中探讨后现代主义，从“文化折射”的原理出发，不仅对后现代主义在西方的兴起进行了历史的、文化的、哲学的考察，而且对后现代主义如何在中国生根、发芽做了历史的、文化的、哲学的考察。该书指出，中国不但有后现代主义文学，而且中国的后现代主义文学是扎根中国文学传统的，具有独特的东方特点。[①]“作为中国学者，首先应当有自己的根基稳固、充实丰富的生活，应当掌握我们自己的东方智慧和真理，唯有如此，才不会被西方的强势文化所蒙蔽而看不到我们自己的未来。”[②] 曾艳兵先生始终强调外国文学研究中的中国立场问题，对中西作家之间的比较研究极为重视。在国外，关于奥尼尔的比较研究十分盛行。人们不但对奥尼尔与莎士比亚、易卜生的关系感兴趣，而且对奥尼尔与贝克特、契诃夫等作家的关系也十分关注。诺曼·伯林（Normand Birlin）的《奥尼尔

① 那艳武、宋德发：《“我已经习惯了凝视卡夫卡的眼睛”——曾艳兵先生之学术研究 30 年》，《中国语言文学研究》2018 年秋之卷，第 253 页。

② 同上。

剧中的莎士比亚》(*O'Neill's Shakespeare*，1993)、《贝克特式的作家奥尼尔》(*The Beckettian O'Neill*，1988)及彼得·埃格里(Peter Egri)的《契诃夫与奥尼尔》(*Chekhov and O'Neill*，1986)等作皆极富见地、颇具影响。

在国内，奥尼尔与中外作家、剧作家的关系同样受到了很多学者的关注。1932 年，袁昌英《庄士皇帝与赵阎王》(《独立评论》，1932 年 11 月第 27 号)应该是国内最早就奥尼尔进行比较文学研究的论文。

一、奥尼尔与其他外国作家、剧作家的比较研究

有关奥尼尔与其他外国作家的比较，主要集中在奥尼尔同易卜生、斯特林堡、莎士比亚、契诃夫及贝克特等剧作家及奥尼尔与小说家乔伊斯之间关系的讨论上。涉及面较广，但就每一组研究对象的单篇研究论文来看，偶有几篇，成果尚少。

(一)奥尼尔与易卜生 奥尼尔的引进者、推崇者毫不犹豫地将奥尼尔与易卜生、梅特林克、斯特林堡等世界戏剧大家相提并论，但同时，他们又不得不承认，面对民族存亡、战争烽火四起的中国现实，中国人走近奥尼尔的王国要比接近易卜生、斯特林堡费劲得多。奥尼尔的戏剧很难像易卜生戏剧那样作为清晰醒目的现实主义戏剧大旗去召唤中国剧坛的复兴；奥尼尔的戏剧也不可能像斯特林堡等一大批新浪漫主义戏剧家那样，以那些充满“灵与肉”搏斗之痛苦与感伤的情调，慰藉“五四”落潮后中国知识分子茫然孤寂的心灵。奥尼尔从易卜生出发，跨越斯特林堡，走入了一个完全属于他自己的世界，一个融各种戏剧流派、戏剧技巧为一体，以探求现代人类生存永恒奥秘的世界。这个世界具有深奥的哲理，这个世界属于整个现代人类，而这个世界对于正在战争深渊中挣扎的中国人来说又显得有些遥远。然而，中国人却毫不费力地找到了自己需要的奥尼尔，特定的历史条件和文化环境构成了奥尼尔在中国剧坛的特殊魅力。在中国引进者看来，这是奥尼尔戏剧迈向成功的必由之路，也是现实主义戏剧最基本的条件。倘若联系当时剧坛脱离现实

生活具体真实的理性化、概念化戏剧创作趋向，不难看出，人们对奥尼尔的理解和推崇蕴含着他们对发展中国现实主义戏剧的理想和憧憬。正是在此前提下，他们特别强调奥尼尔鬼斧神工般地塑造戏剧人物的天才与成就。他们认为，奥尼尔“剧中的人物个个栩栩如生”。他们指出，奥尼尔“剧里所描写的人物都是活生生的，有血有肉，可以在真实的人生中找得到的”。创造出具有自身生命活力的真实可信的人物，而不是作家主观抽象观念的“传声筒”，中国的引进者在奥尼尔的戏剧中找到了一帖疗救中国戏剧时弊的良药。[①] 有关奥尼尔与易卜生之间的联系，除了前文提到张嘉铸的《沃尼尔》中有所涉及外，在硝烟弥漫的20世纪40年代，顾仲彝的《奥尼尔和他的冰人》对此也进行了强调。顾文如下：“奥尼尔没事做，就广泛阅读外国剧本，写他自己的剧本。他把欧洲主要近代剧作家如易卜生，萧伯纳，斯特林堡的剧本都仔细加以研究。他至今承认影响他最大的是易卜生和斯特林堡两人。”[②] 以上文字虽然简短，却可以引起国人对二者关系的重视，使展开进一步研究成为可能。1982年，廖可兑在《谈尤金·奥尼尔的〈安娜·桂丝蒂〉》中就《安娜·克里斯蒂》的有关情节也对奥尼尔与易卜生的关系进行了讨论，应该是国内首篇对二者关系进行研究的论文。相关内容节选如下：“《安娜·桂丝蒂》是奥尼尔最接近易卜生的戏剧艺术的一部作品。他的内容与思想的统一性，人物性格的现实性，矛盾冲突的复杂性，表现往事的倒叙法，前一戏剧动作引出后一戏剧动作的创作技巧以及给剧本安排的没有结局的结局等，无不打上易卜生的戏剧艺术的烙印。”“安娜在忍无可忍的情况下，给了他们以当头棒喝：‘你们两人都给我滚开！你们——你们两人——和他们一样。天呐！你们都以为我是一件家具！’”“在这里，我们仿佛听到易卜生的娜拉的愤怒之声。安娜所说的‘他们’，指的是从前玩弄她的人。现在，她要做自己的主人，不容许任何人对她发号施令。就在这一怒之下，她把本

---

① 田本相：《中国现代比较戏剧史》，文化艺术出版社，1993年，第392-394页。

② 顾仲彝：《奥尼尔和他的冰人》，《文艺春秋》1947年第4卷第2期。

来不愿吐露出来的往事和盘托出了。这一行动显示了安娜的性格特征。”[①] 廖可兑认为，尽管奥尼尔对布克的态度和易卜生对待娜拉丈夫海尔茂的态度并不完全相同，但是通过布克得知安娜做过妓女之后的反应看，奥尼尔对布克也是有所讽刺的；奥尼尔对安娜的悲惨遭遇是深表同情的，对妇女的地位问题等，奥尼尔是非常关注的。

杨挺则在《奥尼尔与易卜生》（《外国文学评论》，2003 年第 4 期）中指出，“在奥尼尔的晚期创作中，斯特林堡的影响有所下降，而易卜生的影响却上升了。”[②]杨挺把易卜生的创作与奥尼尔的剧作进行比较，并结合特恩奎斯特及施塔姆等的有关观点进行论述，其结论有一定说服力。

（二）奥尼尔与斯特林堡 斯特林堡是奥尼尔最喜欢的作家。“就是因为读他的剧本，”奥尼尔说，“首先是使我头一遭看到了现代戏剧可能是个什么样子，而且头一回赋予我灵感，以迫切的心情亲身去为剧院创作。斯特林堡的影响清楚地贯穿在我的不少剧作之中，而且这对任何人都是显而易见的”[③]。在奥尼尔看来，斯特林堡不仅仅是一位文学巨匠，而且与他是同一类人。他们一样地痴迷于暧昧、神秘的幻想，一样地痴迷于人类潜意识描写，他甚至把斯特林堡奉为“自己的激励者”。[④] 然而，奥尼尔与斯特林堡的关系研究却长期没有受到国人的重视。国洪丹《奥尼尔与斯特林堡表现主义戏剧主题之比较》[《内蒙古农业大学学报》（社会科学版），2009 年第 4 期]是知网检索到的少有的一篇有关斯特林堡与奥尼尔戏剧主旨方面的文章。国洪丹认为，奥尼尔与斯特林堡在创作主旨方面不完全相同，而是有所发展的。[⑤] 斯特林堡在何种意义上影响了奥尼尔？奥尼尔又如何摆脱了斯特林堡的影响焦虑，进而成为一代戏剧大师？相关

---

① 廖可兑：《谈尤金·奥尼尔的〈安娜·桂丝蒂〉》，《剧坛》1982 年第 4 期，第 29 页。

② 杨挺：《奥尼尔与易卜生》，《外国文学评论》2003 年第 4 期，第 114 页。

③ [美] 克罗斯韦尔·鲍恩：《尤金·奥尼尔传》，陈渊译，浙江文艺出版社，1988 年，第 67 页。

④ 参见米基科·卡库塔尼：《易卜生怎样影响了后代剧作家》，李浤译，《剧艺百家》1985 年。

⑤ 参见国洪丹：《奥尼尔与斯特林堡表现主义戏剧主题之比较》，(《内蒙古农业大学学报》（社会科学版）2009 年第 4 期。

研究有待进一步深入。

（三）奥尼尔与莎士比亚 梁实秋曾指出，文学批评的核心概念是“人性论”，“文学发于人性，基于人性，亦止于人性”[①]。梁实秋认为，思想可以有进化，技术可以有进化，情感是没有进化的，而不进化的情感作为人性，是固定而恒久的。梁实秋写道：“莎士比亚的《马克白》一剧，描写人因犯罪而自启猜疑以致恐惧到发狂的样子，试读《庄士皇帝》一剧则奥尼尔亦是发挥同样的情感。这期间有什么进化可说？”“人性是不变的，情感是没有新旧的，文学是永久性的，这是铁一般的事实。”[②] 的确如此，奥尼尔的剧作中的人物个性鲜明、情感丰富、栩栩如生。关于奥尼尔与莎士比亚之比较研究，相关成果主要有：从丛《莎士比亚与奥尼尔戏剧语言比较研究》（《江苏社会科学》，2004 年第 3 期）、张勤《充溢着狂想的历程——评析〈麦克白〉和〈琼斯皇〉的表现手法》（《外国文学研究》、2004 年第 2 期）、崔艳《传统的继承者尤金·奥尼尔——〈进入黑夜的漫长旅程〉和〈李尔王〉的对比研究》（《南京林业大学学报》，2011 年第 3 期）等。

其中，从丛指出：“这两位不同时代、风格迥异的戏剧大师，都在充分利用当时各种戏剧手段的基础上，大胆地进行创新和突破；他们所关心的不是如何使自己的剧作符合传统戏剧的典范要求，而是如何适应当时观众的审美心理和审美需要，如何以相应的戏剧手法揭示戏剧人物复杂的内心世界，从而更好地刻画他们各自所处的时代和心灵的状况。”[③] 从文认为莎士比亚和奥尼尔对掌控人类生活之终极力量的探寻，表现了他们对人类的终极关怀。

后两篇文章都是对二者的作品进行比较分析。张勤指出：“奥尼尔和莎士比亚在揭示琼斯和麦克白的内在心理时所采用的表现手法

---

① 梁实秋：《文学的纪律》，《新月》1928 年 1 卷 1 期，第 23 页。

② 梁实秋：《文学的永久性》，《偏见集》，正中书局，1934 年，第 234，238 页。

③ 从丛：《莎士比亚与奥尼尔戏剧语言比较研究》，《江苏社会科学》2004 年第 3 期，第 150 页。

不乏相似之处……，奥尼尔对莎士比亚有着间接的师从和借鉴。”[①]张勤采取平行研究的方法，对两部剧的表现手法进行探析，并对其中广泛运用的幻象及意象进行评析，揭示出他们戏剧结构的连续性及奥尼尔对莎士比亚的继承性。奥尼尔和莎士比亚同为世界级戏剧大师，但二者在内容、手法、语言、风格等方面存在很大差异，进一步探寻奥尼尔对莎士比亚的继承性是十分有趣的课题。

（四）奥尼尔与欧里庇得斯、奥尼尔与贝克特、奥尼尔与谢泼德、奥尼尔与乔伊斯

黑格尔认为，分立性是不存在的，世界并不是一些各自完全独立的坚固的单元。他把全体想象成一个我们应该称之为有机体的一个复合体系。正如有学者在对《匹克梅梁》与《蜕变》进行平行研究时写道：“萧伯纳《匹克梅梁》与吴兴国《蜕变》之间存在诸多关联，其中差异远大于它们之间的相同之处，但两部戏剧的主旨立意又惊人地相似，而它们之间的差异既体现了萧伯纳与卡夫卡不同的人生观、世界观、哲学观，也诠释了吴兴国对卡夫卡的认同。”[②]“萧伯纳与卡夫卡手挽手共同为时代代言。无论是《匹克梅梁》还是《蜕变》，不过是作家、剧作家介入生活的手段而已。”[③]奥尼尔是一个大熔炉，他积极地从世界文学宝库中吸取营养，并形成独具一格的写作特色。国内涉及奥尼尔与欧里庇得斯、贝克特等外国剧作家的比较研究的论文还很少，偶有一两篇，统一论述如下：关于奥尼尔与欧里庇得斯，孙立盎《〈美狄亚〉和〈榆树下的欲望〉中的杀婴情节分析》（《当代戏剧》，2015 年第 4 期）对两部剧中的“杀婴”情节进行分析，认为这一情节一定程度上是母亲这一角色与社会对立时的无奈选择。该文同时也分析在主题和情节上，奥尼尔对古希腊悲剧家欧里庇得斯的继承性。

---

① 张勤：《充溢着狂想的历程——评析〈麦克白〉和〈琼斯皇〉的表现手法》，《外国文学研究》2004 年第 2 期，第 87 页。

② 那艳武：《萧伯纳〈匹克梅梁〉与吴兴国〈蜕变〉之比较》，《戏剧文学》2017 年第 10 期，第 99 页。

③ 同上。

关于奥尼尔与贝克特的关系，卢丹从两位剧作家的创作历程出发，从“重叠的起点、平行的延伸、交叉的尾声”三个阶段对两位剧作家展开讨论。文章布局较为新颖，基于文本的论述也具有一定说服力，但是较为遗憾的是，文章的意识形态色彩较为浓重。卢丹写道：“作为一个敢于正视严酷的现实，不愿替那个社会涂脂抹粉的资产阶级作家，在经过长期拼搏最后变得消沉与绝望，是符合事物发展客观规律的。因为任何人也不可能违反历史潮流，从资本主义制度身上找到光明的前景。”① 这在一定程度上遮蔽了对二者关系的进一步探究。另外，申迎丽指出：“他们同时预见了一个不存在真正希望的世界，但是他们并没有剥夺笔下人物心存‘无望的希望’的权利。”② 申迎丽对两部作品进行分析比较，对奥尼尔和贝克特存在的诸多相似之处进行了论述。奥尼尔与贝克特，作为现代主义和后现代主义戏剧大师，他们之间的密切关联一定程度上说明了奥尼尔的前瞻性及奥尼尔戏剧的永恒性。

关于奥尼尔与谢泼德的关系，朱荣华《美国家庭剧中的父亲形象：从尤金·奥尼尔到山姆·谢泼德》[《江苏师范大学学报》（哲学社会科学版），2014 年第 2 期] 具有代表性。从题目可知，该文章对美国家庭剧中父亲这一形象的历时分析以奥尼尔为起点、以谢泼德为终点。文章认为奥尼尔《榆树下的欲望》中塑造的凯勃特是作为“拓荒者”的父亲形象，《长日入夜行》中的蒂龙是“力挽自尊者”的父亲形象，而谢泼德《被埋葬的孩子》等剧中的父亲则是“逃遁者”的形象。文章指出：“美国家庭剧所呈现的三种父亲形象不仅折射出美国男性身份在历史变迁中的迷茫，而且暗示了当今美国文化在战争、工业文明、消费文化、历史创伤等内外因素作用下面临的各种危机。”③ 奥尼尔对美国谢泼德等后代作家影响很大，涵盖从写

---

① 卢丹：《重叠·平行·交叉——关于奥尼尔与贝克特剧作的点滴思考》，《江汉大学学报》（社会科学版）1985 年第 2 期，第 67 页。

② 申迎丽：《等待不可实现的明天——比较奥尼尔的〈送冰人来了〉与贝克特的〈等待戈多〉》，《英美文学研究论丛》2002 年第 1 期，第 323 页。

③ 朱荣华：《美国家庭剧中的父亲形象：从尤金·奥尼尔到山姆·谢泼德》，《江苏师范大学学报》（哲学社会科学版）2014 年第 2 期，第 47 页。

作技巧到作品主题等方方面面。关于奥尼尔对美国当代剧作家的影响，有待学者们进一步探讨。

关于奥尼尔与乔伊斯之关系，胡媛从“文化的断裂”“理想的破灭”“主体的残缺”和“人性的肢解”四部分展开论述并指出：“无论是乔伊斯还是奥尼尔，他们在创作意识中相同或相通的现代性特点，主要表现在与时代社会世俗观念决绝的叛逆态度，敢于直面惨淡人生、揭穿人性奥妙的真诚目光，以及勇于担当人世苦难、歌唱人性悲歌的坦荡胸襟。”[①] 奥尼尔与乔伊斯虽然在写作的题材或体裁上有所差别，但作为基本是处于西方社会同一时代的两位伟大的文学巨匠，他们对时代的体悟是一样深刻和敏锐的。更何况，奥尼尔还打破了小说与戏剧的界限，成功地把意识流等小说创作手法成功运用到了《奇异的插曲》等戏剧当中。从这一点上看，奥尼尔与乔伊斯之比较研究是可以进一步深入的。

二、奥尼尔与中国作家、剧作家的比较研究

（一）奥尼尔与洪深

论及奥尼尔与中国剧作家的比较，首先要提及的是剧作家洪深。洪深在 1922 年创作了《赵阎王》一剧，比《琼斯皇》晚两年。奥尼尔《琼斯皇》和洪深《赵阎王》之间的关系曾一度引起中国戏剧界的关注，有人认为两剧在结构上颇为相似。1929 年张嘉铸在《沃尼尔》一文中第一次指出：“《赵阎王》是沃尼尔的 *Emperor Jones* 的改本。”[②] 1932 年，袁昌英在《独立评论》27 号上《庄士皇帝与赵阎王》一文中评论如下：“庄士的悲哀是他祖宗遗传给他的，是黑人种族千百年中所忍受的所包藏的恐惧心理在他的性格当中起作用的结果。”袁昌英对《赵阎王》和《庄士皇帝》的关系评论如下：“小兵是黑人的儿子，而黑人却不是小兵的父亲。”[③] 文章把两剧进行对

---

① 胡媛：《现代社会人类精神荒原的探索者——奥尼尔与乔伊斯创作现代性之比较》，《河北大学学报》（哲学社会科学版）2005 年第 6 期，第 72 页。

② 张嘉铸：《沃尼尔》，《新月》1929 年第 1 卷第 11 号。

③ 袁昌英：《庄士皇帝与赵阎王》，《独立评论》1932 年 11 月 27 号上。

比，指出无论是背景设置、戏剧结构、故事情节还是手法运用，两者都存在诸多相似之处。对于洪深《赵阎王》，鲁迅也曾指出："第二幕以后，他借用了欧尼尔《琼斯皇》中的背景与事实——如在林子中转圈，神经错乱而见幻境，众人击鼓追赶，等等——除了题材的意义外，别的无甚可观。"① 以上论说均认为，在洪深的《赵阎王》里，奥尼尔《琼斯皇》的痕迹太重，有抄袭之嫌。

值得专门提及的是，叶木翻译的日本饭冢容的《奥尼尔·洪深·曹禺——尤金·奥尼尔在中国的影响》(《云南师范大学学报》，1987 年第 1 期）一文表达的观点略有不同。饭冢容认为，就艺术处理来看，《赵阎王》没有独创性，但是就作品的内容、主题来说，这样的评价是不妥的。洪深将《赵阎王》收入《洪深戏剧集》，在书中撰写了《奥尼尔与洪深》一文。可见，洪深不但受奥尼尔的影响，还受到古希腊悲剧的影响，从戏剧的主题、故事、情节中都可看出来。文章认为，洪深用中国现实置换了原剧的外国内容，并把奥尼尔的新的创作技巧引入到中国，成功保留了原剧的紧迫感。

对于"抄袭"之说，洪深在文章《欧尼尔与洪深——一度想象的对话》(《剧本》，1984）中，借奥尼尔之口表达了他本人的观点，也可以算是洪深对"抄袭"之说的一个公开回复。文中，洪深基于奥尼尔的一些戏剧情节与古希腊埃斯库罗斯的悲剧情节非常相像的事实，向奥尼尔发问，他的作品是否算创作。从而引出奥尼尔的回答，即洪深本人的戏剧观——洪深认为，一出戏最主要的是中心思想，是作者阅历了人生之后所发生的对于社会的一种见解或认识，也是他要对观众们表达的一种观点。他所要表达的这种认识，必须是正确的，能促进社会进步的。即使这种认识已经有别人表达过，但只要是作者在此刻确实是真诚的，是基于自身阅历的，在他仍算创作。

笔者认为，洪深所持的观点与他本人的戏剧观是一致的。洪深曾和奥尼尔是同门师兄弟，西方戏剧思想如亚里士多德、贝克特等

① 鲁迅：《看镜有感》，载《鲁迅全集》卷 2，光明日报出版社，2012 年，第 422 页。

对他影响很深。洪深认为:“模仿就是戏剧的生命。”[①] 同时,洪深作为一位中国剧作家,同样以时代、民族的责任为己任。他在1928年《属于一个时代的戏剧》里指出,一切有价值的戏剧,都是具有时代性的。换言之,戏剧是受时代环境影响而成,是时代的缩影,好的戏剧应是一个时代的结晶。戏剧不能没有时代性,因为人生是不能不分时代的。[②] 他还在1929年《从中国的新戏说到话剧》中指出:“现代话剧的重要,有价值,就是因为有主义。……凡是好的剧本,总是能够教导人们的。”[③] 在民族危亡的关头,洪深的戏剧观蕴含有中华民族的“实用理性”传统。正如夏衍对洪深先生的评价:“一定是有所为而写,有所感而写,为一个当前的问题而写。”[④]

洪深《赵阎王》一剧很好地体现了他的“时代观”和“模仿观”。首先,洪深在改编过程中把原剧变成了批判中国军阀混战的社会问题剧,反映了常年军阀混战给人们的生活带来的影响,反映了洪深的时代感。谈起《贫民惨剧》《赵阎王》,洪深认为,两部剧都是有时代性的,忠实地保存着时代对于我们所产生的影响,以及时代的背景与精神。[⑤] 洪深《赵阎王》重点并不是描写人物的心理活动,而是通过人物心理活动来揭示社会问题,思考人物命运与社会环境之间的因果关系。剧本以富有冲突的真实性,深刻地揭示了社会环境的黑暗。其次,洪深《赵阎王》与奥尼尔《琼斯皇》相似,正是他本人“模仿就是戏剧的生命”这一观点的体现。再次,洪深把奥尼尔展示人物性格矛盾的技巧用于对现实人生的诸多思考中,拓宽并丰富了现实主义戏剧技巧。最后,从民族主体看接受与影响的历史,模仿应该是接受外来影响的必然历程,洪深的功绩是不可抹杀的。

---

① 洪深:《戏剧的方法》,《洪深戏剧论文集》,天马书店,1934年,第52页。

② 参见洪深:《属于一个时代的戏剧》,载《洪深文集》第1卷,中国戏剧出版社,1957年。

③ 洪深:《从中国的新戏说到话剧》,《现代戏剧》1929年5月第1卷第1期。

④ 夏衍:《为中国剧坛祝福——祝洪深先生五十寿辰》,《新华日报》(重庆)1942年12月31日第1版。

⑤ 参见洪深:《属于一个时代的戏剧》,载《洪深文集》第1卷,中国戏剧出版社,1957年。

（二）奥尼尔与曹禺

奥尼尔与曹禺的关系也受到国人的广泛关注。曹禺创作的《原野》《北京人》同样与奥尼尔有着不可分割的关系。曹禺在《原野》附记中写道："写第三幕比较麻烦，其中有两个手法，一个是鼓声，一个是有两景用放枪的结尾，我采取了欧尼尔氏在《琼斯皇》所用的，原来我不觉得，写完了，读两遍，我忽然发现无意中受了他的影响。这两个手法确实是欧尼尔的，我应该在此地声明，如若用得适当，这是欧尼尔的天才，不是我的创造。"[①] 谈起《北京人》的创作，曹禺写道："学外国人的好的东西，是不知不觉的，是经过消化的。不是照搬模仿，而是融入，结合。在这种融入结合之中，化出中国自己的风格，化出作家自己的风格，总之，是引出新的创造来。我说《北京人》受点影响，但我还是那句老话，我写作时，也没想到我是在学习哪位大师。"[②] 那么，曹禺与奥尼尔到底是怎样一种关系呢？或说曹禺在何种层面上接受了奥尼尔的影响呢？是简单模仿还是深层化用呢？

陈白尘指出："曹禺在洪深之后，再次探求艺术新路，终于在现实主义中成功地吸收了表现主义，进行了一次有效的艺术尝试。《原野》第三幕的幻觉描写则吸收了美国剧作家尤金·奥尼尔《琼斯皇》的表现主义艺术。"[③] 关于曹禺与奥尼尔，田本相有着更为详尽的论述："首先，曹禺与奥尼尔的不期而遇已由对戏剧表层的形式技巧的兴趣深化为深层的戏剧审美视角的共鸣。奥尼尔给曹禺带来的是戏剧审美的现代观念和戏剧形式的崭新态势。奥尼尔把易卜生从人与环境的互为作用来考察人物的审美思想上升到了现代化的高度，他把人物自身矛盾及其由这些矛盾造成的人物命运的复杂化、多重化纳入了戏剧的审美范畴，使戏剧以其未曾有过的现代化面貌、更深层地贴近了现代人类生活。在奥尼尔的戏剧中，戏剧人物是美与丑、

---

① 曹禺：《〈原野〉附记》，载《北京人　原野》，人民文学出版社，2010 年，第 365 页。

② 曹禺：《曹禺谈〈北京人〉》，载《北京人　原野》，人民文学出版社，2010 年，第 370 页。

③ 陈白尘、董健主编：《中国现代戏剧史稿（1899—1949）》，中国戏剧出版社，2008 年，第 410 页。

善与恶、崇高与猥琐多重审美形态的复合体，人物与环境的关系也复杂化了。外在环境因素已不只是简单地作为与人物主观相对应的客观条件而存在，而且还渗透在人物自身性格和心灵系统中，人物的自我矛盾成为主宰其生存和命运的重要乃至决定性因素。奥尼尔戏剧的构思重心也由易卜生对外在事件与人物的关系的矛盾冲突的构置，转向着力表现人物内心特征和内在冲突，及其对人物命运的制约。深刻的社会问题被寓于在丰富细腻的人物心理冲突中。奥尼尔的戏剧体现了现代审美意识的变革和进步，反映了世界戏剧在20世纪的新发展。在奥尼尔戏剧中，曹禺发现了一个与自己观察生活感受生活极其相似的世界，即由人物精神领域解剖现实生活的特殊角度，并增加了自我创造的自觉性。在《原野》中，我们可看到它与奥尼尔的《琼斯皇》《悲悼》的相似面影。这些相像已不是模仿，而是由彼此相通的生活感应点所造成的。《琼斯皇》表现两种不同民族生活、不同文化意识对人物心灵的侵蚀，及由此造成的心灵痛苦。《原野》则集中表现了封建精神统治对被压迫者的精神异化。"[①] 田本相认为，《雷雨》中的繁漪与奥尼尔笔下的艾比、克利斯丁极为相似。他写道："曹禺《雷雨》中的繁漪，与其说同易卜生笔下的娜拉相似，倒不如说她与奥尼尔笔下的艾比、克利斯丁更为相近。这几个女性都是他们家庭中最不幸者，也是他们家庭中最激烈的反抗者、破坏者。艾比是《榆树下的恋情》的主人公。她大胆泼辣，为了摆脱贫困，她不得不嫁给有钱的卡伯特，但她渴求自由和爱情的性格，使她无法忍受卡伯特的冷酷无情。在争夺遗产的过程中，艾比对卡伯特的儿子埃本产生了真挚的感情。她为证明自己的爱而亲手杀死了她和埃本的儿子，一个能够给她带来财产的儿子。"[②] 田本相认为，曹禺把奥尼尔的戏剧审美视角完全化入他本人的创作个性中，曹禺在塑造人物性格方面，在艺术手法上博采众长，与奥尼尔实现了某种精神契合，这后来也作为一个相对统一的审美原则渗透在曹

① 田本相：《中国现代比较戏剧史》，文化艺术出版社，1993年，第404-405页。

② 同上。

禺对奥尼尔的学习借鉴中。《原野》与《琼斯皇》的多重相像正是曹禺的成功之处，体现了曹禺卓越的创造天才。曹禺以他“审美感悟式”的影响途径，跨入了中国戏剧接受奥尼尔影响的新阶段。[①]

21 世纪以来，值得提及的是陈立华的博士学位论文《用戏剧感知生命——曹禺前期剧作与奥尼尔剧作比较研究》（华中师范大学，2005），该文从文本出发对奥尼尔与曹禺进行了微宏观方面的比较研究，对中国话剧在诞生、发展过程中如何接受外来文化影响提供了重要启示。

① 参见田本相：《中国现代比较戏剧史》，文化艺术出版社，1993 年，第 409-410 页。

第三章　奥尼尔戏剧译本研究

马克思、恩格斯指出，资产阶级开拓世界市场，不仅使所有国家的物质生产及消费变成了世界性的，并且也使精神生产成为世界性的了。然而，若无翻译，精神生产又如何具有世界性呢？从这一点上来说，没有翻译，就没有世界文学。在《真理与方法》中，伽达默尔写道:“翻译过程从根本上包括了人类理解世界和社会交往的全部秘密。”[①] 中国戏剧由古典形态向现代形态的历史性变革，开始于 19 世纪末 20 世纪初。正是世界戏剧观念和思潮发生激烈变化的时候。“五四”时期青年剧作家们茫然的处境、悲观的心态、幻灭的感觉、对客观现实的失望使得他们更多地审视自身，把浓重的悲观情感和茫然心绪都郁积在心底，西方现代派中的象征主义、表现主义等创作手法，为他们送来了抒发情感、表达内心的艺术载体。

要谈戏剧翻译，必须先谈戏剧理论，对戏剧理论的阐述是戏剧翻译研究的前提。戏剧译者首先应是戏剧研究者，翻译什么，研究什么；研究什么，翻译什么。

许钧曾指出:“在不同民族的文学交流中，翻译总是承担着根本的角色。对一个国家或民族来说，翻译什么，引进什么样的作品，不仅仅是语言转换层次的译者的个人活动，它关系着一个民族的文化借鉴什么吸收什么的重大问题。选择一部作品，要求译者对这部作品的各种价值要有深刻的理解，……没有系统的研究为基础，选择有时会是盲目的。从某种意义上来说，研究是翻译的前提，但反过来，翻译也可以促进研究。”“他们比任何人都具有更深刻的对文学

---

① 伽达默尔:《诠释学 II：真理与方法》，洪汉鼎译，商务印书馆，2007 年，第 236 页。

作品生命的透视天才——翻译为其提供了最高验证的一种天才。”① 戏剧翻译家应该是具有很高翻译评论才能的人。戏剧翻译、戏剧研究、戏剧翻译研究三者之间有着密不可分的关系，戏剧翻译研究最好由身兼翻译家和研究者身份的人来做。

我国有众多的奥尼尔翻译者，尤其是在改革开放以后，我国形成了一支强大的奥尼尔翻译队伍。除了荒芜、萧乾等老一辈奥尼尔翻译家外，还涌现了新一代奥尼尔翻译家，他们中有很多人既是奥尼尔研究专家，又是奥尼尔的知名译者，如龙文佩、欧阳基、汪义群、郭继德等。这些研究型的翻译家对奥尼尔的作品有着比一般译者更为深刻的理解，因而在两种语言转换等具体问题的处理上则更为准确、精湛。他们结合研究体会和翻译实践而撰写的译后记之类的文字，不仅是美妙绝伦的作家、作品论，而且闪烁着翻译理论的光辉，对读者阅读、研究及译者的翻译实践都无疑有着极大的帮助。梅绍武在谈起自己为什么翻译奥尼尔剧作时说：“戏剧是一种激励人心的源泉，这种源泉把我们提升到一个更高的自我认识的水平，驱使我们探索心灵深处的奥秘。戏剧应向我们展示人生真实的面貌……举起这面镜子，以映出一个民族的灵魂：现在该是回到这种做法的时刻了，哪怕只是为了证实戏剧仍然具有一颗未被世间表面现象所玷污的心灵。”② 汪义群在谈及自己为什么翻译《榆树下的欲望》时说：“在没有和任何出版社取得联系的情况下，仅仅因为喜欢，就把它译了出来。这种因为阅读而产生翻译的冲动，在我的翻译生涯中并不多见。剧本译出后，先在戏剧学院的研究生中传阅，后来传到教师中间，居然引起了一股小小的奥尼尔热。现在回忆起来，还觉得蛮有意思。”③ 萧乾写道：“只是译的必须是我喜爱的”，“我认为好的翻译，译者必须喜欢——甚至爱上了原作，再动笔，才能

① 许钧：《二十世纪法国文学在中国译介的特点》，《当代外国文学》2001 年第 2 期，第 85 页。

② 梅绍武：《译事随感》，载郑鲁南《一本书和一个世界：翻译家笔谈世界文学名著“到中国”》，昆仑出版社，2005 年，第 98 页。

③ 薛春霞：《汪义群先生访谈录》，《英美文学研究论丛》2008 年第 2 期，第 5—6 页。

出好成品。”[①] 再如奥尼尔剧作在中国的第一个译者古有成，他在《加力比斯之月》“译后记”中写道：“我一面译，一面是和西洋的水手交游，和他们谈话、咒骂、打交道，觉着痛快淋漓。听着他们从心坎下流出的痛苦的呼声，临终的绝叫，有时不免凄然下泪。此外我又看见了伦敦一间下等客栈的主人的邪恶，……心的凶狠，金钱势力的可畏，吝啬与贪婪的角逐等等，感受着现实的幻灭的悲哀，同时也感受着著者的伟大刚强，令人起敬。所以我们读完了本书之后，绝不会因悲哀而陷于悲观绝望，而会使我们更有勇气来执着地面对人生，深刻地体味人生。”[②] “我译本书时，最感困难的便是因为著者喜用俗语（Slang），尤其是对于咒骂的言语，不过译者翻译时是很小心的，一个有疑问的字，也检查过，考虑过，然后对照上下的语气把它译出来。有时也采用了一点 adapting 的办法，譬如题目就不完全意义，又如咒骂之辞‘Hell’‘Dammit’或以中国的口语‘他妈的’代替，但这样的地方究竟很少，意译而易于领悟的都尽量意译了。译完以后曾校对过一遍，自以为是尽了心力的了。不过如仍偶因疏忽，有脱落或错译之处，读者诸君看见了的，加以指正，使再版时有改正的机会，那是译者所感激不尽的。”“他所写的东西，虽然是有意识写的，却充满着诗意，……奥尼尔先生的师傅还是奥尼尔先生。……他满足他最主要的需要还不是取之于自身。他是自惠特曼（Whitman）逝世后，美国最堪注意的文学家。”“总之我们对于著者的艺术要尽情地去欣赏，不要从其中抽取教训或什么对于著者的胡猜。”[③] 古有成认为，虽然有时奥尼尔的作品可以起到“改造人生”的目的，但那并非奥尼尔真正关心的事。奥尼尔是富有诗意的，是独具风格的，是自成一派的。作为奥尼尔戏剧的爱好者，他在翻译的时候是极其认真负责的，这种基于翻译实践的翻译思想对

---

① 许钧：《翻译这门学问或艺术创造是没有止境的》，载《文学翻译的理论与实践：翻译对话录》（增订本），译林出版社，2010 年，第 210 页。

② [美] 尤金·奥尼尔：《加力比斯之月》，古有成译，商务印书馆，1930 年，“译后记”，第 2 页。

③ 同上。

于奥尼尔译本研究颇具意义。然而，相对于奥尼尔在我国的译介和研究盛况来讲，我国对奥尼尔的译本研究依旧显得十分薄弱。据笔者掌握的资料看，杨松在其硕士学位论文《文化操纵视角下对尤金奥尼尔戏剧作品在中国译介情况研究》的最后一章中，对奥尼尔戏剧译本研究有所涉及，该论文从文化操纵的角度的对《天边外》两译本做了分析，但该文选择的两译本之一是顾仲彝的改译本，并非严格的翻译实践研究。另外，相关期刊论文主要有：郑慧淼、王占斌《目的论视角下的戏剧潜台词翻译——以尤金·奥尼尔戏剧汉译为例》(《四川戏剧》，2017 年第 5 期)，郭勤《人名翻译中文化内涵的流失——解读尤金·奥尼尔的取名艺术》(《江苏外语教学研究》，2011 年第 1 期)，王胜男、王占斌《戏剧舞台指示语翻译的情境性分析》(《四川戏剧》，2017 年第 11 期)，段金秀、王占斌《关联理论视域下的戏剧翻译》(《开封教育学院学报》，2015 年第 3 期)，王占斌、吴凡《论戏剧剧本中的前景化语言及其翻译对策——以奥尼尔〈送冰的人来了〉为例》[《西华大学学报（哲学社会科学版)》，2016 年第 1 期］等。奥尼尔戏剧翻译的研究现状一定程度上是由戏剧翻译的共性和奥尼尔戏剧的特性决定的。

在本章，笔者拟从戏剧语言特点、戏剧翻译策略出发，尝试从语言层面对奥尼尔剧作的译本进行研究，力图探讨译本差异背后的文化因子，并揭示奥尼尔戏剧翻译实践中可能存在的问题。

第一节　戏剧翻译概论

相对于小说、诗歌等其他文学体裁来讲，无论翻译界还是学术界，对戏剧翻译的探讨都少之又少，这一定程度上是由戏剧文本的特点决定的。“戏剧语言既不同于小说，散文语言，又不同于一般诗歌语言。比之于前者，它更像诗，即使是用散文写成的剧，它的语言也应该是诗化、充满着诗意的；比之于后者，它又更具有小说的描绘性、通俗性、口语化、个性化。它是兼有二者特点、而又与二者都不相同的第三种文学语言。”[①] 奥尼尔作为美国现代派戏剧的鼻祖，他的剧作文本，宏观来讲，带有戏剧这一艺术形式的共性特征；微观来说，又明显带有他自身的特点。从这一点看，苏珊·巴斯奈特（Susan Bassnett）的戏剧翻译理论与奥尼尔文本的特点十分契合。

一、戏剧语言特点

文学是语言的艺术，戏剧更是语言的艺术。“抒情与叙事体裁的语言主要来自于独白，戏剧语言则源于以交流互动为特点的对话”。[②] 基于舞台表演的特殊要求，戏剧语言较之其他文学样式的语言，有着更高的要求，具有更特殊的作用。

（一）口语化

口语化是戏剧语言最突出的特征之一。大多数文学作品主要是在阅读的过程中实现与读者的交流；而戏剧文学不但有书面形式，还能够脱离文本，通过演员之口实现和观众的交流。这种与众不同的交流方式一定程度上决定了戏剧是一种“说”的艺术，具有口语化的语言特征。口语化是戏剧对白最基本的要求，同时也是戏剧人物语言的主要特征之一。戏剧台词要最大限度地贴近日常生活实际，有真实感，就好像身边人在谈话。戏剧语言如果拗口晦涩，则定会造成观众与剧情的脱节，使观众丧失兴趣。因而，戏剧语言应具有生活化特征，不但要通俗易懂，让人随听随懂，而且要便于说、念、唱，朗朗上口。

作为一种特殊的文学体裁，戏剧除了具有文学的普遍性特征之外，还具有其特殊的风格特征。打开任何一部剧本，人物对话都占据了其绝大部分篇幅。汪义群曾在《美国现代戏剧作品中非规范语言现象初探》（《外语教学》，1983 年第 4 期）中写道：“戏剧作品的语言有一个很重要的特点。一方面，它是剧作家以书面形式发表的

---

① 汪榕培、王宏：《中国典籍英译》，上海外语教育出版社，2009 年，第 142 页。

② VeltruskyJ：*Dramatic Text as a Component of Theater*[A]. Matejka，L. &Titunik，R.(eds.) *Semiotics of Art: Prague School Contributions*，Cambridge: MIT Press，1976，p558.

文学语言；另一方面，它又带有极其浓厚的口语色彩。戏剧作品的最终表现形式是舞台演出，它要依赖演员的表演来完成。”① 通过演员演出实现与观众的交流，是绝大多数戏剧的交流方式。戏剧这种特殊的交流方式，一定程度上决定了其语言的“口语化”特征。

（二）诗性化

戏剧语言和诗歌有着不解之缘，这一定程度上是由戏剧艺术的特性决定的。戏剧诞生于生命本性的深处，源自人类精神的家园，它是人对世界的认知、体悟或赞美，也是人对于未来之境的憧憬与体验。一部成功的戏剧应该是语言运用的典范。无论东方、西方，早些时候，戏剧都是用诗写成的。汪义群先生曾指出：“欧洲的古代悲剧是诗剧，悲剧作家被称作诗人，而以探讨、研究戏剧为主的理论著作则被称为《诗学》或《诗艺》。一直到十七世纪的古典主义时期，戏剧语言仍以华丽、典雅的宫廷语言为尚，市井俚语是有伤大雅、不能登堂入室的。”②

19 世纪末之前的剧作家们，从索福克勒斯到莎士比亚，他们的剧本都是用诗歌创作的。他们的文字十分考究，凝练优美，讲究语言的韵律和节奏。他们充满诗歌意境和韵味的台词往往给人留下深刻的印象，使人产生无限遐思。正如相关学者所说：“舞台上演员使用的语言是非常复杂的符号系统。它保留了所有诗学语言的符号，此外，它成为了戏剧动作的成分。”③ “诗意不是对话中可有可无的属性，它是一种不可缺少的特质，否则对话将无法达成它的真正目的。语言把事件的真正的冲击力量通过文字表现出来：它把肉眼看不到的力量戏剧化了。要有效地完成这件工作（使事件成为可见的），必须具备灼热的语言。这不是一般所谓美不美的问题，而是要求它有现实的色彩和感觉。真正诗意的对话会使听的人产生一种可见的

① 汪义群：《美国现代戏剧作品中非规范语言现象初探》，《外语教学》1983 年第 4 期，第 37 页。

② 同上。

③ Matejka，L.&Titunik，R.: *Semiotics of Art: Prague School Contributions*，Cambridge: MIT Press，1976，p.36.

感觉。”①

虽然奥尼尔戏剧并非完全用诗歌创作的，但剧本中却包含大量诗歌，且语言也极富诗性。奥尼尔认为：“戏剧最崇高和唯一有意义的功能便是对生活做诗的解释和富有象征的赞美，并把这种宗教传给人们。”② 关于奥尼尔戏剧的诗性特征，早在20世纪30年代，黄英就在《奥尼尔的戏剧》中写道：“他具有浓厚的诗人的气质，在他的作品里，处处现出了诗的情调……他把生命写得那样诗化，那样的酸辛，在里面跳动着无限的苦闷。”③ 作为西方现代戏剧之父，奥尼尔戏剧在反传统的同时，依旧体现了诗性这一戏剧传统。

（三）动作性

戏剧语言作为呈现戏剧冲突及塑造人物性格的主要手段，必须具有动作性。如果戏剧语言不具有动作性，就无法塑造行动着的人物。台词不但是动作的解释和说明，而且与人物的形体动作合二为一，传达了人物的内心状态、人物的意向和行动的意义。假如一部戏剧的语言没有很强的动作性，那么就只是借人物之口叙述了一个故事而已，它的语言只是说明性的，而非蕴含感情的、性格的、动作的，也就无法打动观众。

美国杰出的戏剧理论家约翰·霍华德·劳逊曾指出：“无论对话如何富有装饰性，只要它们不足以推进动作，它们便毫无价值。”④ 尽管伴随情节的发展，戏剧对白动作性的强度会有所变化，但所有戏剧对白都是具有动作性的，都是建立在丰富的内心活动基础上的。如果剧中人物相互表达了思想和感情，却互不影响对话的另一方，并且双方的心情自始至终没有发生任何变化，那么即便对话的内容值得注意，也达不到戏剧的效果。戏剧台词作为戏剧动作的呈现方式，不但要传达出人物内心潜在的愿望，还应对对话的另一方产生影响力。

---

① 劳逊：《戏剧与电影的剧作理论与技巧》，中国电影出版社，1978年，第360页。
② 朱栋霖：《戏剧美学》，江苏文艺出版社，1991年，第71页。
③ 黄英：《奥尼尔的戏剧》，《青年界》1932年2卷1期。
④ 劳逊：《戏剧与电影的剧作理论与技巧》，中国电影出版社，1978年，第359页。

二、戏剧翻译元问题

（一）戏剧翻译的性质和目的

戏剧与很多其他文学样式不同，戏剧语言包含文学语言及戏剧语言两种艺术特征。很多译者对戏剧翻译望而生畏，正是由于戏剧语言的这一双重性特征。戏剧翻译到底要为阅读译本的读者负责，还是要为表演戏剧的演职人员负责，还是要同时满足来自这两个群体的要求？戏剧翻译研究首先就要回答这一问题。澳大利亚著名戏剧翻译家 Zuber-Skerritt 曾说："戏剧翻译可定义为把戏剧文本从一种语言和文化译成另一种语言和文化，并将翻译或改编后的文本搬上舞台。""剧本创作的目的是为舞台演出服务的，因此，戏剧翻译的服务对象也应是剧院观众。戏剧翻译既要关注作为舞台演出基础的文本，又要注重戏剧的表演。"① 法国翻译理论家 Patrice Pavis 指出："书面文本翻译与舞台文本翻译常会涉及不同的传播渠道，这决定了他们所使用的翻译策略"。但是，他还强调："戏剧文本翻译可以被看作与舞台表演有着内在联系的活动，因此无论是翻译还是表演，其行为是相同的，都是在各符号系统中进行选择的艺术。"② 英国著名翻译理论家 Susan Bassnett 认为，戏剧作品本质上是供人阅读的文学文本，其翻译文本也同样如此，她将戏剧的文学文本称为"美学文本"，而将演出文本称为"商业文本"。③ 笔者认为，戏剧翻译的功能是戏剧文本的功能决定的。翻译要服务于演出还是阅读一方面取决于原文本的功能，同时又受限于译者的翻译观及专业素质。

（二）戏剧翻译的文化转换

翻译活动并非只是简单的两种语言之间的转换，更多的是两种文化之间的转换。王佐良先生曾指出："翻译里最大的困难是两种文化的不同。在一种文化里头有一些不言而喻的东西，在另外一种文

---

① Zuber-Skerritt，O.: *Towards a Typology of Literary Translation: Drama Translation Science*，Meta，1988，p486.

② Pavis P.: *Theatre at the Crossroads of Cultures*. London: Routledge，1992，pp145-146.

③ Bassnett S.: *Translating for the Theatre: The Case Against Performability*，1991，p105.

化里头却要费很大力气加以解释。翻译者必须是一个真正意义上的文化人。”① 戏剧翻译的文化转换也受到国外翻译家的关注。Sirkku Aaltonen 指出：“在翻译中，外来戏剧植根于新的环境，接受语的戏剧系统为其设置了限制。戏剧剧本在某种程度上必须转达思想，被人所理解，即使它背离了现有的标准和常规。”② 笔者认为，原语文化背景可被传达的程度是戏剧翻译者需要考虑的重要因素。假使原语文化可以毫无障碍地传达给目标语观众或读者，译者自然可以采取异化策略，保留原语文化；否则，译者大可以采取归化策略，用目标语文化代替原语文化，以确保其翻译文本可以被译语读者或观众所接受。

（三）戏剧翻译者的地位

古今中外，人们对译者有过很多形象的比喻，比如“媒婆”“舌人”“仆人”“叛逆者”等。这些称呼一定程度上表明，译者曾长时期处于从属地位。同样地，戏剧翻译者的地位也一直存在争议，是处于从属还是主导地位，理论家们各执一词。有学者认为，导演是戏剧的真正“译者”，翻译家只处于从属地位。“是导演把译文的话语转换成动作或手势语言，转换成声音和面部语言。是导演把译文文本‘转译’成看得见和听得到的情感信息。”③ 当然，也有学者不同意上述观点，他们指出：“戏剧翻译者在实现戏剧信息传递的过程中显然是处于主导的地位，而导演和演员只是译文本信息的传递者。戏剧表演的信息源自于译文文本，而不是其他。”④

笔者认为，导演的作用对于舞台演出来讲自然是至关重要的。

---

① 王佐良：《翻译：思考与试笔》，外语教学与研究出版社，1989 年，第 18-19 页。

② Aaltonen S. Rewritin: *the Exotic: The Manipulation of Otherness in Translated Drama, Proceedings of XIII FIT World Congress, Pichen,* London: Institute of Translation and Interpreting, 1993, p27.

③ Suh J.C.: *Compounding Issues on the Translation of Drama*, Theatre Texts. Meta，2002，1947, p31.

④ Batty M.: *Acts with Words: BeckettTranslation*, *Mise en Scene and Authorship*.Upton, C.-A.(ed.) *Moving Target*: *Drama Translation and Cultural Relocation*, Manchester: St.Jerome, 2000, p68.

但是，并不能因为导演而否定了译者的地位。假使一位导演并不懂戏剧原文本，那么他的一切工作则要依赖译者的翻译文本方能进行。实际上，就整个戏剧交流过程来说，译者和导演的责任和任务有很大相似性，但他们发挥作用的阶段是不同的。就戏剧文本翻译来讲，起主导作用的只有译者，译本是译者翻译思想及翻译实践的产物。

三、巴斯奈特与奥尼尔的契合

（一）不只为舞台而作

一般来说，对白是戏剧语言的核心。比如关于剧本写作的难点，高尔基曾在《论剧本》中写道："剧本要求每个剧中人物用自己的语言和行动来表现自己的特征，而不是作者提示。""剧本不容许作者如此随便地进行干涉。剧本里，他不能对观众提示什么。剧中人物之被创造出来，仅仅只是依靠他们自己的台词，即纯粹的话语，而不是记述的语言。"[①] 高行健认为，戏剧艺术的魅力在于剧场性。作为剧场里的艺术，戏剧与冷漠的银幕和冰冷的荧屏不同，所以剧作家应有强烈的剧场意识，剧本写出来主要是为了上演，而不是专供阅读的。[②] 总结来说，戏剧的生命只能在舞台演出中得以体现，离开舞台，戏剧就剩下了没有灵魂的躯壳。在实际演出中，戏剧确实主要是靠剧中人物自己的语言及动作来塑造人物形象并推动情节发展的。

我国著名的戏剧研究者董健也写道："随着剧情展开，观众的精神状态不知不觉间发生了重大变化，原来处于意识核心的各种私心杂念渐渐淡化，变成了看戏的背景，而眼前的舞台景象则迅速成为关注焦点和欣赏对象。观众沉浸到剧情里，暂时忘掉自己，成为整个演出活动的一部分。"[③] 在西方古典戏剧中，写好人物对白十分重要，而舞台指示在剧本中只占次要地位。莎士比亚戏剧中，几乎所有的舞台指示（包括时间、地点、天气等）都包含在对话中。这也

① 高尔基：《论剧本》，孟昌译，载《编剧艺术》，文化艺术出版社，1986 年，第 56 页。

② 参见高行健：《论戏剧观》，《戏剧界》1983 年第 1 期。

③ 董健、马俊山：《戏剧艺术十五讲》，北京大学出版社，2012 年，第 246-247 页。

体现了舞台对于莎剧的意义。约翰逊曾写道："……莎士比亚并不关注未来，只着眼于当前的叫座和收入。他的戏剧一旦上演了，他寄予的期望也到此为止了；再无意于求取读者额外的赞赏。"① 对戏剧来讲，舞台性似乎永远是第一位的。

但是，戏剧文本的文学性亦是不容忽视的。很多研究者认为，尽管戏剧不能"阅读"，但人们却又无论如何要读剧本。他们会转向或回到文本，好似回归本源或某种参照一样。焦菊隐在《导演·作家·作品》中提出导演"四戒"，其中就包含"戒不学习文学"和"戒不精读剧本"两项。他认为，导演"首先要能掌握住剧本的主题，用'灵魂的眼睛'去看清文学作家的意图，看清文学作家笔下的生活和人物，才能和剧作的思想与感情打成一片，而去自由地发挥他的'内在创造力'"。② 我国中央戏剧院戏剧文学系主任张先教授认为："它（剧本）被归到文学领域，被认为是文学作品的一种特殊体裁。在戏剧实践领域里作为戏剧活动的基础和起点，是戏剧演出中行动的依据和戏剧演出活动的蓝本。"③ 南京大学戏剧改编研究专家吕效平指出，无论如何不能让电影改编，甚至是舞台演出来取代对原著的阅读。④ 高行健写道："……戏剧当然也可以成为文学的一种样式，写出一种文学价值很高可供人反复阅读的剧本，并且足以供学者们用文学批评的方法加以分析、阐述、论证。这样的戏剧可以叫作戏剧文学。"⑤

奥尼尔戏剧较之以前的戏剧来讲，舞台提示语却占据了更多的篇幅，有时甚至与对白等量齐观。翻开奥尼尔的剧本，读者会发现大量的极为详细的舞台指示。甚至在很多语段当中，舞台指示的笔墨已经超出了对白。举例如下：

---

① 参见方平：《我的名字写水上——谈莎士比亚的戏剧观》，《出版广角》2000 年 7 月，第 33 页。

② 焦菊隐：《焦菊隐戏剧论文集》，上海文艺出版社，1979 年，第 36 页。

③ 张先：《戏剧艺术》，广西师范大学出版社，2005 年，第 23 页。

④ 何成洲：《"戏剧改编"教授沙龙》，《艺术百家》2009 年第 2 期，第 153 页。

⑤ 高行健：《要什么样的戏剧》，《文艺研究》1986 年第 4 期，第 88 页。

例 1. EDMUND

(His face hard-grimly)

Yes, I hear you, Mama.I wish to God I didn't!

He gets up from his chair and stands staring condemningly a*t her-bitterly.*

It's pretty hard to take at times, having a dope fiend for a mother!

(She winces-all life seeming to drain from her face, leaving it with the appearance of a plaster cast.Instantly

Edmund wishes he could take back what he said. He stammers miserably.)

Forgive me, Mama.I was angry.You hurt me.

*(There is a pause in which the foghorn and the ships'bells are heard.)*①

例 2. EDMUND

(Brokenly)

I—I can't stay here. I don't want any dinner.

(He hurries away through the front parlor. She keeps staring out the window until she hears the front door close behind him. Then she comes back and sits in her chair, the same blank look on her face.) ②

例 3. Mary

(Starts to walk away-blankly.)

I don't know what you're talking about, James.You say such mean, bitter things when you've drunk too much.

You're as bad as Jamie or Edmund.

(She moves off through the front Parlor. He stands a second as if not knowing what to do. He is a sad, bewildered, broken old man. He walks

---

① Eugene O'neill: *Long day's journey into night*, Haven & London: *Yale University Press New*, p123.

② 同上。

wearily off through the back parlor toward the dining room.)[①]

从以上节选的语段来看,《进入黑夜的漫长旅程》中的舞台提示语的占据大量篇幅。而且，奥尼尔的舞台指示语都是对剧中人物的心理或神态描写，是无法用语言完全在对白中呈现的。比如例 1 中玛丽在遭受儿子的指责后的痛苦与茫然，埃德蒙因为愤怒出口伤害自己亲爱的母亲而追悔莫及等。奥尼尔致力于将现代人的精神世界搬到舞台上来，将人物的潜意识、人物的灵魂剥开来给观众看。作为以心理写实剧闻名世界的伟大戏剧家，剧中人物复杂的心理变化已经远远超越了对白的表现能力，他的舞台提示语已经成为他呈现人物心理不可或缺的手段。

关于对白的局限性，奥尼尔本人的一句话似乎能够予以解释。他曾说:“我并不认为生活在我们这个支离破碎、毫无信仰的时代会有人能够使用雄伟的语言。我们只能以生动活泼而又不清不楚的语言竭力求其动听就算了!”[②] 在上文所选的这部剧《进入黑夜的漫长旅程》中，奥尼尔借艾德蒙之口生动地对这一障碍进行了描述:

蒂龙:(注视着他——勉强地)你真是块诗人的料……

埃德蒙:(挖苦地)诗人的料!不，我担心自己倒像那个老是去向人讨烟抽的乞丐。他连做烟的材料也没有，有的只是那股烟瘾。我刚才跟你说的那些话，我实在表达不清楚，只能结结巴巴讲一通，我也只能做到这一点了。不过，这至少是实实在在的写实主义。我们雾里人就只能这么结结巴巴词不达意了。[③]

奥尼尔本人的确也不很爱说话，我国著名学者巩思文写道:“奥

① Eugene O'neill: *Long day's journey into night*, Haven & London: *Yale University Press New*, p126.

② Raleigh, John H.Eugene O'Neill: *The Man & His Works*, Toronto, London and Sydney: Forum House Publishing Company, 1969, p170.

③ 欧阳基:《进入黑夜的漫长旅程》，郭继德《奥尼尔文集》第 5 卷，人民文学出版社，2006，第 321 页。

尼尔的性情很古怪，他的作品在舞台越发成功，他的态度也越缄默，喜好幽居。他常常好像有些畏羞的样子，除了在十分相知的友人面前，总不喜欢说话。"[①] 巩思文认为，奥尼尔以其独特的写作模式彰显了戏剧的诗性特征。奥尼尔以他独特的抒情风格、丰富的象征性及生动的人物性格、神态描写，向我们展示了一代伟大戏剧家的语言魅力。

在 1931 年 11 月的美国《戏剧艺术月刊》中，约翰·安德森写道："奥尼尔总是一遍又一遍地越过演员，直接与观众，甚至是读者进行交流。"[②] 陈立华认为，奥尼尔的剧本更像小说，他运用了小说的叙述技巧，写了很多并不是为了舞台表演，而是为了将自己的描述及观点直接传达给读者的舞台提示。百迪（Batty）指出，书面文本（the written text）不仅规定着戏剧最终的完成形态，而且在戏剧完成的过程中，所有信息都源自于书面文本。不管舞台创意是环形的还是螺旋状的，都要基于书面文本得以建立，因此，书面文本被要求要尽可能接近最佳的阐释形式。[③] 台湾大学戏剧系特聘教授彭镜禧指出："我也认为文本是非常重要的。每一个对文本的表演都是一种演绎而已。"[④] 原剧本是多层面的，而演出只是对它的一种解读，把原剧本简单化了。学习者和研究者不可能只关注戏剧的表现艺术而完全忽略戏剧文本，很多时候，研究者要依靠戏剧文本来分析其主题内涵、戏剧精神、舞台设置及表演风格。

奥尼尔曾写道："对我说来，这一切发生在生活中而不是舞台上。它能由演员来上演的事实对我来说是次要的、偶然的，甚至是极不重要的，因此对我说来，为了舞台和观众去牺牲他们完整的生活，

① 巩思文：《奥尼尔及其戏剧》，《人生与文学》1935 年 1 卷 5 期。

② Richard F. Moorton: *Eugene O'Neill's Century Centennial Views On American's Foremost Tragic Dramatist*, Greenwood Press, 1931, p193.

③ Batty M: A*cts with words: Beckett Translation, Mise-en-Scene and Authorship*, Ed.U Carole-Anne.Moving Target*: Drama Translation and Cultural Relocation,* Manchester: St. Jerome, 2000, p68.

④ 何成洲：《"戏剧改编"教授沙龙》，《艺术百家》2009 年第 2 期，第 153 页。

无疑是个损失。”[①] 现代戏剧家的戏剧观念及文本特点一定程度上决定了戏剧翻译理论的变化。奥尼尔很少看戏，这一点，20 世纪 30 年代，著名翻译家萧乾曾写道：“在戏剧史上，奥尼尔永是个怪人物。想想看，一个写过几十个剧本的作者一生只看过三次自己剧本的上演！和海鸥独语惯了的他，到了都市却像一只新捕的野兽那样羞怯。新闻记者们叹息地说访问他比去白宫访问大总统还难。”[②] 奥尼尔本人几乎不看戏，他不但为演出而创作，同时也为读者阅读而创作，我们可以把他的戏剧作品看作戏剧文学，他的剧作早已超越了戏剧成规和地域限制而具有了永恒的艺术价值。

（二）不只为演出而译

戏剧文本的舞台性一定程度上决定了戏剧翻译的目的是译出适合舞台演出的译本。比如普尔沃斯（Pulvers）指出：“在翻译戏剧作品的时候，译者应该一边翻译，一边在脑海里导演自己的译作。”[③] 另外还有学者指出：“对于一个戏剧作品的译者而言，他除了掌握语言技能和衡量什么是为观众所熟悉的、什么是不为观众所熟悉的能力之外，还必须对戏剧有一种感觉。”[④] 另有学者强调说：“戏剧对白不仅表达出不同人物的言语和想法，同时也是作者思想的另一种演绎。由于戏剧的对白必须在舞台上通过演员之口说出来，因而剧作者设计的对话还应考虑表演性和戏剧效果。”[⑤] 在很多学者看来，剧本的翻译要似原文一样，听者入耳可懂，也正因为此，和其他文体比较起来，要更加符合目标语言的语言文化习惯。

但我们必须承认的事实是，绝大部分从事翻译研究和实践的译者并没有专业的戏剧体验，让他们以演出为目的翻译剧本是不现实的。苏珊·巴斯奈特（Susan Bassnett）在《依旧身陷迷宫：对戏剧与翻译的进一步思考》中还提出一个疑问：“可表演性”（performability）

---

① 刘海平：《奥尼尔论戏剧》，郭继德《奥尼尔文集》第 6 卷，第 358 页。

② 萧乾：《奥尼尔及其“白朗大神”》，《大公报》（天津）1935 年 9 月 2 日，第 1 版。

③ 王宁：《视角：翻译学研究》，清华大学出版社，2003 年，第 55 页。

④ 王宁：《视角：翻译学研究》，清华大学出版社，2003 年，第 53 页。

⑤ 龚芬：《论戏剧语言的翻译——莎剧多译本比较》，博士学位论文，上海外国语大学，2004 年，第 48 页。

是否可作为衡量戏剧译本优劣的标准？并指出，对于那些对戏剧表演没有经验的译者，可以不必太在意译本是否要一定适合舞台演出，只要将其作为文学作品来翻译即可，况且，有些剧本本来就不是为演出准备的（如 Closet Drama），或者根本无法直接搬上舞台（如中国戏曲）。① 如果戏剧的翻译途径多样化，不同的译者就可以根据自身条件提供不同的译本。

巴斯奈特在 1985 年发表的题为《走出迷宫的道路——论戏剧文本的翻译策略和方法》中总结了戏剧文本翻译的五种策略：

1. 将戏剧文本视为文学作品；
2. 使用原语文化背景作为文本框架；
3. 翻译“可演性”；
4. 以变通的方式翻译原语诗句；
5. 合作翻译。②

按照巴斯奈特的理论，把戏剧文本作为文学作品来翻译往往是戏剧翻译最常见的一种方式。采取这一策略时，原文文本被当作文学作品对待，译者只关注书面语言的特点，不关心对话在演出时的诵读效果和听觉效果，即“译者并不关注对话的语调模式及其他超语言的特性。”③

奥尼尔谈论戏剧时曾说：“演出跟剧本是两码事，而且常常是不协调的。……一个剧本也许能演得很好，但这仍然跟剧作家的意图有很大距离。我有不少剧本演得非常出色，但我从来没有在舞台上能认出哪一个真正是我自己的剧本。这就是我为什么在排演阶段以

---

① 李基亚：《论戏剧翻译的原则和途径》，《西北大学学报》（哲学社会科学版）2004 年 7 月，第 163 页。

② Bassnett Susan: *Ways Through the Labyrinth: Strategies and Methods for Translating Theatre Texts*. The Manipulation of Literature, London & Sydney, Theo Hermans, Croom Helm, 1985, p90-91.

③ Bassnett Susan: *Ways Through the Labyrinth: Strategies and Methods for Translating Theatre Texts*, The Manipulation of Literature, London & Sydney, *Theo Hermans, Croom Helm*, 1985, p90-91.

后，从来不去看自己剧本的正式演出的原因。”① 深受奥尼尔影响的曹禺也曾表达过类似观点：“我写戏时，有个想法，演出自然是最好的，但是如果不准备演，也能叫人读。也就是说，我写的剧本，能读也能演，以前没有人写那么长的舞台提示，我是想多写点，主要也是增加剧本的文学色彩；使读者能够更深入地了解人物，也希望有助导演和演员理解人物，为此，我写的时候，是下了功夫的，是用心写的。”② 对观众和读者来说，剧本的文学性不受时空所限，和剧本（文字）比起来，演出具有极大的不稳定性。

1998 年，巴斯奈特在《仍然身陷迷宫——对戏剧翻译的再思》一文中用以下两点来证明自己的观点：第一，这是一个不确切的概念，很难加以定义；第二，潜台词的普遍性问题，这一点和翻译更为相关。巴斯奈特直言不讳地指出即使剧本的动作性潜台词存在，不同的演员也会以不同的方式对它进行诠释。③

不同的演员对剧本有不同的诠释，这似乎正可以解释奥尼尔认不出舞台之上的哪个剧本是他本人创作的。既然舞台上演出的剧本与奥尼尔的剧本存在诸多差异，那么演出自然也不再是奥尼尔创作的终极目的，剧本一旦写完，他就不再关心了。如他所言，剧本和演出是两码事，即剧本可以脱离舞台而单独存在，不必强调译本必须要服务于舞台。20 世纪 40 年代，顾仲彝先生曾写道：“奥尼尔从来不为百老汇或是为钱而写戏。他完全为艺术。大明星大半都演过他的戏，但他写戏的时候，从来不把大演员放在心里。”④一个不关心演出，一个提出戏剧翻译可以不以可演性为目的。伟大的戏剧家和伟大的戏剧翻译理论家就这样神奇地彼此契合。奥尼尔戏剧里大量的舞台提示是由他的“心理写实剧”的特征决定的，也是由现代主义文学向内转的特征决定的。而现代戏剧的文本特征也一定程度

---

① 刘海平译：《奥尼尔论戏剧》，郭继德编《奥尼尔文集》第 6 卷，人民文学出版社，2006 年，第 270 页。

② 田本相、刘一军：《苦闷的灵魂》，江苏教育出版社，2001 年，第 102 页。

③ 方平：《他不知道自己是一个诗人》，湖北教育出版社，2002 年，第 350 页。

④ 顾仲彝：《奥尼尔和他的冰人》，《文艺春秋》1947 年第 4 卷第 2 期。

上催生了巴斯奈特的戏剧翻译理论。

第二节　奥尼尔剧本及译本选择

一、文本选择

如前文所述，奥尼尔在我国有着悠久的译介史。在诸多剧本当中，笔者选择《进入黑夜的漫长旅程》这一剧本，主要有以下四点原因：第一，该剧是最能体现奥尼尔传记剧作家特征的一部剧。《进入黑夜的漫长旅程》创作于 1941 年，该剧戏剧性地展现了詹姆斯·帝龙、玛丽·帝龙和他们的两个儿子吉米、艾德蒙的个性及他们之间的关系。可能由于该剧作中包含大量的写实元素，奥尼尔曾叮嘱他的妻子卡洛塔该剧要在他本人过世后 25 年才能公演。当《纽约时报》记者欧尔·威尔逊问及该剧时，奥尼尔曾回答说："那是一个真实的故事，发生在 1912 年。剧中有个人物至今还活着。"[①] 并且，在该剧篇头献给卡洛塔的题词里，奥尼尔本人称这部戏是他"用眼泪和鲜血写成的"，他是"带着对蒂龙一家所有四个受尽折磨的人的深深的怜悯、谅解和宽恕的心情"来写该剧本的。[②] 关于这一点，1947 年，顾仲彝曾在载于《文艺春秋》第 4 卷第 2 期的文章《奥尼尔和他的冰人》中写道："还有一部稿子叫 *Long Day's Journey into Night* 已经写成，不过不预备演出。他吩咐这本戏要在他死了二十五年后才出版。大概他对于人生，恋爱的哲学就在这本戏里。"[③] 第二，该剧具有现实主义和现代主义双重特征。1956 年，经其遗孀的同意，斯德哥尔摩皇家剧院被授予了该剧的首场上演权。该剧一经演出立刻得到评论界的广泛好评。一位瑞典评论家称赞这部剧作是当时最有力量的现实主义剧作之一，奥尼尔没有像易卜生那样过分强调象

---

① 克罗斯韦尔·鲍恩：《尤金·奥尼尔传》，陈渊译，浙江文艺出版社，1988 年，第 404 页。

② 参见郭继德编：《奥尼尔文集》第 5 卷，人民文学出版社，2006 年，第 321 页。

③ 顾仲彝：《奥尼尔和他的冰人》，《文艺春秋》1947 年第 4 卷第 2 期。

征主义，但却巧妙地运用了易卜生的戏剧技巧。第三，该剧使奥尼尔在逝世三年后再次荣获美国最高文学奖——普利茨奖。美国剧评家阿金生写道："它把戏剧恢复到文学的领域，把舞台重新提高到艺术的境界。"[①] 他认为《进入黑夜的漫长旅程》反映了奥尼尔把舞台扩张作为"史诗文学"园地的巨大魄力。T. S. 艾略特对该剧也表现出了他对奥尼尔其他戏剧所从来没有过的热情。[②] 1945 年奥尼尔在给卡品特的信中曾声明《进入黑夜的漫长旅程》是其所有作品当中最好的一部。[③] 第四，该剧是奥尼尔所有剧作中汉译版本最多和研究最多的剧作之一。多译本的存在及丰富的研究成果为笔者选择及分析的可能性和科学性提供了保证。

二、译本&译者

（一）译本选择

苏珊·巴斯奈特写道："普遍认为在一段时间后，翻译剧需要复译，这个时间段通常是 20 年左右。没有充分的理由可以解释这个假设，可能口语比书面语更易老化的缘故。既然剧本主要是对口语的转录，比起其他书面语文本，戏剧翻译的老化过程更明显，因为源文本自身就包含大量时间标记。这些标记包括词汇、句法、节奏、语气，甚至语域和语调的变化。"[④]《进入黑夜的漫长旅程》在中国共有 7 个译本：欧阳基《进入黑夜的漫长旅程》（1982），张廷深《日长路远夜深沉》（1983），汪义群《长日入夜行》（1995），徐钺《长昼的安魂曲》（2005），王朝晖、梁金柱《进入黑夜的漫长旅程》（2015）、陈成《进入黑夜的漫长旅程》（2016）、乔志高《长夜漫漫路迢迢》（2017）。其中，前 6 个译本都是直接在中国刊载或出版的译本，欧阳基、汪义群都是知名的奥尼尔研究者和翻译者，从译者

① 乔志高：《奥尼尔的自传戏》，载《长夜漫漫路迢迢》，尤金·奥尼尔著，乔志高译，四川文艺出版社，2017 年，第 17 页。

② 弗·埃·卡彭特：《尤金·奥尼尔》，赵岑、殷勤译，春风文艺出版社，1990 年，第 163 页。

③ 郭继德编：《奥尼尔文集》第 6 卷，人民文学出版社，2006 年，第 302 页。

④ Bassbett S, *Theatre and Opera*, *The Oxford Guide to Literature in English Translation*, Oxford: 2000. p99.

影响力和译文质量方面考虑，笔者首先锁定了欧译本和汪译本。但是，欧译本和汪译本无论是在翻译的时代或译者身份方面都存在太多相似性，不利于进行对比分析。

两译本当中，欧译本不但是国内最早出现的奥尼尔《进入黑夜的漫长旅程》的中译本，而且被 2006 年郭继德选编的 6 卷本《奥尼尔文集》选录，影响力较大。另外，最后的乔译本 1973 年在美国出版、2017 年在中国出版，译者乔志高不但是著名翻译家，并且从生活教育背景上与欧阳基存在明显差异。基于此，笔者决定从奥尼尔戏剧语言特征入手选择欧译本和乔译本进行对比分析，以期揭示在不同的文化背景下作为翻译主体的译者对翻译过程的影响，并探索奥尼尔戏剧翻译的有效途径。

（二）译者简介

1．欧阳基

欧阳基作为山东大学的奥尼尔研究专家，曾多次帮助廖可兑先生组织奥尼尔研讨会，不仅如此，他还曾发表多篇奥尼尔相关研究文章（如《美国剧作家尤金·奥尼尔和老子的哲学思想》《悲天悯人的美国剧作家奥尼尔》等），翻译多部奥尼尔剧作，并且给研究生开设奥尼尔戏剧课。“《进入黑夜的漫长旅程》又是一部奥尼尔自我精神分析的剧本。他客观地分析了他出生以来的生活经历以及产生他现有的复杂思想感情及内疚心理的影响。奥尼尔的一个儿子曾经提出，这样一个纯属个人的问题是不会引起观众的兴趣的，可是广大观众却认为这是奥尼尔最有成就的剧本。剧本所描绘的人与人之间的关系，特别是作为家庭关系基础的爱和恨的交融；伤害和保护的愿望；责备和宽容的愿望具有普遍的价值，使得这个剧本在这个世界享有盛名。”“《进入黑夜的漫长旅程》是一部单纯的现实主义家庭剧。它没有情节的设构，也没有‘精心制作’的密谋偷情，可是最后一幕却是一个令人满意的结尾。剧中每个人物都有机会表白自己，揭露心灵深处的创伤，承认自己的过失，对所有发生过的可怕事件进行说明，最后面对过去一直回避的真相。最后一幕犹如一盏明灯，照亮了剧中每个悲剧人物的阴暗心灵。”[①] 译者绝不是不受任何外来影响的独立个体，相反，译者是特定社会文化中、特定时间和阶段中的社会成员之一，他们的翻译行为也可以按照这样的背景来解读。

2. 乔志高

乔志高本名高克毅，英文名 George Kao，原籍江苏省南京市江宁区，1912 年 5 月 29 日生于美国密执安州安娜堡，毕业于中国燕京大学，后在美国深造，获得密苏里大学新闻学院硕士学位、哥伦比亚大学国际关系硕士学位。20 世纪 30 年代，乔志高在上海从事新闻工作，曾在抗战时期在美国华文报界任要职，又任华盛顿“美国之音”编辑，长期居于美国，偶尔会因译事或访亲友等回到香港。在 1972—1975 年间，曾与宋淇合作，在香港中文大学翻译中心创办了《译丛》(*Renditions*) 杂志，担任多年主编，为香港翻译学会荣誉会士。2008 年 3 月 1 日，因肺炎在美国佛罗里达州逝世。他的中文作品主要有《美语新诠》《金山夜话》《纽约客谈》《吐露集》《鼠咀集》《一言难尽：我的双语生涯》，英文著作有《你们美国人》《湾区华夏》《中国幽默文选》，译著有《长夜漫漫路迢迢》(1973)、《大亨小传》(*The Great Gatsby*)(1971)、《天使，望故乡》(*Look Homeward, Angel*)(1985)，还与胞弟高克永合编了《最新通俗美语词典》。

乔志高的三部译作都有很强的传记性质。乔志高曾反复强调他对自传体及传记体文学的兴趣。“Autobiography is always my favorite genre. I always like reading the others' biographies and autobiographies.”[②] 因而，他的译作是兴趣使然。“翻译是一种相遇，翻译成功的前提，是找到与自己精神气质最相契合的对象，是与能够激发自己‘翻译冲动’的作品相遇。”[③]

乔志高非常赞赏林纾的翻译，他曾在 1975 年亲自翻译了钱钟

① 欧阳基：《进入黑夜的漫长旅程》，《现代美国文学研究》1982 年第 2 期，第 214-215 页。

② 徐昊：《乔志高翻译研究》，硕士学位论文，合肥工业大学英语系，2004 年，第 38 页。

③ 王彬彬：《翻译是一种相遇》，载许钧主编：《翻译思考录》，湖北教育出版社，1998 年，第 181-286 页。

书的《林纾的翻译》，并刊载于香港《译丛》杂志上。他认为，林之翻译消化并用译入语再创造了原文之精髓。在翻译策略上，他本人也更倾向于意译。

（三）研究概述

美国学者罗伯特·科里根（Corrigan）在 *Translating for Actors* 中强调戏剧分析对戏剧翻译的重要性。①《进入黑夜的漫长旅程》在我国的研究起于 20 世纪 80 年代。从掌握的资料看，国内单篇论述该作品的第一篇文章为欧阳基《尤金·奥尼尔的剧本〈进入黑夜的漫长旅程〉剖析》(《现代美国文学研究》，1981 年第 2 期)。同时期，相关文章还有华明《论奥尼尔的〈进入黑夜的漫长旅程〉》(《南京师大学报》，1986 年第 2 期)、庄国欧《寻找意义的漫长旅程——略论对〈进入黑夜的漫长旅程〉》(《外国文学评论》，1988 年第 2 期)、周鹏《痛苦的旅程——谈谈奥尼尔的〈进入黑夜的漫长旅程〉》[《深圳大学学报》(人文社会科学版)，1993 年第 4 期]、张耘《尤金·奥尼尔与〈漫长的一天到黑夜〉》(《外国文学》，1996 年第 1 期）及郭继德的一篇载于《现代美国文学研究》1982 年第 2 期的“译后记”等。八九十年代，我国实施了改革开放政策，但当时的文艺界思想还比较保守，对于外国文学尤其是现代派文学的研究多带有鲜明的政治色彩，主要从社会批判的层面去阐释。比如当时有学者认为通过泰伦这个人物的塑造，作品触及了美国社会中特有的种族、移民等社会问题，并对金元帝国中金钱的巨大腐蚀作用进行了深刻揭露。② 比如认为该剧是一出典型的资本主义社会中现代人的悲剧，呈现了资本主义社会中，现代人被社会异化的过程以及金钱的世界里，人与人之间关系的冷漠和隔阂③。

此外，张耘《尤金·奥尼尔与〈漫长的一天到黑夜〉》是从传记

---

① Corrigan R W: *Translating for Actors. Eds. W Arrowsmith, R Shattuck. The Craft and Context of Translation*, Austin:U of Texas 1961, pp,95-106.

② 参见华明：《论奥尼尔的〈进入黑夜的漫长旅程〉》，《南京师大学报》1986 年第 2 期。

③ 参见周鹏：《痛苦的旅程——谈谈奥尼尔的〈进入黑夜的漫长旅程〉》，《深圳大学学报》(人文社会科学版）1993 年第 4 期。

研究的角度对该剧进行讨论的一篇文章，认为该剧是一篇彻底的自传作品。[①] 诚然，该剧有着浓重的自传色彩，张文不无道理。但是生活是如何被伟大的剧作家变成了艺术？生活与艺术到底是怎样一种关系？还有待学者们进一步研究。最后，值得特别提及的是庄国欧《寻找意义的漫长旅程——略论对〈进入黑夜的漫长旅程〉》，该文是对美国本土对于该剧作研究的一个总的评述，这对于国内学者更好地把握该剧提供了重要参考。

21 世纪以来，该剧在中国的研究呈现出一片繁荣景象。人们从社会学、心理学、象征主义、新批评及女性主义批评等多角度、多侧面展开对该剧的研究。社会学方面有徐柳明《对“美国梦”的绝望控诉——读奥尼尔戏剧〈进入黑夜的漫长旅程〉》(《岱宗学刊》，2005 年第 4 期）等。心理学方面主要有冯芃芃《进入内心世界的漫长旅程——对奥尼尔剧作〈进入黑夜的漫长旅程〉中玛丽·蒂龙的精神分析》(《中山大学学报论丛》，2000 年第 6 期)、张玉红《论奥尼尔的俄狄浦斯情节》[《重庆文理学院学报》(社会科学版)，2006 年第 2 期]、徐怀静《〈长夜漫漫路迢迢〉中爱与恨的情感交织——用荣格原型理论解读人物关系》(《北京工业大学学报》，2014 年第 5 期）等。其中，冯芃芃《进入内心世界的漫长旅程——对奥尼尔剧作〈进入黑夜的漫长旅程〉中玛丽·蒂龙的精神分析》以德裔美籍女性心理学家卡伦·霍尔奈的成人性格结构及防御策略等理论为参照，从现象到本质地对剧中女主角玛丽·蒂龙的表层行为进行分析，对其深层动机进行挖掘，试图找到隐藏在其行为背后的无意识的原始动力，是一次较为大胆的尝试，对于从心理学维度进行文学批评带来启迪。徐怀静《〈长夜漫漫路迢迢〉中爱与恨的情感交织——用荣格原型理论解读人物关系》则以爱、恨两种情感为主要线索，分析了剧中丈夫和妻子、父母和孩子之间具体的爱恨情感，并且从荣格原型心理学出发，对剧中人物之爱、恨情感的原因以及其中所体现的悲剧意义进行探究。徐怀静认为，根据荣格原型理论，蒂龙夫

① 参见张耘：《尤金·奥尼尔与〈漫长的一天到黑夜〉》，《外国文学》1996 年第 1 期。

妻间的关系受到了阿尼玛和阿尼姆斯原型的影响，个体无意识的存在影响了他们之间的关系。[①]

女性主义批评方面文章主要有王艳芳《寻求归属的苦闷与抗争——试析奥尼尔笔下玛丽的悲剧命运》(《江西社会科学》,2000年第7期)、沈建青《疯癫中的挣扎和抵抗：谈〈长日入夜行〉里的玛丽》(《外国文学研究》，2003年第5期）等。其中，沈建青《疯癫中的挣扎和抵抗：谈〈长日入夜行〉里的玛丽》认为玛丽的吗啡瘾及吗啡作用之下的疯癫不仅是她逃避绝望的方式，而且也是她对“贤妻良母”角色的消极反抗；认为玛丽艺术形象再现了19世纪美国女性在传统性别角色重压下的无助挣扎和孤独抵抗。[②] 某种程度上说，奥尼尔正是通过呈现男性话语统治的世界里的女性的痛苦与不幸来表达他对女性的同情和关爱。呈现“真实”而不虚构“美好”正体现了伟大剧作家对女性乃至全人类的关怀。

新批评角度应以巫书娜《奥尼尔晚期代表作〈长日入夜行〉中的隐喻与表征》(《四川戏剧》，2015年第8期）为代表。文章指出：“剧作以隐喻的表达方式，无论在场景设置、舞台道具、人物对白或是细微的动作描写上，剧作家都做了精心的设计安排，形象化地揭示了冲突所体现的人性特点和社会问题。”[③] 文章认为，该剧正是通过“物我合一”的舞台表现，以期实现一种“交响乐”式的戏剧效果，即以音乐性的韵律表达诗一般的人生态度。

对该剧的翻译研究，已有成果较少。王胜男、王占斌《话轮转换与戏剧对白翻译——以〈进入黑夜的漫长旅程〉两个中译本为例》[《山西大同大学学报》(哲学社会科学版)，2017年第6期] 选取张廷深和梁金柱的两个译本做对比分析，指出张译本之所以更适合舞台表演是因其采取了灵活的话轮转换策略。可见，相关研究亟待深入。

---

① 参见徐怀静：《〈长夜漫漫路迢迢〉中爱与恨的情感交织——用荣格原型理论解读人物关系》,《北京工业大学学报》2014年第5期。

② 沈建青:《疯癫中的挣扎和抵抗：谈〈长日入夜行〉里的玛丽》,《外国文学研究》2003年第5期，第62页。

③ 巫书娜:《奥尼尔晚期代表作〈长日入夜行〉中的隐喻与表征》,《四川戏剧》2015年第8期，第106页。

第三节　巴斯奈特理论视域下《进入黑夜的漫长旅程》两译本之比较

巴斯奈特在《走出迷宫的道路——论戏剧文本的翻译策略和方法》中指出："我认为现在似乎已经可以不再将'可演性'视为翻译的一个衡量标准，而应该更密切地关注剧本本身的语言结构。"① 剧本翻译者不需要对剧本和演出中的其他符号之间的关系负责，对戏剧翻译者而言，他们的责任只是处理文本本身的语际转换，忠实于原剧本，使译本在译入语中如同原剧本在原语中的功能一样或尽可能相似就好。戏剧翻译可以不以演出为目的，但并不排除戏剧译者能够从戏剧文本语言特征出发，尽可能再现原剧戏剧效果。

因而，结合奥尼尔剧作的文本特征及语言特点，笔者拟从舞台指示及对白两方面进行对比，以期较为全面地考量两译本对原文的忠实程度，彰显两位译者不同的翻译策略及翻译思想对翻译的影响。

为了方便论述，笔者把两个译本中的人物依次列于表 3-1 中，并在分析中使用欧阳基译本中人物的姓名。欧阳基译本和乔志高译本分别简称为"欧译"和"乔译"。

表 3-1　《进入黑夜的漫长旅程》两译本中的人物译名

英文版	欧阳基译本（欧译）	乔志高译本（乔译）
JAMES TYRONE	詹姆斯·蒂龙	蒂龙
MARY CAVAN TYRONE (his wife)	玛丽·卡文·蒂龙（他的妻子）	玛丽（他的妻子）
JAMIE (the eldest son)	詹米（长子）	杰米（长子）
EDMUND (the youngest son)	埃德蒙（幼子）	埃德蒙（幼子）
CATHLEEN (second girl)	凯思琳（女仆）	凯思琳（女仆）

① Bassnett Susan: *Ways Through the Labyrinth: Strategies and Methods for Translating Theatre Texts. The Manipulation of Literature*, *Theo Hermans, Croom Helm,* London & Sydney, 1985, p102.

一、舞台指示语的翻译

“戏剧人物之间的对话是戏剧文学的主体文本（main text），是第一位的，是主要的语言方式，这并不排斥在戏剧中使用独白、对话语言形式以外的舞台场景描写以及作者有关剧中人物的言行、动作、身势语等的说明这一类辅助文本（side text），但它们毕竟是第二位的”。[①] 所谓“辅助文本”，即舞台指示语。戏剧文本与其他文学形式不同，剧作家只能利用舞台指示语进行情境描述。舞台指示语通常包含了人物、动作、心理、表情及时间、地点等一系列情境信息，是读者或演员准确地理解或把握一部剧作的前提。施旭升说：“戏剧情景的设置需要迅速而简洁地交代戏剧事件发生的具体时空环境和情节背景。”[②] 在奥尼尔剧作中，舞台指示语的作用因奥尼尔戏剧的后现代特征而进一步彰显。

图根哈特认为，不存在不经过语言的对象，不存在不经过语言的意识，语言对于存在具有先在性和生成性。“当我们体验世界时，我们是通过语言来体验世界的，而语言又帮助我们形成了经验本身……，我们的现实就是我们的语言范畴。”[③] 奥尼尔在谈到《悲悼》时坦言该剧“本需要一种宏大的语言来实现对自身的超越。这个我却摸不着边儿。出于自我安慰，我觉得……生活在我们这个支离破碎、寡信无义的时代节奏中的人，谁也写不出这种壮阔的语言”。[④] 以心理写实剧著称的奥尼尔充分挖掘了舞台指示语的作用，通过场景及人物心理等描写来渲染情境。“在对舞台设计的提示方面，奥尼尔摒弃了过于细节化的、照片式的现实主义，而强调抽象、暗示及视觉上的象征与隐喻对传统的现实主义进行选择和简化。在他的戏剧中，具体的、可被视觉或听觉感知的形象——自然物、布景、道

---

① 俞东明：《戏剧文体与戏剧文体学》，《浙江大学学报》1996 年第 1 期，第 101 页。

② 施旭升：《戏剧艺术原理》，中国传媒大学出版社，2006 年，第 255 页。

③ 曾艳兵：《西方后现代主义文学研究》，中国社会科学出版社，2006 年，第 94 页。

④ *O'Neill to Arthur Hobson Quinn*, Ossar Cargill et al: *O'Neill and His Plays*, New York: New York University Press, 1961, p463.

具、音响都在‘对话’，成为“物化”的戏剧语言。”① 只有舞台指示语的翻译能够成功地传达原文情境时，一部译作才可能传达原作内容与精神。下面就从幕前指示语和剧中指示语两部分就两译本进行对比分析。

（一）幕前指示语的情境性

幕前指示语一般是戏剧开头必不可少的场景刻画，主要对戏剧发生的地点、道具和布置摆设等进行交代。一般文学作品中的场景刻画是为了方便读者了解故事发生的背景，而戏剧中的场景刻画除了具有一般文学作品中的功能外，还具有为工作人员布置舞台及演员表演提供参考的作用。《进入黑夜的漫长旅程》共有四幕，第四幕是整个戏剧的高潮，独特的场景对即将呈现的戏剧冲突有很强的烘托作用。现对比分析如下：

The same. It is around midnight.The lamp in the front hall has been turned out, so that now no light shines through thefront parlor.In the living room only the reading lamp on the table is lighted.Outside the windows the wall of fog appears denser than ever.As the curtain rises, the foghorn is heard, followed by the Ship's bells from the harbor.Tyrone is seated at the table. He wears his pince-nez, and is playing solitaire.He has taken off his coat and has on an old brown dressing gown.The whiskey bottle on the tray is three-quarters empty.There is a fresh full bottle on the table, which he has brought from the cellar so there will be an ample reserve at hand.He is drunk and shows it by the owlish, deliberate manner in which he peers at each card to make certain of its identity, and then plays it as if he wasn't certain of his aim.His eyes have a misted, oily look and his mouth is slack.But despite all the whiskey in him, he has not escaped, and he looks as he appeared at the close of the

① 从丛、许诗焱：《莎士比亚与奥尼尔戏剧语言比较研究》，《江苏社会科学》2004 年第 3 期，第 150 页。

preceding act, a sad, defeated old man, possessed by hopeless resignation. ①

同前。约莫午夜时分。前面过道的灯已经关掉，此刻前客厅没有灯光透射出来。起居室里只有圆桌上台灯点着。窗外的那层雾越发浓重了。启幕时听见雾角声，接着是港口传来船上的警钟声。蒂龙坐在圆桌边，戴着一副夹鼻眼镜，正在那里玩着单人纸牌戏。他已脱去了上衣，现在穿着一件旧的棕色大外套。托盘上的威士忌已经喝掉了四分之三。圆桌上还摆着一瓶满满的新酒，是蒂龙从酒窖拿上来作为备用的。他已经喝醉了，这可以从他的举止中看出来。每一张牌他都举到眼前，猫头鹰似的故作姿态仔细看过究竟，然后又好像毫无把握似的打了出去。眼睛显得迷糊蒙眬，嘴角耷拉着。尽管他喝了许多威士忌，可是依然没有摆脱烦恼。看上去他的样子跟上幕结束时一样，一个受了挫折的忧伤的老头子，无可奈何地接受失败。②

同前。午夜时分。前面穿堂的灯已经关掉，此刻没有灯光从客厅射过来。起居室里只有圆桌上的台灯点着。窗外的一层雾似乎比先前更浓。幕启时听见雾笛的呜呜（增译）声，接着又是港口船只上警钟的声音。

蒂龙坐在圆桌边。他现在戴了一副夹鼻眼镜，一个人在那儿玩牌。他已经把外褂脱掉，身上现在穿着一件旧的棕色睡袍。盘子上的威士忌已经喝掉四分之三，旁边还摆着一瓶新的，是他又到地窖拿上来备用的。他已经喝醉了，可以从他的举动上看出来。每一张牌他都慢条斯理地举到眼睛前面，像猫头鹰一样仔细觑看一下才认得清，然后摇摇晃晃地打出来，好像瞄不准似的。他的两只眼睛迷

① Eugene O'neill: *Long day's journey into night,* New Haven & London: Yale University Press, 1989, p127.

② 尤金·奥尼尔：《进入黑夜的漫长旅程》，欧阳基译，载郭继德主编：《奥尼尔文集》第5卷，人民文学出版社，第411-412页。

迷糊糊，嘴唇松弛地耷拉着。他肚子里虽然灌饱了威士忌，可是并没有达到忘我的境界。他的样子看上去就同上一幕终结时一样，一个可怜巴巴的老头儿，跟命运搏斗而失败，现在已经毫无斗志。[①]

以上语段中，首先，原文中第二段第4句和第5句，欧译为“托盘上的威士忌已经喝掉了四分之三。圆桌上还摆着一瓶满满的新酒，是蒂龙从酒窖拿上来作为备用的”。欧阳基在翻译时基本采取直译策略，按照原文的结构及词语信息直接翻译。如译文“圆桌上还摆着一瓶满满的新酒”与“There is a fresh full bottle on the table”只是把“there be”（某处有某物）这一句型中的table在翻译时放到了句首，其他基本与原文相对应，连标点也和原文一样，仍是两句话。但是，乔译“盘子上的威士忌已经喝掉四分之三，旁边还摆着一瓶新的，是他又到地窖拿上来备用的”则打破了原文的句子结构，把两句合并为一句。乔志高翻译时省略了第5句中的“on the table”，根据句意加上“旁边”一词，并把“a fresh full bottle”简洁地翻译成“一瓶新的”，亦符合汉语简单明了的特点。相比之下，乔译文更为简洁地交代了蒂龙父子嗜酒的情境。乔译文的处理方式是由乔志高的翻译思想决定的。在乔志高看来，翻译就如同创作，应具有整体观念，风格亦应一致。巴斯奈特亦曾指出：“在翻译戏剧时译者应当把戏剧文本当作完整体对待，因为译者无论是为文学系统服务还是为戏剧系统服务，毕竟都是从文本的角度入手的。”[②] 在这一点上，乔志高与巴斯奈特的观点相同。

再如，原文的最后一句中“a sad，defeated old man，possessed by hopeless resignation”。欧译“一个受了挫折的忧伤的老头子，无可奈何地接受失败”，欧阳基依旧采取了直译策略，译文有些拗口。乔译为“一个可怜巴巴的老头儿，跟命运搏斗而失败，现在已经毫

① 尤金·奥尼尔：《长夜漫漫路迢迢》，乔志高译，四川文艺出版社，2017年，第113-114页。

② 参见熊婷婷：《论巴斯奈特的戏剧翻译观》，《西华师范大学学报》（哲学社会科学版）2006年第6期。

无斗志”，乔志高依旧采取了意译策略，译文流畅。另外，最后一句中的“despite all the whiskey in him”，乔译为“他肚子里虽然灌饱了威士忌”，也更为形象、生动。

（二）剧中指示语的传神性

剧中指示语指剧中人物对白前后出现的指示语，通常是对人物情绪、心理及动作等的描写，直接把剧中人物的内心世界告诉读者或观众，以弥补对白的不足。在奥尼尔看来，我们的支离破碎的世界不可能拥有波澜壮阔的语言。在此，世界与语言同一，世界即语言，语言即世界。奥尼尔的语言观与海德格尔和图根哈特有着异曲同工之妙。后现代主义强调语言的能指与所指的对应关系其实是人为的。语言所再现的客观世界，其实并没有真正企及客观世界。在这一观念下创作的剧本的人物在舞台上的言谈举止通常是无意义的、重复的、枯燥乏味的。[①] 与之相呼应，奥尼尔在对剧中玛丽的描写中，运用了“茫然地”“超然地”“奇特地”“不知所措地”“神经极度紧张不安地”等指示语言，成功塑造了一个心不在焉、心事重重、敏感多疑、神志恍惚的形象。剧中玛丽的形象很好地演绎了奥尼尔戏剧的后现代特征。分析如下：

MARY (she stops abruptly, catching Jamie's eyes regarding her with an uneasy, probing look. Her smile vanishes and her manner becomes self-conscious.) Why are you staring, Jamie? (Her hands flutter up to her hair.) Is my hair coming down? It's hard for me to do it up properly now.My eyes are getting so bad and I never can find my glasses.

JAMIE (looks away guiltily.) Your hair's all right, Mama.I was only thinking how well you look. [②]

玛丽（她突然住嘴，看出了詹米的眼睛正在探查而不安地注视

---

① 曾艳兵：《西方后现代主义文学研究》，中国社会科学出版社，2006 年，第 86 页。

② Eugene O'neill: *Long day's journey into night,* New Haven & London: Yale University Press, 1989, p20.

着她。她的笑容消失了，举动也变得不自在起来）詹米，你为什么睁着眼睛盯着我（她的手颤抖地举了起来，弄弄头发）我的头发垂下来了吗？这阵子我要好好地梳梳头可真难啊！我的眼睛越来越坏了，我那副眼镜也总是找不着。

詹米（心感内疚地移开视线）妈，您的头发梳得挺不错的。我刚才在想，您的气色真好。[①]

玛丽（她突然住嘴，看出来杰米的眼睛在深刻而不安地窥看他。她脸上的笑容马上不见了，举动变得不自然起来）杰米，你为什么盯着我看？（她的手轻飘飘地举起来弄弄头发）我的头发没梳好吗？这一阵子，我很不容易好好地梳头。我的眼睛越来越坏了，我那副眼镜也老是找不着。

杰米（觉得内疚，把眼睛望到别处去）妈，你的头梳得蛮好的。我刚在想，你今天气色不错。[②]

由于剧中指示语一般比较简短，现将上例中的指示语列表如下：

表 3-2　欧译本与乔译本中的指示语

原文	欧译	乔译
regarding her with an uneasy，probing look	探查而不安地注视着她	深刻而不安地窥看她
Her smile vanishes	她的笑容消失了	她脸上的笑容马上不见了
Her hands flutter up to her hair	她的手颤抖地举了起来，弄弄头发	她的手轻飘飘地举起来弄弄头发
looks away guiltily	心感内疚地移开视线	觉得内疚，把眼睛望到别处去

表 3-2 所列指示语中，基本都是对人物神情和动作的描写，其

① 尤金·奥尼尔：《进入黑夜的漫长旅程》，欧阳基译，载郭继德主编：《奥尼尔文集》第5卷，人民文学出版社，第 333 页。

② 尤金·奥尼尔：《长夜漫漫路迢迢》，乔志高译，四川文艺出版社，2017 年，第 12 页。

中，第 1、4 句是关于长子詹米的描写，第 2、3 句是关于母亲玛丽的描写。两位译者基本都能够转达原文情境，但是两位译者所采取的不同翻译策略，依旧对译文有直接影响。

首先，“an uneasy，probing look”，欧译为“探查而不安地”，忠实原文，但却稍显晦涩；乔译为“深刻而不安地”，译文更流畅，同时也把詹米因怀疑母亲再次吸毒而审视母亲的情境转达出来。又如“looks away guiltily”，欧译为“心感内疚地移开视线”，仍旧可以使读者或演员明白此时詹米的心理和动作，但也不符合汉语简练的语言特征；乔译为“觉得内疚，把眼睛望到别处去”，更符合汉语习惯。詹米审视母亲的目光引起了母亲的警觉，他因内疚，把目光移开。这里，“内疚”和“移开”之间存在因果关系，因而乔译文更为传神。最后，“Her hands flutter up to her hair”“Her smile vanishes”是关于母亲玛丽的指示语。文中，玛丽发现詹米盯着她看时变得很不自然，下意识地用手整理一下头发。文中玛丽是一位优雅的女性，奥尼尔写道：“Mary is fifty-four，about medium height.She still has a young，graceful figure”，“Her face is distinctly Irish in type.It must once have been extremely pretty，and is still striking.”① 欧译为“她的手颤抖地举了起来，弄弄头发”，“颤抖地”更容易让读者联想到“老态龙钟”“病态”，与文中“优雅”（graceful）、“迷人”（striking）等关于玛丽的整体描述有些不符；相比之下，乔志高运用“轻飘飘”一词，不但符合玛丽优雅的体态特征，并且使玛丽超然的神态跃然纸上。再如，“Her smile vanishes”，欧译为“她的笑容消失了”，忠实准确，但稍显平常；乔译文“她脸上的笑容马上不见了”增加了“马上”一词，更能突出玛丽敏感多疑、谨慎小心的神态。

作为一种无声的语言艺术，戏剧舞台指示语是把读者与剧情、演员与剧本、观众与舞台联系到一起的重要纽带，肩负着展现戏剧情境的责任。在翻译舞台指示语时，译者要悉心把握原文情境，尽

---

① Eugene O'neill: *Long day's journey into night,* New Haven & London: Yale University Press, 1989, p12.

可能使用简洁明了、通晓畅达的语言再现原文情境。

整体来看，两位译者都较为成功地传达了原文的情境。但比较来说，乔志高在处理剧中舞台指示语时不拘泥于原文的句式结构等，经常对句式进行重组，并灵活运用“增译”等方法，对原文神韵的把握较为到位，更为简洁、生动地传达了原文情境。乔志高不局限于原文的语法结构，而常常以符合汉语语法或语用习惯的方式来重现原文内容。但是，正如上述分析，欧阳基直译难免拖沓拗口，乔志高意译偶尔也难免有失忠实。如原文中“It is around midnight”一句，交代了故事发生的时间，欧译为“约莫午夜时分”，乔译“午夜时分”，欧译更为准确。

二、对白翻译

对白是戏剧的主体部分，也是故事脉络的信息源。在中外戏剧中经常会有一些经典语段，例如京剧《沙家浜》中阿庆嫂与胡传魁、刁德一之间的周旋，《威尼斯商人》里夏洛克与鲍西娅之间“割肉还债”的辩论等。这些对白或是妙语连珠，或是内涵深刻，给观众留下深刻印象，也常常成为戏剧家创作水平的标志之一。

《进入黑夜的漫长旅程》中包含很多颇具特色的对白。玛丽一回又一回逃避到毒品的世界，经常手里捧着婚纱，旁若无人地自言自语自己找的到底是什么，自己到底把什么东西弄丢了。这里的玛丽的话完全没有听众，话语本身也没有任何所指。第三幕，玛丽与凯思琳倾吐自己的心声，但是当玛丽与凯思琳交流时，讲话几乎是一种个人的独白，旁若无人般，根本无视凯思琳的反应，仿佛根本没有听到凯思琳的话似的。这里玛丽的话根本没有所指——没有企及客观世界，听到凯思琳的话似的。在后来几乎所有的对话中，观众都可以体会到，她将凯思琳留在身边，只是为了使自己有个借口可以不断说下去。剧中，玛丽的枯燥、反复、失去所指的经典对白很好地演绎了一个没有意义的世界。再如埃德蒙怀疑母亲玛丽再次吸毒，想要劝诫但又不忍心伤害母亲的对白；詹米坦白自己曾有意害弟弟，但又盼着弟弟能康复、出人头地的对白。剧中不同人物的对白能够体现出不同角色的心理行为特点。真正富有戏剧性的对话，是交谈的一方对另一方施加影响的对话，是心与心的交流，戏剧对话应该引起双方关系的改变、发展，从而引导剧情的发展。恰如孟华所言："奥尼尔的戏，具有包罗万象的深度。他用人类心灵的共同语言来讲述不同人群特异无类的故事，表达一切人类要爱、要被爱、要有所归宿、要呈现为什么生存的渴望。因而他为所有阶级、所有种族所理解，成为国际性的剧作家，受到各国人士的尊敬与爱戴，到处都在上演他的戏。"[①] 奥尼尔能够深刻洞悉人类的心灵，深谙其卑鄙和崇高，这是其他作家很少能做到的。尽管他总是偏爱死亡，但他在剧本里赞美的却是人生，是有悲有喜的人生、灿烂的现实的人生，而不是凭空想象的人生。因此，奥尼尔戏剧对白具有口语化、通俗化、节奏感等特征，并包含源于生活的丰富的文化元素。对经典对白的翻译进行研究，不但能把握剧本故事的脉络结构，同时也能看出译者翻译策略的差别。

（一）口语化

口语和书面语相对，是人们在日常交际中使用的口头语言。戏剧文本中的人物语言，"是文学语言，它来自生活的口语，但又是经过作家提炼、锤炼过的"。[②] 这里的"口语化"指的是经过创作过程之艺术加工的生活用语。唯有生活用语才能够生动自然地呈现剧情和表现人物。汪义群先生曾指出："它的语言就不仅仅是供人们在书斋里反复吟味欣赏的语言，同时又是剧中人物在舞台上进行交际、在观众身上产生直接听觉效果的语言。这就必然使他更接近日常口语。"[③] 在奥尼尔的创作中，一些剧院和演员曾给他带来很大鼓舞。奥尼尔说："我受演员们的恩惠极大——他们鼓动我写，他们把我写的剧本和许多新剧本，都排演出来。但是，说老实话，我若不为他

① 孟华：《章后碎语》，《剧本》2006 年 10 月，第 37 页。

② 李润新：《文学语言概论》，北京语言学院出版社，1994 年，第 110 页。

③ 汪义群：《美国现代戏剧作品中非规范语言现象初探》，《山东外语教学》1983 年 4 期，第 32 页。

们，我一定早不积极写剧本了。那时我弄得已是欲罢不能了。”[①] 奥尼尔在他后期创作中也十分注意对日常口语表现潜能的开发，顾仲彝写道：“每次排练，奥尼尔亲自到场，一次也不缺席的。奥尼尔对于排戏非常重视，……如果有一句两句台词念不顺，他就重写。”[②] 龙文佩评论道：“奥尼尔充分地挖掘（日常）语言的潜力，采用暗示、引而不发、借题发挥、一语双关、弦外之音、直言不讳等不同层次的表达手段，还是照样把人物的复杂内心活动和人与人之间的微妙关系极其自然地展示了出来。”[③]《进入黑夜的漫长旅程》正是如此，这就需要译者尽可能选取口语化的词汇和句子来体现这一特征。

译者在翻译戏剧时就应当选择译入语文化当中最贴切的生活用语来再现原剧剧情和人物，译文的台词应该是译入语文化的口语规范能接受的。

下面我们就从口语化方面比较一下欧阳基和乔志高的译文。为了更清晰地呈现两译本之间的差异，笔者选了两个语段进行对比；由于奥尼尔剧本当中的舞台提示与对白是密不可分的，在此将相关舞台提示与对白一起呈现，以便分析。

But don’t get wrong idea, Kid.I love you more than I hate you.My saying what I’m telling you now proves it.I run the risk you’ll hate me and you’re all I’ve got left.But I didn’t mean to tell you that last stuff-go that far back.Don’t know what made me.What I wanted to say is, I’d like to see you become the greatest success in the world.But you’d better be on your guard.Because I’ll do my damnedest to make you fail.Can’t help it.I hate myself.Got to take revenge.On everyone else.Especially you.Oscar Wilde’s “Reading Goal” has the dope twisted.The man was dead and so he had to kill the thing he loved.That’s what it ought to

① 巩思文：《奥尼尔及其戏剧》，《人生与文学》1935 年 1 卷 5 期。

② 顾仲彝：《奥尼尔和他的冰人》，《文艺春秋》1947 年 7 月第 4 卷第 2 期。

③ 龙文佩：《尤金·奥尼尔的后期创作》，《外国当代剧作选（一）》，中国戏剧出版社，1988 年，第 739-740 页。

be.The dead part of me hopes you won't get well.Maybe he's even glad the game has got Mama again! He wants company, he doesn't want to be the only corpse around the house.(He gives a hard, tortured laugh)[①]

小弟，别误解了我的意思。我虽然恨你，但是我更爱你。我说出了我告诉你的那套话就证明了这一点。我担着你会恨我的风险还是跟你说了实话，——而且你还是我唯一留下来的亲人。不过最后那句话我可不是有意说出来的——一说就扯得那么远。也不知道怎么一说就说出来了。我想要跟你说的是，我希望看到你成为世界上最有成就的人。可是你最好还是要提防着我。因为我要尽他妈的最大努力使你失败。我不得不这样做。我恨我自己，所以要报复。在别人身上报复。尤其在你身上报复。奥斯卡·王尔德的《狱中记》把事实歪曲了。一个人已经麻木不仁，所以他才不得不把他心爱的东西弄死。事实应该是这样的。我死去的那个部分希望你的病治不好，也许甚至还高兴看到妈妈又吸上了吗啡！这种人想找陪死鬼，他不愿做家里唯一的死尸。(冷酷而痛苦地笑了一笑。)[②]

小弟，你也不要误会。我虽然恨你，可是我更爱你。我刚才坦白跟你讲这套话就证明我爱你。你看，我只有你一个可以说话的亲人，我不管你听了会不会恨我，我还是要说老实话。不过，我最后那句话本来并没有想说的——没有想一讲讲到那么远，也不知道怎么一下全部讲出来了。总而言之(增译)，我要告诉你的是：我希望你上进、出头，在世界上做一番轰轰烈烈的事，因为我也要千方百计地想法子使你失败。这是我无可奈何的，我恨我自己，所以要在别人身上报仇，尤其是在你身上。王尔德在《狱中纪事诗》里头把事情搞颠倒了。一个人已经心死了麻木不仁，所以才不得不弄死他

① Eugene O'neill: *Long day's journey into night*, New Haven & London: Yale University Press, 1989, p169.

② 尤金·奥尼尔：《进入黑夜的漫长旅程》，欧阳基译，载郭继德主编：《奥尼尔文集》第5卷，人民文学出版社，第449页。

心爱的东西。这样的说法才对。我已经死掉的这部分巴不得你的病治不好，甚至高兴看见妈妈又吸毒了！你晓得（增译），这种人要把别人也拖下水去，他不愿意做家里唯一的死尸！①

此语段中，首先，第三句欧译为“我说出了我告诉你的那套话就证明了这一点”，欧阳基采用直译的策略，完全保留了原句的句子结构，读来烦琐拗口。并且由于在这段对白中，詹米主要想要强调他爱弟弟这一事实，那么把“it”译为“这一点”也略显平淡。相比来说，乔志高打破原来的包含从句的句子结构，根据语境把“it”直接译为“我爱你”，并且运用增译的方法加入“刚才”“坦白”两词。乔译“我刚才坦白跟你讲这套话就证明我爱你”略胜一筹，更符合汉语口语规范。由于英汉两种语言语法习惯不同，译者在翻译时对原文的结构进行调整有时是必要的。

第四句，欧阳基依旧采取了直译的策略，译为“我担着你会恨我的风险还是跟你说了实话，——而且你还是我唯一留下来的亲人”。原文中“run the risk”在英语中有“冒着某种风险”之意，并且后面的“you’ll hate me”充当“risk”的同位语从句。整体来看，欧译保留了原文的句子顺序及语法结构。可能由于局限在原文的外在结构，译文不十分符合汉语的口语规范。而且，众所周知，奥尼尔的这部自传体大戏《进入黑夜的漫长旅程》讲述的是父亲、母亲及他们的两个儿子一家四口人的故事，那么译文后半句显然与事实不符。作为我国知名的奥尼尔研究学者之一，欧阳基此处大概应属疏漏之误吧。文中，埃德蒙和詹米是亲兄弟，二人属于同龄人，对于父亲吝啬、母亲吸毒等自然有着很多相似的感受。相比之下，乔译“我只有你一个可以说话的亲人，我不管你听了会不会恨我，我还是要说老实话”则较符合逻辑及口语规范。此例说明，翻译时局限在原文外在结构或词语表面意思是危险的，翻译戏剧尤其如此。

再有，原文最后一句是詹米对自己为什么对弟弟又爱又恨，为

---

① 尤金·奥尼尔：《长夜漫漫路迢迢》，乔志高译，四川文艺出版社，2017 年，第 157 页。

什么盼弟弟成功的同时又想千方设百计地使他倒霉的一句解释。其中，后半句，欧译和乔译基本相同；前半句，欧阳基采用直译策略，把“company”译为“陪死鬼”并无不妥。但相比之下，乔志高采取意译策略，处理为“把别人也拖下水去”更加口语化，更能表达出哥哥詹米为阻止弟弟埃德蒙成功所做的种种努力。并且，乔译还运用增译法，加入“你晓得”三个字，更能反映出詹米酒后向埃德蒙坦白自己内心世界的情景，对后面的解释部分进行强调，同时也使译文口语化效果更强。另外，原文中的“can’t help it”，欧译为“我不得不这样做”，乔译为“我是无可奈何的”。从口语化方面来讲，乔译也略胜一筹。

巴斯奈特认为，一味强调形式的危险是十分明显的，过度强调在译入语中再现原文的诗体形式常常会使译文生硬晦涩、有时甚至不知所云，这是由于译文只关注原文的形式，没能传递原作要表达的意义。[①] 比较来看，欧阳基的译文更多受限于原文结构，口语化方面稍为逊色，有时确实不太妥当。乔志高的译文突破原文结构限制，力求用地道的中国日常语言转达原文的含意，更容易为中国读者或观众所接受。译文语言的口语化功能和原文较为相似。笔者认为，假如原语文化背景能够被毫无理解困难地、自然地转达给译入语受众，那么译者当然可以考虑使用原语文化背景，采取直译的策略，保留原文的结构和意蕴；但当这种直接转达不能实现时，或结构影响意蕴时，则需要用译语文化背景代替原语文化背景，采取意译的方法，实现口语化效果。

（二）通俗化

戏剧语言应该具有通俗特征，容易被观众接受。但需要注意的是，通俗并非简单空泛。语言的通俗化特征与上文提到的口语化特征紧密相连，但又有所区别。应该说，口语化并不一定是通俗化，而通俗化则一般具有口语化特征。例如，莎士比亚戏剧具有口语化

① 龚芬：《论戏剧语言的翻译——莎剧多译本比较》，博士学位论文，上海外国语大学，2004 年，第 57 页。

特征，我国精研莎剧的王佐良曾说："莎士比亚戏剧语言艺术的成就是莎士比亚艺术的深化。这深化包括了现实化，即使戏剧语言更向口语靠拢。也包括了复杂化，原来是一个平面上进行的，现在是几个平面了；原来是一个调子的，现在是繁杂的交响乐式的复调了。"①但是莎剧的通俗化特征并不显著。这主要是由于莎剧的主人公多为王侯将相，情节也主要围绕大事件展开，人物语言自然也应该与他们"贵族""大臣""王子""国王"的身份相符。在语言上，莎剧多用素韵诗体，其诗体之肃穆不但衬托出悲剧英雄进退维谷之困境、引发观众的惶恐与敬佩，同时也突显了悲剧的崇高。关于莎剧这一语言特点，周兆祥评论道："语言的复杂程度和深度，诗境和情景的配合的自然和准确程度，都达到了极高的水平。"②

奥尼尔虽然对莎剧等传统悲剧及传统悲剧观十分熟悉，并且对古希腊和文艺复兴时期的悲剧也非常推崇；但是他认为传统悲剧多着意于重要人物或事件，与不敢面对现实的小人物无关。随着时代发展及戏剧艺术的进步，需要把"小人物"当作主人公的伟大作品。

奥尼尔一生致力于从社会的残缺、丑陋及病态中显示生活的真实面貌，使人感知到普通的人性。奥尼尔的戏剧中没有一个英雄人物，他决心要把普通人的生活搬上舞台，他要让那些"做着梦的、反省着的、受痛苦折磨的或回忆从前快乐的"小人物成为他戏剧的主人公，他要揭示他们复杂、矛盾、却真实的内心世界，他要把他们的悲剧上升到全人类的高度，以展示、探索生命背后的力量。

奥尼尔的语言特点使人物性格在流动的心灵交往过程中逐步呈现，使得"小人物"的形象更加鲜明生动。汪义群指出："美国是个幅员辽阔、多民族杂居的国家。在人们的日常口语中，方言土语的使用尤为突出。这一点在戏剧作品中就必有所反映。美国著名剧作家尤金·奥尼尔、埃尔默·莱斯、克利福德·奥岱茨、阿瑟·米勒等在他们的作品中都不同程度地运用了方言土语。由于上述原因，

---

① 王佐良：《莎剧的语言艺术》，《莎士比亚辞典》，安徽文艺出版社，1992 年，第 79-80 页。
② 周兆祥：《汉译哈姆雷特研究》，香港中文大学出版社，1981 年，第 205 页。

戏剧作品和其他体裁的文学作品相比，在语言的运用上就显得更为随便，更缺乏规范性。这种语言上的非规范现象，就构成了戏剧语言的一个特点。”“戏剧文学作品在运用方言土语、在语法结构上都有着自己的特点。而且不难看出，随着戏剧文学的发展，戏剧语言的口语化特征日益明显，土语、俚语的运用也日趋频繁。这可以说是戏剧语言发展的一个规律。纵观两千多年的欧洲戏剧史，戏剧语言的发展经历了一个由诗体——散文体——日常口语的由雅而俗的发展变化过程。”[①] 某种程度上说，这里提到的语言的“非规范性”正是指“通俗性”。奥尼尔的剧作正体现了 19 世纪戏剧语言的这一“通俗化”特征。

《进入黑夜的漫长旅程》围绕着“谁造成了现实痛苦”之主题展开，帝龙一家人彼此责怪埋怨，同时又夹杂着悔恨与内疚，交织着关心与体贴。琐碎、通俗的日常用语不仅表现出像钟摆一样来回摆动的人物心态，而且呈现了人物的心灵冲突及深层意识。奥尼尔指出：“在平庸和粗俗的深处发掘诗情画意，才是对一个人（戏剧家）的洞察能力的真正考验。”[②] 当然，以“通俗化”为特征的“普通人的普通语言”构成了奥尼尔戏剧语言的一大特色。Pulvers 认为“戏剧必须在演出的瞬间被演员和观众所共同分享。如果思维滞后情感太多，那么这一瞬间就有可能失去意义”。[③] 既然奥尼尔的剧本具有通俗化特征，那么翻译时，译者必须考虑到这一特点，对白的翻译应该尽可能保持原有的通俗易懂的特点。

下面我们就从通俗化方面比较一下欧阳基和乔志高的译文：

例 1. The sooner you kick the bucket, the less expense.[④]

---

① 汪义群：《美国现代戏剧作品中非规范语言现象初探》，《山东外语教学》1983 年 4 期，第 32 页。

② 刘海平、徐锡祥主编：《奥尼尔论戏剧》，大众文艺出版社，1999 年，第 38 页。

③ 王宁：《视角：翻译学研究》，清华大学出版社，2003 年，第 53 页。

④ Eugene O'neill: *Long day's journey into night,* New Haven & London: Yale University Press, 1989, p160.

你早一天上西天，他可以少花一天的钱。[①]

你早一天翘辫子，他可以多省一天钱。[②]

在此例中，欧阳基将“kick the bucket”翻译成“上西天”，乔志高翻译成了“翘辫子”。两种翻译都能让读者或观众瞬间明白詹米的意思，即“埃德蒙早死一天，他们的父亲就可以少付给疗养院一天的钱”。这句话表达了詹米对弟弟埃德蒙的怜爱，同时也表达了他对父亲之吝啬行为的愤怒。两位译者都采取了归化策略，做到了以俗译俗。由于翻译本身是一种跨文化行为，我国观众或读者所处的文化背景和思维模式与西方观众或读者存在明显差异，有些知识是他们没有掌握或无法理解的。“kick the bucket”若被译成“踢水桶”，观众就会疑惑不解。笔者认为，对原文俗语的处理上，采取归化策略不失为一个好办法。

例 2. “Where did you get hold of this? ”and I says, “ It’s none of your damned business, but if you must know, it’s for the lady I work for, Mrs.Tyrone, who’s sitting out in the automobile. ”[③]

“这事压根儿跟你妈的不相干，可是如果你一定要知道，这是为我的东家蒂龙太太配的，她现在就坐在外面的汽车里。”[④]

“关你屁事！不过，如果你一定要知道，这是为我的东家蒂龙太

① 尤金·奥尼尔：《进入黑夜的漫长旅程》，欧阳基译，载郭继德主编：《奥尼尔文集》第5卷，人民文学出版社，第440页。

② 尤金·奥尼尔：《长夜漫漫路迢迢》，乔志高译，四川文艺出版社，2017年，第147页。

③ Eugene O’neill: *Long day’s journey into night,* New Haven & London: Yale University Press, 1989, p105.

④ 尤金·奥尼尔：《进入黑夜的漫长旅程》，欧阳基译，载郭继德主编：《奥尼尔文集》第5卷，人民文学出版社，第393页。

太配的，她就在外边汽车上坐着。”①

例 3. She used to scold my father. She'd grumble, "You never tell me, never mind what it costs, when I buy anything! You've spoiled that girl so, I pity her husband if she ever marries. "②

她经常责骂我的父亲，埋怨说：“我去买东西的时候，你从来也没有跟我说过，不管价钱多贵！你真的把这个姑娘惯坏了。她要是结婚了，她的丈夫才倒霉呢。”③

她常常骂我父亲。她对我父亲咕哝说：“我去买东西的时候，从来也没听见你告诉我不用管价钱多贵！你真把我们这个姑娘惯坏了，谁娶了她才倒霉呢。”④

例 2 中对白的语境是女主人玛丽在和凯思琳聊天，孤独的玛丽为了让凯思琳和她聊天，刚刚赏了她一杯威士忌。此时又小心地询问凯思琳帮她买药时，药店小二有什么反应。首先，在蒂龙家做工的凯思琳自觉比药店小二身份稍高些；并且刚刚又干掉一杯威士忌的她也想在玛丽面前炫耀自己。“Where did you get hold of this”“It's none of your damned business”是女仆凯思琳与药店小二说话时用的两句较为粗俗的话。欧译为“这事压根儿跟你妈的不相干”，乔译为“关你屁事”。两种翻译也都具有通俗化特征，但由于凯思琳毕竟是女性，乔译更符合她的身份，同时也更为简洁。

例 3 中对白的语境是玛丽回忆从前的自己的父亲娇惯自己的幸

① 尤金·奥尼尔：《长夜漫漫路迢迢》，乔志高译，四川文艺出版社，2017 年，第 91 页。

② Eugene O'neill: *Long day's journey into night,* New Haven & London: Yale University Press, 1989, p116.

③ 尤金·奥尼尔：《进入黑夜的漫长旅程》，欧阳基译，载郭继德主编：《奥尼尔文集》第 5 卷，人民文学出版社，第 404 页。

④ 尤金·奥尼尔：《长夜漫漫路迢迢》，乔志高译，四川文艺出版社，2017 年，第 101-102 页。

福时光，此处是她母亲抱怨他父亲的一段话。其中，“I pity her husband if she ever marries”，欧译为“她要是结婚了，她的丈夫才倒霉呢”，乔译为“谁娶了她才倒霉呢”。相比之下，乔译依旧更通俗，更简洁。

例 4. You can choose any place you like! Never mind what it costs! Any place I can afford.Any place you like – within reason.[①]

不要管多少钱！什么地方我都供得起。去什么地方都可以——只要价钱公道合理。[②]

不用管他多少钱！什么地方我都出得起。去什么地方都可以——只要不离谱。[③]

例 5. (blinks at him) Oh, hello, Kid. (with great seriousness) I'm as drunk as a fiddler's bitch.[④]

（惊愕地看着他）哦，小弟，是你。（非常严肃地）我醉得就像个混蛋。[⑤] .

（眨一眨眼看清楚了）哦，小弟，是你。（一本正经地）我醉得像一个王八羔子。[⑥]

---

① Eugene O'neill: *Long day's journey into night,* New Haven & London: Yale University Press, 1989, p151.

② 尤金·奥尼尔:《进入黑夜的漫长旅程》，欧阳基译，载郭继德主编:《奥尼尔文集》第5卷，人民文学出版社，第 432 页。

③ 尤金·奥尼尔:《长夜漫漫路迢迢》，乔志高译，四川文艺出版社，2017 年，第 138 页。

④ Eugene O'neill: *Long day's journey into night,* New Haven & London: Yale University Press, 1989, p158.

⑤ 尤金·奥尼尔:《进入黑夜的漫长旅程》，欧阳基译，载郭继德主编:《奥尼尔文集》第5卷，人民文学出版社，第 438 页。

⑥ 尤金·奥尼尔:《长夜漫漫路迢迢》，乔志高译，四川文艺出版社，2017 年，第 145 页。

例 6. (As though he hadn't spoken.) I had waited in that ugly hotel room hour after hour.①

（好像他没有开口说话似的）那天夜里我一直在那间讨厌的旅馆房间里等着你，一个小时又一个小时地等着，你就是不回来。②

（就如同他没开口一样）那天你没回来，我一直在那间又丑又脏的旅馆房间里等着，左等也不来，右等也不来。③

例 4 中原文语境为父亲蒂龙为证明自己是爱儿子埃德蒙的，意图说明只要儿子喜欢，钱不是问题，但终究还是改变不了早期移民的困苦经历使他形成的吝啬性格。句中“within reason”就是蒂龙话语中补充的一个短语，根据语境，该短语的意思应为“合理、不太贵”之意。欧译为“只要价钱公道合理”符合句意。相比之下，乔译为“只要不离谱”则既符合语境，且更具有通俗化色彩。这句中国百姓常用的口头禅使蒂龙的形象跃然纸上。

詹米在剧中是个不务正业、吃喝嫖赌之徒，他曾多次故意加害弟弟埃德蒙，但他的人性中也包含着爱与善的一面，在他灵魂清醒时，他同样会厌恶自己。例 5 中，“as drunk as a fiddler's bitch”正是哥哥詹米深夜醉酒后踉踉跄跄地归来，见到给自己开门的弟弟时说的一句话，表现了对自己的厌恶。剧中，紧接着詹米就对埃德蒙坦白了自己所有的不齿行为，并提醒弟弟要提防自己。对于这个短语，欧译为“我醉得就像个混蛋”依旧符合句意、忠实原文，但相对而言，乔译利用归化策略，“我醉得像一个王八羔子”更能反映出詹米此时对自己的憎恶。巴斯奈特认为经过文化转换的通俗易懂的译本，

① Eugene O'neill: *Long day's journey into night,* New Haven & London: Yale University Press, 1989, p115.

② 尤金·奥尼尔：《进入黑夜的漫长旅程》，欧阳基译，载郭继德主编：《奥尼尔文集》第 5 卷，人民文学出版社，第 402 页。

③ 尤金·奥尼尔：《长夜漫漫路迢迢》，乔志高译，四川文艺出版社，2017 年，第 100 页。

更易于被译入语文化所接受。比如，莎士比亚《哈姆雷特》与母亲交谈的地方变成了当地文化常见的睡棚（sleeping hut），他与莱阿提斯比武时用的不再是剑而是当地百姓不但可以用作武器还可以用作工具的宽刃刀（machetes），而原剧中的哲人（scholar）则成为了“先知”的代名词，在译语文化中相当于巫师（witch）。①

例 6 的语境为玛丽在回忆从前在旅馆里等丈夫蒂龙的场景，此处“hour after hour”，欧译为“一个小时又一个小时地等着”属忠实于原文的正确翻译，但是略显平淡；乔译为“左等也不来，右等也不来”不但具有通俗性强，并且把玛丽当时的焦急也生动地表达出来了。

例 7. I got on my knees and prayed that nothing had happened to you and then they brought you up and left you outside the door.②

我急得跪下来求天老爷，不要有什么大祸降到你身上——随后就是他们把你送回来，丢在房门口。③

我急得跪下来祷告上帝不要让什么东西伤害你——随后就是他们把你送回来，丢在旅馆房间的门口。④

此例中，原文中的“prayed”具有祷告、祈祷的含义，人们面对危险或困难时寻求上苍的帮助，是中西方文化中均存在并且常见的一种文化现象。在这一文化意象的处理上，欧译文为“跪下来求天老爷”却进行了归化处理，较之乔译文的“祷告上帝”更加口语化。

---

① 参见龚芬：《论戏剧语言的翻译——莎剧多译本比较》，博士学位论文，上海外国语大学，2004 年，第 48 页。

② Eugene O'neill: *Long day's journey into night,* New Haven & London: Yale University Press, 1989, p115.

③ 尤金·奥尼尔：《进入黑夜的漫长旅程》，欧阳基译，载郭继德主编：《奥尼尔文集》第 5 卷，人民文学出版社，第 402 页。

④ 尤金·奥尼尔：《长夜漫漫路迢迢》，乔志高译，四川文艺出版社，2017 年，第 101 页。

乔志高在译本序中写道:“我不是戏剧家,只能在文字圈中打滚。话剧原是对话组成的故事。虽然奥尼尔在剧本里有详细的‘舞台指示’——换到舞台和银幕上时，导演都很忠实地遵照作者的指示，并不擅改，可是翻译成中文，怎样处理对白，有时极其冗长而又时时重复的语句,仍然是最大的问题。我的做法是逐字逐句地翻出来,不过同时也要像中国话、像口语，而不仅是把字义译对就可以了。”“这次，我并不故意把沪白放到‘长’剧人物口中，可是我也不认为美东康涅狄格州新伦敦市这家爱尔兰人应当说一口的‘京片子’。所以，我用的只可以算是‘普通话’：以普通话为主，但杂七杂八、兼收并蓄，希望一般读者都能懂的普通话。”整体来看，乔译文确实更具有口语化和通俗性特征。

正如乔志高所说：“文学的翻译，在语言修辞的大前提下，是见仁见智、各有千秋的事。”[①] 欧译文多采取直译策略，忠实度较高；乔译文采取意译策略，译者个人发挥的空间较大。但由于翻译过程的艰辛与复杂，有时译者也并不完全坚守一种翻译策略。笔者认为，基于奥尼尔戏剧语言的通俗性特征，译者要善于发现和把握生活的语言，注意使对白尽量符合汉语文化的口语规范，尽可能使用与汉语语言习惯相符合的简单的结构、简短的句子。涉及一些俚语或辱骂的话语的翻译时，还要注意进行必要的调整——这些话语假如不进行调整、直接翻译成汉语，则很可能使译入语读者或观众产生不适感。巴斯奈特认为戏剧翻译更应关注读者或者是观众的文化背景对其接受度的影响，追求译入语剧本和原语剧本的文化等值，主张用译语文化来归化原语文化。[②] 采用为中国读者所熟知及喜闻乐见的语言，才能将符合人物身份的通俗化语言翻译过来，使译文在译入语中与原文在原语中功能趋于一致。

---

① 黄维樑:《一言难尽乔志高——纪念一位“二级前列”作家》,《东方翻译》2012 年第 3 期，第 65 页。

② 龚芬:《论戏剧语言的翻译——莎剧多译本比较》，博士学位论文，上海外国语大学，2004 年，第 40 页。

(三) 节奏感

语言的语调、语气、节奏等因素在舞台表演时显得非常重要。优秀的戏剧语言听起来应该是富有韵律的，带有节奏感的，戏剧对话的台词应该在被演员朗诵出来的那一刻获得最完美的戏剧效果。老舍曾对戏剧语言提出了很高的要求，强调戏剧语言应有音乐性。他指出，“话剧中的对话是要拿到舞台上，通过演员的口，送到听众的耳中去的。由口到耳，必涉及语言的音乐性。……我们（应）将文字的意、形、音三者联合运用，一齐考虑……把语言的潜力都挖掘出来，听候使用。这样，文字才能既有意思，又有响声，还有光彩”。①

带有节奏感的语言不但能使演出取得成功，又能愉悦观众，唤起听者的同情。但是，要求我们的译者在完全不同的两种语言符号之间成功地进行音、形、意的转换，往往是十分困难的。在《进入黑夜的漫长旅程》两个汉译本中，两位译者都进行了积极的努力和尝试。

例 1. (Uneasy now- changing the subject) I thought lunch was ready. I’m hungry as a hunter. Where is your mother? ②

（这时也不自在起来，改换话题）该开饭了，我饿得就像饿狼一样。你妈呢？③

（有点不自在起来——改换话题）不是说开饭了吗？我饿得像饿狼似的。你妈呢？④

---

① 老舍：《出口成章》，作家出版社，1964 年，第 48-49 页。

② Eugene O’neill: *Long day’s journey into night,* New Haven & London: Yale University Press, 1989, p69.

③ 尤金·奥尼尔：《进入黑夜的漫长旅程》，欧阳基译，载郭继德主编：《奥尼尔文集》第 5 卷，人民文学出版社，第 365 页。

④ 尤金·奥尼尔：《长夜漫漫路迢迢》，乔志高译，四川文艺出版社，2017 年，第 56 页。

此例中，“hungry as a hunter”形容人非常饥饿，hungry 与 hunter 压头韵。两位译者的译文处理得都很巧妙，运用汉语中的“饿狼”一词替换原语中的猎人，译文“饿得”与“饿狼”两词的首音相同，构成押韵，译文读来节奏感强。但由于英汉两种语言的差异，想要音形义同时达到理想效果，并非易事。

例 2. (Shrugging his shoulders.) You won’t be singing a song yourself soon.①

（耸一耸肩）您过一会儿自己也会不高兴的。②

（耸了耸肩）等一会儿你也不见得会高兴的。③

例 2 中，第一句，原文短短的一句对白中，singing、song、yourself、soon 四个词中都不仅都含有【s】这个辅音，并且 singing、song 与 soon 三个词中首音均为【s】，压头韵。英语原文极富音乐感和节奏性。欧阳基和乔志高都注意到了这一特点，并进行了巧妙的处理。用“一会儿”翻译“soon”，并在把“sing a song”翻译成“高兴”后又加上一个“会”。两译文中，“一会儿”与“会”构成“音”同的效果，虽然原文中四词“音同”的效果还是有所损失，但两位译者的思考和成绩是不可否认的。正如乔志高所言：“Translation in nature is a second best thing，so flaws cannot be avoided.”④（翻译本属二类，瑕疵无可避免）。

例 3. (He pours his own drink and passes the bottle to Jamie,

---

① Eugene O’neill: *Long day’s journey into night,* New Haven & London: Yale University Press, 1989, p69.

② 尤金・奥尼尔：《进入黑夜的漫长旅程》，欧阳基译，载郭继德主编：《奥尼尔文集》第 5 卷，人民文学出版社，第 365 页。

③ 尤金・奥尼尔：《长夜漫漫路迢迢》，乔志高译，四川文艺出版社，2017 年，第 56 页。

④ 高克毅：《吐露集》，时报文化，1981，第 309 页。

grumbling.)

It'd be a waste of breath mentioning moderation to you.[①]

(他自己倒了一杯,又把酒瓶递给詹米,嘴里咕哝着)告诉你"酌量",那是白费口舌。[②]

(他自己斟了一杯,然后把酒瓶递给杰米,嘴里咕哝着)告诉你一百遍"少少地"都是白费口舌。[③]

此例中,原文"mentioning"与"moderation"两词相连,首字母不但形同并且音同,读起来富有音乐感。父亲表达了多少次提醒詹米"少喝"但都无济于事这一事实的不满。欧译文中,原文这一特征没能转达。相比之下,乔译文"一百遍"中"百"字与"白费口舌"中"白"两字音相近,形亦相近。读来较为上口,实属难得。

例 4. (She comes to him) You want to be petted and spoiled and made a fuss over, isn't that it? You are still such a baby.[④]

(走到了他面前)你就是要人家宠你,惯你,婆婆妈妈地体贴你,是不是?你还是这样的一个小宝宝啊。[⑤]

(走到他面前)你就是要人疼你、惯你、宝贝你,是不是?你还

---

① Eugene O'neill: *Long day's journey into night,* New Haven & London: Yale University Press, 1989, p68.

② 尤金·奥尼尔:《进入黑夜的漫长旅程》,欧阳基译,载郭继德主编:《奥尼尔文集》第5卷,人民文学出版社,第364页。

③ 尤金·奥尼尔:《长夜漫漫路迢迢》,乔志高译,四川文艺出版社,2017年,第56页。

④ Eugene O'neill: *Long day's journey into night,* New Haven & London: Yale University Press, 1989, p93.

⑤ 尤金·奥尼尔:《进入黑夜的漫长旅程》,欧阳基译,载郭继德主编:《奥尼尔文集》第5卷,人民文学出版社,第384页。

是一个大孩子。[①]

此例中，原文“petted”与“spoiled”的最后一个音节有相同的元音和辅音，形成押韵，节奏感强。两位译者都注意到了原文的特征，在译文中进行了尝试，两译文都富有一定的节奏感。但在汉语中，“婆婆妈妈”含有贬义色彩，相比之下，欧译文稍显不当。此外，“such a baby”直译为“一个小宝宝”，也让人莫名其妙。乔译文“大孩子”用得却十分恰当，表现出玛丽对埃德蒙的疼爱之情。

例 5. She’ll expect him to give her the moon. She’ll never make a good wife.[②]

她会要他连月亮也买下来。她绝不会是个贤妻良母。[③]

她会问他要这个要那个，连月亮都要。她不会安分守己地做一个贤妻良母的。[④]

此处，玛丽在回忆她从前在家时被父亲娇惯，父亲因此而常遭受母亲抱怨的场景，上述句子正是母亲说的话。欧译基本保留原文结构，多少缺些韵味；乔译把原文第一句的结构打破，译为“她会问他要这个要那个，连月亮都要”。译文中，“这个”与“那个”相对，同时三个“要”连续出现、形成押韵。乔译文较原文节奏感强，使玛丽婚后任性地问丈夫要这要那的场景活灵活现，表现出玛丽母亲对父亲的抱怨口气。相比之下，乔译文更能深入读者之脑，契合

---

① 尤金·奥尼尔：《长夜漫漫路迢迢》，乔志高译，四川文艺出版社，2017 年，第 78 页。

② Eugene O’neill: *Long day’s journey into night,* New Haven & London: Yale University Press, 1989, p116.

③ 尤金·奥尼尔：《进入黑夜的漫长旅程》，欧阳基译，载郭继德主编：《奥尼尔文集》第 5 卷，人民文学出版社，第 404 页。

④ 尤金·奥尼尔：《长夜漫漫路迢迢》，乔志高译，四川文艺出版社，2017 年，第 101-102 页。

读者心灵。

例 6. What I wanted to say is, I'd like to see you become the greatest success in the world.①

我想要跟你说的是，我希望看到你成为世界上最有成就的人。②

我要告诉你的是：我希望你上进、出头，在世界上做一番轰轰烈烈的事。③

此处是哥哥詹米对弟弟埃德蒙说的一句话，欧阳基采取直译的策略，忠实地转达了原文之意。乔译文采取意译策略，把"become the greatest success in the world"译为"上进、出头，在世界上做一番轰轰烈烈的事"，译文简单、明快、节奏感强。相比之下，无论从内容还是形式上来说，欧译文更忠实原文，但乔译文依旧采取了意译策略，译文较原文更富节奏感。

可见，戏剧翻译中，对于原文节奏感特征的翻译较之口语性、通俗性等特征来说，对译者提出了更高的要求。从上述诸例中可见，两位译者都注意到了原文的节奏感特征，并进行了大胆尝试；但由于英汉两种语言的巨大差异，要完全转达出原文中的节奏感，有时实属不易。关于奥尼尔戏剧节奏感之不可译性，奥尼尔本人在论述《毛猿》时曾提及："它是永远不可能真正被翻译的。翻译后肯定会失去它最重要的特点：绚丽多彩的对白节奏和语言的动态活力。它在情感上的含义和重要性是法国人头脑在一百万年中也难以理解的。法国戏剧从脖子开始往下都已死去，而这对于戏剧说来就意味

① Eugene O'neill: *Long day's journey into night,* New Haven & London: Yale University Press, 1989, p169.

② 尤金·奥尼尔：《进入黑夜的漫长旅程》，欧阳基译，载郭继德主编：《奥尼尔文集》第5卷，人民文学出版社，第449页。

③ 尤金·奥尼尔：《长夜漫漫路迢迢》，乔志高译，四川文艺出版社，2017年，第157页。

着全部死去，不是吗？”①

巴斯奈特曾强调，两个西方国家之间的戏剧翻译有可能实现文本的潜台词等的成功转换，然而，中西国家之间，要达到这种理想的境界是不可能的。那么如何翻译，才能让译文本与原文本拥有相同的功能呢？笔者认为，这种等值可以理解为整体等值。例 5、例 6 中乔志高带有节奏感的翻译可以为戏剧翻译提供一个启示，尽管有些原文的节奏感无法成功转达，但译者可以在可行的情况下把原来并无节奏感的对白译得更富节奏感，使原文的节奏感在译文中从整体上得以补偿。

（四）文化元素

苏珊·巴斯奈特和安德烈·勒菲弗尔（Andre Lefevere）合编的《翻译、历史与文化》（*Translation, History and Culture*）出版，正式提出翻译研究中的“文化转向”（culture turn）问题。“翻译研究摆脱了译作与原作二元对立的封闭、静态的体系，进入了语境、历史和文化等宏观动态的境地，探讨影响整个翻译过程的操控因素。”② 对于文化元素的翻译，巴斯奈特有一条十分重要的翻译原则：翻译绝不是一个纯语言的行为，它深深根植于语言所处的文化之中。巴斯奈特认为，翻译就是文化内部和文化之间的交流。③

关于文化元素的翻译，巴斯奈特提倡在绝对的异化和归化之间达成一种平衡。巴斯奈特认为在戏剧翻译中总是需要一定程度的文化调整，她本人更推崇多文化层面的戏剧翻译，这样才可以避免完全的归化，或者是采用异化手段翻译出艰涩拗口的译文。“译者的角色是把握文化间的有限的空间，推动不同的戏剧体系之间的交流和接触。”④

---

① 参见刘海平：《奥尼尔论戏剧》，载郭继德《奥尼尔文集》第 6 卷，人民文学出版社，2006，第 327 页。

② 孙致礼：《新编英汉翻译教程》，上海外语教育出版社，2004 年，第 121 页。

③ Bassnett Susan and Lefevere Andre: *Translation, History and Culture,* Pinter Publisher, London and New York, 1990, p8.

④ Bassnett Susan: *Still Trapped in the Ladyrinth: Further Reflections on Translation and Theatre* 1998, p106.

不同文化之间的生活态度、风俗习惯常常存在明显的差别。因为翻译是以民族为中心的，所以在原语和译语这组紧张的对立关系中，译语常常占据着支配地位。当文学作品里包含地域文化色彩浓重的风俗习惯或概念时，译者需要适当地进行一些调整或者是补偿。戏剧作品也常常会包含一些特殊的原语文化，那么，如何翻译那些具有独特的原语文化特征的词汇、习语和句子呢？原语剧本的文化背景可以在多大程度上被转达是需要戏剧译者在翻译时仔细思考的。

有学者提出："戏剧作品的译者又不同于其他文学作品的译者，诗歌、散文、小说的译者可以采用文内解释或是文外加注的方法来向译语读者说明某些特定的文化概念，而戏剧作品的舞台性和瞬间性决定了可供剧本译者选择的补偿手段是有限的。为了使身处译语文化背景的观众在欣赏译语戏剧时能够获得和身处原语文化背景的观众同样的感受，译者可能不得不将剧本从原语文化环境移植到译语文化环境，对原语文化背景做一些归化处理。……即将原语文化背景转化为译语文化背景。"[①] 意思是说，戏剧的"舞台性"决定了戏剧的"无注性"。因此，普遍认为，在涉及与文化元素有关的问题时，戏剧翻译比其他类型文本的翻译受到更多的限制。

诚然，传统舞台上演员的台词一般是没有注释的，观众们观看演出，出自演员之口的台词直接进入观众耳中。巴斯奈特认为戏剧翻译并不一定都要服务于舞台。Marco 指出巴斯奈特对戏剧翻译的分类依据了三套标准[②]，正是翻译家在翻译实践中可以参考的。a. 翻译目的——译作是用于阅读还是用于演出；b. 原语文化背景的保留程度——直译还是意译；c. 语言表达的载体——散文体还是诗歌体。事实上，两位译者翻译时也并没有坚守基于舞台的"无注性"要求，而是根据实际需要进行处理。

下面就来比较一下两位译者的译文，进而对戏剧翻译中文化元

---

① 龚芬：《论戏剧语言的翻译——莎剧多译本比较》，博士学位论文，上海外国语大学，2004 年，第 60 页。

② 王宁：《视角：翻译学研究》，清华大学出版社，2003 年，第 55 页。

素的处理方法加以探讨。

例 1. My poor mother washed and scrubbed for the Yanks by the day...[①]

可怜我母亲整天到美国佬家擦擦洗洗当帮工……[②]

可怜我母亲一天到晚到“花旗”人家帮工、洗衣服、刷地板……[③]（文下注：花旗，用以译“Yanks”，此词普遍系美国南方人指“北佬”之称，也泛指美国人或新英格兰地区的居民。）

此例中，语境是父亲蒂龙在回忆母亲在美国佬家当帮工的一句话，对原文中“Yanks”这一文化意象，两位译者的处理办法不同。欧译文直接用“美国佬”代替原文中的采取文下加注的方式；乔译文则运用异化的策略把“Yanks”翻译成“花旗”，并采取文下注视的方式进行解释。相比来说，欧译文较简洁，符合舞台需要；而乔译文更符合读者需要，有助于读者了解“Yanks”在原语中的文化色彩。

例 2. (Then with a pathetic attempt at heartibess) What do you say to a game or two of Casino, lad? [④]

（忧伤地叹了一口气）可不是。孩子，我们玩一两把“赌场”牌

① Eugene O'neill: *Long day's journey into night,* New Haven & London: Yale University Press, 1989, p151.

② 尤金·奥尼尔：《进入黑夜的漫长旅程》，欧阳基译，载郭继德主编：《奥尼尔文集》第 5 卷，人民文学出版社，第 431 页。

③ 尤金·奥尼尔：《长夜漫漫路迢迢》，乔志高译，四川文艺出版社，2017 年，第 137 页。

④ Eugene O'neill: *Long day's journey into night,* New Haven & London: Yale University Press, 1989, p140.

戏怎么样？[①]

（文下有注："赌场"牌戏是一种两人玩的牌戏。）

（悲哀地长叹）唉，可不是。咱玩一两把卡西诺，怎么样，我的儿子？[②]

[文下有注："卡西诺"(Casino)，字义"赌场"，一种可以由两人玩的纸牌游戏。]

此例中，"Casino"这一文化意象，两位译者都采用了文下加注的方式，但却稍有不同。乔译文运用"音译法"，把"Casino"翻译成"卡西诺"，然后采用文下注进行了解释说明；欧译文先是在对白中用"赌场"替代了"Casino"，然后可能担心读者或演员会感到莫名其妙，又在文下加了注释。相比之下，乔译文的注释更为清晰明了。此例也可看出，"无注性"在翻译实践中很多时候并不可行。笔者认为，当戏剧翻译不直接以舞台为目的时，大可以采取文下加注的方式进行翻译，也好使读者或演员更好地把握原剧本，而在真正演出时，做出必要的调整或改编。乔志高在译本序中写道："借用严复的一句老话'我罪我知，是存明哲'。至于万一有人要根据这个译本把奥尼尔这出戏搬上中文话剧舞台，那么有什么修正词句、改换语气的地方，就在乎他们了。"[③]

例 3. (He quotes，using his fine voice) We are such stuff as dreams are made on，and our little life is rounded with a sleep.[④]

（运用他那优美的声音，吟诵莎士比亚诗句）做人就如同做一场

① 尤金·奥尼尔：《进入黑夜的漫长旅程》，欧阳基译，载郭继德主编：《奥尼尔文集》第5卷，人民文学出版社，第422页。

② 尤金·奥尼尔：《长夜漫漫路迢迢》，乔志高译，四川文艺出版社，2017年，第126页。

③ 尤金·奥尼尔：《长夜漫漫路迢迢》，乔志高译，四川文艺出版社，2017年，第23页。

④ Eugene O'neill: *Long day's journey into night,* New Haven & London: Yale University Press, 1989, p134.

梦，而我们渺小的一生就是结束在睡眠之中。[①]

（文下注：引自莎士比亚剧本第四幕第一场）

（他用他那洪亮的声音朗诵了两句）做人就如同做一场梦，而我们渺小的一生就是结束在睡眠之中。[②]

（文下注：引自莎士比亚剧本第四幕第一场）

此例中，对于莎士比亚诗句的翻译，两位译者都采用了文下注的方法。奥尼尔戏剧中经常包含一些莎士比亚的诗句。尽管文化移植比其他的翻译模式更适合于戏剧翻译，但笔者认为假如把这些诗句直接替换为李白、苏轼或是关汉卿的诗句或对白，是滑稽可笑的。由于戏剧翻译的特殊性，译文内容与原文一致的重要性相比于形式对等更加突出。但是，这也并不意味着只顾内容而完全放弃形式。在文化元素的处理上，两位译者并没有局限于“舞台性”的要求，而是从戏剧的文学性出发采取了“文下加注”的处理办法。“无注性”一定程度上会造成异国色彩的流失，随着时代的进步，戏剧翻译“无注性”要求逐渐适当淡化。一方面随着人们受教育层次的提高，了解西方文化经典的人日益增多；另一方面随着科学技术的发展，舞台演出的同时配有电子显示屏显示注释已经是十分简单的事情。

最后，一部经典剧作的语言常常含蓄隽永、意蕴深刻。戏剧台词对于人物内心世界的揭示常常有所保留，并非让人一览无余。奥尼尔《进入黑夜的漫长旅程》的对白还具有含蓄性特征。仅第 48 页中爱德蒙与玛丽的一段对话中就出现了四个破折号。原句如下：“But I see what you thought. That was when—” “Jamie was pretending to be asleep, too, and I'm sure, and I suppose your father—” “oh, I can't bear it, Edmund, when even you—!” “Mama ! Don't say that! That's the way you talk when—”。剧中人物欲言又止，话里有话，深刻含蓄的人物

① 尤金·奥尼尔：《进入黑夜的漫长旅程》，欧阳基译，载郭继德主编：《奥尼尔文集》第 5 卷，人民文学出版社，第 417 页。

② 尤金·奥尼尔：《长夜漫漫路迢迢》，乔志高译，四川文艺出版社，2017 年，第 119 页。

对白常常能够引发思考。奥尼尔戏剧对白蕴含的特征是极其丰富的，笔者不再一一对两译本进行比较。

综上所述，在对白翻译中，相对来说，乔志高采取意译策略，在口语化、通俗化、节奏感等方面来讲更胜一筹；欧阳基采取直译策略，有时不免受到结构限制，在原文诸特征方面的转达上稍显逊色。事实上，翻译中的文化操纵主要通过翻译行为的实施者——译者起作用，比如《进入黑夜的漫长旅程》描写了1910到1920年间的美国社会生活，相对于欧阳基来说，长期旅居美国的乔志高对那个时期的美国社会更为了解，翻译起来自然更加得心应手。

第四章　奥尼尔戏剧改编研究

歌德说："我愈来愈相信，诗是人类的共同财产……碰到好的作品，只要他还有可取之处，就把它吸收过来。"[①] 那么如何吸收奥尼尔呢？仅仅靠翻译一种形式是不够的。洪深也曾经指出："译剧乃甚难之事，往往有此国之风俗，习惯，行事，心理，断非他国人所能领悟了解者。勉强译出，观众仍然莫名其妙。倘专备考察研究之用，丝毫不顾失真者，则宜多下注脚，多加说明。然此法不能行之舞台上。不得已求其次，则欧美有改译之例。"[②] 傅斯年也曾主张"改译"——适合国情的改编翻译。傅斯年在《戏剧改良各面观》中写道："在中国排演直译的西洋戏剧，看的人不知所云，岂不糟了。……直译的剧本不能适宜，变化形式，存留精神的改造本，却是大好。"[③] 焦菊隐也曾指出："若要谈到戏剧，要搬到中国舞台上来演的，我便极端主张改译。改译于中国戏剧的前途实在是有绝大帮助的。"[④] 尽管焦菊隐在翻译上主张异化以便保持原作风味，但是在戏剧方面，他却坚持改编（改译）。

有学者指出："基于奥尼尔的地位及影响，奥剧改编一直是一个颇为值得注意的中西文化交流现象。"[⑤]奥尼尔这枝"带刺"的玫瑰如何融入我国的社会语境呢？事实上，我们的引进和吸收虽然以翻译为起点，但是在翻译之后还存在一个由改编（改译）构成的状态。

---

① 爱克曼：《歌德谈话录》，朱光潜译，人民文学出版社，1982 年，第 113-114 页。

②《剧本丛刊・序录》（一），商务印书馆，1925 年，第 II 页。

③ 傅斯年：《戏剧改良各面观》，《新青年》第 5 卷第 4 期，第 338 页。

④《现代短剧译丛・译序》，《焦菊隐文集（五）》，文化艺术出版社，2005 年，第 IV 页。

⑤ 那艳武、温亚楠：《"和合"视域下——评马彦祥〈还乡〉之改编》，《戏剧文学》2020 年第 6 期，第 102 页。

话剧作为中国现代戏剧的主要形式，本是受了“外力”的推动而产生的。如果没有把外来影响与中国现实和古老传统相结合，西方戏剧可能根本不会引起国人的广泛注意。改编（改译）不同于严格意义上的翻译，在这个过程中，原剧本只作为原材料，任由改编（改译）者根据接受端语境的需要对其进行加工、改造。笔者认为，戏剧的跨文化改编（改译）正是乐黛云先生所指出的“创造的变形”[①]的一种最明显的表现形式。

关于改编和改译，2015 年胡斌在《中国现代戏剧跨文化改编研究》中做了较为详细的考证，引文如下：

> 1924 年洪深曾指出，“改译云者，乃取不易强译之事实，更改之为观众习知易解之事实也”改译仅是中国现代戏剧初创时期过渡性的产物。中国对西方戏剧的改译是在晚清译述风尚影响下开始的，这时的改译其实是对陌生的西方戏剧文学隔膜的一种表现，他们以“中体西用”的方式，试图将其拉入自己习见的传统文学的轨道，这就需要译者作高度归化的处理。……“改编”在《现代汉语词典》第 6 版中有两种解释：其一，“根据原著重写（体裁往往与原著不同）”；其二，“改变原来的编制（多指军队）”。第二种解释无关乎文学，显然，我们这里的“改编”取的是第一种解释，即“重写”。……荷兰学者杜威·佛克马（Douwe Fokkema）曾将重写作如下定义：“所谓重写（rewriting）并不是什么新时尚。这就是复述与变更。它复述早期的某个传统典型或者主题（或故事），那都是以前的作家们处理过的题材，只不过其中也暗含着某些变化的元素——比如删削，添加，变更——这是使得新文本之为独立的创作，并区别于‘前文本’（pretext）或‘潜文本’（hypotext）的保证。重写一般比潜文本的复制要复杂一点，任何重写都必须在主题上具

① 乐黛云：《比较文学与中国现代文学》，北京大学出版社，1987 年，第 46 页。

有创新性。”[①]

文中，胡斌倾向于把改编和改译加以区分，他认为“改编”不同于“改译”，改编应该是一种在主题上有创新性的重写。[②]但是更多学者倾向于把改译和改编放到一起进行阐释，如王建开指出，所谓改编（也称改译），就是从接受者的文化背景、思维习惯及实际需要出发，把原著中明显带有异国文化特色的人物称谓、结构脉络等相应地替换成中国百姓所熟悉的。[③] 笔者认为，就奥尼尔戏剧这一个案来说，无论改译和改编，二者都是为拉近原剧与中国观众的距离而对原剧进行本土化处理的一种方式，从手段到原因存在太多交叉之处，这是由二者的诸多共性决定的。也正因为此，以往与戏剧本土化相关的论述也几乎都把二者放到了一起。故而，笔者在此亦把他们归为一章进行论述。

中国话剧的跨文化改编之路开始得很早。20 世纪初西风东渐时，戏剧界的跨文化戏剧实践已揭开中国“新剧”运动的帷幕。中国新型话剧的第一个剧本《黑奴吁天录》是由曾孝谷先生根据美国女作家斯托夫人的小说中译本《黑奴吁天录》改编而成的。余上沅说：“在一个戏剧复兴的时期起首，改译剧本尤其的多。……改译本虽无永远存在的价值。但在便于初学者用作模型方面，在便于观众容易了解方面，它却有它的相当价值。”[④] 在中国现代戏剧的诞生过程中，改编（改译）剧的作用同样是不可替代的，它促进了中国古典戏曲向现代话剧的转型及变革。

到了 20 世纪，英国的戏剧已由复兴运动进入全盛时代。美国新剧的发展却晚了十来年。当戏剧家费淇（Clyde Fitch）于 1909 年逝世时，美国的戏剧如果按水平来讲，不过相当于 1895 年英国戏剧家皮那罗（Pinero）鼎盛时期的作品。费淇死后，美国的新剧运动便遇

---

① 胡斌：《中国现代戏剧跨文化改编研究》，人民出版社，2015 年，第 10 页。

② 胡斌：《中国现代戏剧跨文化改编研究》，人民出版社，2015 年，第 10 页。

③ 王建开：《五四以来我国英美文学译介史》，上海外语教育出版社，2003 年，第 16 页。

④ 余上沅：《论改译 · 戏剧论集》，北新书局，1927 年，第 42 页。

阻碍。原因为何？巩思文介绍道："好莱坞（Hollywood）的电影事业发达了。……产出的电影片很能投合观众的心理。剧院的经理只知营利，哪里还肯冒险，费去许多金钱，表演少数人所能欣赏的戏剧呢？但是从事新剧运动的人总不甘心；……将外国新剧运动的方法，搬到美国去。他们首先建立实验，自由的剧院，脱离商家剧院的羁绊。……他们能放开胆量，尽量排演新晋剧作家的作品。此外，小剧院，艺术剧院等对于新剧的编制和排演的技术上都有极大贡献。在这种情况下，美国当代最伟大的戏剧家便应运而出。"[①] 作为西方现代戏剧之父，奥尼尔戏剧的改编在中国戏剧改编史及创作史上都有着十分重要的意义。涉及的剧本主要有《琼斯皇》《天边外》《榆树下的欲望》《哀悼》《休伊》《马可万百》《进入黑夜的漫长旅程》等。其中，《天边外》《榆树下的欲望》等还出现了多版本改编的现象。我国剧作家对奥尼尔戏剧的改编形式亦较为灵活，包含话剧、戏曲、造型剧等多种样式。对奥尼尔的改编活动并不是仅属于某个特殊历史时期转瞬即逝的现象，而是贯穿整个现代戏剧史，浸透现代话剧的各个历史时期。

戏剧跨文化改编实际上正是把一种文化背景下的语言信息等转换成另一种文化背景下的语言信息的过程。尤金·奈达（Engene A.Nida）将语言中的文化因素分为五类：（1）生态学（Ecology），（2）物质文化（Material Culture），（3）社会文化（Social Culture），（4）宗教文化（Religious Culture），（5）语言文化（Linguistic Culture）。[②] 总体来讲，文化分为表层和深层两个层面。在跨文化交际中，表层文化只涉及文化的物质方面，交流比较容易进行。深层文化因涉及价值标准、心理习惯、观念定势等精神生活方面，沟通和交流则很困难。

事实上，现当代剧作家们的每一次改编背后都怀有一定的动机，笔者将通过对原著和改编本的对比阅读，呈现改编本和原著的区别

① 巩思文：《奥尼尔及其戏剧》，《人生与文学》1935 年第 1 卷第 5 期。

② 邵志洪：《汉英对比翻译导论》，华东理工大学出版社，2005 年，第 273 页。

和联系，再结合改编时的社会环境、戏剧潮流，以及作家自身的文艺观、个人情感等因素来综合探讨，以期揭示改编行为背后的潜在秘密。此处将重点论述的改编剧，主要是指中国剧作家以话剧或戏曲形式把奥尼尔的原剧本（包括英文的和已有的中译本）的时间、地点、人物、情节、主旨进行全部或部分中国化改编而成的剧本。

第一节　《归途迢迢》之话剧改编

奥尼尔1914年1月曾向克莱顿·汉密尔顿请教独幕剧的写法，当时汉密尔顿先生回答说："把你知道的有关海洋和当水手的那些人写下来。这些在小说里写了，在短篇故事中也写了，在戏剧里却没有写过。要注意生活——注意你曾亲眼目睹的生活，而其余的都无所谓。"[①] 《归途迢迢》（*Long Voyage Home*）创作于1917，正是奥尼尔早期创作的一部以海洋为题材的独幕剧。该剧讲述了一家下等酒店的老板乔和人贩子尼克怎样伙同女招待梅格等对英国"戈仑凯恩"号水手谋财害命，致水手归家无望的故事。该剧以奥尼尔早年的水手经历为依托，读来让人灵魂震颤，充满了对生活在底层的水手和酒店女招待的同情及对乔和尼克之劣行的憎恶。

马彦祥《还乡》改译自奥尼尔《归途迢迢》。当时我国正处于民国中期，政府腐败无能，社会秩序混乱，老百姓生活在水深火热之中。马彦祥曾在《戏剧讲座》中写道："描写劳资冲突的戏剧多少要比描写夫妇的冲突的戏剧有意义一点，伟大一点。""在诸类艺术中，戏剧是最复杂的表现形式，并且也是最贴近现实人生，最让人感到真实感情的，所以，较之其他的艺术，如诗歌、音乐等，更具有时代性，与时代联系更为密切。……戏剧家必然也是属于时代的，应该把握住时代的核心，喊出时代的疾苦。"[②]

---

① 克罗斯韦尔·鲍恩：《尤金·奥尼尔传》，陈渊译，浙江文艺出版社，1988年，第78页。

② 参见马彦祥：《戏剧讲座》，商务印书馆，1936年，第12-14页。

虽然西方当时最盛行的是现代主义，但是现实主义戏剧观在中国却展示出持久的生命力。中国戏剧要与世界潮流呼应，但却必须与中国历史保持同步，在当时的中国，社会急需的是充满“血和泪”“写实的”文学。陈白尘指出：“戏剧‘小舞台’只有反映并推动着历史‘大舞台’上的生活和斗争，只有不断地向人民提供新的丰富的精神食粮，它才能取得合理存在的社会价值，并为自己开辟前进的道路。”① 郑振铎也曾指出：“因为在现在的丑恶黑暗的环境中，艺术是应该负一部分制造光明的责任的。戏剧感人的力量尤深，这种责任也更大。”② 时代的觉醒必然要求与之相符合的审美意识。《归途迢迢》属于现实主义作品，从主题来讲，很符合当时国人的口味，很容易引起善良的中国人的共鸣。这大概是马彦祥选择此剧的原因。

一、马彦祥

马彦祥，1907 年出生于上海，其父亲马衡是我国近代考古学的领军人物，北京大学教授，故宫博物院院长，其母亲叶薇卿是中国近代买办资本家叶澄衷之女。1925 年创立的复旦剧社在当时上海的学校剧团中颇有影响，马彦祥是该社骨干成员之一。在复旦剧社演戏过程中，他得到洪深的悉心指导，戏剧造诣得到很大提升。1928 年 10 月，“上海戏剧运动协会”成立，田汉和洪深、马彦祥等被推举为执行委员，他们一起充满信心地宣告他们将继《新青年》等先驱的卓越工作之后，脚踏实地地真正开展戏剧运动。改编者既是原作的读者又是新作的作者，在作为二次创作的整个改编过程中，总是以对原作的“读”为起点而以对新作的“作”为终点。在此过程中，“读”是“作”的前提，“作”是“读”的结果，两者兼具才是完整的改编，缺一不可。如此，当我们从创作本体出发，将《还乡》改编作为对象进行研究时，就必须首先对马彦祥的成长背景及戏剧理论进行分析。马彦祥是中国传统文化孕育出的一枝戏剧奇葩。有

① 陈白尘、董健主编：《中国现代戏剧史稿（1899—1949）》，中国戏剧出版社，2008 年，第 4 页。

② 郑振铎：《光明运动的开始》，《戏剧》1921 年第 1 卷第 3 期。

学者写道："马彦祥集剧作家、翻译家、理论家和活动家于一身。他不但通晓戏剧理论，还著有戏剧史；不但精通传统地方戏，还熟知现代西方戏剧；不但能从事戏剧创作，还改编（改译）了多部外国戏剧。马彦祥根据奥尼尔《归途迢迢》改编的《还乡》，1932 年 10 月载于《新月》杂志。严格意义上讲，马彦祥应该是奥尼尔在中国最早的改编者。"[①] 田本相写道："马彦祥在其理论著作《戏剧讲座》中，引用了亚里士多德在《诗学》中论悲剧的观点来说明戏剧的'文学性'。他根据托尔斯泰的《什么是艺术》的观点，指出：戏剧'重在渲染情感，表现情感，它的任务即在如何地能把自己错杂的情感传达给别人'。他又以黑格尔在《美学》中的观点指出，戏剧的表现法，是语言叙事诗与抒情诗的表现法，而另外创出一种新的体裁，就是把人类的行为给与剧诗的形式和内容的体裁。"[②] 关于悲剧，马彦祥指出："悲剧的意义便是描写一个在性格上是伟大的人物，他为了解决命运而奋斗，而挣扎，本可以不失败的，不幸他竟是失败了，便引起了观众的同情，觉得这样一个人物实在不该获得这样不圆满的结果的。悲剧所表现的都是，人类在人生中奋斗了失败的事。"[③] 1931 年初冬，在一次以"中国无产阶级革命文学的新任务"为主题的会议上，"左联"成员指出，当时文学界面临的最大问题就是"文学的大众化"问题。随后，1932 年，"左联"执行委员会则把"文学大众化"提升为"亟待解决的重要问题"。在讨论如何更有效地开展工农兵活动时，还提出了"欧美文学大众化"的主张。"左联"强调，必须想办法实现欧美文学大众化，必须改变以往很多外国文艺作品无法为工农群众所理解的现状。[④] 随着"左联"执行委员会正式提出欧美文学大众化问题，对欧美文学的改编也被提上日程。马彦祥曾指出："戏剧在运命和境遇中，先后展开了许多危机，明白戏剧中

① 那艳武、温亚楠：《"和合"视域下——评马彦祥〈还乡〉之改编》，《戏剧文学》2020 年第 6 期，第 102 页。

② 田本相：《中国现代比较戏剧史》，文化艺术出版社，1993 年，第 375 页。

③ 马彦祥：《戏剧之种类·悲剧》，《戏剧讲座》，商务印书馆，1936 年。

④《关于"左联"目前具体工作的决议》，《秘书处消息》1932 年 3 月 15 日，第 3 页。

的场面，终局的事件是危机中的危机的。小说是发展的艺术，戏剧可算是危机的艺术。”①“在戏曲改革中，有些问题你们必须搞清楚，要讲清楚。‘洋为中用’的问题，戏曲政策中的‘洋为中用’问题，一定要研究，讲清楚。”“中外古今各有特点，不一样。”② 他的《还乡》正是欧美文艺大众化的产物。马彦祥改编《归途迢迢》的过程也是该剧中国化、大众化的过程。如胡斌所言：“将外国故事改成中国故事，首要的是故事发生的地点改在中国，故事中的人物改成中国人，故事的场景亦随之改成中国的，只要剧本一打开或者幕布一拉开，就能使读者或者观众知道这是发生在中国的事情。”③ 从剧名、人物姓名、地点场景、服装道具、话白语式到人物的身份称谓，甚至剧中的生活习俗，马彦祥都对原作品进行了“中国化”“大众化”改造。本章欲在“和合”视域下，探讨马彦祥对奥尼尔《归途迢迢》的改编。这不但有助于我们把握近现代戏剧史，探讨戏剧改编艺术，解决当前的戏剧危机；同时也可揭示“和合”思想在奥剧中国化及我国现代话剧诞生过程中的巨大作用。那么从《归途迢迢》到《还乡》具体发生了哪些变化呢？缘何如此？效果如何呢？以下从四方面进行详述。

二、《还乡》与《归途迢迢》的异同评析

（一）人名、称谓、身份、形象本土化

表 4-1 《还乡》与《归途迢迢》在人名、称谓、身份、形象本土化方面的对比

《还乡》（改编本）	《归途迢迢》（翻译本）
刘掌柜（一个粗眉大眼，油光满面的胖子。挺着大肚子，因为酒喝得多了，脸上长着不少的酒刺。）	乔胖子（一家设在地下室的下等酒店老板。两只大手的粗指头上戴满了廉价的戒指，一根绳子粗细的金表链吊在他的方格背心上）

① 田本相：《中国现代比较戏剧史》，文化艺术出版社，第 372 页。

② 余从：《怀念马老 学习马老——在纪念马彦祥同志座谈会上的方言》，《戏曲艺术》1988 年第 3 期，第 6 页。

③ 胡斌：《中国现代戏剧跨文化改编研究》，人民出版社，2015 年，第 31 页。

续表

《还乡》（改编本）	《归途迢迢》（翻译本）
王顺（人贩子）	尼克（诱拐水手的人贩子）
二姑娘（酒店里做打杂兼伺候顾客的女人）	梅格（酒吧间女招待）
张得胜（大兵，上了年纪，鬓发灰白，微驽着腰）	奥尔森（水手，中年瑞典人，长着一对蓝色圆眼睛）
李长富（大兵，身材魁梧，是个勇敢的汉子）	德里斯科尔（水手，身高体壮的爱尔兰人）
孙贵兴（大兵，短小精悍，两颊上满是鬓须）	科基（水手，瘦瘪的小矮个，长着蓬乱的灰胡子）
赵麻子（大兵，其实不是麻子，不过脸上长了些斑点，农夫出身）	伊凡（水手，魁梧痴笨的庄稼汉）
三姑娘（与二姑娘一路货色）	凯蒂（爱尔兰名字）和弗丽达
王二	两个流氓

从表 4-1 可知：首先，原剧中的人物乔胖子、尼克、梅格、奥尔森、德里斯科尔等外国名字都分别被置换成了刘掌柜、王顺、二姑娘、张得胜、李长富等中国名字。不但原有名字的欧化色彩完全不存在了，并且“顺”“得胜”“长富”等字是中国百姓喜闻乐见的名字。关于改译人名来源，胡斌将其分为三种情况：“1. 从日常现实社会中直接拾取。2. 源自于历史传统文化。3. 由参考本承袭而来。”[①] 马彦祥当属第一种情况，即从日常现实生活中直接拾取。在我国，很多中国父母会用具有富贵吉祥色彩的词为自己的孩子取名，预示孩子的人生“一帆风顺”“战无不胜”“富贵荣华”等。这种改编策略很容易使观众对演员产生亲近感。关于改编的目的，刘海平先生曾指出：“改编主要考虑到原剧的背景要与中国背景相似，……我想他们如此改编的目的是拉近与观众的距离，引起观众的认同，也向外国专家和学者展示中国的文化。”[②]

---

① 胡斌：《中国现代戏剧跨文化改编研究》，人民出版社，2015 年，第 35 页。

② 何成洲：《“戏剧改编”教授沙龙》，《艺术百家》2009 年第 2 期，第 150 页。

并且，在剧中，刘掌柜还称王顺为“老王”“大哥”，如“我说，老王，你不是说快发饷了吗？”“大哥，总算够得上交情！”；当他与李长富对话时自称刘二，称对方“老总”，如“刘二做事，从来不含糊，不然的话，这铺子也不能有今儿。”“老总，您各位来了！”等。三姑娘介绍自己时说，“我行三，他们都叫我三姑娘”。孙贵兴说：“来吧，老张。”[①] 这里“老王”“老张”“刘二”等也都是中国百姓在日常生活当中常用的称呼。在对方姓氏前加一个“老”字，不但表达了对对方的敬重，且有亲切感；而自称“刘二”“三姑娘”等则暗含谦逊之感。格雷泽曾强调：“所有改编都是某种干预，是一种变形。”[②] 这种变形符合中国百姓的日常行为习惯，很容易让人产生亲近感。

其次，人物身份、形象也发生了改变。原剧中的奥尔森、德里斯科尔、科基、伊凡等四人从原来的水手变成了士兵。张得胜（奥尔森）不再是原来“长着一对蓝色圆眼睛”的中年瑞典人，而变成了“上了年纪，鬓发灰白，微驽着腰”的老实大兵。李长富（德里斯科尔）也不再是爱尔兰人。刘掌柜（乔胖子）也从“两只大手的粗指头上戴满了廉价的戒指，一根绳子粗细的金表链吊在他的方格背心上”的形象变成了“粗眉大眼，油光满面的胖子。挺着大肚子，因为酒喝得多了，脸上长着不少的酒刺”的形象。

我国属于陆地国家，人们对海洋、水手等并不熟悉，但兵荒马乱中的百姓对士兵却司空见惯。在改编过程中，马彦祥把原剧中的四个水手改为四个士兵，同时改变剧中人物的异国身份等，也是较为妥当的。如安陵所言：“改译本通过人物身份的改动，把原作中的‘命运’色彩和象征意义不露痕迹地去除干净，把一个带有神秘色彩的故事完全变成了中国现实中的故事，通过不善言辞的老兵们那种模糊的痛苦情绪表达了对军阀战争的批判。”[③]

---

① 尤金·奥尼尔：《还乡》，马彦祥译，《新月》第3卷第10期。

② 李亦男：《“剧本改编”课程浅谈——美国加州大学柏克利分院戏剧系主任格雷泽教授访谈录》，《戏剧》2012年第2期，第52页。

③ 安凌：《论现代中国英语戏剧改译的“中国化”策略》，《陕西师范大学学报》（哲学社会科学版）2012年第5期，第38页。

（二）地点场景本土化

伦敦河边一家低级地下室酒店的酒吧间——一个肮脏破旧的房间，由摆在墙壁托架上的几盏煤油灯照明，光线暗淡。左边是酒吧间的柜台。柜台对面有扇门，通向侧室。右边有几张桌子，桌子周围放着些椅子。后面有扇门通向大街。（一个邋里邋遢、长着一张蠢脸的酒吧女招待正在擦着酒吧间的柜台。她的一只手机械地擦过来擦过去。）【店老板乔胖子站在柜台的远端，他是个体态臃肿、大腹便便的人。他的脸又红又肿，一对小猪眼几乎被肥肉的皱褶掩盖起来了。（两只大手的粗指头上戴满了廉价的戒指，一根绳子粗细的金表链吊在他的方格背心上。）】

（前面一张桌子上坐着一个圆肩膀的年轻汉子，抽着香烟。他的脸色发青，嘴巴薄软，眼睛狡猾而残忍。他穿着一套破旧的衣服，这套衣服从前曾经是廉价的奇装异服，戴着围巾和便帽。）

大约是晚上九点钟的时候。[①]

这件事发生在一个军营附近的小酒店里面。这地方本是商业的小镇，只因两年前发生战事，在这里曾经驻扎过军队，后来战事虽然结束，士兵却没有遣散，便长此留在这镇上。为了供给这些兵士的消费，在军营附近开设着不少的小酒店。起先，店少人多，生意还可做得；后来酒店增多了，队伍里的饷银又难得发下来，营业以大非昔比。

这一家小酒店就是其中之一，算是老招牌了。其实只是一间非常肮脏的屋子，左边摆着一张柜台；柜台前面有一门，有梯通楼上。右边杂乱地摆着几张板桌，周围是几把椅子。后面，有门，通街道。近来因为生意清淡，掌柜的处处节省，所以今天晚上虽然点着几盏油灯，但把灯光都弄得很暗。

---

① 尤金·奥尼尔：《归途迢迢》，蒋虹丁译，载郭继德主编：《奥尼尔文集》第1卷，人民文学出版社，2006年，第264-265页。

（二姑娘，衣服污秽，但是尽她的能力打扮得漂亮，这也或者不是她自愿的，这时正在擦柜台。她尽管来回地擦着，眼睛有点迷糊的样子，大概是工作过度而且没有睡醒所致。）【那边站着刘掌柜，和一般酒肉店里的人一样，很胖，挺着大肚子，因为酒喝得多了，脸上长着不少的酒刺。】

一张餐桌旁边，坐着王顺，是一个满面带着狡猾的中年人，穿着一套旧的黑华林葛的袴褂，头上戴着小瓜皮帽。

大概是晚上九点钟的光景。①

对比可知，故事发生的地点从“伦敦河边”置换成了“军营附近”，并增加了场景说明：“在这里曾经驻扎过军队，后来战事虽然结束，士兵却没有遣散，便长此留在这镇上。为了供给这些兵士的消费，在军营附近开设着不少的小酒店。起先，店少人多，生意还可做得；后来酒店增多了，队伍里的饷银又难得发下来，营业以大非昔比。”有些像中国读者所熟悉的小说的开头部分，利于读者或观众投入到故事当中。另外，原文中的异国地名在改编本中也都被置换成了中国地名，详见下文：

“你是哪儿人？——挪威？（奥尔森摇摇头）丹麦？”“那么必定是瑞典了。”“对。我出生在斯德哥尔摩。”②

“您生长在哪？奉天吗？（张德胜摇摇头）要么是天津？”“或是北京，对不对？”“对啦，我的家在京西。”③

关于地名中国化，胡斌曾指出三种策略：“1. 以中国地名代替外国地名。2. 模糊化的地理空间。3. 跨国空间的转换。”④ 这里，

---

① 尤金·奥尼尔：《还乡》，马彦祥译，《新月》第3卷第10期。

② 尤金·奥尼尔：《归途迢迢》，蒋虹丁译，载郭继德主编：《奥尼尔文集》第1卷，人民文学出版社，2006年，第274页。

③ 尤金·奥尼尔：《还乡》，马彦祥译，《新月》第3卷第10期。

④ 胡斌：《中国现代戏剧跨文化改编研究》，天津人民出版社，2015年，第36-39页。

马彦祥采取了第一种策略，直接用“奉天”“天津”“北京”来置换原剧中的“挪威”“丹麦”“斯德哥尔摩”。地名的改变，使故事发生的空间发生了转移，是外国剧本中国化必须采取的归化策略。归化处理可以使异国成分变得更为亲切，能够帮助中国观众理解舞台上发生的一切，同时还可以消除异国文化的威胁，否则听惯了传统旧戏的中国观众是很难接受的。

（三）话白语式大众化、通俗化

首先，《还乡》中增加了中国百姓所熟悉的乡间俚语。详见下文：

刘掌柜：（说话别昧心，）我少给你了吗？

王顺：要不是他们，（我不是我的妈养的）。

李长富：去你的吧，赵麻子！也不拿镜子照照你自己的长相，还一天到晚找娘们儿呢？[①]

首先，这里增加的“说话别昧心”“我不是我的妈养的”“也不拿镜子照照你自己的长相”等都是中国百姓日常会话中常用的对白。其次，对原文中具有异国色彩的文化词或不合中国伦理的情节进行删减。如原文中，“乔胖子：足足有一个钟头了，放下别擦了！你还不如去找个酒鬼跟你过一夜，摇晃摇晃你”[②]。此处，“找个酒鬼跟你过一夜，摇晃摇晃你”这句话不符合中国传统伦理，在《还乡》中也进行了删减，见“刘掌柜：你这个娘们儿，还没有擦够吗？简直有个把钟头了，还不去你的！”[③]。

再次，文中“德里斯科尔：住嘴！你这只俄国大猩猩！你现在这份德行，还想当什么小白脸儿罗密欧咧！”[④] 中的“罗密欧”出自莎士比亚戏剧《罗密欧与朱丽叶》，完全属于西方文学形象，是 20

① 尤金·奥尼尔：《还乡》，马彦祥译，《新月》第 3 卷第 10 期。

② 尤金·奥尼尔：《归途迢迢》，蒋虹丁译，载郭继德主编：《奥尼尔文集》第 1 卷，人民文学出版社，2006 年，第 266 页。

③ 尤金·奥尼尔：《还乡》，马彦祥译，《新月》第 3 卷第 10 期。

④ 尤金·奥尼尔：《归途迢迢》，蒋虹丁译，载郭继德主编：《奥尼尔文集》第 1 卷，人民文学出版社，2006 年，第 270 页。

世纪二三十年代中国的贫苦百姓所不熟悉的，在改编本中也被剔除了。去除原剧中的西方文化意向，加入富有中国乡土气息的语言，正符合 1932 年提出的欧美文学大众化方针。毛泽东曾指出："洋八股必须废止，空洞抽象的调头必须少唱，教条主义必须休息，而代之以新鲜活泼的、为中国老百姓所喜闻乐见的中国作风和中国气派。"①

（四）整合人物、增加旁白、突出人物和主题

首先，《还乡》较之原剧少了弗丽达和一个流氓，弗丽达与凯蒂合并，都由二姑娘充当。对原著人物进行整合是编剧和导演惯用的改编方法。不但可以节省人力，又可以使人物形象更为丰富。这大概也是马彦祥采取这一办法的原因。其次，该剧中还增加了旁白，如"唯恐顶撞了王顺，真会惹出事来，便想不再吵闹；可是气上来了，一时又抑制不住，便对二姑娘发作起来"，"王顺偷偷摸摸地跑到柜台里边，向刘掌柜丢了个眼色，刘掌柜便嬉皮笑脸地迎了出来"，"这种样子早已司空见惯，所以并不惶恐着急，反而笑嘻嘻地"。② 这部分旁白的加入，细致地刻画了二人的诡秘与猥琐，进一步突出了故事主题，使读者和观众对二人唯利是图的行径更加憎恶。

有学者指出："探讨马彦祥对奥尼尔《归途迢迢》的改编。这不但有助于我们把握近现代戏剧史，探讨戏剧改编艺术，解决当前的戏剧危机；同时也可揭示'和合'思想在奥剧中国化及我国现代话剧诞生过程中的巨大作用。"③ 从主题来看，《还乡》符合 20 世纪 30 年代中国观众的审美心理，故事描述了常年征战在外的士兵对故乡的思念，并对受害者给予了人道主义同情，对恶势力进行鞭挞。"跨文化戏剧的改编者是一个矛盾的个体，他既是一个异域故事的重述者，又是一个具有独立意识的创作者；既是一个西方文化的传播者，

① 毛泽东：《中国共产党在民族战争中的地位》，《毛泽东选集》第 1 卷，人民出版社，1966 年，第 500 页。

② 尤金·奥尼尔：《还乡》，马彦祥译，《新月》第 3 卷第 10 期。

③ 那艳武、温亚楠：《"和合"视域下——评马彦祥〈还乡〉之改编》，《戏剧文学》2020 年第 6 期，第 103 页。

又是一个民族责任的承担者。”[①] “马彦祥的改编是较为成功的，他以中华文化融合了原剧中的异国元素，达到为我所用的目的。”[②] 除上述几点外，对原剧中某些细节，马彦祥也做了改动。如张得胜（奥尔森）的母亲的年龄从原剧中的 82 岁变成了 76 岁。显然，兵荒马乱的中国，一位乡间老婆婆的年龄为 76 岁较之 82 岁更为符合实际。诸多改动都有助于加重改编作品的中国“味道”，就像给全剧加上了一件中国外衣。没有接触过奥尼尔《归途迢迢》的中国观众应该看不出这是一部改编剧，还以为就发生在中国 20 世纪二三十年代的军营旁边呢。

第二节　《天边外》之话剧改编

奥尼尔《天边外》创作于 1918 年，是奥尼尔的成名作。《天边外》是奥尼尔在中国最受欢迎并研究最多的作品之一，也是较早翻译到中国的奥尼尔作品之一，在中国的译本按时间顺序有：1）1931 年 1 月商务印书馆出版，古有成翻译版本；2）1932 年 11 月载于《新月》第 4 卷第 4 期的顾仲彝改译版本；3）载于《外国文学（复旦大学）》的白野翻译版本；4）1984 年荒芜译、漓江出版社的荒芜翻译版本。

关于《天边外》的创作动机，1929 年张嘉铸在文章《沃尼尔》中曾有所涉及，文章叙述道：“有一次有个懦弱的六岁孩儿很喜欢沃尼尔。沃尼尔对他亦很和蔼。这小孩渴望，要懂得世界上各种东西，成人就尽力去解释给他听，其中似乎很有点悲痛的景象。有一天，他俩人坐在普洛维斯唐（Provicetown）海边。小孩在猜想小岬的后面，海的后面，欧洲大陆的后面，是什么东西。沃尼尔答他说‘天

① 胡斌：《中国现代戏剧跨文化改编研究》，人民出版社，2015 年，第 20 页。

② 那艳武、温亚楠：《“和合”视域下——评马彦祥〈还乡〉之改编》，《戏剧文学》2020 年第 6 期，第 105 页。

际线。’但是这孩儿坚持地问，‘天际线的后面是什么？’”[①]《天边外》其实就是奥尼尔讲述的一个有关“天外”的故事，或者说是他精心为罗伯特设置的一个“圆梦之地”，“天外”到底是哪里？真的能圆罗伯特之梦吗？到底存不存在这样一个“天外”之所？答案我们不得而知。但我们所能确定的是，在那个兵荒马乱、硝烟四起的时代，这个有关理想主义者的故事似乎不是大众所需要的。

顾仲彝《大地之爱》和李庆华《遥望》是《天边外》在中国的两个改编本。陈白尘指出：“名著的本身是不变的，而每一个改编本都会各有不同。这除了改编者的修养素质不同的原因以外，还有个时代的影响。三十年代有三十年代的要求，这种时代要求不能不影响着、约束着各个不同时代的改编本。”[②] 两部作品因产生的时代背景有所区别，两位改编者采取的改编策略存在很大差异，下分述之。

一、顾仲彝《大地之爱》

（一）顾仲彝

顾仲彝（1903—1965）是中国现代话剧史上一位颇具特色的改编剧作家。他幼读私塾，后来考进浙江嘉兴秀州中学（该中学是一所教会学校），少年时期曾组织剧团并且在幕表式时事新剧中扮演女角，早年时候的演剧经历使他对话剧这一外来戏剧形式产生了浓厚的兴趣。17 岁考入南京高等师范英文系，主攻英文和英国文学，毕业后曾在上海商务印书馆担任编译工作及在上海暨南大学、复旦大学等校担任英文教师。娴熟的英语能力使他可以直接、广泛地阅读西方戏剧作品。至于他如何最终走上了戏剧改编的道路，有一点原因和上一节中的马彦祥十分相似，即来自洪深先生的帮助和影响。可以说，正是洪深先生和他的《少奶奶的扇子》为顾仲彝走上西方戏剧改编之路创造了重要契机。这一点，顾仲彝本人在《相鼠有皮·序》中有所提及。

---

① 张嘉铸：《沃尼尔》，《新月》1929 年第 1 卷第 11 号。

② 董健编：《陈白尘论剧》，中国戏剧出版社，1987 年，第 305 页。

顾仲彝的改编作品主要有：《相鼠有皮·序》（三幕剧，1925）、《梅萝香》（四幕剧，1926）、《同胞姐妹》（独幕剧，1928）、《一百二十五两银子的面孔》（独幕剧，1929）、《金刚石》（独幕剧，1929）、《聪明人》（独幕剧，1929）。他在1930年还出版了一本英汉对照的《独幕剧选》，书中载有五部英美独幕剧。其中，除了《金刚石》和《聪明人》尚无法确定原作名称外，余下的基本都是对近代英美剧作的改编。改编不仅是顾仲彝编制剧本的起点，而且是他毕生所追求的事业。当时有人评论他说："多取外国的材料变成中国戏。"[①] 据不完全统计，他以一已之力根据外国小说或剧本改编了 10 个独幕剧和 12 个多幕剧。这反映出他本人对外国戏剧的喜爱及希望把外国作品介绍给国人的美好愿望。顾仲彝写道："看到灿烂丰富的西洋文学的宝藏就动了尽量移植我土的野心与兴趣。这野心与兴趣与日俱增，到现在似乎成了我生存唯一的重大使命。"[②]

丰富的改编实践经验使顾仲彝在戏剧理论方面也颇有建树，他的著作《编剧理论与技巧》是很有影响的一部系统地论述剧作理论的学术著作。关于为什么要改译，他在《相鼠有皮·序》中写道："（1）西洋习俗很不相同，所以直译的观众总不能十分明了；非把它'中国化'一下子不可。（2）直译的剧本多加注解了不致会绝对不懂；不过我刚才说过戏剧是合剧本演员观众三者而成；所以剧的真正价值不是读得出来的，一定要表演过之后才能把一剧的真善美充分地表现出来。"[③] 那么，从奥尼尔《天边外》到顾仲彝《天边外》有哪些变化呢？这背后的原因又是什么呢？

---

① 曾庆瑞、赵遐秋：《中国现代话剧文学 50 家札记》，载《曾庆瑞赵遐秋文集》第 8 卷，中国传媒大学出版社，2007 年，第 229 页。

② 顾仲彝：《我与翻译》，载郑振铎、傅东华编：《我与文学》，上海书店，1981 年，第 242-243 页。

③ 顾德隆：《相鼠有皮·序》，商务印书馆，1925 年，第 36 页。

(二)《天边外》与《大地之爱》之异同评析

1. 人名、称谓、身份

表 4-2 《天边外》与《大地之爱》在人名、称谓、身份方面的对比

奥尼尔《天边外》	顾仲彝《大地之爱》
詹姆斯·梅约（农民）	马介民（农夫）
凯特·梅约（詹姆斯·梅约之妻）	马史氏（他的妻）
迪克·斯各特（“圣代”号船长，凯特·梅约的哥哥）	史笛伯（马史氏的胞兄）
安德鲁·梅约（詹姆斯·梅约之子）	马安荣（马介民之子）
罗伯特·梅约（詹姆斯·梅约之子）	马安华（马介民之子）
露斯·艾特金	夏丽金
艾特金太太（露斯的寡母）	夏老太太
潘恩（农业工人）	潘三（佃工）
傅塞特大夫	贺医生

从表 4-2 可知，奥尼尔《天边外》中的人物名称都一一被替换成了中国的名字，如詹姆斯·梅约变成了马介民，凯特·梅约变成了马史氏，安德鲁·梅约变成了马安荣，罗伯特·梅约变成了马安华，等。另外，文中称呼也做了处理。如：“兰：好，好，那我就不说了（半晌）怎么样！令堂好吗？”[①] 从剧中人物身份及人物关系来看，夫妻、父子、母女、兄弟等基本没有发生变化，潘三虽然从农场工人变成佃农，但农民身份并未发生变化。

2. 地点、场景

乡下大路的一部分。大路从左前方向右后方斜穿过去，远处可以看见它像一条淡色丝带，在矮矮的、起伏的小山之间，蜿蜒伸向天边。几道用石头垒成的墙和粗糙弯曲的栅栏把新耕种过的田地明显地划分开，呈棋盘形。

---

① 尤金·奥尼尔：《遥望》，李庆华改译，中国国家图书馆，缩微版，第 7 页。

被大路切成三角形靠前面的那块地是田地的一部分。黑土里生长着秋麦，绿油油一片。一条散漫的乱石坝，矮得不能叫作墙，把这块地跟大路隔开。

大路后面有一条沟，沟那边有一道堤岸，斜坡上绿草如茵，斜坡上有一棵疙里疙瘩的老苹果树，刚刚吐叶，把拗扭的树枝伸向天空，衬托着远方的灰白色，显得黑压压一片。一道栅栏沿着堤岸，经过苹果树下，由左向右横伸过去。

五月里的一天，静悄悄的黄昏刚刚开始。天边的小山上还镶着一道红边，山顶上的天空闪耀着红霞。随着表演的进行，红光逐渐暗淡下去。

幕启：罗伯特·梅约坐在栅栏上。他是个高高的、细长的青年人，二十三岁。饱满的前额和大而黑的眼睛带有一种诗人的神气。他的容貌清秀文雅，嘴和下巴的线条显出他意志薄弱。他身穿灰色灯芯绒裤子，裤脚塞在长筒皮靴里，一件青色法兰绒衬衫，打了一条色彩鲜艳的领带。他正就着落日余光读一本书。他合上书，把一个手指头插在刚读过的地方，转过头朝着天边，目光越过田野小山，眺望出去。他的嘴唇微微张动，好像他暗自背诵什么。他的哥哥安德鲁从右边沿着大路走来……[①]

乡下大路的一部分。由左首上，右首下，连成对角，远处看得见蜿蜒曲折的乡路，好像一条白色的丝带，转展向远处地平线而没。路的两旁低山环侍。山脚下新播种的田，一片绿色，犹如棋盘样的非常整齐。对角形乡路所圈成的三角田场，正种着秋麦，碧绿的在发芽。田和路间有一条不整齐的短石墙，不过太短，也算不得是墙。

路的后面有一条沟，沟上有堤岸一条，绿茵如毡，堤岸上有古槐一株，正在苞发新叶；堤岸上还有石墙一段，由左蜿蜒向右，经过树下。

① 尤金·奥尼尔：《天边外》，荒芜译，载郭继德主编：《奥尼尔文集》第1卷，人民文学出版社，2006年，第332-333页。

这是五月的某黄昏，太阳刚要下山。地平线上的小山顶端还透着一线红光，犹如火焱，天空上也因此染上了玫瑰色。此红光随着表演的时间渐渐减退。

幕启时，马安华坐在短石墙上。他是个身高而瘦削的青年，年二十三岁。他的前额广阔，眼黑而大，颇有诗人的神采。他的容貌很文雅而近驯弱，嘴领间颇显出是个意志薄弱的人。他身穿灰色法兰绒的西装裤，黄皮鞋，天青色绸缎衫，鲜明的领带。他在夕阳光下，念一本新装的书，他合上书，用手指搁在书页中以示读到何处，转头向着天边，眼瞧着田地和远山。他的嘴轻动着好像在背着什么诗句。

他的哥哥安荣由右首沿路走来……[①]

从以上文字看，幕前指示语中的背景并无大变化。从地名来看，顾仲彝还是做了一些处理。首先剧里的主人公生活的村落模糊地被置换成中国农村。剧中涉及的地名，顾仲彝也做了些改动。如："你知道，'圣代'号要绕合恩角先到横滨，就一条帆船来说，那就是很长的航程了。要是我们还要到迪克舅舅说的其他一些地方——印度、澳洲、南非、南美——那些航程也是很长的。"[②] 这段被改成了："舅舅说到南洋各岛重要的码头走走，先要花上一年多。要是我们再到别的地方去——印度呀，澳大利亚呀，南非州呀，可不是要走上三年么？"[③] 通过对比可知，"合恩角""横滨"在改编本中变成了"南洋"，但本句中涉及的其他几个地名并无变化。

3．上帝意象

西方属基督教文化，虽然奥尼尔不再信仰上帝，但在他的作品中还是会经常出现这一意象，《天边外》也不例外。对于这一点，顾仲彝做了改动。如：

---

① 尤金·奥尼尔：《天边外》，顾仲彝改译，《新月》1932年第4卷第4期。

② 尤金·奥尼尔：《天边外》，荒芜译，载郭继德主编：《奥尼尔文集》第1卷，人民文学出版社，2006年，第334页。

③ 尤金·奥尼尔：《天边外》，顾仲彝改译，《新月》1932年第4卷第4期。

例 1. 艾特金太太：你想说什么就说什么吧，凯特。空谈不如实验。你不能否认，自从你丈夫两年前去世以后，事情越来越糟了。

梅约太太：（用手帕揩去眼泪）他的去世是上帝的意思。

艾特金太太：（得意地）那是上帝对詹姆斯·梅约的惩罚，因为在他的罪恶一生中，他亵渎了、否认了上帝！（梅约太太低声哭了起来）唉，凯特，我知道我不该提醒你。让我们祷告，让他那个可怜的人得到安息和饶恕吧。

梅约太太：（揩眼泪，单纯地）詹姆斯是个好人。

艾特金太太：（没有理睬这句话）我说的是，自从罗伯特管家以来，事情就一天不如一天。[①]

夏太太：由你说吧，不过事实上是糟透了。自从两年前你丈夫死了之后，事情就一天不如一天，这你不能否认吧！

史氏：（以手巾拭眼泪）死得真苦呀，不过介民是个好人。

夏太太：（没有听见这句话）我说，打安华管家起，事情就一天比一天糟。[②]

例 2. 罗伯特：（提高嗓门）现在——我才明白你是什么样的人——跟我同居的是个什么货色。（发出一种刺耳的笑声）上帝！并不是我没猜出你是多么卑鄙和渺小，可是我一直对自己说，我一定是猜错了——我真是个傻瓜！真是个该死的笨蛋！[③]

安华：（他声音提得很高）现在——我才明白你是怎样的一个人——我同居的——同居的是怎样一个人呀！（带着粗野的笑声）天呀，我有时想到你是多么卑鄙多么浅薄——但是我总对自己说，我

① 尤金·奥尼尔：《天边外》，荒芜译，载郭继德主编：《奥尼尔文集》第 1 卷，人民文学出版社，2006 年，第 365 页。

② 尤金·奥尼尔：《天边外》，顾仲彝改译，《新月》1932 年第 4 卷第 4 期。

③ 尤金·奥尼尔：《天边外》，荒芜译，载郭继德主编：《奥尼尔文集》第 1 卷，人民文学出版社，2006 年，第 377-378 页。

一定看错了——像个傻子！——像个该死的傻子！[1]

从以上对比可知，例 1 中，原剧中“上帝”一词出现三次，但改编剧中均被删除了。例 2 中，原剧中“上帝”一词被换成了中国百姓常说的口头语“天啊”。从跨文化改编的角度讲，要拉近原剧与观众的距离，除改变原剧中的人名、地名外，用中国文化中的对应物置换原剧中相应的哲学或宗教元素也是十分必要的。比如台湾当代传奇剧场总监吴兴国先生在改编贝克特的《等待戈多》时，就把基督教背景中的“戈多”置换成了中国百姓所熟悉的佛教禅宗中的“果陀”，并且剧名也改成了《等待果陀》。现在来看，顾仲彝的改编策略是具有探索性的，并且也是有道理的。

除上述三点外，顾仲彝对原剧中的某些细节也做了处理。如马安荣的学历从原剧中的高中变成了小学：“我猜，因为你在大学念了一年书，你才爱上那种玩艺儿。我真高兴，我念到高中就不干了。要不然，我也会同样发疯。”[2] 被改为：“我猜你在大学念了一年书，才爱上了那种东西呢。幸而我读完小学就停止了。不然，说不定，也会发傻的。”[3] 再如农场变成田地：“安德鲁，你知道我为什么没回去。爸不喜欢，尽管他嘴里不说；我知道他想拿那笔钱来整顿农场。”[4] 被改为：“哥哥，你知道我为什么不回大学去。爸虽没有明说，可是他心里很不喜欢我再去。我知道他要省点钱，整顿整顿田地。”[5] 生活在 20 世纪 30 年代的中国农村并且不喜欢上学、只喜欢劳动的马安荣的学历显然设为小学更符合实际。可见顾仲彝在改编《天边外》时，对如何使之中国化，如何使与中国存在很大不同的奥尼尔戏剧为中国百姓所接受，是进行过认真思考的。顾仲彝写

---

① 尤金·奥尼尔：《天边外》，顾仲彝改译，《新月》1932 年第 4 卷第 4 期。

② 尤金·奥尼尔：《天边外》，荒芜译，载郭继德主编：《奥尼尔文集》第 1 卷，人民文学出版社，2006 年，第 333 页。

③ 尤金·奥尼尔：《天边外》，顾仲彝改译，《新月》1932 年第 4 卷第 4 期。

④ 尤金·奥尼尔：《天边外》，荒芜译，载郭继德主编：《奥尼尔文集》第 1 卷，人民文学出版社，2006 年，第 334 页。

⑤ 尤金·奥尼尔：《天边外》，顾仲彝改译，《新月》1932 年第 4 卷第 4 期。

道："首先，西洋的习俗与中国存在很大不同，假如直译的话，观众很难接受，必须'中国化'一下不可。"[①] 但整体观之，顾仲彝虽然在改编过程中对原作做了人名、地名、上帝意象及一些细节上的处理，但作为一部改编剧来讲，顾仲彝《天边外》是忠于原作的，除上述必要的改编外，其他如基本内容、主题、爱情伦理等并无改动，几乎连对白都是直接翻译的。此处以"爱情伦理"为例，略作说明。顾译中丽金与马安华的对白与原剧中露斯与罗伯特的对白基本一致。

例 1. 罗伯特：现在即使我不想去，也不能抽身了。过了不久，我就会被忘记的。

露斯：（气愤）不会的！我就永远不会忘记——（她打住，转过头去掩饰她的窘态。）[②]

马安华：现在我要不去，也不成啦。过了一时，你就会忘掉我的。

丽金：不会的！我永远不忘记——（她顿住，转身以掩其窘状）[③]

例 2. 露斯：（像暴风雨突然发作）我不爱！我不爱安德鲁！我不爱！（罗伯特惊呆了，直瞪着她。露斯歇斯底里地哭起来）是什么东西把这种糊涂念头装进你的头脑里的。（她突然伸出两臂抱着他的脖子，把头贴在他的肩膀上）奥，罗伯特！不要走开！你现在一定不要走！你不能走！我不让你走！你走了，我会伤心的！

罗伯特：（痴迷转变为狂喜。他紧紧抱着她——慢慢地、温柔地）你是说，你爱我吗？

露斯：（哭泣）是的，是的，当然我爱你，你怎么想的？（她抬

---

① 孙惠柱：《顾仲彝的剧作》，《戏剧艺术》1982 年第 3 期，第 15 页。

② 尤金·奥尼尔：《天边外》，荒芜译，载郭继德主编：《奥尼尔文集》第 1 卷，人民文学出版社，2006 年，第 340 页。

③ 尤金·奥尼尔：《天边外》，顾仲彝改译，《新月》1932 年第 4 卷第 4 期。

起头来，带着颤巍巍的微笑，注视他的眼睛）你这个傻瓜！（他吻她）我向来就爱你。[①]

丽金：（如暴风雨之突然爆发）我不爱他？我不爱你哥哥！我不爱他！（安华诧异地望着她。丽金错乱地哭泣着）怎么？什么东西把这种念头——放进你的头脑里的？（她用两手抱着他的头颈部，俯首在他的肩上）嘿，安华！不要走吧！不要走吧！现在你一定不能走啦！你不能够走啦？我不让你走！你走了我要心碎的！

安华：（惊呆的迷惑，转而不胜喜悦的神情，他紧紧抱了她——慢慢地、温柔地）你的意思说——你爱我吗？

丽金：（哭泣着）爱的，爱的——当然我爱你的——你以为我不爱你吗？（她举首，带着一种震颤的微笑，望入他的眼里）你这蠢东西！（他吻她）我一向是爱你的。[②]

例 3. 罗伯特：（他们俩都站着。罗伯特抓住她的臂膀，瞪着她的眼睛）什么意思？（他使劲摇晃她）你在打什么主意？你那个坏脑子里想些什么——你——你——（他的声音成为一种刺耳的喊叫）

露斯：（尖声反抗）是的，我打的就是那个主意！就是你杀了我，我也要说！我爱安德鲁。我爱他！我爱他！我向来爱他。（欣喜若狂）他也爱我！他爱我！我知道他爱我！他向来爱我！你也知道他爱我！所以走吧！要是你想走，就走吧！[③]

安华：（他们都站着。安华捉住她的两臂，瞪视着她的眼睛）你是什么意思？（他使劲摇晃她）你在打什么主意？你在想什么坏念头，你——你——（他的声音是一种粗野的呼喊）

---

① 尤金·奥尼尔：《天边外》，荒芜译，载郭继德主编：《奥尼尔文集》第 1 卷，人民文学出版社，2006 年，第 342 页。

② 尤金·奥尼尔：《天边外》，顾仲彝改译，《新月》1932 年第 4 卷第 4 期。

③ 尤金·奥尼尔：《天边外》，荒芜译，载郭继德主编：《奥尼尔文集》第 1 卷，人民文学出版社，第 378 页。

丽金：（尖锐地叫喊）是的，我的意思就是这样，句句都是真心话！你要杀我，我还是这样说！我爱安荣！真的！真的！我一直爱他。（喜悦地）他也爱我！他爱我！我知道他爱我！他从前爱我！你也知道他是爱我！去吧！你要去就去吧！[①]

从上述对白可知，顾仲彝完全保留了原剧中的爱情伦理，他基本直译了原剧。顾仲彝基本没有改变原文的人物身份、故事情节及相关脉络，甚至所反映的主题思想也与原文保持一致。作为跨文化交流的产物，改编剧在思想及表达方式上会留存一些原著的异质元素，同时又注入许多接受方的文化成分，改编剧杂糅了中外两种不同的文学、文化。至于改译幅度的大小，一定程度上由两种文化的强势与弱势、当时的社会环境的开放与否等因素决定。此外，改编者本人的文艺理念及语言逻辑等，也会影响改编本编写。顾仲彝的改编活动受洪深先生影响很大，他比较忠实于原著，洋味较重。有人评论顾仲彝改译剧的特色“基本忠实于原著”“中西合璧”[②]，当然，也有人反对顾仲彝的改译风格，认为他的改译方式会使中国三四十年代的乡下人具有美国人的现代意识。笔者认为，两种观点各有道理。从历史的观点看，顾仲彝《天边外》作为原剧在中国第一个改译本，在推动奥尼尔在中国的传播方面还是功不可没的。

二、李庆华《遥望》

关于改译外国名剧，李健吾认为：“最坏的是换个名姓而已。最好利用原作的某一点，或者结构，或者性格，或者是境界，或者是哲理，然后把自己的血肉填了进去，成为一个有性格而向上的东西。”[③] 奥尼尔的很多经典剧作都已达到人性、哲理等形而上层面，而中国大部分观众不喜欢高深的说教，对那些深邃虚渺的主题更无法理解，由于受文化层次限制，将这些立意深刻抽象的剧作拿到中

---

① 尤金·奥尼尔：《天边外》，顾仲彝改译，《新月》1932 年第 4 卷第 4 期。

② 刘欣：《论顾仲彝的改译剧》，《云南艺术学院学报》2010 年第 2 期，第 63 页。

③ 陈青生：《沦陷时期上海的话剧创作》，《上海戏剧》1995 年第 3 期，第 42 页。

国来扮演，必然要经过一道本土化、时代化、简单化、具体化的手续。相对于顾仲彝《大地之爱》来说，李庆华对奥尼尔《天边外》进行了更为本土化的改编，下从五个方面述之。

（一）人名、称谓、身份

表 4-3 《天边外》与《遥望》在人名、称谓、身份方面的对比

奥尼尔《天边外》	李庆华《遥望》
詹姆斯·梅约（农民）	黄守愚（年近花甲的老农夫）
凯特·梅约（詹姆斯·梅约之妻）	徐氏（守愚妻，懦弱的乡下妇人）
迪克·斯各特（“圣代”号船长，凯特·梅约的哥哥）	徐邦才（徐氏之弟，行伍出身的军官）
安德鲁·梅约（詹姆斯·梅约之子）	黄志海（守愚长子，爽直坦白的农夫）
罗伯特·梅约（詹姆斯·梅约之子）	黄志兰（守愚次子，诗人气质）
露斯·艾特金	田爱珠（半都市化乡下姑娘）
艾特金太太（露斯的寡母）	田大妈（爱珠之母，好啰嗦的乡下老太太）
潘恩（农业工人）	保长（狡猾成性的鱼肉乡民的家伙）
傅塞特大夫	很有经验的老医生

从表 4-3 可知，在李庆华《遥望》里，原剧中的人物都拥有了中国名字，并且一些人物身份也发生了变化。如原剧中的迪克·斯各特不但名字变成了徐邦才，身份也从原来的“圣代”号船长变成了“行伍出身的军官”；潘恩也从原来的农业工人变成了狡猾成性的鱼肉乡民的保长。另外，剧中还有一些人物身份虽无明显改变，却具有了更加显著的特征。如黄守愚（年近花甲的老农夫）、徐氏（守愚妻，懦弱的乡下妇人）、田爱珠（半都市化乡下姑娘）、田大妈（爱珠之母，好啰嗦的乡下老太太）等。此处，田爱珠作为一个半都市化的乡下姑娘，后来参加妇女运动等就更符合逻辑；黄守愚作为年近花甲的农夫反对儿子去参加战斗也是情理之中。某种程度上说，这种身份说明对剧中人物塑造起到了铺垫作用，同时也使剧情变得简单明了。

（二）地点、场景

乡间的大路，遥远天际，像一条灰色的丝带，从一座小山之外通去，小山下新种的小麦，正发着新芽，路旁一条蔓延着的低矮的石墙，把田和路截然的分开。路的后面是一条小沟，沟的两旁是倾斜的草坡，坡上有一颗老而多节的苹果树，它的枝叶和苍白的天色相辉映，坡上有一条篱笆，经过苹果树蔓延下去。

五月一天的寂寞的黄昏，天上有红的夕照，小山上也留有一条稍弱的红霞。

幕启：黄志国在山坡上翻着一本书，一会他又把书合起来哼着《望沙场》歌，他的哥哥黄志海出现在路上。[①]

李庆华把故事发生的时间置于抗战时期，地点为大后方某一农村。[②] 从场景说明看，最明显的就是把原来具有消极色彩的说明删除了，而“空中红霞”等带有积极色彩的意象则得以保留或增加。不仅如此，《遥望》中的黄志海不再似原剧中那样怅然若失、犹豫懦弱，而是唱着歌曲《望沙场》，具有了革命青年应有的壮志豪情。正如朱伟华所言：“将其他体裁的作品或外国戏剧改编为适应国情的剧作，对剧作家和观众无疑都是迅速掌握话剧这种外来艺术形式并将其纳入民族欣赏习惯的可行途径。”[③]

（三）主题

中国剧作家对中国社会现实有一种极强的使命感，从他们最初带着功利的目的学习西方现代派戏剧的时候，已埋下了日后向现实主义转化的种子。[④] 抗日战争爆发后，抗日战争题材成为压倒一切的戏剧题材，反抗侵略、保家卫国、民族解放变成了剧坛改编的热

---

① 尤金·奥尼尔：《遥望》，李庆华改译，中国国家图书馆，缩微版（01M-204830）1946年，第7页。

② 同上，“前言”，第I页。

③ 朱伟华：《〈中国沦陷区文学大系（戏剧卷）〉导言》，载《〈中国沦陷区文学大系（戏剧卷）〉》，广西教育出版社，1994年，第21页。

④ 田本相：《中国现代比较戏剧史》，文化艺术出版社，1993年，第432页。

点话题。毛泽东指出:“反对日本帝国主义侵略的战争而不带群众性,是决然不能胜利的。”① 当时改编剧还是一种通过隐晦曲折的方式进行抗战的一个重要手段。朱华曾介绍道:“上海沦陷后有一个致力于提高艺术水平的‘苦干’剧团,该团从1942年成立到1946年解散,总共演出了多幕剧22个,独幕剧5个,其中大都是根据外国戏剧名著改编的。”② 造成当时这种局面的原因有两个:首先,任何职业剧团因为生存需要,必须要充分考虑“票房价值”,在上演剧目上尽力达到风格和形式的多样化。其次,在当时恶劣的条件里,组织创作剧本非常困难。

进步的话剧工作者,由于强烈的爱国心和高度的社会责任感,在改编时都尽力灌注现实的感受,从而使作品成为作者戳刺社会的刀枪。“‘时代化’是戏剧改编中惯常使用的方法,它是对新剧写实精神的回应,同时,再现现实的日常生活能使观众产生亲切感,获得较好的演出效果,从而实现戏剧对社会变革的功利诉求。”③ 发动广大的人民群众,让抗日意识深入人心,形成全民抗战,是抗日战争取得胜利的关键。因此,李庆华《遥望》的改编以抗战为背景是符合时代呼声的。《遥望》虽然采用了原剧本的故事框架,但把主人公去“天边外”的梦想变成了去奋战沙场,起到了号召热血青年投身到如火如荼的抗日战争中去的作用。田本相指出:“作为一颗来自异域的种子,奥尼尔《天边外》要想在中国本土生根、发芽、开花、结果,就必然要逐渐摆脱它的‘洋味’,逐渐变成一种适宜在本民族文化土壤中生长的‘民族化’戏剧。正所谓‘把戏剧演到敌人的碉堡底下去!’”④ 下面从文本出发进行分析:

① 毛泽东:《和英国记者贝特兰的谈话》,载《毛泽东选集》第2卷,人民出版社,1990年,第375页。

② 朱华:《“孤岛”及沦陷时期外国戏剧改编活动述略》,《上海师范大学学报》1992年第1期,第108页。

③ 胡斌:《中国现代戏剧跨文化改编研究》,人民出版社,2015年,第85-86页。

④ 田本相:《中国现代比较戏剧史》,文化艺术出版社,1993年,第521页。

例 1. 兰：大哥你又发牢骚了。

海：怎么能没有牢骚呢？谁都在外面远走高飞，我就只有老死乡下。

兰：不过我倒觉得农村确实太可爱了。

海：好啦！（没有听见）二弟，假如你是我的话，你怕也会和我同样的痛苦。

兰：也许吧，可是我马上就要离开这恬静可爱的田间到火线上去了。

海：这么一说，前方你是去定了。

兰：现在是毫无疑问的事情。

海：不过我总觉得你们读书人，也不能上火线打仗到军队去没有什么意思。

兰：到军队去也不一定就要打仗，譬如政治工作，宣传工作，……

海：那么，你这一次去什么时候回来呢？[①]

例 2. 海：我总不明白你是什么意思，你不是说我们的村子是多么的优美呀，多么的有诗意呀，你怎么有决心舍得离开呢？

兰：可不是吗？这个暑假我虽然在家里只住了两个月，但是我对家乡的一切都感一种新的亲切，不但留恋这优美的村景，同时我对于家乡的人，也感到特别的依恋。[②]

例 3. 兰：话不是这样说，要知道五十年代的今日，是一个非常苦闷的时代，生长在这个时期中，可以说是最烦恼，也可以说是最幸福。

珠：……

兰：所谓苦恼，就是说一切人类的幸福都被剥夺了，全世界充满了战争和恐怖，但是反过来说，一个青年能够在这个伟大的

① 尤金·奥尼尔：《遥望》，李庆华改译，中国国家图书馆，缩微版，1946 年，第 2 页。

② 同上，第 3 页。

时代里成长起来，又不能不算幸福。

珠:(困惑地)唔！唔！

兰：不过，在这个伟大的激流当中，我们站在时代的最前面，尤其是这一次抗战，是过去历史上所未有的，我们应该生活在战场上，才能够坚实地成长起来，不然的话，我们将为时代所唾弃，永远成为无用的蛆虫。

珠:(望着他)是的，你的意思我明白。

兰：爱珠，这就是我要走的原因。[①]

奥尼尔《天边外》揭示了理想与现实之间的悖谬，表达了人类无法掌控自己命运的无奈与痛苦。从上述语段可知，黄志兰已经不是奥尼尔《天边外》中厌恶农业劳动、具有诗人气质、思索抽象的人生问题的罗伯特。《遥望》中的黄志兰热爱家乡、热爱田野，不仅如此，黄志兰还充满为国尽忠、报效祖国的豪迈情怀。

李庆华采取时代化改编策略使原本神秘抽象的主题变得简单具体。为了保证演出效果，李庆华请方殷作词、明敏作曲，创作了主题歌《望沙场》，烘托气氛，激发有志青年的抗战热情。事实上，我国大部分改编剧目都是力求与现实产生关联，直接或间接地表现某种民族意识和爱国精神的。

（四）话白语式大众化、通俗化

李庆华《遥望》中还大量加入了中国百姓喜闻乐见的乡间俚语。如“黄毛丫头”“耗子见了猫”“三岁小孩”“女大十八变”“说曹操曹操就到”等：

例 1. 海：可不是，爱珠和以前跟我们一起在小学读书的时候不同了，何况又在城里待了一些时候。你这次回来没有看见？乡下的黄毛丫头也不都剪了头发，穿起了旗袍，参加什么妇女训练营了吗？

兰：说也奇怪，这两个月来，他见了我，好像耗子见了猫，

① 尤金·奥尼尔：《遥望》，李庆华改译，中国国家图书馆，缩微版，1946 年，第 10 页。

说不了三句话就要跑。好像怕我吃了她似的。

例 2. 兰：我认为只有傻子才能够得到幸福，聪明人永远是痛苦的。

海：你这句话三岁小孩都不相信。

兰：将来你总有相信的一天。

海：好嘞，我就等着幸福来找我吧！

例 3. 兰：人生真是一个谜，任你怎样猜？也猜不着未来的变化，就拿爱珠说吧，几年前还是个黄毛丫头，我们天天在一起打呀闹呀，可是转眼的工夫，简直变成另外一个人了。

海：（有含意的）这就叫作女大十八变！（远处有女孩子轻快的歌声）

兰：大哥！你听，说曹操曹操就到。”[①]

“耗子见了猫”这句俚语的意思是指“极力躲避某人”中则形象地表现出爱珠见到志兰时的羞涩之情，十分恰当。“黄毛丫头”“三岁小孩”“女大十八变”等乡间俚语的加入大大拉近了观众与演员的距离。这也与 1932 年中央提出的欧美文艺大众化方针相符合。正如陈白尘所说：“在舞台上搬演自己的生活，讨论自己的问题的戏剧，可以使民众乐意地接受，也才是民众戏剧运动中所需要的作品。”[②]

（五）男女婚恋伦理

在男女伦理关系方面，李庆华考虑到中国妇女的妇道观念、伦理思想，并没有原样照搬原文中露斯坦率直露的言语，而是把原文热情奔放的告白进行了冷却处理。《遥望》中的田爱珠的言行已经具有了中国妇女的性格，女主人公已经完全中国化了。

① 尤金·奥尼尔：《遥望》，李庆华改译，中国国家图书馆，缩微版，1946 年，第 4-6 页。
② 参见陈白尘：《中国民众戏剧运动之前路》，《山东民众教育》1933 年第 8 期。

例 1. 兰：在我刚回来的时候，就听妈谈起大哥和爱珠的亲事，据母亲说曾托人向田家提过，田大妈已经答应了，不过说问题的关键就是爱珠自己。

海：也许有这种事。不过我不大清楚。

兰：我希望我这一次到前方去，能够得到你的好消息。

海：妈也不过是说说罢了，像我这样的庄稼汉，还有什么出息，谁愿意嫁给我这个傻瓜。[①]

例 2. 兰：真的，家乡怎能不使人留恋，一切的一切都使我舍不得离开，尤其是你，我们相处虽然仅有两月，可是在我一生中也许只有这俩月是最幸福的。

珠：（低声地）我也是这样觉得。

兰：这也许是命运在捉弄我们，刚踏上幸福的路又使我们饱尝离别的苦味，（沉默）不过（强作笑声）我走了，大哥还可以陪着你，我相信大哥一定会……

珠：你再说，我就走了。[②]

例 3. 兰：我惦念这儿的一位姑娘。

珠：一位姑娘？

兰：是的，一位年青的姑娘，一个常跟我在一块的姑娘。

珠：你说些什么呀？

兰：我说的就是你！

珠：（转过身去）我不敢来了。[③]

例 4. 兰：嗯！这是很有可能的，……不过，这两个月来，你像一只小鸟依附在我的身边，我深深地感觉到爱的甜蜜，不过另一种力量在鼓励着我，硬要把我从你身边拉开，而且舅父又那么苛刻地

① 尤金·奥尼尔：《遥望》，李庆华改译，中国国家图书馆，缩微版，1946 年，第 5 页。
② 同上，第 8-9 页。
③ 同上，第 11 页。

督促着我，所以我感觉到不能不离开你，但是有一种思想像闪电般地把这一真理展示给我，——这就是我爱你，从我一回来就爱上了你（他轻轻地拉起她的手）我说的这些话，你不必介意，我现在感到爱你是不可能的了。——我也明白，因为我发现了自己的爱情，似乎同时也瞧见了别人的爱情，我知道我的大哥他很爱你，我也知道你也曾爱过他。

珠：（骤然）我没有，我没有，你胡说，我并不喜欢大哥，我从来也没有想过爱他，（她倒在她怀里哭起来）你是在说谎，你是在骗我，（紧紧地拉着他）你不能去，我不要你去。

兰：（迷惑而又喜悦）你是说你爱我吗?

珠：是的，爱你！爱你！①

例 5. 兰：假如我能够生活在战场上……现在当然不必说了，但是你知道我并不是取笑他，老实说，他对于战争却是另一种看法。

珠：我看你不必取笑人家，最好拿着镜子照照自己吧！要不是你懦弱无能，我们怎么会弄到这步田地。

兰：你胡说！

珠：我一点也不胡说，你取笑你自己的哥哥，哼！他比你强得多，将来也会胜你十倍，你嫉妒人家，但是人家现在升了官，可是你呢？你呢?

兰：（低声）我希望你不要这么说，你说出来，将来要后悔的！

珠：不！我不会的，我永远不会后悔，这些话我早就想说了。

兰：这是你的真心话吗?

珠：当然，我早就看出来你是怎样的一个人，你只会说一些人家听不懂的傻话，要叫你实实在在地做点事，你却什么都做不来，但是你自己永远不承认自己不行，你以为你自己比人家高强得多，你以为读了几年书就了不得了，其实你一点有用的东西都没有学到，只会读无用的书，事情一件都料理不好，你以为我嫁了你这样的丈

① 尤金・奥尼尔：《遥望》，李庆华改译，中国国家图书馆，缩微版，1946 年，第 12 页。

夫，就算是幸福吗？其实，如今我才觉得我是一个傻瓜，千不该！万不该！当初不该嫁给你，那时候我要知道你是这么一个人，哼！我宁愿守一辈子的活寡，也不嫁给你，老实地告诉你，我和你处了不到一个月，我便后悔了。

兰：（他气得发抖）哼！如今我才知道你是一个多么糊涂的东西。（带着一种粗涩的笑声）你是多么卑鄙，多么渺小，多么下贱，多么……哦！我为什么爱上这么一个女人呢？（打嘴）该死！

珠：你不是说，要不是为了我，你便到前线去了吗？好吧，你去吧，愈快愈好，我决不留你，你不守着我，我更高兴，我到快活，也许我们会一天一天地好起来，你瞧着吧，没有你，我一样地过活，你不要担心。

兰：你这个女人！

（寝室里传出孩子的哭声，两个人同时惊慌地互视，接着外面传来一阵皮鞋声，听见志海高声地叫着）志兰，志兰在家吗？[①]

从以上四段节选可以看出，李庆华在改编奥尼尔《天边外》时，已经把西方的婚恋观及男女伦理本土化了。“话剧运动背离民众的地方，首在戏剧内容的隔阂。戏剧是模仿人生的，反映人生的，如果这戏剧中的人生不是观众自己的人生，观众起了反感，这是自属当然，……我们的民众戏剧家所写的戏剧，应该是从民众生活中摄取下来的。”[②] 李庆华已经把露斯改编成了一个中国姑娘。首先，例 1 中加入了中国婚俗当中的“提亲”环节。这里的“提亲”和古代的父母之命、媒妁之言有很大不同，经过五四的洗礼，生活在 20 世纪 50 年代的中国乡村男女已基本具有了婚姻自由。其次，例 2、例 3 段中赋予了爱珠东方女性腼腆、害羞的性格特点。再次，例 4 中通过志兰之口侧面赋予了爱珠“小鸟依人”的柔顺气质。最后，例 5 中，爱珠和志兰虽然发生了激烈争吵，但是却找不到一句“爱珠深

① 尤金·奥尼尔：《遥望》，李庆华改译，中国国家图书馆，缩微版，1946 年，第 38-40 页。
② 参见陈白尘：《中国民众戏剧运动之前路》，《山东民众教育》1933 年第 8 期。

爱志海”的表白。原剧中露斯和罗伯特争吵时，曾多次表白自己深爱着安德鲁。中国传统伦理并不主张女性冲破失败婚姻的束缚，追求新的幸福。女人应该“嫁鸡随鸡嫁狗随狗”，应该具有隐忍的性格及无私奉献的精神，应该无条件地相夫教子、孝顺公婆。比如，曹禺《北京人》中的愫方就是一位无私奉献、永远为他人考虑的女性，曹禺写道：“特别是愫方这样秉性高洁的女性，他们不仅引起我的同情，而且使我打内心里尊敬她们。中国妇女中那种为了他人而牺牲自己的高尚情操，我是愿意用最美好的语言来赞美他们的，我觉得他们的内心世界是太美了。”① 基于此，李庆华的改编策略正拉近了爱珠与中国民众的距离，使爱珠接近中国性别传统中对女性的期待，使他们乐于接受她、理解她。

改编是对原著的重新解读，目的是赋予原剧新的生命，使其可以在新的语境中生根、发芽。“是否忠实于原著”已经不再是评判改编成功与否的标准，某种程度上说，在改编过程中，产生与文化差异相关的意蕴流失现象是有时是无法避免的。既然是跨文化改编，则必然存在对原著某个层面的主题或内涵甚至人物情节设置的取舍，而这种取舍取决于改编者的个人风格与时代语境。韦勒克·沃伦指出：“考虑‘接受因素’，即外国作家被介绍进来的特殊气氛和文学环境。”② 任何文本都是一定时代语境，一定社会文化背景下的产物，改编也必然如此。对奥尼尔《天边外》的两次改编只是漫长历史进程中的小细节，可正是这样的一个历史细节可以成为认知历史的路径。通过这条路径，各种相关的文化、社会、历史现象得以揭示。

① 曹禺：《原野·北京人》，人民文学出版社，2010 年，第 367-368 页。

② 韦勒克·沃伦：《文学理论》，生活·读书·新知三联书店，1985 年，第 42 页，

第三节 《榆树下的欲望》之戏曲改编

改革开放以来，在东西方文化交流日益频繁，世界一体化进程加快的时代背景下，中国戏曲界改编西方经典的相关工作逐渐活跃起来。要实现中国古典戏曲的现代转型，使中华戏曲文化走向世界，将外国戏剧改编为中国戏曲是一个好办法。在以戏剧为媒介的跨文化交际中，我们既可以把西方当作一面镜子，发现自身的不足，还可以学习西方戏剧的优点，探索出符合现在及将来观众之期待的戏曲表现手段，最终为中国戏曲的发展服务。

据不完全统计，中国改编自国外经典的戏曲作品已近百部。从原文本的选择来看，多为雷曼在《后戏剧剧场》中提到的“纯粹戏剧”和“非纯粹戏剧”，其核心在文本，强调人物、情节、冲突，聚焦社会生活，并以再现为主要的表现方式。[①] 在改编过程中，这类剧作因为与戏曲存在诸多共性，较容易纳入戏曲框架。情节和人物对戏曲来说不可或缺，而戏曲自身又具有丰富和卓越的表演形态，长于形塑人物和表现技巧。发挥自身优势，选择与自身亲和力强的剧作进行改编则顺理成章。除了形式的兼容性之外，思想性也是一大要素。在多数对莎剧的改编作品之外，相对较少的西方现代主义、后现代主义改编作品中，奥尼尔是不容忽视的一位。有关奥尼尔戏剧的中国戏曲化改编，主要有孟华改编的曲剧《榆树孤宅》（改编自《榆树下的欲望》）、徐棻改编的川剧《欲海狂潮》（改编自《榆树下的欲望》）。另外还有孟华改编的曲剧《马可与公主》（改编自《马可百万》）、甬剧《安娣》（改编自《安娜·克里斯蒂》）等。

奥尼尔《榆树下的欲望》创作于 1924 年，该剧早在 20 世纪 20 年代就引起了国人的关注。1929 年 1 月，张嘉铸在载于《新月》第 1 卷第 11 号《沃尼尔》一文中提及此剧时列出了自 1920 年到 1927

① 汉斯·蒂斯·雷曼：《后戏剧剧场》，李亦男译，北京大学出版社，2010 年，第 47 页。

年间，含“Beyond The Horizon、The Emperor Jones、Anna Christie、The Hairy Ape、Desire Under The Elms、Marco Millions”等12部作品。1929年5月1日，查士骥在载于《北新》第3卷第8号的《剧作家友琴·沃尼尔》一文中写道：“一、绝望的悲剧：他的作品大部分是悲剧的世界，而此悲剧却已被奇妙所破坏而是不能救济的了。从前的悲剧作家，对于作品中的主人公，是给以一些能赔偿其悲惨的命运的‘某物’的。……但沃尼尔则决不给予以此种补偿。他的悲剧的主人公，只是被他所不能了解的某种强大的不可抵抗的力所牵引，或受苦，或死亡。在这点上，沃尼尔是自然主义者，运命论者，厌世家。最极端的例子便是*Desire under the Elms*。”“他在表现作品中人物的性格上，最着重下面的两点，一是这些人都濒临饥饿。二是他们不能支配自身的生活。沃尼尔最喜欢描写的是性格的堕落和分裂，他所描写的主人公一定是同时失去世界和灵魂二者的。……奥尼尔悲剧的起破坏作用的主因极为复杂，有自然力，有社会，如*Emperor Jones*和*Hairy ape*……，把破坏所由起的原因置于悲剧的主人公的心的过程的一点，换言之，即破坏之力的为内在之物的一点，是沃尼尔的最鲜明的特征。这是可预见的现代美国悲剧发展的中心。”[①] 该文对于奥尼尔的悲剧特点及《榆树下的欲望》的悲剧性进行了概括，这部悲剧的内驱力正是人本身。

该剧在中国的译本按时间顺序可梳理为：1. 载于《外国戏剧》1981年第2期的汪义群译本；2. 载于《外国文学》1981年第4期的李品伟译本。《榆树下的欲望》一经问世，即在美国引发轩然大波。很多权威评论家都对他大加鞭挞，其中爱仑·戴尔（Alan Dale）的评论最为粗暴，他说：“从《榆树下的欲望》这出戏里冒出一股有毒的瘴气，他的演出简直是一场胡闹，像恶性肿瘤那样的有毒”，“相比之下，甚至连剧院底下的地下过道也显得清爽宜人了。”[②] 1926年，该剧在洛杉矶公演时，所有演职人员因演出“肮脏、不道德、

① 查士骥：《剧作家友琴·沃尼尔》，《北新》1929年第3卷第8号上。

② 汪义群：《奥尼尔研究》，上海外语教育出版社，2006年，第64页。

和猥亵的戏剧”的罪名受到审判。“这出戏之所以获得成功，一个重要原因就是外界对它充满恐惧感的攻击和恶意中伤的反宣传。”①约瑟夫·伍德·克鲁齐等则认为该剧是美国第一部伟大悲剧。这样一部在美国曾引发颇多争议的作品在中国要得以生根发芽，改编是必不可少的。

孟华改编、郑州市曲剧团2000年创排的《榆树孤宅》是以中国戏曲形式改编的第一部奥尼尔戏剧。孟华对奥尼尔评价极高，他写道：“冷静下来之后再来回味品评，却发现奥尼尔的剧作总是以对人性张扬得酣畅淋漓和对人心解剖得精微独到而始终跃居群雄之上。‘平望似涛，纵看似潭，细处撼情，大处精心’——这种奥氏剧作的特性，使人读后有一种‘不知有汉，无论魏晋’的陶醉。”② 导演谢亢明确指出，他改编的目的很明确，就要把用曲剧改编的《榆树下的欲望》带到国外上演。如果给外国人演话剧的话，语言本来就不通，再加上有大段的台词，国外观众很难理解，很难引起他们的共鸣。然而，中国传统戏戏曲有许多可视的成分。外国人对我们的服装、音乐、演员的化妆及身体姿态等都非常感兴趣。③ 该剧在2002年8月应美国格林奈尔大学与西亚斯集团之邀，赴美国加州洛杉矶、堪萨斯州、依阿华州、明尼苏达州、密苏里州等地巡演，获得了惊人的好评。孟华写道：“当我看到济济满堂的高鼻子蓝眼睛的美国观众被中国河南曲剧陶醉得如痴如醉的时候，我验证并认可了民族文化的世界性魅力。”④ 《榆树孤宅》入美巡演，是中国地方戏进入美国的第一例。河南曲剧完全熔融了奥尼尔，在奥尼尔的故乡上演了河南曲剧。那么《榆树孤宅》的戏曲改编何以如此成功呢？本节以孟华先生《榆树孤宅》为例来探讨以中国戏曲改编奥尼尔戏剧的策略。

---

①［美］弗吉尼亚·弗洛伊德，《尤金·奥尼尔的剧本——一种新的评价》，陈良廷、鹿金译，上海译文出版社，1993年，第271页。

② 孟华：《章后碎语》，《剧本》2006年10月，第37页。

③ 何成洲：《“戏剧改编”教授沙龙》，《艺术百家》2009年第2期，第152页。

④ 孟华：《章后碎语》，《剧本》2006年10月，第38页。

一、孟华

孟华出生于河南省南阳市。南阳市由于地处河南省西南部，并和湖北毗邻，自古有“割周楚之丰穰，跨荆豫而为疆”的称誉。孟华于20世纪80年代初在上海学习戏剧的时候，正是改革开放初期，戏剧艺术领域各种文艺思潮风起云涌，流派纷呈。先锋派、意识流、荒诞派等面目繁多的艺术作品裹挟着各种信息、观念、技巧、手法而来，令人目不暇接，当时最具冲击力的便是奥尼尔。孟华写道：“奥尼尔曾经让我着过魔。那是二十多年前国门刚刚打开一条缝的时候，奥尼尔剧作出现在戏剧学院的教材中。一读，愣了！济济一堂剧作家研修班的半老学子们都瞪着呆愣愣的眼睛互致惊问：乖乖！剧本还有这种写法？家丑还有这种扬法？”① 奥尼尔笔下人物强烈的爱恨、奥尼尔的悲剧意识、奥尼尔的多重表现风格、奥尼尔变化多端的创作手法，无不令孟华先生深感震撼和折服。孟华先生深深地为奥尼尔所吸引，他把老师上课录音全部翻录下来，单单这样的上课录音便录了不知多少盘磁带。他反复地听，分析、研究、记录，再加上看戏，读剧本，讨论，实验，用各种方法解读、剖析、学习奥尼尔。在其后来的创作中，被咀嚼、被消化、被吸收的奥尼尔之艺术精髓就如同一泓清泉，源源不断地滋养着孟华的艺术创作。奥尼尔也从此成为孟华一个挥之不去的情结——把奥尼尔引进中原，介绍给中原的父老乡亲，让奥尼尔极富音乐律动的戏剧在中原唱响起来。孟华说：“中国人也曾把奥尼尔的不少剧作搬上舞台，当然那都是以话剧的演出形式原本炮制，真正用中国传统戏曲艺术搬演奥尼尔剧作尚且缺少尝试。”②

孟华写道：“用河南曲剧改编演出《榆树下的欲望》，首先遇到的就是奥尼尔的悲剧观与中国中原观众观剧审美取向上错位。随着一度、二度创作的步步深入，这种错位愈加显著。比如，中原观众

① 孟华：《章后碎语》，《剧本》2006年10月，第37页。

② 同上。

习惯于舞台上的好人坏人一看便知；而奥尼尔的戏中好人坏人很难一看'便知'，甚至看到底也不知谁是好人坏人。中原观众爱把舞台上的人物区分为正面、反面；而奥尼尔的戏剧人物，正面也像反面，反面也像正面，常常正反不分。中原观众要求舞台上要'逮不住奸臣不煞戏'；而奥尼尔的戏中几乎没有'奸臣'，即使有奸臣也总是逮不住，闹到底也不知道'奸臣'是谁，弄不好'奸臣'就是我们'自己'。……这种审美主客体之间的错位，如果从比较论出发进行审视和研究，倒是尽可以剥离他们之间的异质，拉开他们之间的距离，探求这种不同和错位的意义。然而，我们是在实践，是把美国戏剧搬到中国演出，是要让奥尼尔结识中国的观众、中原的观众，并且要中国观众和中原观众乐于接受奥尼尔。这实在是一项宏大的、又掺不得一丝假的情感工程。理性的独处无济于事。因此，我们首先必须调整和矫正这种错位，消减两者之间的悖逆，隔江搭桥，寻找沟通。说白了，我们的演出不但要有观众，而且要抓住观众，征服观众，一切目的必须在与观众的现场交流中才能得以实现。"①

二、《榆树孤宅》

孟华写道："改编奥尼尔，不仅仅是一个从话剧到戏曲的转换问题，而且是一个解读奥尼尔、体验奥尼尔的过程，也是一个整理创作思想，比较中西创作方法的过程，更是一个用人性的共性全面测试人类社会泛伦理泛道德的过程。在这个过程中，我的体会是，越往前走，越多困惑，越多迷惘，越感到奥尼尔式的痛苦无处不在。"②孟华对地点场景、服装道具、人物造型、话白语式以及人物的身份称谓等，进行了彻底的"汉化"改造。就连剧中涉及的风土人情、生活习俗，甚至求爱方式，也均被他处理为标准的中原式。《榆树孤宅》的改编过程实际上是西剧中国化、洋戏本土化的过程。下面将

① 孟华：《奥氏剧作与中国戏曲的龃龉与磨合（两题）——河南曲剧改编演出尤金·奥尼尔〈榆树下的欲望〉的体会》，载《尤金·奥尼尔戏剧研究论文集2001》，河南文艺出版社，2001年，第10页。

② 同上，第9页。

结合文本详细论述。

（一）人名、称谓、身份

表 4-4 《榆树下的欲望》与《榆树孤宅》在人名、称谓、身份方面的对比

汪义群《榆树下的欲望》	孟华《榆树孤宅》
伊弗雷姆·凯勃特	柯泰（75 岁，柯家庄园园主）
西蒙 39、彼得 37、伊本 25（凯勃特之子）	柯虎 39、柯豹 37、柯龙 30（柯家三个儿子）
爱碧·普特南	艾碧（35 岁，柯家庄园园主柯泰的续弦夫人）
村姑，农夫，小提琴师，警长和邻村的老乡	司仪、老翁、老媪、女人、青年、姑娘、孩子等宾客，地保、仆役若干。

从表 4-4 可知，人物的身份及人物之间的关系基本保持不变，但与之前论述的几部改编剧一样，奥尼尔《榆树下的欲望》中的人物在《榆树孤宅》中基本都有了中国名字：如伊弗雷姆·凯勃特变成了柯泰，西蒙、彼得、伊本分别变成了柯虎、柯豹、柯龙等。在汉语中，“泰”字有平安、稳定、威严之意，有稳如泰山、繁荣康泰、体态安康等词语。把家长身份的凯勃特改名为“柯泰”是十分恰当的。并且，以“虎”“豹”“龙”命名三个儿子也符合中国人的取名习惯。中国人取名讲究寓意，以“虎”“龙”等词给男孩命名，不但预示着男孩将会拥有强健的体魄，而且寓意着孩子将来会成为“人中之龙”般的杰出人才。

不仅如此，剧中的附属人物及称谓等也都发生了改变。如“城西张媒婆亲口所讲，分毫不差呀！”“我不准你去找翠花。”“她是个婊子”[①]。再如“老二，快卸车呀！”“老三，你咋啦？老柯！你别离开我……”[②] 等。可见，剧中的附属人物及称谓等也都被中国化了。

（二）地点、场景

例 1. 故事发生在一八五〇年。新英格兰凯勃特的农舍内外。农

① 尤金·奥尼尔：《榆树孤宅》，孟华改编，《剧本》2006 年 10 月，第 21、26 页。

② 同上，第 29 页。

舍的南面正对着一垛石头围墙。围墙正中有扇木门，开出门便是乡间大路。房子还相当完好，只是油漆剥落了。墙壁呈浅灰色，看着叫人生厌。绿色的百叶窗也已退色。农舍的两侧各有一棵硕大无朋的榆树。那弯曲伸展的树枝覆盖着屋顶，既像在护卫它，又像在压抑他。这两棵树的外表，使人感到一种不祥的、充满妒意和企图征服一切的母性心理。由于和这屋里的人相处久了，居然令人吃惊地有了灵性。它们层层叠叠地笼罩着屋子，将它压得透不过气来，就像两个精疲力竭的女人，将她们松垂的乳房、双手和头发都耷拉在屋顶上。遇到下雨的日子，她们的眼泪便单调地噗噗往下掉，顺着瓦片流失。

一条小径从大门通往农舍的正门，中间绕过房子的右角。农舍的正面有一狭窄的游廊。在面对观众的墙上，楼上楼下各有两扇窗户，下面两扇比上面略大。上面分别是父亲和兄弟们的卧室的窗户。下面左间是厨房，右间是客厅。客厅的百叶窗自始至终关着。[①]

故事发生在距离现代相当不近但也不很遥远的时代。

幕启。柯家庄园宅楼内外。舍宅的两侧各有一棵硕大无朋的榆树。那弯曲伸展的树枝覆盖着屋顶，就像两个精疲力竭的女人，将她们松垂的乳房、双手和头发都耷拉在屋顶上。遇到下雨的日子，她们的眼泪便单调地噗噗往下掉，顺着瓦片流失。

幕后合唱：

“老榆树下春梦稠，梦中故事不断头。黄粱枕上数金豆，迷魂阵里自在游。金银财宝烟一绺，豪宅广厦海中楼。”[②]

例 2. 第二年暮春的一个夜晚。厨房和楼上两间卧房的内景。两间卧室各点着一盏蜡烛，烛光昏暗。伊本在自己房里的床沿上坐着，两只拳头托着下巴，脸上的表情显示出内心正在进行剧烈的冲突。楼下厨房里正举行舞会。喧闹的笑声和音乐声传来，更增添了他的

---

① 尤金·奥尼尔：《榆树下的欲望》，汪义群译，载郭继德主编：《奥尼尔文集》第 2 卷，人民文学出版社，第 557-558 页。

② 尤金·奥尼尔：《榆树孤宅》，孟华改编，《剧本》2006 年 10 月，第 21 页。

烦恼和不安。他皱着眉，两眼恨恨地注视着地上。隔壁，那张双人床边放着只摇篮。

楼下厨房里则是一番节日景象。炉子取了下来，为的是给跳舞的人腾出地方。……凯勃特正站在后门边上。那儿有一桶威士忌。他给所有的人斟酒，而自己也随着酒越喝越多而逐渐兴奋、欢乐起来。①

第二年暮春。柯家正堂门外。

光启。两株老榆树树干上，贴着大红“喜”字，满院喜庆气氛。唢呐高奏。孩子们戴着大头面具，跳着“娘娘送子”民间舞戏。几个青年壮汉装扮成神怪，吐着火焰，耍着变脸，驱赶邪祟，保子太平。

一个姑娘推着五彩缤纷的摇篮车，穿过人群走来。送喜帖的人们纷纷赶来呈贺，往摇篮车上扔红包。柯泰容光焕发，倍显精神，兴致极高地迎接着宾客，不断地打着招呼，收着礼品。②

从场景来看，首先，孟华先生对原剧中故事发生的时间、地点都进行了模糊化处理。原剧中故事发生的时间是 1850 年，改编后则发生在“距离现在不近也不很遥远”的时代；原剧中故事发生在新英格兰，改编后的柯家庄园并没有具体的位置。在改编中，对原剧中的某些时空信息进行模糊化处理是改编者经常采取的策略。另外，剧中有关地名，孟华也本着拉近与中原观众之距离的初衷进行了改动。如将加利福尼亚改编为西梁。其次，孟华还对场景进行了简化处理。比如对榆树的描写，孟华只保留了核心部分——“就像两个精疲力竭的女人，将她们松垂的乳房、双手和头发都耷拉在屋顶上。遇到下雨的日子，她们的眼泪便单调地噗噗往下掉，顺着瓦片流失”，其他相关描写在改编剧中则被完全去除了。其实，在整个改编过程中，孟华先生对原剧进行了大量删减。《榆》剧中文译本共有三幕，

① 尤金·奥尼尔：《榆树下的欲望》，汪义群译，载郭继德主编：《奥尼尔文集》第 2 卷，人民文学出版社，第 604 页。

② 尤金·奥尼尔：《榆树孤宅》，孟华改编，《剧本》2006 年 10 月，第 31 页。

每幕四场，共十二场；改编剧中还是三幕，但每幕都不再有分场，三幕即三场。字数也从原来的40000余字变成了18000字。一定程度上讲，这种删减是由中国戏曲与西方戏剧的差别决定的。中国戏曲中，故事是随着时间、空间不断向前推移而发展的线型结构，就好比一条主线上串联着几个小故事。把西方戏剧《榆树下的欲望》改编成曲剧《榆树孤宅》，要使之符合中国戏曲特点，符合中国观众的审美期待，则必须去掉多余枝蔓，让故事迅速展开。《榆树孤宅》的执导谢亢先生第一次会见全体演职人员时就指出："这次重排《榆》剧，不是以前赴美演出的复排，而是一次新的创造。无论对剧本的解释、导演的构思，还是演出的形象处理，除保留原来好的部分，都将更加'戏曲化'。用中国传统戏曲来表现美国剧作家的作品，既要考虑奥尼尔作品的精神，又要面对中国的观众；既要考虑奥尼尔作品的体裁感，更要坚持河南曲剧的表演特征，演员的二度创作将是十分困难……"①

再次，改编剧场景中加入了一段唱词："老榆树下春梦稠，梦中故事不断头。黄粱枕上数金豆，迷魂阵里自在游。金银财宝烟一绺，豪宅广厦海中楼。"虽然文学与音乐是各自独立的艺术，但在东方、西方艺术史中，二者经常紧密相依。亚里士多德论悲剧的六大要素中，音乐也占有一席之地，常常是音乐把悲剧升华到感人肺腑的境地，或用合唱起到兼评兼叙的作用。

孟华的唱词以"精""美""独特"著称。短短六句唱词，前四句压尾韵，后两句压头韵，颇富诗意和禅意。二十几年来一直为孟华剧作谱曲的耿玉卿写道："谱孟华的唱词是一种享受，是一种文学的陶冶，是一种雅与俗结合的体悟，是一种情和趣共融的最好体验。"②

河南曲剧是一个纯粹出自民间的剧种，拥有广大的观众群。曲剧曲调优美，善于抒情，和《榆树孤宅》剧情风格较为吻合。戏曲

① 张来峰：《情真意切方动人——〈榆树孤宅〉中饰演柯龙的体会》，《东方艺术》2010年第7期，第96页。

② 耿玉卿：《孟华的唱词带着腔》，《东方艺术》2005年第8期，第26页。

的抒情性，主要体现于咏唱，咏唱的情感依托于唱词。大量的唱词弥补了删减造成的缺陷，很大程度上弥合了中西文化的差异。孟华写道："中国古代常把诗词连体，'诗堪为词，词当为诗'。抒情化的《榆》剧，也是诗化的《榆》剧。加上戏曲程式化的表演，观众浑然不觉面对的是西方的'舶来品'，很快被其浓烈的亲和力所吸引，忘情地沉浸于审美愉悦之中。"①

最后，孟华在场景中加入大量中原文化意象。如在第三幕场景说明中不但加入了"大红喜字""喜帖""红包"等颇具中国文化韵味的文化意象，人们还高奏"唢呐"，跳着"娘娘送子"民间舞蹈。不仅如此，还加入了民间百姓为子祈福的迷信活动，如"几个青年壮汉装扮成神怪，吐着火焰，耍着变脸，驱赶邪祟，保子太平"等，巫师跳灵的场面活灵活现。这大概是由楚文化"信巫鬼，重淫祀"的特征决定的。孟华先生孩提时代的一大乐趣就是追逐乡间的巫师神婆，看他们抡刀舞棒、念咒下神。这种原汁原味巫文化的浸润潜移默化地影响着孟华的改编活动。柯老爷子门前是一派中国大户人家喜得贵子的场面。

（三）语言通俗化、大众化

欲拉近西方戏剧与中原观众的距离，对剧中人物的语言进行改编也是必需的。剧中人物必须说中国话，必须说中国百姓所说的话。这一点在人物对话及唱词中均有体现。首先，如"不是他害死的，也是他妨死的""柯豹不知道往后该妨死谁喽！"② 中，"妨死"是我国民间的一种迷信说法，指某物或某人对人不利，会造成或导致某人死亡。文中，柯虎认为他的父亲对他的母亲不利，并导致母亲的死亡。又如"这是老头子藏的体己钱，我妈临死前告诉我这个秘密"③ 中，"体己钱"指个人私藏的钱，以备日后急用。再如：

① 参见孟华：《奥氏剧作与中国戏曲的龃龉与磨合（两题）——河南曲剧改编演出尤金·奥尼尔〈榆树下的欲望〉的体会》，《尤金·奥尼尔戏剧研究论文集 2001》，河南文艺出版社，2001年，第 9 页。

② 尤金·奥尼尔：《榆树孤宅》，孟华改编，《剧本》2006 年 10 月，第 21 页。

③ 尤金·奥尼尔：《榆树孤宅》，孟华改编，《剧本》2006 年 10 月，第 22 页。

柯豹：爹爹第三次结婚，也不事先言一声，孩儿们好准备三盘唢呐两台戏，五里红毡不挨地……

艾碧：倒像两条汉子！赏乖乖们一份见面礼吧！（向每人扔过去一枚钱币）

〔柯虎伸手接币，一尊金光闪闪的香炉从腋下坠落〕〔柯豹伸手接币，一柄玉如意从怀中滑落。〕

柯泰：（惊异）何物落地？

艾碧：（瞥了一眼）小物件，一只金香炉，一把玉如意。

柯泰：怕什么！我让你一个人、做个好梦。你没听说：送子娘娘都是趁女人们单独睡觉的时候，给悄悄送来的？哈哈哈！

艾碧：（自信地）我可一点儿不怕，你需要我，你离不开我，你会让我牵着鼻子走的……来吧，我领你去一个地方，那是一个没有打开的房间，这个家里只有那一个房间还不是我的。

柯龙 你作死！我妈的东西谁也不许动！[①]

此段中的“作死”“牵着鼻子走”等也都是中国百姓日常会话当中的常用词语。

同时，剧中，大量的唱词也具有通俗、大众化特点。如“呸（唱）狐狸成精扮人相，好一副漂亮的脸、温柔的样、动听的话、迷人的腔，却原来鬼蜮伎俩、蛇蝎计谋、虎狼心肠！骗我情诱我爱引我迷惘，勾我魂摄我志夺我刚强。”[②] 中“狐狸成精扮人相”等词都是那样通俗、简单，几句话表达出柯龙对爱碧既爱又恨的复杂情感。

又如“女人（唱）麒麟送子到你家，老翁（唱）七十六岁又开花。老媪（唱）奇迹都出贵门下，青年（唱）老爷枪法真不差！青年 哎哟！柯老爷手下留情啊！柯泰 狗嘴里吐不出象牙”[③] 中包含的“老爷枪法真不差”“狗嘴里吐不出象牙”等极通俗的说法，表达了青年对于柯老爷子“喜得贵子”之事的质疑和讽刺。孟华先生的

① 尤金·奥尼尔：《榆树孤宅》，孟华改编，《剧本》2006 年 10 月，第 23-30 页。
② 尤金·奥尼尔：《榆树孤宅》，孟华改编，《剧本》2006 年 10 月，第 33 页。
③ 尤金·奥尼尔：《榆树孤宅》，孟华改编，《剧本》2006 年 10 月，第 31 页。

词通俗易懂、好记、易唱，读来朗朗上口，自带着腔。耿玉卿说："我深深感到他的唱词深入浅出，情真意切，点到穴位，入木三分，文美韵浓，触及灵魂。"①

孟华先生通俗易懂的唱词还具有某种嬉笑、怒骂的喜剧效果。这一定程度上满足了中原百姓对喜剧的热衷。孟华写道："当代观众，……在剧场审美取向上，十分喜欢观看喜剧，'笑一笑，十年少'，欢乐、嬉笑和开心被认为是剧场艺术最有价值的回报。"②

（四）爱情伦理

奥尼尔认为，只有反映人类灵魂的剧作，才算是上等的现实主义剧作。灵魂决定了一个人物只能是他，而绝不可能是别人。在奥尼尔《榆树下的欲望》中，"抢夺财产"与"龙碧爱情"两条主线相互映衬、扭结、冲撞，延展出奥尼尔式冲突之独特个性。剧中，"龙碧爱情"之所以具有强烈的剧场魅力，孟华认为有三点原因："一是'奥式特色'浓郁，它是发生在儿子与后母之间的恋情，具有悖谬性，迎合猎奇心。二是心理刻画准确而生动，惟妙惟肖，入木三分。既有斯特林堡式'潜在生命力—精神冲突'的深刻而突出的体现，也有弗洛伊德'三我论'的精彩敷演，让人常看常新。三是双线并行，明暗相衬，营造'情感复调'结构，把爱欲与贪欲，性欲与物欲紧紧扭在一起，展现激烈的心理外向冲突和内向冲突，紧张而刺激，使人不能不一口气看下去。"③ 然而，孟华意识到，原剧中爱碧和柯龙在他母亲房间勾搭成奸的戏，在中国观众看来，怎么着也有点儿缺乏"美感"，甚至可能被指责为"缺德""丑恶"。基于此，孟华必须依照中式道德标准对这一情节进行改造。参照文本论述如下：

① 耿玉卿：《孟华的唱词带着腔》，《东方艺术》2005 年第 8 期，第 26 页。

② 孟华：《奥氏剧作与中国戏曲的龃龉与磨合（两题）——河南曲剧改编演出尤金·奥尼尔〈榆树下的欲望〉的体会》，载《尤金·奥尼尔戏剧研究论文集 2001》，河南文艺出版社，2001 年，第 10 页。

③ 孟华：《奥氏剧作与中国戏曲的龃龉与磨合（两题）——河南曲剧改编演出尤金·奥尼尔〈榆树下的欲望〉的体会》，载《尤金·奥尼尔戏剧研究论文集 2001》，河南文艺出版社，2001 年，第 14 页。

爱碧（用极有诱惑力的语调说话。在这一场中，她用的都是这一语调）你就是——伊本？我是爱碧——（笑）我是说，我是你的新妈。

伊本（恨恨地）不，见鬼去吧！

爱碧（没听见似的，神秘地一笑）你爹跟我讲起很多关于你的……

伊本 哼！

爱碧 你别介意他，他是个老头子了。（长长的停顿。两人互视）我不想装腔作势地做你的妈，伊本。（爱慕地）你做我儿子太大了，也太强壮了。我想和你做个朋友。也许有了我这样一个朋友，你会觉得这儿的生活有意思些。也许，我会让你跟他合得来的。（掠过一丝自信而轻蔑的笑容）我想我能叫他为我干一切事情。

伊本（痛苦地轻蔑）哼！（两人又对视了一阵。伊本有点动摇，受到她肉体的吸引——硬装出生硬的口气）你给我见鬼去吧！

爱碧（平静地）要是诅咒我对你有好处，你就尽情诅咒吧。我早就准备好了，你会反对我的——在一开始，我不怪你。要是有个陌生人来代替我母亲的地位，我也会这样的。（他打了个战栗。她正注意地盯着他）你一定很想你的妈，是吗？我很小就死了妈，她什么样子我都不记得了。（停顿）但你不会恨我很久的，伊本。我不是世上最坏的女人——你和我有很多共同的地方，我一看到你就知道。是的——我以前的日子也很苦——无穷无尽的痛苦，除了干活以外什么也没有。我早早地做了孤儿，不得不替人家干活。后来我结了婚，可丈夫是个酒鬼。后来他自己也得帮人干活了。于是我也只好又去给人家干活。往后孩子死了，丈夫病了，后来也死了。这时我高兴地说，现在好了，我总算自由了。谁知我发现我的自由仅仅意味着替一个新的主人去干活。我一直是在给别人干活，从来没有给自己的家干自己的活。这时候你爹来了……[①]

① 尤金·奥尼尔：《榆树下的欲望》，汪义群译，载郭继德主编：《奥尼尔文集》第2卷，人民文学出版社，2006年，第582页。

艾碧:（用颇有诱惑力的语调说话，在这一场中，用的都是这种语调）你就是——老三吧？老大柯虎，老二柯豹，老三叫柯龙，不错吧？认识一下，我叫艾碧。（笑）我是说，我是你的新妈。

柯龙（恨恨地）见鬼！

艾碧（没听见似的，神秘地一笑）我不想装腔作势当你的妈。小龙，（爱怜地）你当我儿子太大了，我想和你做个朋友，不知你意下如何？

柯龙（轻蔑）哼！（与艾碧对视了一阵，有点动摇惑乱，但仍装出生硬的口气）你趁早给我滚开吧！

艾碧（平静地）老三喜欢骂娘，你就骂吧。你已经没亲妈，我很小就死了亲娘，要是有个陌生人来当我的妈，我也会骂，也会咒。如此看来，你我何等相似呀！（唱）

你的妈我的娘都和咱早撒手，
你成单我成孤都是那可怜猴。
你的爹我的父都像那汪汪狗，
你失宠我失爱都摇着无梁舟。
论家境论遭际咱感同身受，
论秉性论脾气咱也许相投。
论生庚论年龄我长你个四五六，
论感觉论缘法我见你话就稠！
〔柯龙啐一口，欲走〕
（拦，唱）小柯龙既想骂你就骂够，
你新妈我不会跟你记仇。
艾碧我头上既插再蘸柳，
少不得骂声如水泼满头。
我的老三儿啊！
论贤惠后娘我不敢夸大口，
论品节我艾碧基本居中游。
好女人坏女人我都不大够，
我是个不好不坏、不贤不恶、不大不小、不精不傻、中不溜溜、半不丢丢的落魄女流。

说出身我似那瘠土苦柚，
讲命运我又像荒海孤舟。
我先死母后死父坎坷独走，
打短工干长活都是人奴。
嫁个男人男人死，
生个儿子儿子没；
男人儿子都留不住，
只留下穷光光的一双手，
凄凉凉的两眼愁；
还有那酸溜溜的、苦涩涩的、来之不易的一份自由。
想自由盼自由自由到了手，
只可叹缺份田庄缺座楼。
想家产想得我面黄肌瘦，
这时候多亏了你的爹爹、我的丈夫柯老爷子他来到了我的床头。[①]

从以上语篇可知，首先，改编者对于外国剧本的找寻和取舍常常取决于原语剧本的文化模式能否与接受端的译语文化框架相匹配。为了彻底把龙碧恋情纳入中国戏曲爱情模式，孟华先生不但把柯泰和柯龙的亲生父子关系改成了非血缘关系，并且把柯龙的年龄从原来的二十五岁变成了三十岁。人物关系和年龄的改动有效弱化了龙碧恋情中的“忤逆”成分，使柯龙为母报仇的“仇父情结”来得更清晰，更合理，因而缓解了观众对龙碧恋情的排斥心态，增加了理解与宽容。

其次，原剧第一幕中有关龙碧恋情的相关情节，在改编剧中不但基本得以保留，而且有所增加。并且，原剧中爱碧有关身世的诉说改编后变成了一段极富感染力的唱词。孟华先生通过运用大段的

① 尤金·奥尼尔：《榆树孤宅》，孟华改编，《剧本》2006 年 10 月，第 24 页。

诗化语言进行咏唱，把“奥式人物”的复杂心态化为诗，化为情，化为优美的旋律来咏叹，诱发观众的审美移情，收获审美愉悦，取得了很好的效果。孟华先生唱词最显著的特征就是情感抒发酣畅淋漓，理性剖析犀利透彻。他善于运用比喻、反复、排比等手法，使要表达的思想和感情层层加强。“说出身我似那瘠土苦柚，讲命运我又像荒海孤舟。我先死母后死父坎坷独走，打短工干长活都是人奴”等唱词听来让人肝肠寸断、对艾碧充满同情。不仅如此，孟华还在原文基础上补充了六句唱词来歌诉龙碧二人“同病相怜”的遭遇。“你成单我成孤都是那可怜猴。你的爹我的父都像那汪汪狗，你失宠我失爱都摇着无垛舟”等唱词为后来二人恋情的发展打下伏笔，便于观众对悲剧的接受。孟华写道：“悲剧性是可以诗化的，诗化的悲剧性可以更感人，更动人，因而也会冲淡‘喜剧时代’观众对悲剧的排斥心理，也便容易被中原观众所接受。”[①]

再如：

凯勃特　老了，果子越来越熟了。（转身走了。靴子声下了楼梯。隔壁伊本从床上猛地坐起。倾听。爱碧感觉到他的动作，凝视着墙壁。楼下凯勃特走出屋子，绕过屋角，伫立在大门口，望着天际。他痛苦万状地向天空伸出双臂）万能的上帝，向我说话呀！（他倾听着，似乎在等待回答。他放下手臂，摇摇头，朝饲养场方向走去。楼上，伊本和爱碧透过墙互相凝视着。伊本重重地长叹一声，爱碧像回声一般也叹了口气。两人都异常地激动、烦躁。最后，爱碧站起。耳朵靠在墙上倾听。而他却站在那儿一动不动，仿佛能看到她的一举一动。她似乎下了决心——坚决地从后面那扇门走了出去。他的眼睛追随着她。接着，当他自己的门被轻轻推开时，他转过身。等待着。身体保持着紧张而僵直的姿势。爱碧立停片刻。注视着他。两眼燃烧着欲火。接着，她轻轻喊了一声，跑了过来。两臂搂住他

① 孟华：《奥氏剧作与中国戏曲的龃龉与磨合（两题）——河南曲剧改编演出尤金·奥尼尔〈榆树下的欲望〉的体会》，载《尤金·奥尼尔戏剧研究论文集 2001》，河南文艺出版社，2001 年，第 12-13 页。

的脖子，将他的头向后仰过来，在他的嘴上狂吻。起初，他无言地屈从了他。接着，也用手臂搂住她的脖子，吻起她来。可是，他终于突然意识到自己的仇恨，将她猛地推开，跳了起来。两人默默无言地站着，像两只动物般地喘着气。）

爱碧（终于——痛苦地）你不该，伊本——你不该——我会使你快乐的！

伊本（粗暴地）我不想得到快乐——从你身上！

爱碧（无能为力地）你已经快乐了，伊本！你快乐了！你为什么要撒谎？

伊本（恨恨地）我不要你，我告诉你！我一看见你就恨！[①]

……

爱碧（搂住他——狂热地）我会给你唱歌的！我会为你死的！（举动和声音里已没有那股压倒一切的情欲，有的却是真诚的母爱——一种可怕的情欲和母爱混合的感情）别哭了，伊本！我会代替你妈的！我会做她为你做的一切事情！让我吻你，伊本！（她把他的头拉过来。他迷惑地做出反抗的样子。她柔声地）别害怕！我会纯洁地吻你，伊本——就像母亲那样地吻你——你也吻我，像儿子那样地吻我——我的孩子——对我道声晚安！吻我，伊本。（两人拘谨地吻着。突然，一股狂热的冲动征服了她，她又贪婪地一遍又一遍吻着他。他也用手臂钩住他，吻她。突然，就像刚才在楼上卧室里一样，他从她怀里挣脱，跳了起来。他浑身颤栗，由于恐怖而脸色遽变。爱碧两手紧紧拉住他，痛苦地哀求）别离开我，伊本！你没见到这是不够的吗——像母亲那样地爱你——你没见到还应该更多一些——更多更多——一百倍地胜过母爱——这才能使我幸福——使你也幸福？

伊本（对着空洞洞的房间）妈！妈！你要什么？你要跟我说什么？

爱碧 她要你喜欢我。她知道我爱你，我会待你好的。你感觉不

---

① 尤金·奥尼尔：《榆树下的欲望》，汪义群译，载郭继德主编：《奥尼尔文集》第2卷，人民文学出版社，2006年，第596页。

到吗？你不知道吗？她要你喜欢我，伊本！

伊本 是的，我感觉得到——也许她——可是——我弄不清——为什么——你占了她的位置——在这儿，她的房间里——在这个客厅——她曾经——

爱碧（热烈地）她知道我爱你！

伊本（脸上突然有了神采，露出一种恶狠狠的、胜利的笑容）我知道了！我知道什么原因了。这是她对他的报复——这样她就可以在坟墓里得到安息了！

爱碧（疯狂地）让上帝惩罚我们大家吧！现在这对我们还有什么要紧？我爱你，伊本！上帝知道我爱你！（向他伸出手。）

伊本（倏地跪倒在沙发边上，搂住她——将郁积的感情全部爆发出来）我爱你，爱碧！——现在我可以说了！我想你想得发疯——自从你来后每个小时我都在想你！我爱你！（两人的嘴唇疯狂地、紧紧地贴在一起）[①]

艾碧（浑身一颤）老柯！你别离开我……

柯泰（回头，莫名其妙）艾碧，你不舒服吗？

艾碧　不，我一个人待着，有点儿害怕……[②]

〔柯龙疯狂般地跳起，冲出房门，推开艾碧的房间。他迷乱地冲向艾碧，跪了下来，伸出求救的手。艾碧似乎被柯龙感动，报以接纳的期待。两人对视良久。艾碧轻轻喊了一声柯龙。〕

柯龙（张开双臂，一把把艾碧搂在自己的怀里，突然意识到自己的仇恨，猛地把她推开，像动物一般喘着气）滚，滚出去！

艾碧（温柔地）这，这是我的房间，是你找我的呀！柯龙！[③]

柯龙（情不自禁地向艾碧走去，忽然又从她怀里挣脱，对着空洞的房间）妈！你要什么？你要跟我说些什么？

---

① 尤金·奥尼尔：《榆树下的欲望》，汪义群译，载郭继德主编：《奥尼尔文集》第2卷，人民文学出版社，第600-601页。

② 尤金·奥尼尔：《榆树孤宅》，孟华改编，《剧本》2006年10月，第29页。

③ 同上。

艾碧　她要你承认我，她要你放心我，柯龙！

柯龙　（脸上突然有了神采，露出一种恶狠狠的、胜利的笑容）哦!我知道了,这是我母亲有意对老东西的报复,报复!哈哈哈哈……（唱）

妈妈阴魂设暗关，
清算孽债在今天。
向老鬼射出复仇箭，
让我来夺走他的心肝肝。
母亲指路明灯燃，
情闸一开浪滔天。
跪向艾碧袒心愿：
我爱你爱得成疯癫。
自从见你第一面，
如鱼吞钩被线拴。
天天神志将你攆，
夜夜梦魂被你牵。
想你想死多少遍，
恨你恨塌十层天。
而今终得双心见，
下火海，上刀山，变虫蝶，化灰烟，
心甘情愿无遗憾，无遗憾！
（向艾碧跪下去）①

从上文可知，第一，原剧第二幕中有关龙、碧二人隔墙相思，展现强烈“性焦虑”的戏，在改编中被大量删减。第二，把爱碧主动跑到柯龙房间求爱的戏，改为柯龙主动跑到艾碧房间。并对剧中多处艾碧主动地、狂热地亲吻、拥抱和渴望柯龙的戏进行删减，改编剧中柯龙的唱词则表达出他对艾碧的渴望。孟华的“消减性”调

① 尤金·奥尼尔：《榆树孤宅》，孟华改编，《剧本》2006年10月，第31页。

整大大削弱了中西道德审美差异，冲淡了“荡妇”“忤逆”等行为暗示；缓解了碰撞程度，贴近了中原观众的心理审美定势。关于“乱伦”，孟华写道：“奥尼尔之所以成为世界性戏剧大师，他的作品之所以得到世界性反响和顶级荣誉，这与他作品的深刻的思想内涵和富有全人类共同的卓越价值是分不开的。《榆》剧中蕴涵的思想内容和主题立意同样具有先进性、深刻性和超验的人文性，这包括其中的伦理道德观念。他写欲望，是为了把欲望解剖给人看；写贪婪，是为了把贪婪撕毁给人看；写乱伦，是为了把乱伦‘正伦’给人看。”[①] 就奥尼尔剧作的“乱伦”或“伤风化”，20 世纪 30 年代萧乾曾有过与孟华先生类似的论述，萧乾指出：“他勇于抓住人生的真相，并用辛辣的笔表现出来。像《奇异的插曲》（*Strange Interlude*），如果沦在另一个‘流行作者’笔下，都易写成为《伤风化》，奥尼尔却能在粗俗中燃起诗的火焰，用他卓绝的艺术，他捣毁了许多金科玉律。他以哲学家的透视穿破了生命的虚无，用戏剧的艺术具体地扮演给局中人看。”[②]

（五）轻悲化

孟华说：“欲望之树，人人皆有。只不过它栽种在心灵的旷野。欲望树上生出两种果子：美好的希望，无厌的贪婪。人在第一种果子的滋养下，创造着世界，创造着美，创造着自己的幸福和人生；人在第二种果子的滋养下，酿造着危机，酿造着丑恶，酿造着自己的灾祸和毁灭。”[③]《榆树下的欲望》的结尾是“标悲”式的。关于奥尼尔对悲剧的偏爱，我国早期译介者顾仲彝先生曾有所描述：“他看了美国作家的剧本，他认为美国人的乐观主义把人生表现错了。他说‘*The Great Divide*’（美国当代名剧）第一二幕写得很好，但第三幕因以美满团圆结束，把整个的戏破坏了。美国的剧作家全有这

① 孟华：《奥氏剧作与中国戏曲的龃龉与磨合（两题）——河南曲剧改编演出尤金·奥尼尔〈榆树下的欲望〉的体会》，载《尤金·奥尼尔戏剧研究论文集 2001》，河南文艺出版社，2001 年，第 16-17 页。

② 萧乾：《奥尼尔及其〈白朗大神〉》，《大公报》（天津）1935 年 9 月 2 日，第 1 版。

③ 尤金·奥尼尔：《榆树孤宅》，孟华改编，《剧本》2006 年 10 月，第 37 页。

个毛病。”[①] 那么，如何才能够使《榆树下的欲望》之浓重的悲剧结尾与生活中崇尚休闲和享乐、回避悲观主义和沉重感情的当今观众对接呢？孟华先生仔细研读文本，注意到当艾碧和柯龙两个人披枷带锁，并肩走上服刑路时，奥尼尔在当时的天幕上，抹上了一片红云。原文如下：“伊本 我爱你，爱碧。(……他俩走出屋子，来到大门口，仍旧手挽着手。伊本立停。指着旭日映红的天空) 太阳升起来了，真美，是吗？”[②] 孟华认为，此处的红云是有象征意义的，承载着奥尼尔对爱碧和伊本等凡夫俗子的关切之情，爱碧和伊本在即将走向死亡的时候，才找到一丝安慰。这红云是佛光，是浮木，是希望。孟华洞察到奥尼尔悲剧的这一底色，并基于此，对原剧结尾进行了明亮化改编。当艾碧和柯龙缠着锁链登上高坡时，孟华和谢亢让橘黄色的灯光把二人镶得金光灿烂。

孟华先生对奥尼尔的把握应该是准确的。奥尼尔的儿子小尤金曾说：“表面看上去，我父亲对人生的看法是悲观的，可内里却有一种根深蒂固的理想主义，有一种要使世界合乎梦想的愿望。”[③] 艾碧深情地唱道：“只要我身边有条龙（柯龙），我的小龙啊！舍田庄，弃楼宅，扔家产，丢骡马，无牵无挂四海家，笑对地陷迎天塌！”而柯龙也真挚地应道：“艾碧，饶恕我吧，我突然感到我是多么需要你，离不开你。什么田庄，什么家业，什么财产，这与你的爱相比，都是微不足道的——我只要你！”[④] 通过这样的处理，“标悲”变成了“轻悲”，绝望中燃着希望。

孟华曾说：“奥尼尔是一个用生命写作的人。他了解自己，了解家庭，因而了解人类的心理，了解其卑鄙和崇高。在他的剧本里对那些男女人物刻画的深度广度上，没有人能够超过他。……他如同

---

① 顾仲彝：《奥尼尔和他的冰人》，《文艺春秋》1947 年 7 月第 4 卷第 2 期。

② 尤金・奥尼尔：《榆树下的欲望》，汪义群译，载郭继德主编：《奥尼尔文集》第 2 卷，人民文学出版社，2006 年，第 626 页，

③ 克罗斯韦尔・鲍恩：《尤金・奥尼尔传》，陈渊译，浙江文艺出版社，1988 年，第 5 页。

④ 孟华：《奥氏剧作与中国戏曲的龃龉与磨合（两题）——河南曲剧改编演出尤金・奥尼尔〈榆树下的欲望〉的体会》，载《尤金・奥尼尔戏剧研究论文集 2001》，河南文艺出版社，2001 年，第 12-13 页。

屈子般地问道：‘人如果赚得全世界，却赔了自己的灵魂，益处何在？’这样的发问，无论对于今天或是明天、中国或是世界、穷人或是富人，都是一副醒神剂。”①

关于戏剧的净化作用，牟森曾指出：“我们选择戏剧作为自己的生活方式，是为了我们的生命力能够得到最完美、最彻底的满足和宣泄。我们选择戏剧作为自己的生活方式，除了对于我们自身的意义意外，我们希望通过我们的演出给每一位观众带来审美的提高和情感的升华，我们的自身也在不断升华、净化、像宗教一样。我们在这种升华的过程中把我们自身生命的光彩通过戏剧传达和感染给观众。我们渴望心灵的沟通。我们知道这样做是很艰难的，我们不期望结果。”②

王东明指出：“文化基因，就是决定文化系统传承与变化的基本因子、基本要素。改编者需要做的是在保证剧作的文化基因不被丢失的前提下，使改编符合不同社会语境下读者的期待。”③ 孟华的改编不但尊重了奥尼尔原著的情节与精神，也顾及了戏曲观众的审美需求。剧情发展悲中有喜，抑中见扬，人物性格让人爱恨交加。贴合人物的唱词、袅袅绕绕、一波三折的曲剧音乐，与人物内心的复杂变幻相互衬托。再有，去掉多余枝蔓，结尾明亮化处理等方式同样妙不可言。奥尼尔的剧作在被改编成具有鲜明的中国本土特色的戏曲作品后不仅没有失其精华，反而在一个新的语境下得到了重生。有学者评论道：“如果没有把外来影响与中国现实和古老传统相结合，西方戏剧可能根本不会引起国人的广泛注意，更不会促进中国现代戏剧——话剧的产生。”④ 众所周知，话剧是舶来品，以奥尼尔戏剧为代表的西方戏剧的中国改编对于中国话剧的诞生及发展具有十分重要的意义。

---

① 孟华：《章后碎语》，《剧本》2006 年 10 月，第 37 页。

② 孟京辉：《先锋戏剧档案》，作家出版社，2000 年，第 4 页。

③ 参见王东明：《中华文明的五次辉煌与文化基因中的五大核心理念》，《河北学刊》2003 年第 5 期。

④ 那艳武、温亚楠：《“和合”视域下——评马彦祥〈还乡〉之改编》，《戏剧文学》2020 年第 6 期，第 105 页。

结　语

尤金·奥尼尔与中国有着深厚的渊源，抛开中国谈尤金·奥尼尔及其戏剧，或是避开尤金·奥尼尔讨论中国现当代话剧都是不可想象的。尤金·奥尼尔曾一度向往、仰慕中国，他与林语堂先生交往密切，亲自接受过林语堂先生赠予的《吾国吾民》；他与洪深先生是同门师兄弟，深刻影响了洪深先生《赵阎王》的创作；他曾在中年时期携爱人卡洛塔到上海旅行，并且在“大道别墅”里度过他的晚年时期。作为西方现代主义戏剧之父，尤金·奥尼尔崛起于20世纪二三十年代，似一颗璀璨的明珠，进而走进了国人的视野，从而开启了近百年的奥尼尔在中国的接受史。

整体来讲，国人对于奥尼尔的态度是矛盾的。中国不可能无视自身现实，从民国时期到新中国成立伊始，我国社会的主要矛盾一直是阶级矛盾、民族矛盾，阶级意识、民族意识也一直是主导力量。我们一边要汲取西方的先进文化来挑战封建思想，一边又必须与以“现代文明”为名义的帝国主义文化侵略对抗到底。奥尼尔在我国的境遇完全取决于我国的社会历史语境，取决于客体能否满足接受主体的需要。主要表现在以下两方面：

首先，奥尼尔是爱尔兰移民后裔，出身于演员家庭，早年当过水手，熟悉下层百姓的苦难。翻开奥尼尔的剧作，呈现在眼前的基本都是“不幸”“痛苦”“挣扎”“抗争”，这部分现实主义元素很容易引起受苦受难的中国人的同情。大概正源于此，奥尼尔的生平经历被早期的译介者不断介绍；内含《月夜》《航路上》《归不得》等七部海洋剧的《加力比斯之月》最早被翻译；反映社会混乱的《还乡》也很早被嫁接、改编到中国。

其次，奥尼尔放荡不羁，不为时代所束缚，对人性心理（含阴暗面）进行赤裸描写。打开奥尼尔的剧作，出现在我们眼前的有时又是“自私”“争吵”“背叛”“邪恶”，这种涉及人性真实的现代主义元素又容易引起崇尚“仁孝忠义”、志在“建功立业”的华夏子孙的反感。大概正源于此，奥尼尔作为现代主义剧作家的身份曾被多次改写；“消极颓废”的《送冰人来了》直到1995年才被翻译；由《榆树下的欲望》改编而成的《榆树孤宅》才会被称为“流氓戏”“乱伦戏”。

布鲁姆说：“诗的影响——当他涉及两位强者诗人，两位真正的诗人时——总是以对前一位诗人的误读而进行的。……一部成果斐然的‘诗的影响’的历史，是歪曲和误解的历史，是反常和随心所欲修正的历史，而没有这一切，现代诗歌本身是根本不可能存在的。”[①] 此处，布鲁姆已触及阅读阐释及文学史接受中的普遍规律。田本相说：“奥尼尔戏剧的宽容和博大使其能够被各种戏剧观念、戏剧流派的戏剧家们所接受所热爱，成为他们丰富自我，发展自我的一个重要参照面，从而使得奥尼尔对中国戏剧影响具有相对稳定性。奥尼尔没有随中国戏剧运动潮流而沉浮，他是一个多重的、相对稳定的影响源，无论在20世纪20—40年代，还是在70—80年代，只要中国戏剧面对世界，奥尼尔必然成为一个为人瞩目的对象。”[②]“尤金·奥尼尔在中国”是一项值得展开深入研究的课题。随着时光流逝，原有成果的梳理需要进一步补充，国人对奥尼尔的态度也日渐达观。笔者确定“尤金·奥尼尔在中国”这一选题后，尽可能多地占有奥尼尔在中国的相关资料，在阅读、分析、研究资料的基础上，围绕“奥尼尔在中国的译介”“奥尼尔在中国的研究”“奥尼尔戏剧在中国的翻译”“奥尼尔戏剧在中国的改编”等几方面进行研究。

尤金·奥尼尔与中国有着不解之缘。某种程度上说，中华文化的精髓成就了奥尼尔的伟大；同时，奥尼尔及其戏剧已融入我国现

① 哈罗德·布鲁姆：《影响的焦虑》，生活·读书·新知三联书店，1989年，第31页。

② 田本相：《中国现代比较戏剧史》，文化艺术出版社，1993年，第397页。

当代戏剧发展史、文学发展史。虽然奥尼尔其人与我们已渐行渐远，但当我们在今天中国及全球语境下阅读其作品时，我们依然会被他笔下的“真实”所震颤。他的作品不局限于特定的时代语境或审美符号，而要揭示全人类需要面对的一些根本问题。奥尼尔是一位具有永恒批评及阐释价值的伟大剧作家。随着我国社会的发展及对现代性的认知，对奥尼尔的认识及理解会不断深化，奥尼尔及其戏剧的价值也定会进一步彰显。

参考文献

一、英文文献

[1] Aaltonen, S. *Time-Sharing on Stage. Drama Translation in Theatre and Society*.[M]. Clevedon: Multilingual Matters, 2000.

[2] Alter, J. *A Sociosemiotic Theory of Theatre*[M]. Philadelphia: University of Pennsylvania Press, 1990.

[3] Annalisa Brugnoli. *Eulogy of the Ape: Paradigms of Alterity and Identity in Eugene O'Neill's The Hairy Ape* [A]. Eugene O'Neill Review, Vol.33, No.1, 2012.

[4] Assimakopoulos, S. *Drama Translation and Relevance*[J]. Meta, 2002(3).

[5] Aston, E. *Theatre as Sign-system: A Semiotics of Text and Performance*[M]. London; New York: Routledge, 1991.

[6] Atkinson, Jennifer McCabe, *Eugene O'Neill: A Descriptive Bibliography*[M]. Pittsburgh: University of Pittsburgh press, 1974.

[7] Baker, M. *Routledge Encyclopedia of Translation Studies*[M]. Shanghai: Shanghai Foreign Languages Education Press, 2000.

[8] Barry, J. G. *Dramatic Structure: the Shaping of Experience* [M]. Berkeley: University of California Press, 2004.

[9] Bassnett, S. *Theatre and Opera* [A]. France, P (ed.) *The Oxford Guide to literature in English Translation*[C]. Oxford: Oxford University Press, 2000.

[10] Bassnett, S. *Translating for the Theatre- Textual Complexities*

[J]. Essays in Poetics, 1990, 15(1).

[11] Bassnett, S. *Translation Studies*[M]. London: Methuen & Co.Ltd, 1980.

[12] Bassnett, S. *Ways through the Labyrinth: Strategies and Methods for Translating Theatre Texts*[A]. Hermans, T.(ed.) The Manipulation of Literature [C]. London: Croom Helm, 1985.

[13] Berlin, Normand. *Eugene O'Neill*[M]. New York: Grove Press, 1982.

[14] Black, Stephen A. *Eugene O'Neill: Beyond Mourning and Tragedy*[M]. New Haven: Yale University Press, 1999.

[15] Bloom, Harold. *Eugene O'Neill's Long Days Journey into Night*. New York: Chelsea House Publisher, 1987.

[16] Bogard, Travis. *Contour in time: The Plays of Eugene O'Neill*[M]. New Haven: Yale University Press, 1972.

[17] Brenda Murphy. George Monteiro. *Eugene O'Neill remembered*[M]. Tuscaloosa, Alabama: The University of Alabama Press, 2017.

[18] Cargill, Oscar. *O'Neill and His Plays: Four Decades of Criticism*[M]. New York: New York University Press, 1961.

[19] Carpenter, Frederic. *Eugene O'Neill*[M]. Boston: Twayne Publishers, 1979.

[20] Floyd, Virginia. *The Plays of Eugene O'Neill: A New Assessment*[M]. New York: The Ungar Publishing Company, 1985.

[21] Gabriella Varro. *Gendering the Mind: Eugene O'Neill's "Desire Under the Elms" and Sam Shepard's "A Lie of the Mind"*[J]. Hungarian Journal of English and American Studies (HJEAS), Vol.15, No1.

[22] Gelb, Arthur and Barbara Gelb. *O'Neill*[M]. New York: Harper & Row Publishers, 1962.

[23] Glenda E.Gill. *My Transformation through the O'Neill Society*

[A].The Eugene O'Neill Review. Vol.34, No.2(2013), pp227-232.

[24] "Jimmy Tomorrow" Revisited: New Sources for The Iceman Cometh[A]. *The Eugene* O'Neill *Review*, Volume 35, Number 1, 2014, pp. 94-102(Article)

[25] Kurt Eisen. *The theatre of Eugene O'Neill: American modernism on the world stage* [M]. London; New York: Bloomsbury Methuen Drama, 2018.

[26] Kurt Eisen. *Theatrical Ethnography and Modernist Primitivism in Eugene O'Neill and Zora Neale Hurston*[A]. South Central Review, Vol. 25, No.1, Staging Modernism (Spring, 2008), pp.56-73.

[27] Laurin Porter. *Falling in Love with O'Neill*[A]. The Eugene O'Neill Review, Vol. 33, No.(2012), pp. 275-281.

[28] Merino, R.A. *Drama Translation Strategies: English-Spanish* (1950-1990) [J]. Babel, 2000(4).

[29] Michael Manheim. *Eugene O'Neill's new language of kinship*[M].Syracuse, N.Y.: Syracuse University Press, 1982.

[30] Normand Berlin. *O'Neill's Shakespeare*[M]. Ann Arbor: University of Michigan Press, 1993c.

[31] Patrick J. Chura. *"Vital Contact": Eugene O'Neill and the working Class*[A]. *Twentieth-Century Literature* 49.4 Winter 2003 P 520.

[32] Paul Roazen. *Eugene O'Neill and Louise Bryant: New Documents* [A]. *the Eugene* O'Neill *Review*, Vol. 27 (2005), pp.29-40

[33] Samuel J. Bernstein. *Eugene O'Neill's "Long Day's Journey into Night" and Arthur Miller's "Death of a Salesman"*: The Magic Informing Both Plays[A]. The Arthur Miller Journal, Vol. 8, No.1(spring 2013), pp.33-52.

[34] Sheaffer, Louis. *O'Neill: Son and Artist*[M]. Boston: Little, Brown &Company, 1968.

[35] *The Cambridge Companion to Eugene O'Neill*[M]. Shanghai:

Shanghai Foreign Languages Education Press, 2000.

二、中文译著

[1] [英]阿雷恩·鲍尔德温:《文化研究导论》(修订版),陶东风等译,北京:高等教育出版社,2004 年。

[2] [德]爱克曼:《歌德谈话录》,朱光潜译,北京:人民文学出版社,1982 年。

[3] [英]巴特·穆尔-吉尔伯特:《后殖民理论》,陈仲丹译,南京:南京大学出版社,2001 年。

[4] [古希腊]柏拉图:《理想国》,唐译编译,长春:吉林出版集团有限责任公司,2014 年。

[5] [英]鲍桑葵:《美学史》,张今译,北京:中国人民大学出版社,2010 年。

[6] [英]戴维·洛奇:《二十世纪文学评论》,卞之琳等译,上海:上海译文出版社,1987 年。

[7] [英]戴维·钱尼:《文化转向:当代文化史概览》,戴从容译,南京:江苏人民出版社,2004 年。

[8] [美]丹尼尔·贝尔:《资本主义文化矛盾》,赵一凡等译,北京:生活·读书·新知三联书店,1989 年。

[9] [美]弗吉尼亚·弗洛伊德:《尤金·奥尼尔的剧本——一种新的评价》,陈良廷、鹿金翻译,上海:上海译文出版社,1993 年。

[10] [德]伽达默尔:《诠释学 II:真理与方法》,洪汉鼎译,北京:商务印书馆,2007 年。

[11] [俄]高尔基:《论剧本》,孟昌译,载《编剧艺术》,北京:文化艺术出版社,1986 年。

[12] [德]汉斯·蒂斯·雷曼:《后戏剧剧场》,李亦男译,北京:北京大学出版社,2010 年。

[13] [美]杰姆逊:《后现代主义与文化理论》,唐小兵译,北京:北京大学出版社,1997 年。

[14] [德]康德:《判断力批判》,李秋零译,北京:中国人民大

学出版社，2011 年。

[15] [德]康德：《实践理性批判》，邓晓芒译，北京：人民出版社，2003 年。

[16] [美]克罗斯韦尔・鲍恩：《尤金・奥尼尔传》，陈渊译，杭州：浙江文艺出版社，1988 年。

[17] [美]雷・韦勒克：《文学理论》，刘象愚等译，北京：生活・读书・新知三联书店，1977 年。

[18] [英]雷蒙德・威廉斯：《文化与社会》，吴松江、张文定译，北京：北京大学出版社，1991 年。

[19] [法]卢梭：《社会契约论》，北京：商务印书馆，2012 年。

[20] [法]罗贝尔・埃斯卡皮：《文学社会学》，杭州：浙江人民出版社，1987 年。

[21] [德]马丁・海德格尔：《存在与时间》，陈嘉映、王庆节译，北京：生活・读书・新知三联书店，1987 年。

[22] [美]马泰・卡林内斯库：《现代性的五副面孔——现代主义、先锋派、颓废、媚俗艺术、后现代主义》顾爱彬、李瑞华译，北京：商务印书馆，2003 年。

[23] [美]荣格：《心理学与文学》，冯川苏克译，北京：生活・读书・新知三联书店，1987 年。

[24] [法]萨特：陈宣良等译，《存在与虚无》，北京：生活・读书・新知三联书店，1997 年。

[25] [英]特瑞・伊格尔顿：《文化的观念》，方杰译，南京：南京大学出版社，2006 年。

[26] [美]梯利：《西方哲学史》，葛力译，北京：商务印书馆，2012 年。

[27] [德]瓦・伊泽尔：《审美过程研究——阅读活动：审美响应理论》，霍桂桓译，北京：中国人民大学出版社，1988 年。

[28] [古希腊]亚里士多德：《诗学》，罗念生译，上海：上海人民出版社，2006 年。

[29] [德]尧斯：《接受美学与接受理论》，周宁等译，沈阳：辽

宁人民出版社，1987 年。

[30] [法]伊夫·瓦岱：《文学与现代性》，田庆生译，北京：北京大学出版社，2001 年。

[31] [意]伊塔洛·卡尔维诺：《新千年文学备忘录》，黄灿然译，南京：译林出版社，2015 年。

[32] [美]尤金·奥尼尔：《奥尼尔剧作选》，荒芜译，上海：上海文艺出版社，1982 年。

[33] [美]尤金·奥尼尔：《更庄严的大厦》，梅绍武译，《奥尼尔集：1932-1943》（上），北京：生活·读书·新知三联书店，1995 年。

[34] [美]尤金·奥尼尔：《加力比斯之月》，古有成译，上海：商务印书馆，1930 年。

[35] [美]尤金·奥尼尔：《进入黑夜的漫长旅程》，欧阳基译，《奥尼尔文集》，北京：人民文学出版社，2006 年。

[36] [美]尤金·奥尼尔：《毛猿》，荒芜译，《奥尼尔文集》，北京：人民文学出版社，2006 年。

[37] [美]尤金·奥尼尔：《奇异的插曲》，王实味译，上海：中华书局，1936 年。

[38] [美]尤金·奥尼尔：《天外》，古有成译，上海：商务印书馆，1931 年。

[39] [美]尤金·奥尼尔：《早点前》，范方译，《世界名剧精选》，上海：光明书局，1939 年。

[40] [美]尤金·奥尼尔：《长日入夜行》，汪义群译，《奥尼尔集：1932—1943》（上），北京：生活·读书·新知三联书店，1995 年。

[41] [美]尤金·奥尼尔：《长夜漫漫路迢迢》，乔志高译，成都：四川文艺出版社，2017 年。

[42] [英]约翰·B. 汤姆森：《意识形态与现代文化》，高铦等译，南京：译林出版社，2005 年。

[43] [英]约翰·麦奎利：《二十世纪宗教思想》，高师宁、何光沪译，上海：上海人民出版社，1989 年。

[44] [英]约翰·斯道雷：《文化理论与大众文化》，常江译，北

京：北京大学出版社，2010 年。

[45] [美]詹明信：《晚期资本主义的文化逻辑》，陈清侨等译，北京：生活·读书·新知三联书店，1997 年。

三、研究专著及硕博士学位论文

[1] 曹树钧：《中外戏剧》，上海：上海人民美术出版社，2001 年。

[2] 曹禺：《曹禺论创作》，上海：上海文艺出版社，1986 年。

[3] 曹禺：《论戏剧》，成都：四川文艺出版社，1985 年。

[4] 曹禺：《原野·北京人》，北京：人民文学出版社，2010 年。

[5] 陈嘉明：《现代性与后现代性》北京：人民出版社，2001 年。

[6] 陈嘉明：《现代性与后现代性十五讲》，北京：北京大学出版社，2006 年。

[7] 陈立华《用戏剧感知生命——曹禺前期剧作与奥尼尔剧作的比较研究》，博士学位论文，华中师范大学，2005 年。

[8] 邓晓芒：《中西文化比较十一讲》，长沙：湖南教育出版社，2007 年。

[9] 董健、胡星亮：《中国当代戏剧史稿》，北京：中国戏剧出版社，2008 年。

[10] 董健、马俊山：《戏剧艺术十五讲》，北京：北京大学出版社，2004 年。

[11] 董健编：《陈白尘论剧》，北京：中国戏剧出版社，1987 年。

[12] 范仲英：《实用翻译教程》，北京：外语教学与研究出版社，1994 年。

[13] 方华文：《20 世纪中国翻译史》，西安：西北大学出版社，2008 年。

[14] 方平：《他不知道自己是一个诗人》，武汉：湖北教育出版社，2002 年。

[15] 冯俊：《后现代主义哲学讲演录》，北京：商务印书馆，2005 年。

[16] 冯庆华：《实用翻译教程》，上海：上海外语教育出版社，

2001 年。

[17] 冯舒奕:《时隐时现的福克纳——福克纳在中国的译介》,硕士学位论文,上海外国语大学,2007 年。

[18] 龚芬:《论戏剧语言的翻译——莎剧多译本比较》,博士学位论文,上海外国语大学,2004 年。

[19] 郭继德:《奥尼尔文集》第 1—6 卷,北京:人民文学出版社,2006 年。

[20] 何成洲:《跨学科视野下的文化身份认同》,北京:北京大学出版社,2011 年。

[21] 洪深:《欧尼尔与洪深——一度想象的对话》,《洪深戏曲集》,上海:现代书局,1933 年。

[22] 洪深:《属于一个时代的戏剧》,《洪深文集》第 1 卷,北京:中国戏剧出版社,1957 年。

[23] 胡斌:《中国现代戏剧跨文化改编研究》,北京:人民出版社,2015 年。

[24] 胡庚申:《翻译适应选择论》,武汉:湖北教育出版社,2004 年。

[25] 胡妙胜:《戏剧演出符号学引论》,北京:中国戏剧出版社,1989 年。

[26] 胡妙胜:《戏剧与符号》,上海:上海文艺出版社,2008 年。

[27] 甲鲁海《尤金·奥尼尔欲望悲剧研究》,博士学位论文,山东大学,2013 年。

[28] 焦菊隐:《焦菊隐戏剧论文集》,上海:上海文艺出版社,1979 年。

[29] 李庆华:《遥望》,中国国家图书馆,缩微版(01M-204830),1946 年。

[30] 李悦娥、范宏雅:《话语分析》,上海:上海外语教育出版社,2002 年。

[31] 梁启超:《论小说与群治之关系》,《梁启超选集》,上海:上海人民出版社,1984 年。

[32] 梁实秋：《文学的永久性》，《偏见集》，南京：正中书局，1934 年。

[33] 廖可兑：《西欧戏剧史》，北京：中国戏剧出版社，1981 年。

[34] 刘海平、徐锡祥主编：《奥尼尔论戏剧》，北京：大众文艺出版社，1999 年。

[35] 刘海平：《中美文化在戏剧中交流——奥尼尔与中国》，南京：南京大学出版社，1988 年。

[36] 刘象愚、曾艳兵：《从现代主义到后现代主义》，北京：高等教育出版社，2002 年。

[37] 刘永杰 《爱与死亡：尤金·奥尼尔的性别理论研究》，博士学位论文，华东师范大学，2007 年。

[38] 龙文佩：《尤金·奥尼尔评论集》，上海：上海外语教育出版社，1987 年。

[39] 马彦祥：《戏剧讲座》，上海：商务印书馆，1936 年。

[40] 毛泽东：《和英国记者贝特兰的谈话》，载《毛泽东选集》第 2 卷，北京：人民出版社，1991 年。

[41] 梅绍武：《译事随感》，载郑鲁南：《一本书和一个世界：翻译家笔谈世界文学名著“到中国”》，北京：昆仑出版社，2005 年。

[42] 梅绍武：《译事随感》，郑鲁南主编：《一本书和一个世界：翻译家笔谈世界文学名著“到中国”》，北京：昆仑出版社，2005 年。

[43] 孟华：《奥氏剧作与中国戏曲的龃龉与磨合（两题）——河南曲剧改编演出尤金·奥尼尔〈榆树下的欲望〉的体会》，《尤金·奥尼尔戏剧研究论文集 2001》，郑州：河南文艺出版社，2001 年。

[44] 孟伟根：《戏剧翻译研究》，杭州：浙江大学出版社，2012 年。

[45] 孟昭毅、梨跃进、郝岚：《简明比较文学原理》，北京：北京大学出版社，2010 年。

[46] 孟昭毅：《比较文学通论》，天津：南开大学出版社，2003 年。

[47] 邵志洪：《汉英对比翻译导论》，上海：华东理工大学出版社，2005 年。

[48] 施旭升：《戏剧艺术原理》，北京：中国传媒大学出版社，

2006 年。

[49] 施蛰存:《沙上的脚印》, 沈阳: 辽宁教育出版社, 1996 年。

[50] 史锦秀:《艾特玛托夫在中国》, 石家庄: 河北人民出版社, 2007 年。

[51] 宋炳辉《弱小民族文学的译介与 20 世纪中国文学的民族意识》, 博士学位论文, 复旦大学, 2004 年。

[52] 孙致礼:《新编英汉翻译教程》, 上海: 上海外语教育出版社, 2004 年。

[53] 谭霈生:《论戏剧性》, 北京: 北京大学出版社, 2009 年。

[54] 谭载喜:《西方翻译简史》, 北京: 商务印书馆, 2006 年。

[55] 汤用彤:《汤用彤学术论文集》, 北京: 中华书局, 2016 年。

[56] 田本相、刘一军:《苦闷的灵魂》, 南京: 江苏教育出版社, 2001 年。

[57] 田本相:《中国现代比较戏剧史》, 北京: 文化艺术出版社, 1993 年。

[58] 汪榕培、王宏:《中国典籍英译》, 上海: 上海外语教育出版社, 2009 年。

[59] 汪义群:《奥尼尔研究》, 上海: 上海外语教育出版社, 2006 年。

[60] 汪义群:《当代美国戏剧》, 上海: 上海外语教育出版社, 1992 年。

[61] 王彬彬:《翻译是一种相遇》, 许钧主编:《翻译思考录》, 武汉: 湖北教育出版社, 1998 年。

[62] 王宏志:《重释"信达雅"》, 上海: 东方出版中心, 1999 年。

[63] 王克非:《翻译文化史论》, 上海: 上海外语教育出版社, 1997 年。

[64] 王宁:《后理论时代的文学与文学研究》, 北京: 北京大学出版社, 2009 年。

[65] 王宁:《视角: 翻译学研究》, 北京: 清华大学出版社, 2003 年。

[66] 王宁:《文学理论前沿》，北京：北京大学出版社，2012 年。

[67] 王先霈、王又平:《文学批评术语词典》，上海：上海文艺出版社，1999 年。

[68] 王佐良:《翻译：思考与试笔》，北京：外语教学与研究出版社，1989 年。

[69] 卫岭:《尤金·奥尼尔的创伤记忆与悲剧创作》，博士学位论文，苏州大学，2008 年。

[70] 温年芳:《系统中的戏剧翻译——以 1977—2010 年英美戏剧汉译为例》，博士学位论文，上海外国语大学，2012 年。

[71] 吾文泉:《跨文化对话与融会：当代美国戏剧在中国》，北京：中国社会科学出版社，2005 年。

[72] 伍蠡甫、胡经之主编:《西方文艺理论名著选编》(上、中、下)，北京：北京大学出版社，1996 年。

[73] 夏基松:《现代西方哲学》，上海：上海人民出版社，2006 年。

[74] 谢劲秋:《流变中永恒的悲剧与意义——悲剧的理论、创作与意义》，博士学位论文，河南大学，2003 年。

[75] 谢天振、查明建主编:《中国现代翻译文学史(1898—1949)》，上海：上海外语教育出版社，2004 年。

[76] 谢天振:《译介学》，上海：上海外语教育出版社，1999 年。

[77] 杨挺:《奥尼尔表现主义戏剧观比较研究》，博士学位论文，暨南大学，2007 年。

[78] 游国恩:《中国文学史》，北京：人民文学出版社，2002 年。

[79] 余上沅:《今日之美国编剧家阿尼儿》,《戏剧论集》，上海：北新书局，1927 年。

[80] 虞建华:《美国文学词典 作家与作品》，上海：复旦大学出版社，2005 年。

[81] 袁可嘉:《欧美现代派文学概论》，上海：上海文艺出版社，1993 年。

[82] 乐黛云:《比较文学与中国现代文学》，北京：北京大学出版社，1987 年。

[83] 乐黛云：《比较文学原理新编》，北京：北京大学出版社，2014年。

[84] 曾艳兵：《西方现代主义文学概论》，北京：北京大学出版社，2006年。

[85] 查明建、谢天振：《中国20世纪外国文学翻译史》，武汉：湖北教育出版社，2007年。

[86] 张弘：《跨越太平洋的雨虹：美国作家与中国文化》，银川：宁夏人民出版社，2002年。

[87] 张生珍：《尤金·奥尼尔戏剧生态意识研究》，博士学位论文，山东大学，2009年。

[88] 张先：《戏剧艺术》，桂林：广西师范大学出版社，2005年。

[89] 周恩来：《吾校新剧观》（1916），夏家善等编：《南开话剧运动史料（1909—1922）》，天津：南开大学出版社，1984年。

[90] 周宁：《西方戏剧理论史》，厦门：厦门大学出版社，2008年。

[91] 周宪：《审美现代性批判》，北京：商务印书馆，2005年。

[92] 周兆祥：《汉译哈姆雷特研究》，香港：香港中文大学出版社，1981年。

[93] 朱栋霖：《戏剧美学》，南京：江苏文艺出版社，1991年。

[94] 朱光潜：《悲剧心理学》，合肥：安徽教育出版社，1996年。

四、期（报）刊文章

[1] 艾湫：《奥尼尔和他的〈天边外〉》，《当代戏剧》，1985年第5期。

[2] 安凌：《论现代中国英语戏剧改译的“中国化”策略》，《陕西师范大学学报》（哲学社会科学版），2012年第5期。

[3] 蔡先保：《评奥尼尔的〈天边外〉》，《湖北师范学院学报》，1986年第1期。

[4] 曹冬雁：《残忍的现实与高级的乐观——谈〈天边外〉的悲剧性》，《戏剧文学》，1988年第11期。

[5] 曹萍：《尤金·奥尼尔的〈送冰的人来了〉——一部充满狂

欢精神和多重复调的戏剧》，《安徽大学学报》（哲学社会科学版），2008 年第 4 期。

[6] 曹禺：《和剧作家们谈读书和写作——在中青年话剧作者读书会上的讲话》，《剧本》，1982 年第 10 期。

[7] 曹禺：《我所知道的奥尼尔——为〈奥尼尔剧作选〉写的序》，《外国戏剧》，1985 年第 1 期。

[8] 陈白尘：《中国民众戏剧运动之前路》，《山东民众教育》，1933 年第 8 期。

[9] 陈独秀：《论戏曲》，《安徽俗话报》，1904 年第 11 期。

[10] 陈独秀：《民众戏剧社宣言》，《戏剧》，1921 年第 1 卷第 1 期。

[11] 陈立华：《从〈榆树下的欲望〉看奥尼尔对人性的剖析》，《外国文学研究》，2000 年第 2 期。

[12] 陈立华：《何以解忧？唯有梦想！——尼采与奥尼尔悲剧思想探析》，《英美文学论丛》，2002 年第 2 期。

[13] 从丛：《莎士比亚与奥尼尔戏剧语言比较研究》，《江苏社会科学》，2004 年第 3 期。

[14] 丛郁：《尤金·奥尼尔剧中场景的象征作用》，《当代戏剧》，1992 年第 5 期。

[15] 高行健：《论戏剧观》，《戏剧界》，1983 年第 1 期。

[16] 高行健：《要什么样的戏剧》，《文艺研究》，1986 年第 4 期。

[17] 耿玉卿：《孟华的唱词带着腔》，《东方艺术》，2005 年第 8 期。

[18] 巩思文：《奥尼尔及其戏剧》，《人生与文学》，1935 年 1 卷 5 期。

[19] 顾仲彝：《奥尼尔和他的冰人》，《文艺春秋》，1947 年第 4 卷第 2 期。

[20] 郭张娜：《从〈天边外〉一剧看尤金·奥尼尔的对比艺术》，《陕西师范大学学报》，1997 年 S1 期。

[21] 国洪丹：《奥尼尔与斯特林堡表现主义戏剧主题之比较》，《内蒙古农业大学学报》（社会科学版），2009 年第 4 期。

[22] 何成洲：《“戏剧改编”教授沙龙》，《艺术百家》，2009 年

第 2 期。

[23] 洪深:《从中国的新戏说到话剧》,《现代戏剧》,1929 年第 1 卷第 1 期。

[24] 胡适:《建设的文学革命论》,《新青年》,1918 年第 4 卷第 4 期。

[25] 胡媛:《现代社会人类精神荒原的探索者——奥尼尔与乔伊斯创作现代性之比较》,《河北大学学报(哲学社会科学版)》,2005 年第 6 期。

[26] 华明:《论奥尼尔的〈进入黑夜的漫长旅程〉》,《南京师大学报》,1986 年第 2 期。

[27] 荒芜:《关于奥尼尔的剧作》,《春风译丛》,1980 年第 1 期。

[28] 荒芜:《海上生明月 天涯共此时——谈奥尼尔的〈安娜·克里斯蒂〉》,《人民戏剧》,1982 年第 7 期。

[29] 荒芜:《话说奥尼尔的〈琼斯帝皇〉》,《戏剧论丛》,1981 年第 4 期。

[30] 黄英:《奥尼尔的戏剧》,《青年界》,1932 年 2 卷 1 期。

[31] 康建兵:《尤金·奥尼尔戏剧中的爱尔兰情节》,《中南大学学报》(社会科学版),2011 年第 5 期。

[32] 李航:《美出版界纪念奥尼尔诞辰 100 周年》,《世界文学》,1989 年 6 月。

[33] 李基亚:《论戏剧翻译的原则和途径》,《西北大学学报》(哲学社会科学版),2004 年 7 月。

[34] 李健吾:《〈大马戏团〉与改编……》,陈青生:《沦陷时期上海的话剧创作》,《上海戏剧》,1995 年第 3 期。

[35] 李晋:《奥尼尔传记的新版本》,《外国文学动态》,2000 年第 6 期。

[36] 李伦:《〈天边外〉:灵魂的解脱和梦想的破灭》,《戏剧文学》,2010 年第 8 期。

[37] 李亦男:《"剧本改编"课程浅谈——美国加州大学柏克利分院戏剧系主任格雷泽教授访谈录》,《戏剧》,2012 年第 2 期。

[38] 梁实秋：《文学的纪律》，《新月》，1928 年 1 卷 1 期。

[39] 廖可兑：《论〈啊，荒野！〉——为第七届全国尤金・奥尼尔学术研讨会作》，《戏剧》，1997 年第 3 期。

[40] 廖可兑：《论〈大神布朗〉——为第六届全国奥尼尔研讨会作》，《河北师院学报》（社会科学版），1995 年第 4 期。

[41] 廖可兑：《论奥尼尔的〈马可百万〉》，《外国文学研究》，1987 年第 4 期。

[42] 廖可兑：《毛猿》，《尤金・奥尼尔剧作研究》，北京：中国美术学院出版社，1999 年。

[43] 廖可兑：《谈尤金・奥尼尔的〈奇异的插曲〉》，《剧坛》，1982 年第 2 期。

[44] 廖可兑：《谈尤金・奥尼尔的〈天边外〉》，《剧坛》，1981 年第 1 期。

[45] 林之鹤：《奥尼尔——美国剧坛上的拓荒者》，《安徽戏剧》，1979 年 6 月。

[46] 刘海平：《尤金・欧尼尔在中国》，《苏州大学学报》（哲学社会科学版），1983 年第 3 期。

[47] 刘浩：《简介奥尼尔和他的剧本〈琼斯皇〉》，《西南师范大学学报》（哲学社会科学版），1988 年第 5 期。

[48] 刘慧敏：《〈毛猿〉的福柯式解读——在扬克疯癫背后》，《国外文学》，2008 年第 4 期。

[49] 刘明厚：《简论奥尼尔的表现主义戏剧》，《外国文学评论》，1997 年第 3 期。

[50] 刘向红：《〈天边外〉的原型解读》，《吉首大学学报》（社会科学版），2010 年第 5 期。

[51] 刘欣：《论顾仲彝的改译剧》，《云南艺术学院学报》，2010 年第 2 期。

[52] 刘砚冰：《论尤金・奥尼尔的现代心理悲剧》，《河南师范大学学报》（哲学社会科学版），1992 年第 3 期。

[53] 刘永杰：《〈悲悼〉中“海岛”意象的生态伦理意蕴》，《郑

州大学学报》（哲学社会科学版），2014 年第 3 期。

[54] 龙文佩：《奥尼尔的悲剧观念》，《剧本》，1982 年第 9 期。

[55] 卢丹：《重叠·平行·交叉——关于奥尼尔与贝克特剧作的点滴思考》，《江汉大学学报》（社会科学版），1985 年第 2 期。

[56] 吕长发：《尤金·奥尼尔的〈琼斯皇〉》，《河南大学学报》（社会科学版），1991 年第 5 期。

[57] 马士奎：《文革期间的外国文学翻译》，《中国翻译》，2003 年第 3 期。

[58] 孟华：《榆树孤宅》，《剧本》，2006 年 10 月。

[59] 缪启昆：《琼斯皇形象的复杂性与奥尼尔的悲剧观》，《延安大学学报》（社会科学版），2002 年第 4 期。

[60] 那艳武：《'我已经习惯了凝视卡夫卡的眼睛'——曾艳兵教授学术研究三十年》，《中国语言文学研究》，2018 年，秋之卷。

[61] 那艳武：《"和合"视域下——评马彦祥〈还乡〉之改编》，《戏剧文学》，2020 年第 6 期。

[62] 那艳武：《穿越时空的灵魂对白——论吴兴国〈等待果陀〉与奥尼尔〈送冰的人来了〉之相通性》，《当代戏剧》，2018 年第 4 期。

[63] 那艳武：《论早期奥剧改编中的中国主体性》，《当代戏剧》，2020 年第 4 期。

[64] 那艳武：《萧伯纳〈匹克梅梁〉与吴兴国〈蜕变〉之比较》，《戏剧文学》，2017 年 10 月。

[65] 那艳武：《一个有关迁徙与流浪的故事——再谈尤金·奥尼尔〈毛猿〉》，《出版广角》，2017 年 9 月。

[66] 聂文杞：《美国最优秀的剧作家尤金·奥尼尔》，《外国戏剧》，1981 年第 2 期。

[67] 欧阳基：《美国剧作家尤金·奥尼尔和老子的哲学思想》，《外国文学研究》，1986 年第 3 期。

[68] 欧阳予倩：《予之戏剧改良观》，《新青年》，1918 年第 5 卷第 4 号。

[69] 钱玄同：《随感录》，《新青年》，1918 年第 5 卷第 1 号。

[70] 邵锦娣:《从〈榆树下的欲望〉中的自然主义看奥尼尔的悲剧意识》,《求是学刊》,1990 年第 6 期。

[71] 申迎丽:《等待不可实现的明天——比较奥尼尔的〈送冰人来了〉与贝克特的〈等待戈多〉》,《英美文学研究论丛》,2002 年第 1 期。

[72] 沈建青:《疯癫中的挣扎和抵抗:谈〈长日入夜行〉里的玛丽》,《外国文学研究》,2003 年第 5 期。

[73] 沈建青:《夹缝中求生存:谈〈月照不幸人〉里的乔西》,《外国文学研究》,2004 年第 3 期。

[74] 沈雁冰:《美国文坛近状》,《小说月报》,1922 年第 13 卷第 5 期。

[75] 沈雁冰:《夜读偶记—关于社会主义现实主义及其它》,《文艺报》,1958 年第 1 期。

[76] 宋淑芳:《"他者"黑人——奥尼尔笔下黑人形象的文化与心理阐释》,《河南师范大学学报》(哲学社会科学版),2009 年第 5 期。

[77] 孙惠柱:《顾仲彝的剧作》,《戏剧艺术》,1982 年第 3 期。

[78] 汪义群:《美国现代戏剧作品中非规范语言现象初探》,《外语教学》,1983 年第 4 期。

[79] 王建业:《明智的选择——奥尼尔及其人物的宿命论和自由意志》,《戏剧文学》,2007 年第 5 期。

[80] 王铁铸:《悲剧:奥尼尔的三位一体》,《辽宁大学学报》,1993 年第 3 期。

[81] 王元化:《奥尼尔于三十年代在中国风行》,《新民晚报》1996 年 12 月 8 日,第 1 版。

[82] 卫岭:《创伤记忆的思想与艺术升华——简析奥尼尔的〈拉萨路笑了〉》,《苏州大学学报》(哲学社会科学版),2009 年第 4 期。

[83] 闻起:《奥尼尔和他的〈安娜·桂丝蒂〉》,《剧本》,1981 年第 3 期。

[84] 巫书娜:《奥尼尔晚期代表作〈长日入夜行〉中的隐喻与表征》,《四川戏剧》,2015 年第 8 期。

[85] 夏衍:《为中国剧坛祝福——祝洪深先生五十寿辰》,《新华

日报》重庆，1942 年 12 月 31 日，第 1 版。

[86] 夏茵英:《20 世纪西方文学的人类意识》,《外国文学研究》,1999 年第 2 期。

[87] 夏茵英:《奥尼尔人生哲学之探索》,《外国文学研究》,1987 年第 3 期。

[88] 萧乾:《奥尼尔及其〈白朗大神〉》,《大公报》(天津),1935 年 9 月 2 日，第 1 版。

[89] 肖明:《中国比较文学学会第二届年会暨学术讨论会综述》,《文学评论》，1987 年第 6 期。

[90] 谢劲秋:《不朽的灵魂——从〈榆树下的欲望〉看奥尼尔悲剧的主题》,《安徽师大学报》(哲学社会科学版)，1998 年第 1 期。

[91] 谢榕津:《美国奥尼尔戏剧中心主席乔治·怀特谈中美戏剧》,《外国戏剧》，1985 年第 1 期。

[92] 谢榕津:《美国剧坛一瞥》,《剧本》，1979 年第 2 期。

[93] 熊婷婷:《论巴斯奈特的戏剧翻译观》,《西华师范大学学报》(哲学社会科学版)，2006 年第 6 期。

[94] 许钧:《二十世纪法国文学在中国译介的特点》,《当代外国文学》，2001 年第 2 期。

[95] 薛春霞:《汪义群先生访谈录》,《英美文学研究论丛》,2008 年第 2 期。

[96] 杨捷:《“人”的符号学意义——尤金·奥尼尔悲剧创作的人本主题》,《四川外语学院学报》，2005 年第 5 期。

[97] 杨挺:《奥尼尔与易卜生》,《外国文学评论》，2003 年第 4 期。

[98] 余从:《怀念马老 学习马老——在纪念马彦祥同志座谈会上的方言》,《戏曲艺术》，1988 年第 3 期。

[99] 袁鹤年:《〈榆树下的欲望〉和奥尼尔的悲剧思想》,《外国文学》，1981 年第 4 期。

[100] 查士骥:《剧作家友琴·沃尼尔》,《北新》，1929 年第 3 卷第 8 号。

[101] 张嘉铸：《沃尼尔》，《新月》，1929 年第 1 卷第 11 号。

[102] 张勤：《充溢着狂想的历程——评析〈麦克白〉和〈琼斯皇〉的表现手法》，《外国文学研究》，2004 年第 2 期。

[103] 张岩：《试论尤金·奥尼尔悲剧的美学意蕴》，《山东师范大学学报》（人文社会科学版），2003 年第 5 期。

[104] 张耘：《尤金·奥尼尔与〈漫长的一天到黑夜〉》，《外国文学》，1996 年第 1 期。

[105] 赵澧：《尤金·奥尼尔》，《戏剧学习》，1979 年第 4 期。

[106] 郑家建：《西方现代性的痛苦与智慧——论奥尼尔后期戏剧的思想和艺术》，《文艺理论研究》，2004 年第 1 期。

[107] 周海燕：《是生存还是死亡？——解读尤金·奥尼尔的〈送冰的人来了〉的象征意义》，《戏剧文学》，2010 年第 7 期。

[108] 周莉：《尤金·奥尼尔悲剧的成就及审美价值》，《湖北社会科学》，2005 年第 11 期。

[109] 周鹏：《痛苦的旅程——谈谈奥尼尔的〈进入黑夜的漫长旅程〉》，《深圳大学学报》（人文社会科学版），1993 年第 4 期。

[110] 周宪：《布莱希特对我们意味着什么？——布莱希特对中国当代戏剧的影响》，《戏剧》，1996 年第 4 期。

[111] 周扬：《为创造更多的优秀的文学艺术作品而奋斗——一九五三年九月二十四日在中国文学艺术工作者第三次代表大会上的报告》，《文艺报》，1953 年第 19 期。

[112] 朱翠芳：《〈榆树下的欲望〉：极致的悲剧》，《四川戏剧》，2009 年第 3 期。

[113] 朱华：《“孤岛”及沦陷时期外国戏剧改编活动述略》，《上海师范大学学报》，1992 年第 1 期。

[114] 朱荣华：《美国家庭剧中的父亲形象：从尤金·奥尼尔到山姆·谢泼德》，《江苏师范大学学报（哲学社会科学版）》，2014 年第 2 期。

附录　尤金·奥尼尔部分图片资料

沃尼爾

張嘉鑄

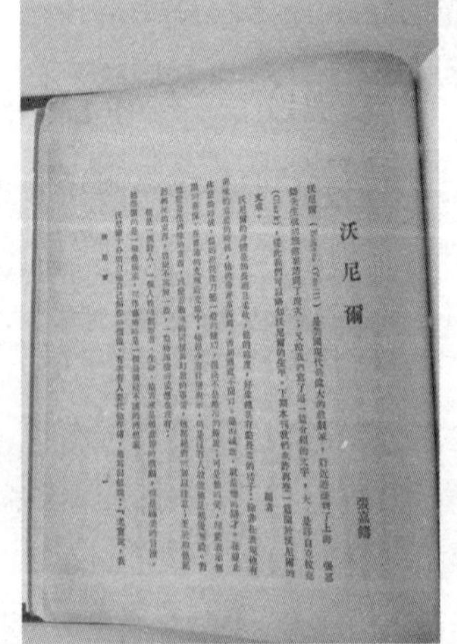

沃尼爾

張嘉鑄

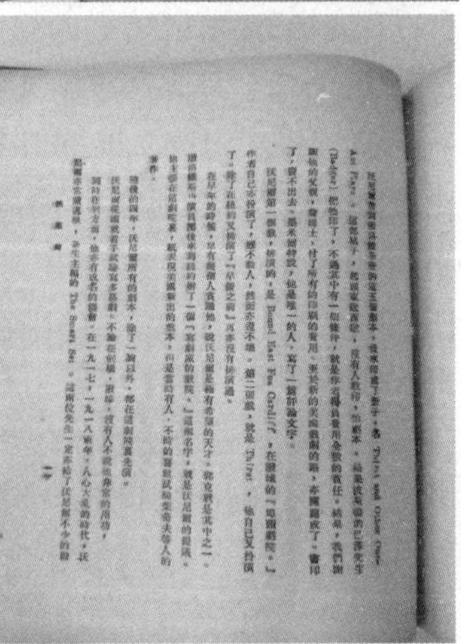

载于 1929 年《新月》第 1 卷第 11 号的张嘉铸《沃尼尔》

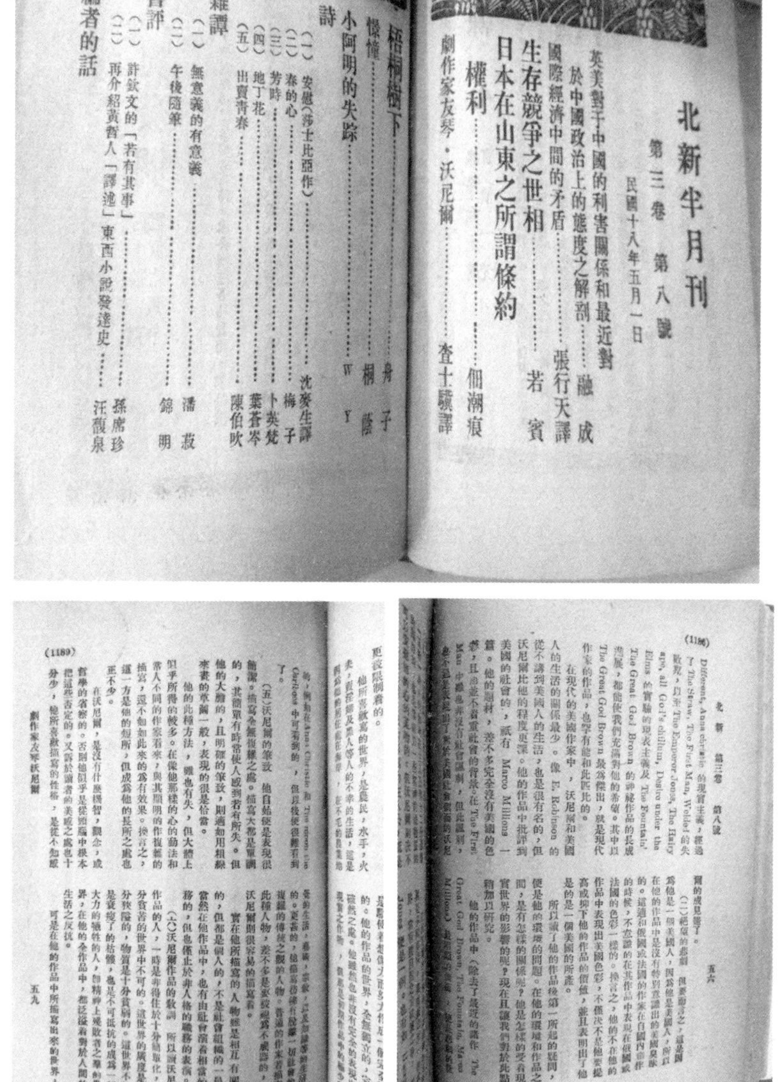

载于 1929 年《北新》第 3 卷第 8 号的查士骥《剧作家友琴・奥尼尔》

文藝

奧尼爾及其「白朗大神」

蕭乾

载于 1935 年《大公报》(天津版)的萧乾《奥尼尔及其〈白朗大神〉》

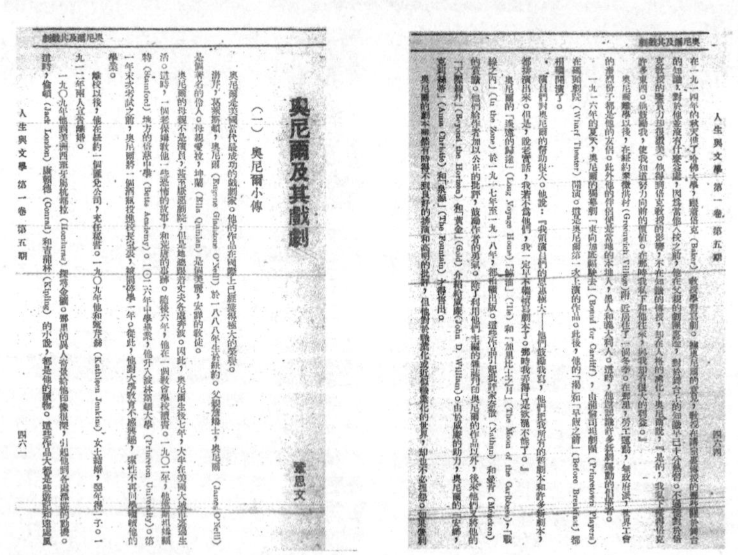

奧尼爾及其戲劇

（一）奧尼爾小傳

龔思文

载于 1935 年《人生与文学》第 1 卷第 5 期的龚思文《奥尼尔及其戏剧》

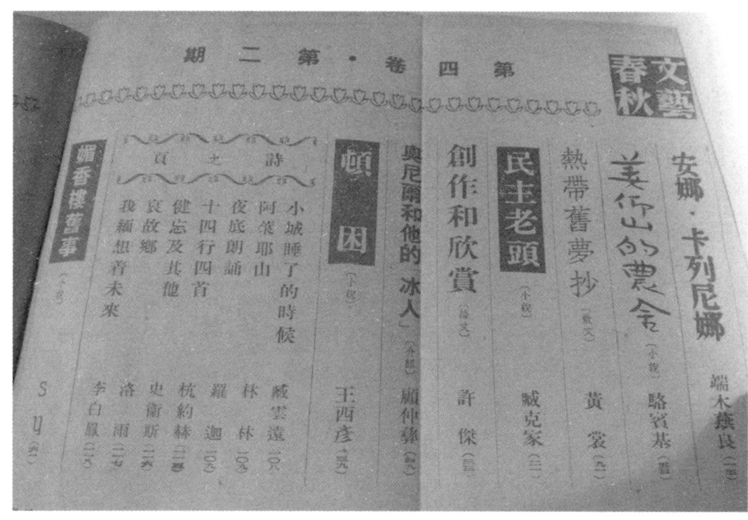

文藝春秋

第四卷·第二期

安娜·卡列尼娜　端木蕻良

美仙山的農舍（小說）　駱賓基

熱帶舊夢抄（散文）　黃裳

民主老頭（小說）　臧克家

創作和欣賞（論文）　許傑

奧尼爾和他的「冰人」（介紹）　顧仲彝

頓困　王西彥

詩之頁

小城睡了的時候　臧雲遠

阿裘耶山　林林

夜底朗誦　羅迦

十四行四首　杭約赫

健忘及其他　史衛斯

哀故鄉　洛雨

我緬想着未來　李白鳳

媚香樓舊事　S Y

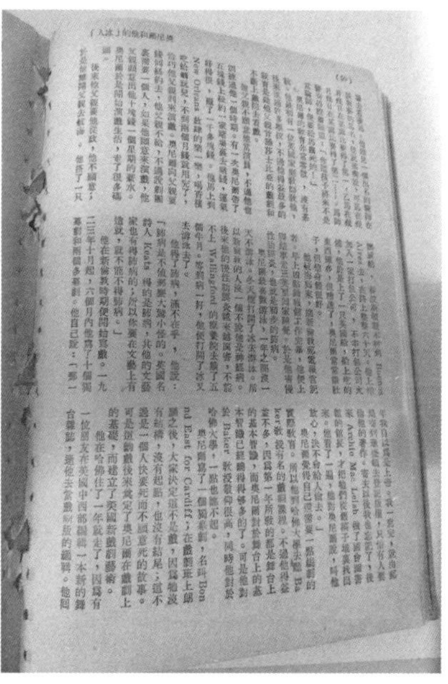

载于1947年《文艺春秋》第4卷第2期的顾仲彝《奥尼尔和他的〈冰人〉》

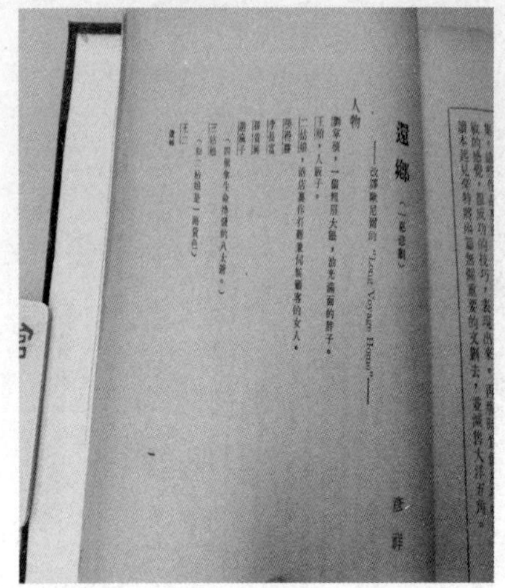

還鄉（一幕悲劇）

——改譯歐尼爾的"Long Voyage Home"——

彥祥

人物

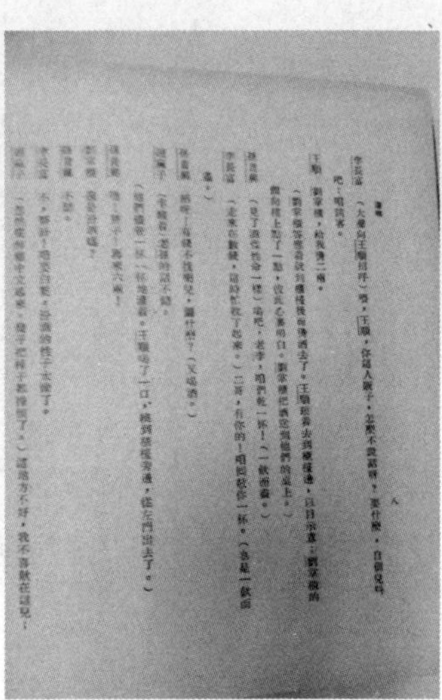

载于 1932 年《新月》第 3 卷第 10 期的马彦祥《还乡》

獨立評論

第二十七號（中華民國二十一年十一月二十日出版）

又一個羅斯福進白宮　蔣廷黻
偽辱國旗事件及其處分　胡適
教育罪言　旭生
中年　蘇生
赫胥黎「不善言詞」？（通信）　劉威
莊士皇帝與趙閻王（書評）　袁昌英

社址：北平後門慈慧殿北月牙胡同二號

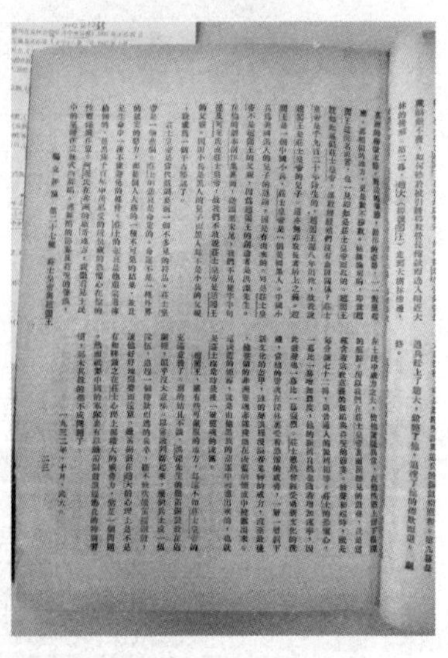

载于 1932 年《独立评论》第 27 号的袁昌英《庄士皇帝与赵阎王》

天邊外

改譯 Eugene O'neill 的 Beyond the Horiz n

顧仲彝

劇中人物

馬介民 農夫
馬史氏 他的妻
史笛伯 馬史氏的胞兄
馬安榮
馬安華 馬介民的兒子
夏麗金
夏老太太
英兒
潘三 佣工
賀醫生

安榮 （安華還沒看見他哥哥的來到，所以他高聲的叫）喂！華弟！（安華吃了一驚轉過身來。看是哥哥，便呈微笑。）囉嘍，老是日裏做夢，可真了不得呀。我猜你又帶着一本舊書啦。（他跨過溝，坐在他胞弟近旁的石牆上。）看的是什麼——詩罷。（他伸手要書）讓我看看。

安華 （遲疑地把書遞給他）小心不要把牠弄髒了。

安榮 （望着自己的雙手）這不是髒——是最乾淨的好泥土。（他翻了幾頁。默讀了幾句。發出厭惡的聲音。）哼！（故意向他的胞弟做笑，用一種悲哀的唱歌聲朗誦出來）『我愛上了風和光，和海的明媚。但是静寂而最不可侵犯的夜呀，我所最愛的還是你。』（他把書遞回）還你！拿去葬了罷。我猜你在大學念了一年書，才愛上了那種東西罷。幸而我讀完小學就停止了。不然，說不定也會發傻的。（他冷笑，親密地拍着安華的背）你想想要是我一面唸詩一面種田呀，那可糟了！我敢說牛都要逃完了。

安華 （笑）或者設想我要是來種田的話。

安榮 去年秋天你就應該回大學去，我知道你是喜歡去的。那種生活你最合適——而在我是最不合適。

安華 哥哥，你知道我為什麼不回大學去。爸爸沒有明說，可是他心裏很不喜歡我再去。我知道他要省點錢，整頓整頓田地。并且，我當學生也不聰明，因為你瞧我成天的只會

白，我為了她是不能去的麼？（她哀求地抱着他）請你不要走罷——現在一定不能走噯。告訴他們你已經決定不走了。他們不在乎的。我知道你爸媽都會喜歡呢。他們大家都會喜歡的。他們都不願意你出遠門去。決定了罷，安華：我們一塊兒住在這兒多麼快樂，這兒什麼東西都認識。快告訴我你不去了！

安華 （面對面的，和一個最後的決定相搏，臉上顯出內心的爭鬪）但是——麗金——我——興興——

麗金 他不在乎的。他知道了這是你的幸福，他怎麼能阻擋你呢？他怎麼能怪你呢。（安華還不說話，她又哭起來了）喔，安華！你剛纔說——你愛我的！

安華 （被這種訴哭克服了——一種不可收回的決定在他的聲音裏）我不去了，麗金，我答應你。哪！不要再哭了，（他抱着她，慈愛地撫摩她的頭髮。一會以後，他充滿着快樂的希望說道）也許哥哥的話是對的——比他知道的還對些——他說我在這兒家鄉可以找到一切我所要追求的東西。我想愛情一定就是那種秘密——從西半球從天邊外面叫我去的就是這秘密——我不去，牠就來啦。（他緊緊把麗金抱住）喔，麗金，我們的愛比什麼遙遠的夢還甜美呢！（他熱情地吻她，由石牆上跳下來，抱她到路上放下。）

麗金 （快樂的笑）我愛，你力氣不小呀！

安華 來罷！我們馬上去告訴他們。

麗金 （一種驚覺的尖銳叫喊）是的，我的意思就是這樣，句句都是真心話！你要殺我，我還是這樣說！我愛安榮——真的！真的！我一直愛他。（歡悅地）他也愛我！他愛我！我知道他愛我！他從前愛我！你也知道他是愛我！去罷！你要去就去罷！

安華 （把她推開。她搖搖欲墮似的倚在牆邊上，含糊地）你——你這賤東西！（他站着怒視她，她身子靠着牆在喘氣。驚醒時的小孩的着慌的大哭聲起。哭聲繼續。夫婦二人在驚惶中站着彼此互望，他們突然覺得他們的吵嚷已到了可怖的程度了。頓。農夫的呼叱從大道上傳來。兩人怒容同樣的預料所驅策，屏息靜聽，彷彿在聽一種夢裏所聽得的聲音。聲音停止了。他們瞧見安榮在路上又長又高招呼聲——喂喂！）

麗金 （望鳥的歡呼）安榮！安榮！（她衝上去握住有簾的門的拉手預備把門拉開）

安華 （用一種命令強制服從的聲音）住手！（他跑到門前，粗魯把驚倒的麗金推開。小孩的哭聲更高了。）我去接安榮。你進去看英兒罷，麗金。（她惡狠地望了他一會，但是他眼光裏有使她不能不轉身的恐怖，慢慢地跑入寢室去。）

安榮的聲音 （更大的呼聲）喂喂，安華！

安華 （竭力裝作高興的呼聲回答他）喂，哥哥，（他開門跑出去）

（幕落）

獨幕趣劇 一幅喜神 宋春舫著 新月書店 實價八角 特約代售書之一

载于1932年《新月》第4卷第4期的顾仲彝《天边外》

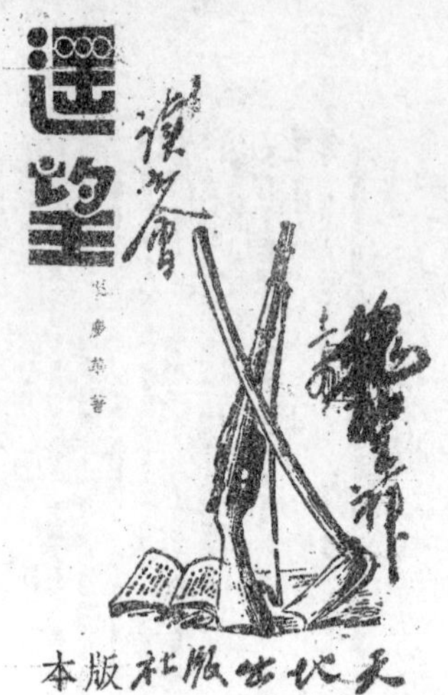

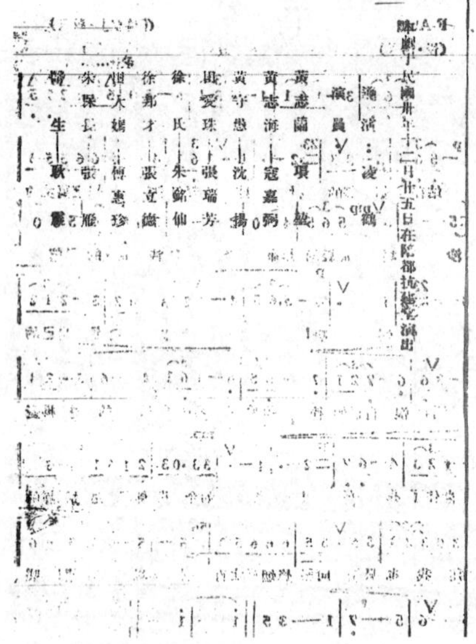

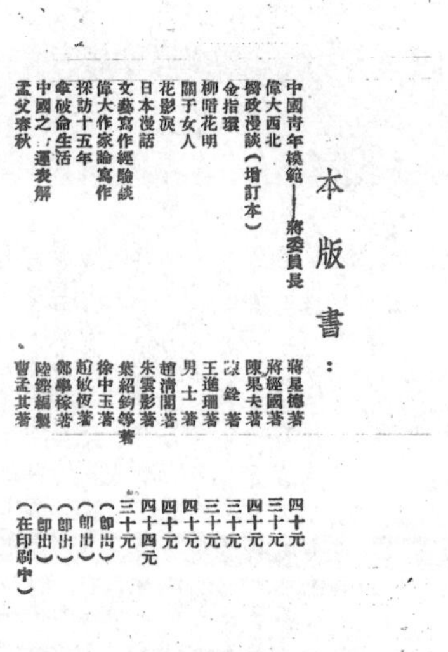

本版書：

中國青年模範——蔣委員長	蔣星德著	四十元
偉大西北	蔣經國著	三十元
郵政漫談（增訂本）	陳果夫著	四十元
金指環	[illegible]銓著	三十元
柳暗花明	王進珊著	三十元
關于女人	男士著	四十元
花影淚	趙清閣著	四十元
日本漫話	朱雲影著	四十元
文藝寫作經驗談	葉紹鈞等著	四十四元
偉大作家論寫作	徐中玉著	三十元
探訪十五年	趙敏恆著	（即出）
拿破侖生活	鄭學稼著	（即出）
中國之「運表解	陸鏗編製	（即出）
孟父春秋	曹孟其著	（在印刷中）

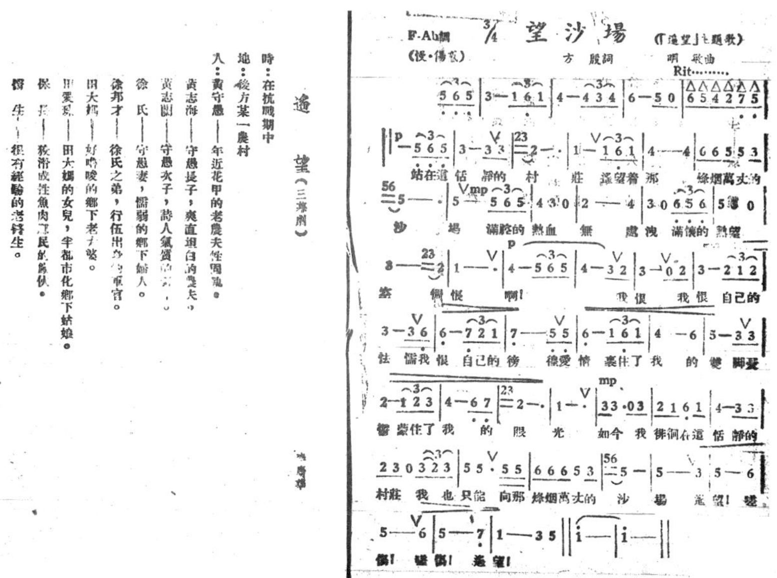

遙望（三幕劇）

時：在抗戰期中

地：後方某一農村

人：黃守愚——年近花甲的老農夫性倔強。

黃志海——守愚長子，爽直坦白的農夫。

黃志剛——守愚次子，詩人氣質的青年。

徐氏——守愚妻，懦弱的鄉下婦人。

徐邦才——徐氏之弟，行伍出身的軍官。

田大媽——好嚕嗦的鄉下老太婆。

田愛梨——田大媽的女兒，半都市化鄉下姑娘。

保長——狡猾成性魚肉鄉民的傢伙。

醫生——很有經驗的老醫生。

载于 1946 年中国国家图书馆，缩微版（01M-204830）第 7 页的李庆华《遥望》。

后　记

本书以我的博士学位论文《尤金·奥尼尔在中国》为基础，又经过几年的充实和完善才得以最终完成。回首2016年，我考取了天津师范大学文学院世界文学与比较文学专业博士研究生，师从中国人民大学文学院二级教授曾艳兵先生。曾老师主要从事西方现代派文学研究，是卡夫卡研究专家，早年曾对奥尼尔有所关注。在导师指导下，我将研究定位在西方现代派戏剧领域，并最终确定了“尤金·奥尼尔在中国”这一选题。我努力着、思考着、进步着，我公开发表《一个有关迁徙与流浪的故事——再谈尤金·奥尼尔〈毛猿〉》《萧伯纳〈匹克梅梁〉与吴兴国〈蜕变〉之比较》《穿越时空的灵魂对白—论吴兴国〈等待果陀〉与奥尼尔〈送冰的人来了〉之相通性》《我已经习惯了凝视卡夫卡的眼睛——曾艳兵教授学术研究三十年》《“和合”视域下——评马彦祥〈还乡〉之改编》等5篇论文，进而形成学位论文，又经修改、提炼、完善，形成这本学术著作。本书包含以上论文的主要观点并已标明引用，是由以上5篇核心论文支撑的一部著作。在此，谨以此书奉献珠江学院，敬请各位专家批评指正。

在此，我尤其要感谢曾艳兵教授，感谢曾老师的鼓励与认可。曾老师对时间、对生命、对学术、对工作的态度深深地影响着我，改变着我。他不但教会我如何做学问，更教会我如何做人、做事。从他那里学到的东西，是我一生的宝贵财富，让我终身受益。我还要感谢师大文学院的孟昭毅、赵利民老师、黎跃进老师及南开大学文学院的王立新老师、王志耕老师、郝岚老师。老师们充满智慧的课堂讲授让我慢慢对文学有了更深的理解，他们高大而深邃，简单而平和，他们善待周围的每一个人。和老师们相处久了，慢慢地，我的世界观和人生观乃至气质和性情也在发生改变，这也许就是选择学术的意义。我也要感谢单位科研处的刘泽东主任、刘栖蔚老师及人文学院的领导和老师们对我的支持与帮助，学院的人才培养政策为我的成长提供了时间和经济保障。最后，我要感谢我的先生李昌富和儿子李一通，他们两个人是我最坚实的后盾。光阴荏苒，2006年，怀有身孕的我一面教书，一面准备硕士研究生入学考试，到现在，已走过了整整18个春秋。这18年里，在爱人的无私支持下，我和孩子一同成长，如今，孩子马上要成为一名大学生了，我希望孩子能够无畏险阻，永远心向光明。

最后我要再次感谢我的老师及领导、同事、亲人、朋友，感谢你们！

那艳武

2024年3月3日